DANIELLE STEEL

CB135422

IMPOSSÍVEL

Tradução de
MICHELE GERHARDT MACCULLOCH

2ª EDIÇÃO

EDITORA RECORD
RIO DE JANEIRO • SÃO PAULO
2010

CIP-BRASIL. CATALOGAÇÃO-NA-FONTE
SINDICATO NACIONAL DOS EDITORES DE LIVROS, RJ

S826i
2ª ed.

Steel, Danielle, 1948-
Impossível / Danielle Steel; tradução Michele Gerhardt. – Rio de Janeiro: – 2ª ed. – Record, 2010.

Tradução de: Impossible
ISBN 978-85-01-07499-7

1. Romance americano. I. Gerhardt, Michele. II. Título.

09-3899

CDD: 813
CDU: 821.111(73)-3

Título original em inglês:
IMPOSSIBLE

Copyright © 2005, Danielle Steel

Texto revisado segundo o novo Acordo Ortográfico da Língua Portuguesa.

Todos os direitos reservados. Proibida a reprodução, no todo ou em parte, através de quaisquer meios.

Direitos exclusivos de publicação em língua portuguesa somente para o Brasil adquiridos pela
EDITORA RECORD LTDA.
Rua Argentina, 171 – Rio de Janeiro, RJ – 20921-380 – Tel.: 2585-2000
que se reserva a propriedade literária desta tradução

Impresso no Brasil

ISBN 978-85-01-07499-7

CÓPIA NÃO AUTORIZADA É CRIME
ABDR
ASSOCIAÇÃO BRASILEIRA DE DIREITOS REPROGRÁFICOS
RESPEITE O DIREITO AUTORAL
EDITORA AFILIADA

Seja um leitor preferencial Record.
Cadastre-se e receba informações sobre nossos lançamentos e nossas promoções.

Atendimento e venda direta ao leitor:
mdireto@record.com.br ou (21) 2585-2002

Aos meus filhos excepcionalmente maravilhosos e carinhosos: Beatrix, Trevor, Todd, Nick, Samantha, Victoria, Vanessa, Maxx e Zara, que não apenas tornam a minha vida possível, mas também cheia de alegria, felicidade e amor, em todos os aspectos. Como sou abençoada e afortunada por ter vocês, com tantos momentos divertidos, recheados de amor e afeto, que compartilhamos com tanta frequência. Agradeço por vocês, agradeço a vocês, amo vocês de forma que nem posso dizer o quanto. Que vocês sejam tão abençoados quanto eu com filhos como vocês um dia.

Com todo o meu amor,
Mamãe

Que quer dizer "cativar"?
É uma coisa muito esquecida...
Significa criar laços...
Tu não és para mim senão um garoto inteiramente igual a 100 mil outros garotos. E eu não tenho necessidade de ti. E tu não tens também necessidade de mim...
Mas, se tu me cativas, nós teremos necessidade um do outro. Serás para mim único no mundo. E eu serei para ti única no mundo...
Mas se tu me cativas, minha vida será como que cheia de sol. Conhecerei um barulho de passos que será diferente dos outros. Os outros passos me fazem entrar debaixo da terra. O teu me chamará para fora da toca, como se fosse música... Então será maravilhoso quando me tiveres cativado!...
Por favor... cativa-me!
A gente só conhece bem as coisas que cativou... Mas como não existem lojas de amigos... Se tu queres um amigo, cativa-me!...
Que é preciso fazer?
É preciso ser paciente... Tu te sentarás primeiro um pouco longe de mim, assim, na relva. Eu te olharei com o canto do olho e tu não dirás nada. A linguagem é uma fonte de mal-entendidos. Mas, cada dia, te sentarás mais perto...
Vós não sois nada ainda. Ninguém ainda vos cativou, nem cativastes a ninguém... Sois como era a minha raposa. Era uma raposa igual a 100 mil outras. Mas eu fiz dela um amigo. Ela é agora única no mundo.

Antoine de Saint-Exupéry, *O pequeno príncipe*

Se tu me cativas
e eu te cativo,
tu não perderás
tua selvagem
e maravilhosa
liberdade
ou o ar
que respiras,
não perderás
mas encontrarás,

uma vez cativado
e unido
silenciosamente,
tu me
encontrarás,
e eu
finalmente
terei
te encontrado.

d.s.

Capítulo 1

A GALERIA SUVERY FICAVA em um impressionante edifício de Paris, um elegante *hôtel particulier* do século XVIII no Faubourg St. Honoré. Os colecionadores a visitavam apenas com hora marcada, atravessando enormes portões de bronze que se abriam em um pátio. Seguindo em frente estava a ala principal, e à esquerda, os escritórios de Simon de Suvery, o dono. À direita ficava a parte que sua filha acrescentara à galeria, a ala de arte contemporânea. Atrás da casa havia um grande e elegante jardim cheio de esculturas, a maioria de Rodin. Simon de Suvery estava ali havia mais de quarenta anos. Seu pai, Antoine, fora um dos mais importantes colecionadores da Europa, e Simon, antes mesmo de abrir a galeria, era um erudito em obras da Renascença e de mestres holandeses. Atualmente, museus por toda a Europa consultavam-no, colecionadores particulares reverenciavam-no, e todos que o conheciam admiravam-no, embora também o temessem.

Simon de Suvery tinha uma aparência assustadora: era alto, de estrutura forte, traços severos e olhos escuros capazes de enxergar a alma de qualquer pessoa. Ele não tivera pressa em se casar. Na juventude, estivera ocupado demais estabelecendo seu negócio para perder tempo com romances. Aos 40 anos, se casou com a filha de um importante colecionador americano. Foi uma união feliz e bem-sucedida. Marjorie de Suvery nunca se envolveu diretamente com a galeria, o que já estava estabelecido antes de casarem. Contudo, era fascinada pela mesma e admirava as obras que o marido expunha. Ela o amava profundamente e tinha um interesse apaixonado por tudo que ele fazia. Marjorie também era artista plástica, mas nunca se sentia à vontade para expor suas obras. Pintava delicadas paisagens e retratos, geralmente para presentear amigos. Simon gostava do trabalho dela, mas, na verdade, nunca ficara impressionado. Ele era implacável em suas escolhas, impiedoso nas decisões para a galeria. Tinha uma força de vontade de ferro, a mente afiada como diamante, um sentido aguçado para os negócios e, escondido bem abaixo da superfície, sempre muito bem encoberto, havia um coração generoso. Pelo menos era o que Marjorie afirmava, embora nem todos acreditassem nela. Ele era justo com seus empregados, honesto com os clientes e persistente na busca de qualquer item que achasse ser indispensável à galeria. Às vezes levava anos para adquirir um determinado quadro ou escultura, mas nunca descansava até conseguir. Foi dessa mesma forma que correu atrás de sua esposa antes do casamento. E uma vez tendo conquistado Marjorie, passou a guardá-la como um tesouro: a maior parte do tempo, para si mesmo. Ele só socializava quando estritamente necessário, recebendo clientes em uma ala da casa.

Decidiram ter filhos muito tempo depois de casados. Em realidade, fora uma decisão de Simon esperar dez anos. Sabendo o quanto Marjorie desejava ter um filho, finalmente cedeu às suas vontades, e ficou apenas um pouco decepcionado quando a esposa deu à luz uma menina, não um menino. Simon tinha 50 anos quando Sasha nasceu e Marjorie, 39. A filha passou a ser o amor da vida de sua mãe instantaneamente. Elas estavam constantemente juntas. Marjorie passava horas com a menina, dando-lhe carinho e atenção, brincando com ela no jardim. Quase entrou em depressão quando Sasha começou a estudar e elas tiveram de se separar. Era uma menina linda e adorável, uma mistura interessante de seus pais. Tinha a aparência sombria do pai e a delicadeza etérea da mãe. Marjorie era loura de olhos azuis, assemelhando-se a um anjo, e parecia uma madona saída de um quadro italiano. Sasha possuía traços delicados como a mãe, cabelo e olhos escuros como o pai, mas, diferentemente dos dois, era pequena e frágil. Seu pai costumava brincar dizendo que parecia uma miniatura de criança. Mas não havia nada de pequeno na alma de Sasha. Tinha a força de vontade do pai, a cordialidade e a generosidade da mãe, e aprendera desde cedo com o pai a ser direta. Demorou quatro ou cinco anos para que ele começasse realmente a dar atenção à filha, e, quando isso aconteceu, só conversava com ela sobre arte. Nas horas livres, passeava com ela pela galeria, identificando quadros e mestres, mostrando obras em livros de arte e esperando que ela repetisse os nomes dos pintores e até os soletrasse assim que aprendeu a escrever. Em vez de se rebelar, ela deleitava-se com tudo e absorvia cada informação que seu pai compartilhava. Ele tinha muito orgulho da filha. Também passou a amar ainda mais a esposa, que ficou doente três anos depois de Sasha nascer.

Inicialmente, a doença de Marjorie foi um mistério, deixando todos os médicos perplexos. Em segredo, Simon pensava que era psicossomática. Não tinha paciência para doenças ou fraquezas e acreditava que qualquer problema físico podia ser dominado e superado. No entanto, em vez de superar, Marjorie foi ficando cada vez mais fraca. Só um ano mais tarde eles conseguiram um diagnóstico em Londres, e a confirmação em Nova York. Ela tinha uma rara doença degenerativa que estava atacando seus nervos e músculos, e que ao final iria atingir os pulmões e o coração. Simon preferiu não aceitar o prognóstico, e Marjorie foi muito valente, reclamando pouco e fazendo o que podia enquanto ainda era capaz, passando o máximo de tempo que conseguia com o marido e a filha, e descansando o possível nos intervalos. A doença nunca tomou seu espírito, mas, como era previsto, o corpo acabou sucumbindo. Ela estava de cama por volta do sétimo aniversário de Sasha, e morreu pouco depois da filha completar 9 anos. Apesar de todos os avisos que recebeu dos médicos, Simon ficou desnorteado. Assim como Sasha. Seus pais não a tinham preparado para a morte da mãe. Os dois haviam se acostumado com o interesse de Marjorie por tudo que eles faziam e a participação em suas vidas mesmo estando na cama. Perceber de repente que ela desaparecera por completo atingiu-os como uma bomba, e fez com que Sasha e seu pai se tornassem ainda mais unidos do que antes. Além da galeria, Sasha se transformou no outro foco da vida de Simon.

A menina cresceu comendo, bebendo, respirando, amando arte. Era tudo que sabia, fazia e amava, além de seu pai. Ela era tão devota a ele quanto ele a ela. Mesmo quando ainda era criança, sabia tanto da galeria e de seu complicado funcionamento quanto qualquer empregado da mesma. E às vezes Simon achava que, mesmo *ainda* sendo uma menina, ela era muito mais esperta e criativa do que qualquer outra pessoa que trabalhava para ele. A única coisa que o incomodava, e que ele não escondia de ninguém, era a paixão crescente da filha por arte moderna e contemporânea. Obras de arte contemporâneas, principalmente, o irritavam e ele nunca hesitava em chamá-las de lixo, em particular ou em público. Amava e respeitava os grandes mestres, mais nada.

Como o pai antes dela, Sasha foi estudar em Sorbonne, se formou em História da Arte. Como prometera à mãe que faria, conquistou seu Ph.D. na Universidade de Columbia, em Nova York. Em seguida, passou dois anos trabalhando como estagiária no Metropolitan Museum of Art, para coroar sua formação. Durante esse tempo, ela retornava com frequência a Paris, às vezes só para passar o final de semana, e Simon a visitava sempre que possível em Nova York, o que lhe dava uma desculpa para também visitar clientes, museus e colecionadores nos Estados Unidos. Entretanto, tudo que ele realmente queria fazer era ver Sasha, usando qualquer desculpa possível para isso. Desejava mais do que qualquer coisa que a filha voltasse para casa. Durante os anos em que ela morou em Nova York, ele se tornou irritadiço e impaciente.

O que Simon não esperava foi o aparecimento de Arthur Boardman na vida de Sasha. Ela o conhecera na primeira semana de seu doutorado em Columbia. Na época, estava com 22 anos e casou-se com ele, apesar dos protestos do pai, em seis meses. A princípio, Simon ficou chocado por ela se casar tão cedo, e a única coisa que o tranquilizou e fez com que consentisse com o casamento foi a garantia de Arthur de que quando Sasha terminasse seus estudos e estágios em Nova York, ele se mudaria com ela para Paris para viverem lá. Simon quase obrigou-o a assinar a afirmação com sangue. Entretanto, nem ele conseguia resistir a ver Sasha tão feliz; concordou finalmente que Arthur Boardman era um bom homem e o certo para sua filha.

Arthur tinha 32 anos, dez a mais que Sasha. Estudara em Princeton e possuía um MBA de Harvard. Ocupava um cargo respeitável em um banco de investimentos de Wall Street, que, convenientemente, tinha um escritório em Paris. No início do casamento, ele começou a pleitear para gerenciá-lo. Um ano depois, o primeiro filho do casal, Xavier, nasceu. Dois anos depois, chegou Tatianna. Apesar disso, Sasha nunca deixou seus estudos de lado. Miraculosamente, seus dois filhos nasceram no verão, logo após encerrado o período de aulas. Ela contratou uma babá para ajudá-la enquanto estava na faculdade e trabalhando no museu. Aprendera a fazer várias coisas ao mesmo tempo enquanto observava seu pai administrar a galeria, quando era criança. Amava sua vida atarefada, adorava Arthur e seus dois filhos. E embora, no início, Simon tenha sido um avô hesitante, rapidamente se entusiasmou. Eram crianças encantadoras.

Sasha passava cada minuto livre que tinha com eles, cantando as mesmas músicas e brincando da mesma maneira que sua mãe um dia brincara com ela. Em realidade, Tatianna parecia tanto com a avó materna que isso, em um primeiro momento, deixou Simon nervoso; mas conforme a neta foi crescendo, ele amava simplesmente ficar sentado observando-a e pensando na falecida esposa. Era como vê-la renascida em uma menininha.

Fiel à sua palavra, Arthur mudou-se com a família inteira para Paris quando Sasha terminou seu estágio de dois anos no Met em Nova York. O banco de investimentos literalmente deu-lhe o escritório de Paris para administrar, aos 36 anos, e tinha total confiança nele, assim como Sasha. Ela ia ficar ainda mais ocupada lá do que em Nova York, onde trabalhava apenas meio período no museu, passando o resto do tempo cuidando dos filhos. Em Paris, trabalharia com o pai na galeria. Agora estava pronta para isso. Ele concordara em deixar que ela saísse todos os dias às três horas para que pudesse ficar com os filhos. Ela sabia ainda que teria de receber muitas visitas em casa por causa do marido. Voltou para Paris vitoriosa, formada, animada e destemida, feliz por estar de volta ao lar. Simon também estava feliz por tê-la em casa e trabalhando com ele finalmente. Esperara vinte e seis anos por esse momento, que chegava para o deleite de ambos.

Ele ainda parecia tão implacável quanto na época em que ela era criança, mas até Arthur percebeu, assim que mudaram para Paris, que Simon estava amolecendo de forma quase imperceptível com a idade. Chegava mesmo a conversar com os netos de vez em quando, embora na maioria das vezes, quando os visitava, preferisse apenas ficar sentado observando-os. Nunca se sentira à vontade com crianças pequenas, nem mesmo com Sasha. Quando a família se mudou para Paris, ele estava com 76 anos. E a vida de Sasha começou realmente a partir daí.

A primeira decisão deles foi encontrar um lugar para morar, mas Simon os surpreendeu resolvendo esse dilema. Sasha estava planejando procurar um apartamento no lado esquerdo do Sena. A pequena família já era grande demais para o que o banco estava oferecendo no décimo sexto *arrondissement.** Simon então se

---

**Arrondissements* são as divisões das grandes cidades francesas. Paris tem vinte *arrondissements.* (*N. da T.*)

ofereceu, cedendo a sua ala da casa, o elegante lar de três andares que ocupara por todo seu casamento, bem como antes e depois do mesmo. Ele insistiu que era grande demais e reclamou que as escadas estavam prejudicando seus joelhos, embora Sasha não acreditasse nisso. Seu pai ainda caminhava quilômetros. Ele resolveu se mudar para o outro lado do pátio, ocupando o andar superior da ala usada para os escritórios adicionais e armazéns. Rapidamente começou a redecorá-lo com charmosas janelas *oeil de boeuf* e um telhado inclinado, instalando também um engraçado assento motorizado que utilizava para subir e descer as escadas, e que divertia seus netos quando os deixava usar. Simon subia as escadas ao lado deles enquanto estes davam gritinhos de alegria. Sasha ajudou-o com a obra e a decoração e teve uma ideia. Uma que ele não aprovou a princípio. Era um plano que tinha havia anos e com o qual sonhara por toda sua vida. Ela queria expandir a galeria para incluir artistas contemporâneos. A ala antes usada para os armazéns era perfeita para isso, sendo do outro lado do pátio em frente aos escritórios, bem como a nova casa de seu pai. Ela admitia que abrir o térreo limitaria o espaço de armazenagem, mas já consultara um arquiteto para construir no andar de cima estantes com esse propósito altamente eficientes. Na primeira vez em que ela mencionou vender arte contemporânea, Simon subiu pelas paredes. Não iria corromper a galeria e seu venerável nome vendendo o lixo de que Sasha gostava, por artistas desconhecidos que ele insistia não terem talento. Levou um ano de brigas para ela convencê-lo.

Foi apenas quando ameaçou deixar a galeria e abrir seu próprio negócio que Simon cedeu, com muito rancor e reclamação. Embora adotasse um estilo mais gentil, Sasha era tão durona quanto ele e mantivera-se firme. Apesar de Simon haver concordado com seu plano, ela nem ousava marcar reuniões com os novos artistas no escritório principal, pois seu pai era grosseiro com eles. Mas Sasha não iria desistir tão fácil, também era muito teimosa. Um ano depois da mudança para Paris, inaugurou a ala contemporânea da galeria com estilo e alarde. Para espanto de seu pai, as críticas eram sempre ótimas, não porque ela era Sasha de Suvery mas porque tinha um bom olho para obras de arte contemporâneas sólidas e de qualidade, a exemplo de seu pai no que conhecia melhor.

De forma notável, Sasha manteve um pé em cada mundo. Ela conhecia o que ele vendia com tanta competência e era brilhante a respeito das obras mais recentes. Quando completou 30 anos, três após inaugurar a nova ala nas dependências do pai, a Suvery Contemporary já era a galeria contemporânea mais importante de Paris, e talvez da Europa. Sasha nunca se divertira tanto. Nem Arthur. Ele amava o que ela fazia e apoiava cada passo, cada decisão, cada investimento, até mais do que Simon, que continuava relutante, embora respeitasse as conquistas da filha em relação à arte contemporânea. De fato, ela trouxera a galeria do pai para o presente em um piscar de olhos.

Arthur adorava o contraste entre a sua vida profissional e a dela. Adorava o bom-humor da arte que ela lhe mostrava e as brincadeiras dos artistas, em comparação com os banqueiros com quem lidava. Viajava com a esposa frequentemente para outras cidades quando tinha de visitar algum novo artista, e amava ir a feiras de arte com ela. Eles praticamente haviam transformado a ala de três andares da casa em um museu de arte contemporânea de novos artistas. E as obras que Sasha vendia na Suvery

Contemporary eram muito mais acessíveis financeiramente do que os impressionistas e antigos mestres que seu pai vendia. Os negócios prosperavam para ambos.

Sasha gerenciava a sua parte da galeria há oito anos quando o casal enfrentou sua primeira crise séria. O banco do qual Arthur se tornara sócio anos antes insistia que ele voltasse para Wall Street para administrá-lo. Dois dos sócios haviam morrido em um acidente aéreo, e todos reiteravam que Arthur era a escolha óbvia para chefiar o banco no país de origem. Em realidade, era a única opção. Estando em sã consciência, não havia como ele recusar a proposta. Sua carreira também era importante, e o banco não estava lhe dando escolha. Precisavam dele em Nova York.

Sasha chorou copiosamente quando explicou a situação ao pai, e os olhos de Simon também ficaram marejados de lágrimas. Durante os treze anos de casamento, Arthur sempre a apoiara em todos os aspectos de sua carreira, e agora ela sabia que precisava fazer o mesmo por ele e voltar para Nova York. Era pedir demais que o marido abandonasse sua carreira para que pudesse continuar na galeria com seu pai, embora, inegavelmente, este estivesse ficando velho. Sasha estava com 35 anos na época e, embora não parecesse nem agisse como tal, Simon estava com 85. Eles tinham tido sorte de Arthur ter conseguido ficar tanto tempo em Paris sem prejudicar sua carreira. Mas agora estava na hora de ele voltar para casa, e da esposa partir junto.

No típico estilo de Sasha, levou exatamente seis semanas para ela ter uma ideia. A família iria se mudar para Nova York em um mês. Ela deixou o pai aterrorizado e sem chão a princípio. Ele era totalmente contra, da mesma forma que havia sido quando a filha sugeriu vender arte contemporânea. No entanto, desta vez ela não o ameaçou, ela implorou. O que Sasha queria era abrir uma filial da galeria em Nova York, para arte tradicional e contemporânea. Simon achou a ideia insana. A Galeria Suvery era a mais respeitada de Paris. Norte-americanos entravam em contato diariamente para fazer compras importantes, assim como museus do mundo inteiro. Não tinham absolutamente nenhuma necessidade de abrir uma filial em Nova York, exceto pelo fato de que Sasha moraria lá agora e queria continuar trabalhando para o pai e a galeria que amava, como já fizera por nove anos.

Foi um momento decisivo para eles. Arthur achou a ideia brilhante e deu total apoio. Ao final, convenceu Simon por ela, embora, até quando partiram, este continuasse insistindo que era uma ideia maluca. Sasha ofereceu investir seu próprio dinheiro no projeto, e Arthur também se mostrou disponível. No final, entretanto, Simon a apoiou, como sempre fazia. Assim que ela chegou a Nova York, encontrou um apartamento para a família na Park Avenue e um *brownstone* na Sixty-Forth Street, entre a Madison e a Quinta Avenida, para a Suvery Nova York. Como sempre, quando Sasha colocava alguma coisa na cabeça e aplicava toda sua força e energia nisso, conseguia provar que a ideia era brilhante. Seu pai foi visitá-la várias vezes, e relutante acabou admitindo que o espaço era perfeito para eles, em uma pequena escala, é claro. E quando veio para a inauguração da galeria de Nova York nove meses depois, já era todo sorrisos. Sasha era a celebridade do mundo da arte em Nova York. Aos 35 anos, estava se tornando uma das mais importantes *marchands* do mundo, como seu pai havia sido e ainda era, e acabara de ser nomeada para os conselhos do MET e do MOMA. Estar em ambos era uma honra inédita para ela.

Xavier e Tatianna estavam com 12 e 10 anos nessa época. Ele amava desenhar e ela agarrava qualquer câmera que visse pela frente, tirando fotos inacreditavelmente engraçadas de adultos assustados. A menina parecia um pequeno gnomo loura, enquanto o garoto parecia com o pai, apenas com o cabelo negro da mãe e do avô. Eram crianças lindas e amáveis, e ambas eram bilíngues. Sasha e Arthur concordaram em matriculá-los no Lycée em Nova York. Tatianna constantemente mencionava que queria voltar para Paris, por sentir saudades dos amigos. Xavier decidiu quase na mesma hora que preferia Nova York.

Nos dois anos seguintes, Sasha deleitou-se em administrar a galeria em Nova York. Viajava com frequência a Paris, geralmente duas vezes por mês. Às vezes, pegava o Concorde para reuniões importantes com o pai, retornando na mesma noite para Arthur e seus filhos em Nova York. No verão, sempre voltava com as crianças para a França. Passava a temporada com o pai na casa que ele alugava havia anos em St. Jean Cap Ferrat, mas se hospedava com os filhos no hotel Eden Roc. Embora Simon amasse os netos, ficava nervoso quando passava muito tempo com eles. E apesar de Sasha não gostar de admitir, seu pai estava ficando velho. Tinha agora 87 anos e, pouco a pouco, estava diminuindo o ritmo.

Com muita tristeza, eles conversaram sobre como seria quando ela tivesse de administrar os negócios sozinha. Sasha não conseguia imaginar, mas seu pai sim. Tivera uma vida longa e não tinha medo de partir. Também treinara bem seu pessoal. No devido tempo, poderia morar em Nova York ou Paris e ter pessoas competentes trabalhando para ela em ambas as cidades. Teria de dividir seu tempo entre as duas galerias, claro, e viajar regularmente, mas a escolha de onde morar era sua, graças à competência e à precaução de seu pai. Tinham excelentes gerentes nas duas cidades. Contudo, Paris ainda era o lar de Sasha, embora gostasse de morar e trabalhar em Nova York. Não havia dúvidas de que Arthur estava muito bem estabelecido profissionalmente no banco para morar em qualquer outro lugar a não ser Nova York. Ela sabia que estava presa à cidade até que o marido se aposentasse. E como ele tinha apenas 47 anos, não estava nem perto disso. Tinha sorte de seu pai ainda ser capaz de administrar a matriz da galeria aos 87 anos. Ele era impressionante, embora tivesse diminuído o ritmo de forma quase imperceptível. Apesar disso, porém, ou talvez por causa disso, Sasha ficou desnorteada quando ele morreu de repente aos 89 anos. Acreditava que ele viveria para sempre. Simon morreu exatamente como teria desejado. Teve um derrame fatal em sua mesa de trabalho. Os médicos disseram que ele não sofreu. Partiu em um instante, logo após fechar um negócio importantíssimo com um colecionador da Holanda.

Sasha pegou o avião para Paris em estado de choque naquela noite e andou pela galeria sem rumo, incapaz de acreditar que ele se fora. O funeral foi majestoso e imponente. O presidente da França compareceu, assim como o Ministro da Cultura. Todas as pessoas de importância do mundo da arte, amigos, clientes, Arthur e as crianças foram prestar suas últimas homenagens. Era um dia frio de novembro e chovia muito quando ele foi enterrado no cemitério Père Lachaise, no vigésimo *arrondisement*, quase na fronteira oriental de Paris. Simon agora estava cercado por pessoas como Victor Hugo, Proust, Balzac e Chopin, um lugar adequado para seu descanso final.

Após o funeral, Sasha passou as quatro semanas seguintes em Paris, em contato com advogados, organizando os papéis e os bens de seu pai. Ficou mais tempo do que precisava, mas não conseguia suportar a ideia de partir agora. Pela primeira vez desde que deixara Paris, queria ficar em casa, perto de onde seu pai vivera e trabalhara. Um mês depois, quando finalmente pegou um voo para Nova York, se sentia órfã. As lojas e as ruas decoradas para o Natal pareciam uma afronta depois da perda que acabara de sofrer. Foi um longo e difícil ano para ela. No entanto, apesar disso, as duas galerias prosperaram. Os anos seguintes foram calmos, felizes e produtivos. Ela sentia saudades de seu pai mas, lentamente, foi criando raízes em Nova York conforme seus filhos cresciam. Também, continuava voltando a Paris duas vezes por mês para supervisionar a galeria de lá.

Oito anos após a morte de seu pai, ambas as galerias eram fortes e igualmente bem-sucedidas. Aos 57 anos, Arthur estava começando a pensar em se aposentar. Sua carreira fora respeitável e produtiva, mas ele confidenciou a Sasha que estava entediado. Xavier estava com 24 anos, morando e pintando em Londres, e expondo seu trabalho em uma pequena galeria no Soho. Embora Sasha amasse seus quadros, ele ainda não estava pronto para uma exposição na Suvery. Seu amor pelo filho não a deixava cega para o progresso de que este ainda necessitava. Ele tinha talento, mas como artista ainda não estava totalmente maduro, apesar de sua paixão pelo trabalho ser patente. Amava todos os aspectos do mundo da arte do qual fazia parte em Londres, e Sasha tinha orgulho do filho. Achava que seria um grande artista um dia. E, no devido tempo, esperava poder expor seu trabalho.

Quatro meses antes, Tatianna formara-se pela Brown em Belas-Artes e Fotografia e acabara de começar a trabalhar como terceira assistente de um renomado fotógrafo de Nova York, o que significava que ela tinha de trocar o filme para ele ocasionalmente, trazer café e varrer o chão. Sua mãe lhe garantira que as coisas funcionavam no começo. Nenhum de seus filhos demonstrava interesse em trabalhar na galeria com ela. Eles consideravam seu trabalho maravilhoso, mas queriam construir suas próprias vidas e carreiras. Sasha percebeu o quanto era raro ter aprendido tanto com seu pai, bem como a oportunidade que ele lhe dera e a educação inestimável que tivera crescendo a seu lado na galeria. Tinha pena de não poder fazer o mesmo com seus filhos.

Sasha imaginava se algum dia Xavier ia querer trabalhar na galeria com ela, mas, ao menos no presente momento, isso parecia muito pouco provável. Agora que Arthur estava falando em se aposentar, ela se sentia atraída novamente por suas raízes em Paris. Por mais que amasse a agitação de Nova York, a vida sempre parecia mais agradável quando voltava para casa. Paris ainda era o seu lar, apesar da dupla nacionalidade, possível graças à sua mãe, e dos dezesseis anos dos seus 47, um terço de sua vida, passados em Nova York. Em seu íntimo, ainda era francesa. Arthur não se opunha à ideia de morar em Paris de novo depois que se aposentasse, e começaram a falar sobre isso mais seriamente no outono daquele ano.

Era outubro, e o clima quente já declinava, uma tarde de sexta-feira, quando Sasha estava fazendo uma rápida inspeção em alguns quadros que planejava vender para um museu em Boston. As obras dos grandes mestres ficavam nos dois andares superiores do prédio da galeria. As obras contemporâneas, pelas quais também eram famosos atualmente, ocupavam os dois primeiros andares. O escritório de Sasha ficava em um canto nos fundos do andar principal.

Após sua inspeção dos andares superiores, guardou alguns papéis em sua pasta e olhou para o jardim repleto de esculturas atrás de seu escritório. Como a maioria das obras contemporâneas que negociava, este era um reflexo do gosto de Sasha. Adorava observar as obras de arte do jardim, principalmente quando nevava. Mas ainda faltavam dois meses para a neve começar a cair quando ela pegou sua pasta cheia. Passaria a semana seguinte longe da galeria. Viajaria para Paris no domingo de manhã, para ver como as coisas estavam por lá. Ainda fazia visitas de rotina a cada duas semanas, como estabelecera desde a morte de seu pai, oito anos antes. Era uma marchand ativa nas duas cidades e já estava acostumada às viagens. Parecia fácil para ela. Conseguia levar uma vida e ter amigos, assim como clientes, nas duas cidades. Sasha sentia-se à vontade tanto em Paris quanto em Nova York.

Estava pensando no final de semana que tinha pela frente quando o telefone tocou, exatamente quando estava prestes a sair do escritório. Era Xavier, ligando de Londres, e quando olhou para o relógio, percebeu que já era quase meia-noite lá. Sorriu no momento em que escutou a voz dele. Seus dois filhos eram muito preciosos para ela, mas em alguns aspectos sentia-se mais próxima de Xavier. Seu relacionamento sempre fora mais fácil com ele. Tatianna era mais chegada ao pai, e muito parecida com Simon. Sempre adotara posturas duras e críticas, e, diferentemente do irmão, nunca abaixava a cabeça ou cedia. Xavier e a mãe eram almas gêmeas sob muitos aspectos, igualmente gentis, generosos, sempre dispostos a perdoar um ente querido ou um amigo. Tatianna possuía uma visão mais dura acerca das pessoas e da vida.

— Estava com medo de você já ter saído — disse Xavier com um sorriso e bocejando. Ao fechar os olhos, pensando nele, Sasha podia ver seu rosto. Sempre fora uma criança bela, e atualmente era um jovem bonito.

— Eu já estava de saída, quase que você não me pega. O que está fazendo em casa em uma sexta-feira à noite? — Xavier tinha uma vida social intensa no mundo das artes londrino, e uma fraqueza por mulheres bonitas. Em grande quantidade. Sua mãe sempre se divertira com isso e, frequentemente, implicava com ele.

— Acabei de chegar — explicou ele, defendendo sua reputação.

— Sozinho? Que decepção — provocou ela. — Você se divertiu?

— Fui à inauguração de uma galeria com um amigo e depois fomos jantar. Todos ficaram bêbados e as coisas começaram a sair do controle, então achei melhor voltar para casa antes que fôssemos presos.

— Parece interessante. — Sasha sentou-se à escrivaninha de novo e olhou para o jardim, pensando em como sentia saudades dele. — O que estavam fazendo para serem presos? — Apesar da fraqueza por mulheres, Xavier levava uma vida calma, inofensiva e comportada. Era apenas um jovem que gostava de se divertir e ainda agia como um menino às vezes, cheio de travessuras. A irmã gostava de alegar que era muito mais respeitável que ele, e achava que as mulheres com quem saía eram nojentas. Nunca perdia a oportunidade de dizer isso, não apenas para a mãe mas para o irmão, que as defendia com veemência, independente de quem fossem e do quão indecentes.

— Fui à inauguração com um artista que conheço. Ele é meio maluco, mas um ótimo profissional. Quero que vocês se conheçam um dia desses. Liam Allison. Ele faz pinturas abstratas fantásticas. Foi uma boa exposição hoje, embora ele não concorde. Ficou de saco cheio na inauguração e começou a beber. Depois bebeu ainda mais quando fomos jantar no pub. — Xavier amava ligar para a mãe e contar sobre seus amigos. Tinha poucos segredos com ela. E as histórias de suas aventuras sempre a divertiam. Sasha sentia saudades do filho desde que este saíra de casa.

— Que encantador, ele ficar bêbado, quero dizer. — Supôs que o amigo fosse da mesma idade do filho. Dois garotos malcomportados se divertindo.

— Na verdade, foi. Ele é muito engraçado. Ele tirou as calças enquanto estávamos sentados no bar. O mais engraçado foi que absolutamente ninguém notou, até que ele chamou uma menina para dançar. Acho que até ele já tinha se esquecido, até que entrou na pista de dança de cueca e uma mulher mais velha começou a bater nele com a bolsa. Aí, ele a convidou para dançar e até a fez girar algumas vezes. Foi a coisa mais engraçada que eu já vi na vida. Ela devia ter um metro e meio de altura e continuava batendo nele com a bolsa. Parecia uma cena de Monty Python. Ele é um ótimo dançarino. — Sasha estava rindo e escutando ao mesmo tempo, imaginando a cena do artista de cueca, dançando com uma velha enquanto esta batia nele. — Ele foi muito educado com ela, e todos estavam se dobrando de tanto rir, até que o barman disse que ligaria para a polícia, aí eu achei melhor o levar para a esposa em casa.

— Ele é casado? — Sasha soou surpresa com essa informação. — Quantos anos ele tem?

— Ele não tem a minha idade, mãe. Tem 38 anos, e três filhos lindos. A esposa também é bacana.

— Onde ela estava quando tudo isso aconteceu? — A desaprovação estava clara em sua voz.

— Ela detesta sair com ele — disse Xavier sem rodeios. Liam Allison se tornara um dos seus melhores amigos em Londres. Era um artista sério, que levava a vida na boemia, tinha um senso de humor cruel e uma fraqueza por piadas e brincadeiras de mau gosto.

— Eu entendo por que a esposa detesta sair com ele — comentou Sasha sobre o amigo do filho. — Não sei se eu gostaria de sair com um marido que tirasse as calças em público e convidasse velhinhas para dançar.

— Foi mais ou menos o que ela disse quando fui levá-lo em casa. Ele desmaiou no sofá antes de eu ir embora, então tomei uma taça de vinho com ela antes de sair. Ela é uma boa mulher.

— Tem que ser, para aguentar isso. Ele é alcoólatra? — Sasha soou séria por um momento, perguntado-se com que tipo de gente Xavier andava saindo. Este amigo não parecia uma companhia ideal, nem uma boa influência.

— Não, ele não é alcoólatra. — Xavier riu. — Ele só estava de saco cheio e apostou comigo que ninguém notaria se ele tirasse as calças em um pub por uma hora. Ele ganhou. Ninguém notou até ele começar a dançar.

— Bem, espero que você tenha ficado de calças — disse Sasha, soando muito maternal, enquanto Xavier ria dela. Ele a adorava.

— Realmente, fiquei de calças. Liam achou que eu fui um covarde. Disse que dobraria a aposta se também tirasse as minhas. Eu não tirei.

— Graças a Deus, querido, estou aliviada por escutar isso. — ela olhou para o relógio. Prometera encontrar Arthur às seis, e já eram seis e dez. Adorava conversar com o filho. — Detesto ter de desligar, mas prometi encontrar seu pai em casa dez minutos atrás. Vamos para os Hamptons depois do jantar esta noite.

— Achei que fossem mesmo. Só queria falar com você.

— Que bom que ligou. Alguma coisa especial planejada para o final de semana? — gostava de saber o que ele e Tatianna faziam, embora ela ligasse menos. Estava tentando cortar o cordão umbilical. Hoje em dia era mais provável que ligasse para o pai do que para a mãe, aliás. Sasha não falara com ela a semana inteira.

— Não vou fazer nada. O tempo tem estado horrível. Pensei em pintar.

— Que bom. Vou para Paris no domingo. Ligarei quando chegar. Será que você vai ter um tempinho para ir me ver na semana que vem?

— Talvez; nos falamos no domingo à noite. Bom fim de semana. Mande um beijo pro papai.

— Pode deixar. Eu te amo... e diga ao seu amigo para não tirar as calças da próxima vez. Vocês têm sorte de não terem sido presos. Por perturbação da ordem pública ou indecência, exagerar na diversão ou algo parecido.

Xavier sempre encontrava algo divertido para fazer, independentemente de onde estivesse, e, aparentemente, seu amigo Liam também. O filho já mencionara o nome deste antes e sempre dizia que queria que sua mãe visse o seu trabalho. Algum dia desses, quem sabe, mas nunca parecia haver tempo o suficiente. Sasha estava sempre correndo e quando ia a Londres tinha de visitar artistas que já representava, além de querer encontrar Xavier. Dissera ao filho para pedir a Liam que mandasse slides com suas telas para ela, o que ele nunca fizera, sugerindo a Sasha que não levava sua arte a sério o bastante ou que ainda não se sentia pronto para

expor suas obras. De qualquer forma, parecia ter uma personalidade excêntrica. Sasha já lidava com muitos artistas assim e não tinha certeza se queria representar mais um, independente do quanto Xavier o achasse divertido. Era muito mais fácil tratar com pessoas que levavam a carreira a sério e agiam como adultas. Homens malcomportados de quase 40 anos que tiravam a roupa em público eram dor de cabeça na certa, e ela não queria mais problemas.
— Então nos falamos no domingo.

— Ligarei para você em Paris. Tchau, mãe — disse Xavier alegre, desligando, e Sasha sorriu e saiu do escritório. Não queria deixar Arthur esperando e ainda tinha de preparar o jantar. Mas havia sido maravilhoso falar com o filho.

Despediu-se de toda a equipe ao sair do escritório correndo e chamou um táxi para a pequena corrida até seu apartamento, ainda pensando em Xavier. Sabia que Arthur estaria esperando por ela, ansioso para sair da cidade. O trânsito sempre ficava horrível às sextas-feiras, mas melhorava um pouco se esperassem para sair apenas depois do jantar. O tempo estava maravilhoso. Embora fosse outubro, estava quente e fazia sol. Recostou-se no banco traseiro do táxi por um minuto e fechou os olhos. Tinha sido uma semana longa e estava cansada.

O apartamento para o qual rumava era a única coisa em sua vida que ela achava ter perdido o propósito. Moravam lá há doze anos, desde que haviam retornado de Paris, e agora que os filhos não viviam mais com eles, parecia grande demais só para o casal. Vivia tentando insistentemente convencer Arthur a vendê-lo e comprar um menor na Quinta Avenida com vista para o parque. Contudo, como iam voltar para Paris depois que ele se aposentasse, haviam concordado em esperar até confirmarem seus planos. Se retornassem a Paris, só precisariam de um pequeno apartamento em Nova York. Era um daqueles raros momentos em que ela sentia que suas vidas estavam em transformação. Sentia-se assim desde que Tatianna se formara e mudara para sua própria casa. A vida de Sasha parecia vazia às vezes, agora que os filhos não estavam mais morando com ela. Arthur implicava com a esposa e fazia com que se lembrasse que era uma das mulheres mais ocupadas de Nova York, e do mundo, aliás. No entanto, ela ainda assim sentia saudades dos filhos. Eles tinham sido uma parte integral e imprescindível de sua vida, por isso às vezes se sentia triste, diminuída e menos útil agora que haviam ido embora. Encontrava consolo no fato de ela e Arthur gostarem de viajar e fazer as coisas juntos. Se é que isso era possível, estavam ainda mais próximos do que antes, e mais apaixonados. Vinte e cinco anos de casamento não tinham diminuído o amor e a paixão que sentiam um pelo outro. A familiaridade e o tempo haviam acrescentado um elo à relação que os aproximava mutuamente ainda mais com a idade.

Arthur estava esperando por ela em casa quando chegou, e sorriu no momento em que a viu. Ainda estava vestindo a camisa branca que usara para trabalhar, com as mangas enroladas. O paletó estava jogado negligentemente nas costas de uma cadeira. Já colocara algumas coisas na mala para o final de semana na casa que possuíam nos Hamptons. Ela estava planejando fazer uma salada e descongelar um pouco de frango. Gostavam de sair depois do trânsito, péssimo no verão e finais de semana do outono.

— Como foi seu dia? — perguntou ele, beijando-a na cabeça. O cabelo preto estava preso em um coque, como sempre. Nos finais de semana nos Hamptons, ela o prendia em uma longa trança caindo pelas costas. Adorava usar roupas velhas, jeans, casacos gastos e camisetas desbotadas. Era um alívio não precisar se vestir da mesma forma como fazia para ir à galeria todos os dias. Arthur adorava jogar golfe e caminhar na praia. Na juventude, havia sido um navegador ávido, ensinando os filhos a serem também, e amava jogar tênis com Sasha. Na maior parte do tempo dos finais de semana, ela cuidava do jardim ou lia vorazmente algum livro. Tentava não trabalhar nestas ocasiões, embora às vezes tivesse de levar alguma papelada.

Como o apartamento na cidade, a casa nos Hamptons era grande demais para eles agora, mas ela se sentia menos incomodada por esta. Conseguia facilmente imaginar netos ali um dia, e seus filhos iam com frequência para lá, levando amigos. Para Sasha, a casa nos Hamptons estava sempre viva, talvez por causa da vista para o mar, enquanto o apartamento na cidade lhe parecia morto e solitário agora.

— Desculpe o atraso — disse ao entrar apressada na cozinha depois de beijar o marido, após todos esses anos, ainda se amavam e se divertiam juntos. — Xavier me ligou quando eu estava saindo.

— Como ele estava?

— Um pouco bêbado, acho. Ele tinha saído com um colega meio inconsequente.

— Mulher?

— Não. Um artista. Ele tirou as calças em um pub.

— Xavier tirou as calças? — Arthur parecia surpreso, enquanto Sasha preparava a salada.

— Não, foi o amigo dele. Outro artista maluco. — Balançou a cabeça ao colocar o frango em uma travessa.

Arthur levantou-se e ficou conversando com Sasha enquanto ela preparava o jantar e colocava os bonitos pratos na mesa da cozinha, adornada por jogos americanos e guardanapos de linho. Gostava de caprichar para o marido, que sempre notava e elogiava.

— Você trouxe a pasta bem cheia para casa, Sasha — disse ele, olhando o objeto enquanto se servia de salada, parecendo relaxado e feliz. Amava os fins de semana que passava com a esposa na praia. Eram sagrados para ambos. Nunca permitiam que nada interferisse nessas pequenas viagens, exceto doenças ou algum evento incontornável. Senão, toda sexta-feira, fizesse chuva ou sol, fosse inverno ou verão, pegavam a estrada para Southampton por volta das sete da noite.

— Vou para Paris no domingo — ela o lembrou enquanto comiam a salada, servindo para o marido um pedaço do frango que a empregada deixara para eles.

— Tinha esquecido. Quanto tempo vai ficar?

— Quatro dias. Talvez cinco. Mas estarei em casa no final de semana.

Continuaram conversando à maneira dos clássicos casais unidos para a vida toda e que se sentiam à vontade na companhia um do outro. Não falaram sobre nada importante, era apenas muito bom estarem ali juntos. Ele comentou sobre a aposentadoria de alguém, uma pequena negociação que não correra como o esperado. Ela contou sobre um novo artista que contratara, um pintor muito talentoso do Brasil. Também mencionou que Xavier prometera tentar ir a Paris visitá-la na semana seguinte. Isso ocorria com frequência porque o filho podia fazer os próprios horários, ao contrário de Tatianna, que ficava à mercê do fotógrafo para o qual trabalhava. Seu patrão gostava de se empenhar por muitas horas seguidas, e ela preferia passar o resto do tempo com os amigos. Afinal, era dois anos mais nova que o irmão, e ainda lutava por sua independência.

— Quem é a garota da semana? — perguntou Arthur, com ar divertido. Conhecia bem o filho, assim como Sasha. Quando ela o fitou com um sorriso, percebeu, como de costume, como ele ainda era bonito. Alto, esbelto, em forma, com traços esculpidos e queixo forte. Ela se apaixonara pelo marido desde o momento em que este entrara em sua vida. Mais intensamente agora do que antes, para falar a verdade. Sabia o quanto era sortuda. Muitas de suas amigas de Nova York eram divorciadas, uma ou duas, viúvas, e nenhuma delas nunca conseguia encontrar um homem. Elas nunca se cansavam de reiterar o quanto Sasha tinha sorte. Ela mesma tinha consciência disso. Arthur havia sido o amor de sua vida desde o momento em que se conheceram.

— A última vez que perguntei, era a modelo de algum artista que ele conheceu na aula de desenho. — A mulher sorriu. Xavier era famoso entre os amigos e a família por sempre ter uma lista de mulheres apaixonadas aos seus pés. O rapaz era extremamente bonito e, ainda mais importante, era uma pessoa legal, o que fazia com que as mulheres o considerassem irresistível. E ele também não conseguia resistir a elas. — Nem pergunto mais o nome delas — disse Sasha, tirando a mesa, enquanto o marido sorria com admiração para ela. Colocou a louça na máquina de lavar. Levavam uma vida sem compromissos atualmente, embora na época em que os filhos ainda moravam na casa jantassem juntos religiosamente todas as noites. Agora, Arthur e Sasha comiam refeições leves e fáceis na cozinha mesmo, muito mais simples.

— Há anos que não pergunto o nome das namoradas de Xavier. — Arthur riu do comentário da esposa. — Toda vez que eu chamava uma pelo nome, acabava descobrindo que ele já tinha tido outras cinco desde então. Então parei de fazer isso.

Arthur foi se trocar, vestindo calças cáqui e um velho e confortável suéter, e Sasha fez o mesmo.

Vinte minutos depois, estavam prontos para sair, pegando a estrada com a *station wagon* de Sasha, que não trocara de carro mesmo depois de os filhos terem ido embora por este ser útil para carregar obras de jovens artistas. No bagageiro, havia algumas coisas para comerem e uma pequena mala para cada um. As roupas de praia permaneciam em Southampton, não sendo necessário levar muita coisa. Ela também trouxera a mala para levar para Paris e a pasta cheia que o marido mencionara. Estava planejando ir para o aeroporto direto de Southampton no domingo de manhã, e teria de sair ao amanhecer para conseguir chegar a Paris em uma hora razoável à noite. Quando necessário, pegava o voo da madrugada, mas não havia nada urgente, fazendo mais sentido pegar o voo diurno, embora detestasse perder os domingos com Arthur.

Às dez horas, chegaram a Southampton e Sasha ficou surpresa ao perceber o quanto estava cansada. Como sempre, Arthur dirigira e ela cochilara durante a viagem, ficando feliz em ir para a cama com ele antes da meia-noite. Antes disso, ficaram sentados no deque, olhando para o mar sob o luar. A temperatura estava quente e agradável e a noite, clara e límpida. Uma vez deitados, pegaram no sono no momento em que encostaram a cabeça nos travesseiros.

Como costumavam fazer na casa de praia, fizeram amor quando acordaram de manhã. A seguir, ficaram deitados juntos, aninhados. O relacionamento íntimo deles não caíra na mesmice com o passar dos anos, e se tornara melhor com a familiaridade e profunda afeição. Em seguida, foram para o banheiro, onde ela tomou banho de banheira e ele, de chuveiro. Sasha amava as manhãs preguiçosas em Southampton. Após o banho, desceram juntos para a cozinha, onde ela preparou o café da manhã, e fizeram uma longa caminhada pela praia. Estava um dia maravilhoso, quente e ensolarado, com raras brisas. Era o primeiro fim de semana de outubro e logo o outono resfriaria o ar, mas por enquanto não. O verão ainda se fazia presente.

Arthur levou Sasha para jantar no sábado em um pequeno restaurante italiano que ambos adoravam. Sentaram-se no deque da casa depois, tomando vinho e conversando. A vida parecia tranquila e fácil. Não foram se deitar tarde naquela noite, visto que Sasha teria de acordar cedo na manhã seguinte para pegar o voo com destino a Paris. Ela odiava deixá-lo, mas isso era algo comum em suas vidas. Passar quatro ou cinco dias sem ver o marido não era nada. Aninhou-se a Arthur na cama naquela noite e abraçou-o, seus corpos colados enquanto adormeciam. Ela teria de acordar às quatro horas e sair às cinco, para estar no aeroporto às sete para o voo das nove da manhã, que a deixaria em Paris às nove da noite, horário local, e possibilitaria que chegasse em casa às onze, garantindo uma boa noite de sono antes de ir trabalhar na manhã seguinte.

Quando o despertador tocou às quatro horas, ela escutou-o e desligou-o logo, abraçou Arthur por um longo momento e, então, levantou-se triste. Foi para o banheiro na ponta dos pés, no escuro, e vestiu um jeans e um suéter preto. Calçou mocassins velhos Hermès que já haviam tido momentos melhores. Há muito tempo parara de se vestir bem para os voos longos. Conforto era mais importante. Geralmente, dormia nas viagens de avião. Ficou parada por um longo instante, fitando Arthur antes de sair, e então abaixou-se e deu um beijo suave em sua cabeça, para não acordá-lo. Contudo, ele se mexeu, como sempre fazia, e sorriu em seu sono. No momento seguinte, fitou-a entre olhos quase fechados, e o sorriso aumentou quando esticou a mão e puxou-a para mais perto.

— Eu te amo, Sash — sussurrou com a voz cheia de sono. — Volte logo para casa, vou sentir saudades. — Sempre dizia coisas assim e ela o amava ainda mais por isso. Beijou-o no rosto depois dessas palavras e cobriu-o, como costumava fazer com os filhos.

— Eu também te amo — murmurou ela. — Volte a dormir. Ligarei quando chegar a Paris. — Sempre o fazia. Sabia que ainda o encontraria ali, antes de ele pegar a estrada e voltar para a cidade, e desejava poder ficar ali com o marido.

Seria bom quando ele se aposentasse e pudesse viajar com ela para qualquer lugar. Apreciava ainda mais esta ideia agora, enquanto fechava a porta do quarto suavemente e atravessava a casa. Na noite anterior, marcara um táxi para vir buscá-la. O motorista já estava esperando do lado de fora e não tocara a campainha, como ela pedira. Disse a ele para onde queria ir e olhou pela janela enquanto o homem dirigia, sorrindo para si mesma. Tinha plena consciência de suas bênçãos. Era uma mulher afortunada com uma vida perfeita, um marido que amava e que correspondia ao seu amor, dois filhos maravilhosos e duas galerias que lhe davam alegrias infinitas e uma boa situação. Não havia mais nada que quisesse ou pudesse ter. Sasha de Suvery Boardman sabia que tinha tudo.

Capítulo 2

O VOO PARA PARIS FOI TRANQUILO. Sasha almoçou, assistiu a um filme, dormiu três horas e acordou quando aterrissaram no aeroporto Charles de Gaulle. A maioria dos comissários de bordo lhe era familiar, e, conhecendo seus hábitos, eles a deixavam em paz. Ela era uma passageira tranquila e uma pessoa agradável, não bebendo nada além de água nos voos. Era perita no que fazer para evitar o cansaço comum após viagens longas, resultante da diferença de fuso horário. Comia alimentos leves, dormia, bebia água e ia para a cama assim que chegava em casa, com a certeza de que na manhã seguinte estaria nova em folha e adaptada à mudança de horário. Viajava de Paris a Nova York havia doze anos.

O tempo em Paris estava frio e chuvoso. Embora estivesse quente em Nova York, o inverno já se fazia presente na França. Trouxera um xale de *cashmere* para jogar sobre o casaco quando aterrissasse, e, como sempre, um carro com motorista a esperava. Conversaram sobre o tempo e sobre o voo enquanto seguiam para

Paris, e a casa estava silenciosa quando chegou. A empregada que vinha diariamente durante a semana deixara comida na geladeira, como sempre fazia. Assim que Sasha entrou pela porta, pegou o telefone e ligou para Arthur. Eram cinco horas da tarde para ele, que pareceu satisfeito ao escutar sua voz. Estava acabando de fechar a casa em Southampton para voltar a Nova York.

— Estou com saudades de você — disse ele, depois que ela contou sobre o tempo em Paris. Às vezes Sasha se esquecia de como os invernos eram deprimentes lá. — Talvez você devesse abrir uma galeria em Miami — disse ele, implicando. Sabia que, apesar do clima, no fundo ela queria voltar a morar em Paris, e estava disposto a empreender essa mudança no ano seguinte, quando se aposentasse. Também gostara de morar lá nos primeiros anos de casamento. Gostava das duas cidades, só se importava em ficar com Sasha, por adorar dividir a vida com ela.

— Vou passar a terça-feira em Bruxelas para conhecer um artista novo e visitar um que já representamos — comentou Sasha.

— Só peço que esteja em casa para o fim de semana. — Já tinham planejado ir à festa de aniversário de uma das melhores amigas dela. A aniversariante ficara viúva no ano anterior e estava saindo com um homem de que ninguém parecia gostar. Já havia namorado vários no decorrer daquele ano, mas nenhum fizera sucesso entre as amigas. Todos gostavam muito dela e torciam para que o namorado atual sumisse o mais rápido possível. O falecido marido dela fora um dos melhores amigos de Arthur e travara uma luta lenta e longa contra o câncer. Morrera com 52 anos, e a viúva tinha a mesma idade. Ela fazia piadas sombrias sobre como era deprimente estar novamente disponível após 29 anos de casamento. Arthur e Sasha sentiam pena, então aturavam os péssimos namorados. Sasha sabia melhor do que ninguém, pelas conversas que tinham, como ela se sentia solitária.

— Tentarei voltar para casa na quinta, no máximo sexta. Quero ver Xavier, e vai depender de quando ele vai poder vir. — Sasha informou-lhe seus planos.

— Mande um beijo para ele — disse Arthur, e o casal conversou por mais alguns minutos. Ela preparou uma salada para si depois de desligar, examinou alguns papéis que o gerente da galeria deixara e abriu sua correspondência de Paris. Havia convites para várias festas, diversos anúncios de *vernissages* e uma carta de uma amiga. Raramente ia a festas em Paris, exceto quando eram oferecidas por clientes importantes, ocasiões em que se sentia obrigada a comparecer. Não gostava de sair sem Arthur, apreciando a vida calma que levavam, fazendo exceção para eventos de arte e jantares com amigos íntimos.

Ligou para Xavier, como prometera, mas ele não estava. Deixou um recado na secretária eletrônica. À meia-noite, já estava na cama, dormiu logo, e, na manhã seguinte, acordando com o despertador às oito horas da manhã. O tempo estava chuvoso e enevoado, parecia que estavam em pleno inverno. Às nove e meia, vestiu sua capa de chuva para atravessar o pátio até a galeria, e se reuniu com o gerente às dez horas. O lugar ficava fechado às segundas-feiras, o que lhes dava um dia inteiro de tranquilidade para trabalhar. Sasha e Bernard, o gerente, planejaram exposições e o calendário do ano seguinte.

Ela comeu na escrivaninha mesmo, e a tarde passou voando. Já eram quase seis horas quando a secretária informou que sua filha estava ao telefone, falando de Nova York. Xavier telefonava com muito mais frequência para a mãe do que Tatianna, e já havia ligado duas vezes naquele dia. Viria jantar com ela na quarta-feira, para que pudesse voltar para Arthur na quinta. Sasha atendeu o telefone com um sorriso, prevendo mais reclamações sobre o fotógrafo para quem Tatianna estava trabalhando. Só esperava que a filha não houvesse se demitido. Ela era cabeça-dura às vezes e não gostava de ser subserviente a outras pessoas, ou maltratada, e Sasha sabia que a filha não acreditava estar sendo bem tratada pelo novo chefe. Sendo formada em Belas-Artes por Brown, esperara fazer mais do que servir café e varrer o chão do estúdio depois que ele saísse.

— *Bonjour, chérie* — disse em francês inconscientemente, ficando surpresa ao escutar o silêncio do outro lado da linha. Supôs que a ligação tivesse caído e que Tatianna telefonaria de novo. Já estava prestes a desligar quando ouviu um som grave e profundo, mais animal do que humano. — *Tati? C'est toi?* É você? Querida, o que houve? — Percebia agora que a filha estava chorando, soluçando ao telefone. Demorou um longo tempo antes que ela pudesse responder.

— Mamãe... venha para casa. — Com toda a sofisticação que Tatianna agora exibia, de repente soou como uma menina de cinco anos.

— O que aconteceu? Você foi despedida? — Era a única coisa que Sasha acreditava ser capaz de deixá-la naquele estado. Tatianna estava solteira no momento, então não podia ser uma decepção amorosa.

— O papai... — disse ela, começando a soluçar de novo, enquanto o coração de Sasha dava um pulo no peito. O que, em nome de Deus, poderia ter acontecido com ele?

— Tatianna, me diga o que aconteceu. Rápido. Você está me assustando.

— Ele... me ligaram do escritório dele minutos atrás... — Já era quase meio-dia em Nova York. Sasha sabia que se ele tivesse sofrido um acidente a caminho da cidade, alguém teria telefonado na noite anterior. O marido carregava todos os números do telefone com ele, assim como ela.

— Ele está bem? — Sentiu um aperto em seu peito ao fazer a pergunta, enquanto Tatianna continuava chorando de forma incontrolável.

— Ele teve um infarto... no escritório... chamaram os paramédicos.

— Ah, meu Deus... — Sasha fechou os olhos bem apertados enquanto escutava, a mão segurando o telefone tremendo ao esperar o que vinha a seguir.

— Mãe... ele morreu. — O mundo inteiro parou para Sasha quando Tatianna deu a notícia. A sala virou de cabeça para baixo. Sem perceber, continuou segurando o telefone com uma das mãos, enquanto com a outra, para firmar-se, agarrava-se à mesa que um dia fora de seu pai. Parecia que estava caindo em um abismo.

— Não é possível. É um engano — disse Sasha, como se pudesse negar ou fazer com que aquilo não acontecesse. — Não é verdade! — gritou ela, enquanto as lágrimas escorriam por seu rosto. Cada célula de seu corpo parecia haver levado um choque elétrico quase fatal. Estava tentando respirar.

— É verdade — chorou Tatianna, infeliz. — A Sra. Jenkins me ligou. Eles levaram-no para o hospital, mas ele já estava morto. Mamãe... venha para casa...

— Já estou indo — disse, levantando-se com uma expressão de pânico, olhando em volta da sala, como se esperasse que alguém se materializasse para ajudá-la e dizer que aquilo não era verdade. Mas ninguém apareceu. Estava sozinha. — Onde você está?

— No trabalho.

— Vá para casa... não, não vá para casa. Vá para a galeria. Não quero que fique sozinha. Conte a eles o que aconteceu. Eles vão compreender. — Tatianna continuava chorando enquanto escutava. Sasha sabia que havia um voo para Nova York às nove horas, aterrissando sete horas depois. No fuso de Nova York, eram seis horas a menos. Chegaria à cidade por volta das onze da noite, horário local, cinco da manhã, em Paris. Sabia que sua fiel assistente levaria Tatianna para a casa de seus pais. — Fique onde você está, Tati. Vou pedir para Marcie pegá-la. — Marcie trabalhava para Sasha desde que abrira a galeria. Era uma mulher gentil, de quarenta e poucos anos, que nunca se casara e nem tivera filhos, e amava os de Sasha como se fossem seus. De repente, como uma luz no meio da escuridão e do caos, ela conseguiu proferir: — Eu te amo, Tati. Chegarei em casa o mais rápido possível.

Sasha estava tremendo da cabeça aos pés quando desligou. E, em um momento de total loucura, discou o número do telefone celular de Arthur. A secretária, Sra. Jenkins, atendeu. Já ia ligar para Sasha. Tatianna conseguira ser mais rápida. Por um instante de insanidade, Sasha queria acreditar que o marido atenderia o celular. A secretária, contudo, atendeu em seu lugar.

— Sinto muito, Sra. Boardman... Sinto muito... foi tão repentino. Eu não sabia... ele não me interfonou... eu o vi cinco minutos antes. Depois entrei para levar alguns papéis para ele assinar, e ele estava caído sobre a mesa. Já tinha partido. Eles tentaram... mas não puderam fazer nada. — Poupou Sasha da cena de horror que presenciara quando eles tentaram ressuscitá-lo sem sucesso. Também estava chorando. — Farei tudo que puder. Quer que eu ligue para alguém? Para o hospital? Para a funerária? Sinto tanto...

— Farei isso quando chegar em casa. — Ou Marcie faria. Não queria ninguém tomando decisões a respeito de seu marido. Ela própria não queria tomá-las. Primeiro, precisava ligar para o filho.

Sasha contou por alto à Eugénie, sua secretária em Paris, o que acontecera e pediu para que conseguisse um voo para ela e pegasse suas coisas em casa. A secretária ficou perplexa. Não quis acreditar no início, mas quando viu a expressão no rosto de Sasha, soube que era verdade. Ela estava branca como vela e parecia estar em choque. Eugénie viu as mãos de Sasha tremendo como varas quando esta pegou o telefone para ligar para Xavier.

O secretário saiu então da sala, voltando no momento seguinte com uma xícara de chá e a seguir desaparecendo para tomar as providências para o voo. Nesse instante, Sasha já estava chorando ao telefone com Xavier, que ficou tão perturbado quanto ela. Ele se ofereceu para encontrá-la em Paris e acompanhá-la no voo para casa. Entretanto, se o dele atrasasse, eles se desencontrariam. Portanto, Sasha pediu que fosse direto para Nova York, naquela mesma noite se pudesse. Não que fizesse diferença para Arthur agora, mas faria para ela e Tatianna. Xavier estava chorando quando desligou. O resto da noite foi um borrão.

Eugénie arrumou a mala de Sasha como esta pedira, e cancelou seus compromissos para a semana. A viagem para Bruxelas teria de esperar. A vida dela inteira acabara de ser destruída em um único momento. Não conseguia pensar em mais nada, e nem queria tentar. A secretária e o gerente da galeria levaram-na ao aeroporto e, após ficarem ao seu redor como pais preocupados, colocaram-na no avião. Discretamente, depois do embarque, contaram ao funcionário no portão o que havia acontecido. Ambos estavam receosos a respeito de como Sasha se comportaria na ocasião. Bernard, o gerente, se oferecera para viajar com ela, ao que recusara bravamente, arrependendo-se disso no momento em que o avião decolou. Foi tomada por uma onda de pânico tão forte que ficou com medo de também ter um infarto. Uma das comissárias de bordo disse à outra que Sasha literalmente ficara verde e começara a suar. Elas cobriram-na com cobertores e pediram para o passageiro sentado ao lado dela mudar para outra poltrona. Uma comissária ficou sentada ao seu lado por um tempo. Perguntaram se tinha algum calmante, e Sasha respondeu que não porque nunca sentira necessidade. Mas nunca perdera seu marido também. Não se sentira assim quando o pai morreu, e sofrera bastante na ocasião. Mas Simon já tinha 89 anos, ele mesmo a avisara continuamente que aquilo aconteceria algum dia, e ela sabia que aconteceria mesmo. Estava mais ou menos preparada para aquilo. Mas não para isto. Não Arthur, que dissera que a amava na noite anterior. Ela o deixara dormindo na cama em Southampton e agora ele se fora. Não era possível. Isso não estava acontecendo. Mas infelizmente estava. Só lembrava de se sentir assim tão descontrolada e com tanto medo uma única vez: quando sua mãe morrera e Sasha tinha apenas 9 anos de idade. Agora se sentia como uma criança de novo. Uma órfã. Chorou a viagem inteira para Nova York. Após receber um telefonema de Bernard, Marcie foi para o aeroporto e ficou esperando enquanto Sasha passava pela alfândega. Deixara Tatianna com uma amiga no apartamento.

A assistente não perguntou como ela estava. Não precisava. Sasha mal conseguia falar. Era a mulher mais capaz que Marcie conhecia e parecia totalmente destruída. Esta calmamente passou os braços em torno dela e abraçou-a forte, tirando-a do aeroporto, enquanto Sasha chorava e desconhecidos observavam. Levou-a para o carro e o motorista seguiu em direção a Nova York. Sasha estava abalada demais para falar, mas então, no meio do caminho, começou a divagar, a fazer perguntas cujas respostas já não importavam mais. Não importava quem ou como ou onde ou quando, Arthur se fora. Sem nenhum aviso. Sem nenhum alarde. Sem se despedir de seus filhos e de sua esposa. Ele se fora.

O encontro de Tatianna e Sasha, meia hora depois, no apartamento, foi doloroso de assistir. Marcie ficou parada em silêncio e chorou. Sentindo-se impotente, preparou sanduíches para as duas, mas ninguém comeu. Serviu água e café, mas ninguém tomou. Tentou convencer Sasha a tomar um drinque, mas ela também não quis. Às duas da manhã, Xavier chegou de Londres. Pedira a um amigo que o pegasse no aeroporto. Um de seus amigos artistas estava bem atrás dele quando entrou pela porta e foi direto para sua mãe. Colocou os braços em volta dela e da irmã e os três ficaram ali abraçados e chorando. A cena cortou o coração de Marcie. Permaneceram sentados conversando a maior parte da noite. A única pessoa que comeu o que Marcie preparou foi o amigo de Xavier. A família não comeu nem bebeu nada.

Pela manhã, a realidade bateu à porta. Sasha foi ao hospital e insistiu em ver seu marido. Queria ficar sozinha com ele e quando saiu da sala parecia um fantasma, mas não estava chorando. Estava em estado de choque. Despedira-se de Arthur. Em seguida, foram à casa funerária para combinar tudo. O pastor foi vê-la em seu apartamento, e Marcie ficou com ela o tempo todo. Xavier fora com Tatianna ao apartamento dela. Depois que o pastor foi embora, Sasha virou-se e fitou a assistente.

— Isso está mesmo acontecendo? Não posso acreditar. Passo o tempo todo esperando que alguém me diga que isso é apenas uma brincadeira de mau gosto. Mas não é, é? — Marcie balançou negativamente a cabeça.

Sobreviveram ao dia, com Sasha parecendo e se sentindo como um zumbi, e tentando consolar os filhos. Naquela noite, finalmente comeram pizza, e mais nada. Tatianna foi dormir em seu antigo quarto, Xavier saiu com amigos e voltou para casa bêbado. Sasha ficou sentada na sala de estar fitando o nada. Não conseguia suportar a ideia de voltar para seu quarto, só queria seu marido. E quando finalmente foi para a cama naquela noite, exausta demais para dormir, conseguia sentir o cheiro da loção pós-barba dele no travesseiro em que enterrou o rosto e soluçou. Marcie ficou e dormiu no sofá, como amiga fiel que era. Passou horas telefonando para os amigos da família, avisando sobre o funeral. Ligou para a galeria em Paris. Todos de lá viriam.

Também fez o pedido das flores, enquanto Sasha escolhia as músicas. Amigos começaram a aparecer, oferecendo ajuda. Dentre os melhores amigos e sócios de Arthur foram escolhidos aqueles que carregariam o caixão. A viúva achou que fosse morrer quando teve de escolher as roupas que o falecido usaria. De alguma forma, a família conseguiu chegar ao funeral vestida e na hora marcada. Os convidados em luto foram para a casa deles depois. Muito tempo depois, Sasha admitiu que não se lembrava de absolutamente nada. Nem das músicas nem das flores, nem das pessoas que estavam lá. Não tinha nenhuma lembrança de quem fora ao seu apartamento. Havia parecido normal e sã, tão controlada quanto possível. No entanto, estava, basicamente, em estado de choque. Assim como os filhos. Eles se agarravam uns aos outros como náufragos que estavam se afogando. E Sasha estava. A pior parte veio no dia seguinte. A vida real, sem Arthur. O horror de viver o dia a dia sem ele. A dor era maior do que se podia acreditar. Como uma cirurgia sem anestesia, Sasha não conseguia imaginar como seria acordar todos os dias sabendo que não o veria nunca mais. Tudo que antes era querido, maravilhoso e fácil agora tornara-se angustiante e terrivelmente doloroso. Não havia nenhuma recompensa por sobreviver aos dias sem ele, nenhuma motivação para acordar de manhã, nada a desejar, nenhuma razão para ficar viva, exceto seus filhos.

Xavier voltou para Londres duas semanas depois. Telefonava constantemente para a mãe. Tatianna voltara a trabalhar na semana seguinte. Sasha ligava para ela todos os dias e, na maior parte das vezes, a filha chorava quando escutava a voz da mãe. O único consolo que Sasha conseguia, além da discreta compreensão de seus empregados e do apoio irrestrito de Marcie, eram as ocasiões em que conversava com amigas que haviam passado pela mesma situação. Detestava conversar com elas, porque ficava deprimida na maioria das vezes, mas, pelo menos, estas diziam a ela honestamente o que esperar. E nada do que afirmavam parecia bom.

Alana Applebaum, que havia sido casada com um amigo de Arthur e a cujo aniversário Sasha não comparecera porque o funeral do marido tinha sido na véspera, dissera que o primeiro ano era uma tortura do início ao fim. Às vezes, ainda era. Contudo, depois do primeiro aniversário da morte do marido, ela começara a se esforçar para sair com outros homens. Disse que a maioria deles eram estúpidos e que ainda não conhecera um decente, mas pelo menos não estava em casa sozinha, chorando. A sua teoria era a seguinte: não importava o quão ruim fosse o homem com quem saísse, era melhor do que ficar sozinha.

Uma das melhores amigas de Sasha em Paris, que perdera o marido três anos antes em um acidente enquanto esquiava em Val d'Isère, enxergava a situação de forma diferente. Dizia que preferia ficar sozinha do que sair com um homem estúpido. Tinha 45 anos, ficara viúva aos 42, e afirmava que simplesmente não havia homens decentes disponíveis, todos os bons já estavam casados. Os outros eram idiotas, ou coisa pior. Insistia que era mais feliz sozinha. Entretanto, Sasha tinha plena consciência de que nos últimos dois anos ela começara a beber muito. E geralmente quando a amiga ligava para consolá-la, tendo calculado mal o fuso horário, estava bêbada. Também não estava superando bem.

Sasha comentou sobre esses telefonemas com Marcie.

— Talvez a única forma de sobreviver a isso seja se embebedando. — Era deprimente escutar todas elas. Também não era melhor com as divorciadas que conhecia. Não tinham que conviver com a dor insuportável do luto, mas se escondiam por trás do ódio que sentiam dos ex-maridos, principalmente as que tinham sido trocadas por mulheres mais jovens. Era aterrorizante escutar todas elas. Como resultado, Sasha passou a evitá-lo, isolando-se e mergulhando no trabalho. Às vezes ajudava. Na maioria das vezes, não.

O primeiro Natal sem Arthur chegou e foi embora trazendo uma série de pequenos e grandes sofrimentos. Xavier e Tatianna passaram a noite da véspera com a mãe, e à meia-noite todos estavam sentados na sala de estar, soluçando. Nenhum deles queria abrir seus presentes, Sasha menos ainda. Tatianna lhe deu um cachecol de *cashmere*, visto que parecia estar com frio o tempo inteiro, provavelmente porque mal comia ou dormia. Xavier lhe deu uma série de livros de arte que sabia que ela queria. Mas não era Natal sem Arthur.

No dia seguinte, os dois filhos foram esquiar com amigos. Na noite da véspera de Ano-Novo, Sasha tomou um comprimido para dormir às oito da noite e só acordou às duas da tarde do dia seguinte, grata por não ter visto nada. Ela e Arthur não costumavam fazer nada de especial no Ano-Novo, mas, pelo menos, ele estava ali com ela.

Apenas em maio ela começou a se sentir meio humana de novo. Nessa época, fazia sete meses que Arthur havia morrido. Até então, a única coisa que fazia era viajar uma vez por mês a Paris, onde passava as noites em casa encolhida e congelando, terminando o trabalho o mais rápido possível para voltar a Nova York. Delegou o máximo que pôde aos gerentes das duas galerias nesses meses, e era agradecida pela ajuda deles. Sem eles, ficaria completamente perdida, e quase ficara. Domingo era o pior dia, em qualquer das duas cidades, porque não podia ir para o trabalho. Não ia à casa nos Hamptons desde que Arthur morrera. Não queria voltar sem ele, mas também não queria vendê-la. Deixou-a lá, e disse para os filhos usarem-na sempre que desejassem. Ela não ia querer ir. Não tinha a menor ideia do que fazer com o resto da vida além de trabalhar, o que agora não lhe trazia mais nenhuma alegria, mas que continuava sendo a única válvula de escape que possuía. O resto parecia desolação e desespero. Nunca se sentira, em toda a sua vida, tão perdida e sem esperança.

Os gerentes das duas galerias, e até mesmo Marcie, estavam estimulando-a a rever os amigos. Ela não estava retornando ligação alguma, exceto as da galeria, havia meses. Mesmo estas, repassava para outra pessoa quando podia. Não queria conversar com ninguém desde que Arthur morrera.

Em maio, finalmente começou a se sentir um pouco melhor. Para sua própria surpresa, aceitou um convite para jantar na casa de Alana em junho, arrependendo-se no momento seguinte. A última coisa que desejava era se vestir e sair. Marcie dissera a ela que Arthur iria querer que ela saísse. Ele ficaria devastado se visse o estado em que a esposa se encontrava. Perdera quase dez quilos. As pessoas que não a conheciam bem diziam que estava fabulosa e não faziam ideia do porquê. Para eles, emagrecer devido à tristeza estava na moda.

Assim, em uma inevitável noite de junho, ela saiu pela primeira vez. Usou um terninho de seda preta, saltos altos e o cabelo preso para trás em um coque. Os brincos de diamante escolhidos haviam sido presente de Arthur em seu último Natal. Chorou quando colocou-os. Suas roupas também estavam largas demais. Estava esquelética e tudo que possuía de repente parecia grande.

O jantar começou mais divertido do que esperara e a maioria dos rostos lhe eram familiares. Alana no momento já estava com outro namorado, que, surpreendentemente, parecia um bom homem. Conversou um pouco com Sasha, e ela descobriu que ele era colecionador de arte contemporânea e que havia comprado obras em sua galeria uma ou duas vezes. A agonia dela começou quando descobriu que Alana pedira ao namorado para trazer um amigo, o qual se jogou em cima de Sasha durante o jantar. Ele era inteligente e talvez fosse interessante, exceto pelo fato de que começou a entrevistar Sasha como se tivessem marcado um encontro pela Internet, coisa que não fizera e não tinha nenhuma intenção de fazer, agora ou em qualquer outro momento. Sabia que Alana conhecera homens através de sites de relacionamento mais de uma vez. Só de pensar nisso ficava horrorizada. Não queria sair com ninguém, nem com esse nem com nenhum outro. Pretendia permanecer de luto por Arthur para sempre.

— Então, quantos filhos você tem? — perguntou ele abruptamente antes de se sentarem para o jantar, enquanto Sasha imaginava se poderia dizer que estava com enxaqueca e desaparecer. No entanto, sabia que Alana ficaria ofendida. As intenções da anfitriã eram boas, mas não estavam do acordo com o que Sasha queria. Só desejava ficar em paz. Suas feridas ainda estavam abertas. Não tinha vontade alguma de substituir Arthur. Nunca.

— Tenho dois filhos adultos — disse ela friamente.

— Isso é bom — ele respondeu com uma expressão de alívio. Sasha sabia que era corretor da bolsa e ele contara que se divorciara havia quatorze anos. Parecia ter uns 50 anos, dois a mais que ela.

— Na verdade, não é bom — disse ela, sendo honesta, sorrindo com tristeza para ele. — Eles não moram mais comigo. Sinto uma saudade terrível deles. Gostaria que fossem mais novos e ainda vivessem em minha casa. — O homem pareceu bastante desconfortável com a resposta.

— Você não pretende ter mais filhos, pretende? — Sasha teve a impressão de que ele tinha uma lista de perguntas preparada.

— Eu adoraria, mas sou viúva. — Para ela, isso respondia à pergunta; para ele, não.

— Mas você provavelmente vai se casar de novo. — Puf, em uma frase, ele apagou Arthur e seguiu em frente. Sasha ainda não estava pronta para fazer o mesmo.

— Não vou me casar de novo — disse teimosamente enquanto seguiam para a sala de jantar, apenas para descobrir consternada que ele estava sentado ao seu lado. Alana claramente tinha um plano.

— Por quanto tempo vocês foram casados? — perguntou ele com o interesse renovado. Mulheres à procura de marido não eram o que desejava, de qualquer maneira.

— Vinte e cinco anos — ela respondeu com exatidão, enquanto se sentavam. O homem não passava um minuto sequer sem fazer perguntas.

— Bem, posso entender, então, porque você não quer se casar de novo. Fica um tédio, não é, depois de todos esses anos? Fui casado por onze anos e para mim foi o bastante. — Sasha fitou-o horrorizada e esperou um longo momento para responder.

— Não fiquei entediada com o meu casamento — disse ela com firmeza. — Eu era muito apaixonada pelo meu marido.

— Que pena — disse ele, devorando a entrada. Foi a única pausa para Sasha. — Você provavelmente está idealizando o seu casamento. A maioria das pessoas que fica viúva sofre desse tipo de ilusão. Convence-se de que é casada com santos depois que os parceiros morrem. Enquanto estava viva, não era tão louca assim por eles.

— Posso lhe garantir — disse a mulher, fitando-o de forma arrogante, querendo jogar alguma coisa nele — que eu era louca pelo meu marido. Isso é um fato, não uma ilusão. — O tom de voz era glacial.

— Tudo bem, então — disse ele, parecendo perplexo. — Vou acreditar na sua palavra. Com quantos homens você saiu desde que ele morreu? — Por acaso, Alana os olhou nessa hora, viu a expressão em seu rosto e percebeu que as coisas não estavam indo bem. Sasha estava branca de raiva.

— Não saí com ninguém e nem tenho essa intenção. Nunca. Meu marido morreu há oito meses e este é o primeiro convite para um evento social que aceito. — O acompanhante a fitou surpreso.

— Ah, meu Deus, você é virgem. — Pareceu ver o fato como esquisitice a princípio, mas depois olhou-a com mais interesse, como um desafio. Sasha, contudo, era uma rival à altura.

— Não, não sou virgem, usando as suas palavras. Nem tenho a intenção de ser deflorada. Sou uma viúva de 48 anos que era muito apaixonada pelo marido. — Com isso, deu as costas para o homem e começou a conversar com a pessoa do seu outro lado, um homem que ela e Arthur conheciam bem. Ele era casado, e ela e Arthur gostavam muito dele e da esposa.

— Você está bem? — Seu velho amigo fitou-a preocupado quando Sasha virou-se com os olhos brilhando. Fez a pergunta murmurando, e os olhos dela estavam cheios de lágrimas quando assentiu. O homem à sua esquerda não apenas a insultara como a deixara deprimida. Era esse tipo de pessoa que a aguardava agora que era viúva. Estava começando a imaginar se no futuro deveria falar para as pessoas que conhecesse que era casada. Não tinha nenhum desejo de ser a "virgem" de alguém. Isso roubava toda a dignidade e respeito que sempre tivera enquanto fora casada com Arthur. Agora percebia que, não apenas perdera o homem que amava da noite para o dia, como tornara-se constrangedoramente vulnerável, perdendo a proteção social de um marido carinhoso e o abrigo seguro e confortável do casamento.

— Estou bem — disse ela para o amigo.

— Sinto muito, Sasha — disse ele de forma compreensiva, dando um tapinha na mão dela, o que fez as lágrimas que estavam em seus olhos escorrerem pelo rosto. Precisou procurar um lenço na bolsa. Ao assoar o nariz, sentiu-se patética e envergonhada.

Até o fim do jantar, ela beliscou o que estava em seu prato, desaparecendo com a máxima segurança que conseguiu demonstrar, enquanto os outros se dirigiam à sala de estar para tomar café. Não teve força nem para se despedir de Alana, e prometeu a si mesma que ligaria para a amiga na manhã seguinte.

Não precisou. Alana ligou para seu escritório. Era sábado, mas, como sempre desde que o marido morrera, Sasha estava na galeria, trabalhando. Nada de fins de semana nos Hamptons, os quais ela amara partilhar com Arthur mas não conseguia enfrentar sozinha.

— O que aconteceu? — Alana parecia queixosa. — Ele é um cara legal quando você o conhece melhor. E gostou de você. Ele a achou maravilhosa! — Sasha considerou essa novidade ainda mais deprimente.

— Que legal da parte dele. Eu não queria um encontro, Alana. Só queria jantar na sua casa.

— Você não pode ficar sozinha para sempre, Sasha. Mais cedo ou mais tarde, você vai ter de enfrentar isso. Você é nova. E olhe, sendo realista, não tem tantos caras decentes por aí. Esse é legal. — Ou, pelo menos, era o que Alana achava. Mas ela provara, no decorrer do último ano, que o desespero cegara seu senso crítico.

— Eu não quero um cara legal — disse Sasha, triste. Gostava da amiga, ou sempre havia gostado, mas detestava o que ela estava se tornando. O bom gosto, o senso crítico e a dignidade pareciam ter desaparecido no momento em que ela ficara viúva. Sasha tinha certeza de que nem todas as viúvas eram como ela. Alana ainda estava com sérios problemas financeiros e, portanto, desesperada para encontrar um marido que os resolvesse. E, como Arthur costumava dizer antes de morrer, os homens sentiam o cheiro do desespero. *Eau de Panic*, era como o chamava. Não era um perfume apreciado pelo sexo masculino.

— Você quer o Arthur — disse Alana, esfregando sal em suas feridas. — Bem, se você quer saber a verdade, também quero o Toby. Mas eles se foram, Sash. Não vão voltar e estamos presas aqui sem eles. Temos de tirar o melhor dessa situação ruim, de qualquer forma que conseguirmos.

— Não estou pronta para fazer isso — disse Sasha gentilmente. Não disse à amiga como ela parecia tola e como estava se tornando constrangedora. — Talvez ficar sozinha seja a resposta certa. Não consigo nem me imaginar namorando. — Nem queria.

— Sasha, você tem 48 anos, eu tenho 53. Somos muito novas para ficarmos sozinhas para sempre. — Sasha se sentia jovem enquanto fora casada com Arthur. Desde que o marido morrera, sentia-se uma velha.

— Eu não sei, Alana. Não sei qual é a resposta. Só sei que neste momento prefiro morrer do que namorar. — Como sempre, ela foi dolorosamente sincera.

— Seja paciente com você mesma. Dê uma chance a esses caras, mais cedo ou mais tarde, vai encontrar um que você queira. — Julgando pelos homens que Alana namorara no último ano, com exceção do atual, nenhum deles era o tipo que uma mulher em sã consciência iria querer, a não ser talvez por dinheiro, Alana tinha prioridades totalmente diferentes das de Sasha, que só estava tentando sobreviver à perda de Arthur. — Daqui a alguns meses, você vai se sentir diferente. Espere até completar um ano. Aí você vai estar pronta.

— Espero que não. Tenho meus filhos, minhas galerias e meus artistas. — Embora sem Arthur, nada, a não ser os filhos, significasse alguma coisa para ela agora. Mal conseguia se concentrar no trabalho, que atualmente só servia para tirá-la do apartamento em Nova York ou de sua casa em Paris. Nada em sua vida estava lhe trazendo alegria.

— Isso não é suficiente e você sabe disso — retorquiu Alana.

— Talvez seja para mim.

— Bem, para mim não é — disse Alana com firmeza. — Quero encontrar um bom homem e me casar. Se não um homem bom, ao menos um rico. — Sasha não tinha interesse em nenhum dos dois. — Espere mais seis meses e você também vai estar por aí procurando alguém.

— Deus, espero que não — disse Sasha, de forma inflexível. Só de pensar nisso, ficava ainda mais deprimida.

— Veremos — disse a amiga, como se soubesse das coisas. Um fator, porém, era certo: não era fácil para nenhuma mulher, divorciada ou viúva, encontrar um namorado atualmente. Alana lembrou-a de que todas as suas amigas repetiam isso. As de Sasha também, não que ela se importasse.

Voltou para Paris na semana seguinte e ficou lá por duas semanas desta vez. Pela primeira vez em meses, visitou seus artistas nas mais variadas cidades da Europa: Bruxelas, Amsterdã e

Munique. E parou em Londres antes de voltar para casa para visitar o filho. Este estava sentindo-se bem melhor, e produzindo novas obras muito interessantes. A mãe ficou impressionada ao ver. Deu ao filho o nome de uma galeria para a qual deveria ligar, e este ficou satisfeito. Xavier não queria expor na Suvery. Para ele, parecia nepotismo e estava determinado a conquistar o sucesso profissional sozinho.

Nos últimos meses, Xavier mencionara o nome do amigo Liam Allison insistentemente. Teimava que este era um dos artistas mais talentosos que já conhecera e queria que a mãe visse o trabalho dele.

— Eu ficaria feliz em ver, mas quero que ele me mande os slides primeiro. — Ela não queria perder tempo e, na sua opinião, olhar os slides primeiro era um processo de seleção. Mas não importava quantas vezes dissesse isso a Xavier, seu amigo nunca os mandava. O filho argumentava que ele era tímido, o que não era raro em artistas jovens ou mesmo mais velhos, mas ele não aparentava timidez nas histórias que Xavier contava. Toda vez que Xavier perdia o controle ou se comportava mal, ia a festas malucas ou fazia alguma coisa irresponsável e ultrajante, Liam estava presente, como por milagre. Havia pouco tempo, tinham saído para almoçar em uma preguiçosa tarde de domingo, beberam muito vinho, pegaram um táxi até o aeroporto e foram para Marrakesh, onde ficaram quatro dias. Xavier afirmou que nunca se divertira tanto na vida. Ligou para a mãe quando voltou. Ela estava preocupada porque o filho não retornava suas ligações havia quase uma semana.

— Deixe-me adivinhar — disse Sasha quando ele finalmente reapareceu e contou onde estivera. — Aquele tal de Liam tem alguma participação nisso. — Ela era capaz de prever agora. Toda vez que Xavier fazia alguma coisa inesperada ou louca, Liam estava junto. — Ele deve ser completamente maluco. A esposa dele deve ser uma santa.

— Ela sabe levar na boa — concordou o filho. — Embora às vezes fique um pouco de saco cheio. Ela trabalha, por isso precisa que ele tome conta das crianças.

— Ela provavelmente sustenta o marido e as crianças — disse Sasha com conhecimento de causa. Conhecia outros artistas como ele, embora nenhum tão exuberante ou indiferente aos padrões aceitáveis de comportamento, ao menos pelo que Xavier dizia. — Se eu estivesse no lugar dela, eu o mataria.

— Acho que ela já ameaçou algumas vezes. Acredito que a nossa viagem para o Marrocos não foi um dos pontos altos do casamento deles.

— É de se imaginar. Ele parece uma daquelas crianças com quem eu não deixava você brincar quando era pequeno por sempre o colocarem em encrenca. Qualquer dia desses, é o que ele vai fazer, ou se meter em alguma confusão da qual não vai conseguir se livrar.

— Ele não é mau, e nunca faz nada perigoso. Só gosta de se divertir e odeia quando dizem como ele deve se comportar. Acho que cresceu com muitas regras ou alguma coisa assim. Parece que tem alergia a fazer o que se espera dele. Liam gosta de ser livre.

— Parece que sim. Mal posso esperar para conhecê-lo. — Na verdade, torcia para odiar o trabalho dele, se algum dia mandasse os slides. O artista parecia uma dor de cabeça desnecessária, embora às vezes pessoas com a sua energia e personalidade tivessem muito talento. Artistas como Liam precisavam, de acordo com Sasha, serem arreados, severamente censurados e chicoteados para andarem na linha, caso contrário se esqueciam de trabalhar. Embora Xavier dissesse que Liam era aplıcado e consciente em seu pintura. Só era irresponsável com o restante. O filho ainda estava determinado a apresentá-los e tinha certeza de que a Suvery era a galeria certa para o amigo. Até agora, contudo, Xavier nunca conseguira reuni-los, para alívio de Sasha.

Ela passou o mês de julho em Nova York, mas não chegou nem perto da casa nos Hamptons. Simplesmente não se sentia capaz, e encorajou Tatianna a usá-la. Sasha não queria nem vê-la. Em agosto, foi passar duas semanas em St. Tropez com amigos, sentindo-se distante e sem raízes. Passou o resto do mês na casa de Paris, sentindo-se muito perdida. O mundo parecia grande demais para ela agora, sem o marido. Sua vida era como um par de sapatos que não serviam mais. Nunca se sentira tão pequena. Mesmo quando seu pai morrera, tinha Arthur por perto para protegê-la. Agora não possuía ninguém, exceto lembranças do marido e visitas ocasionais dos filhos.

Voltou para Nova York no final de agosto, sentindo coragem suficiente para ir para Southampton finalmente, no feriado do Dia do Trabalho. Era a primeira vez que voltava em quase um ano e, em alguns aspectos, foi um alívio. Foi como reencontrar um pedacinho de Arthur, do qual sentia uma saudade imensa. O armário ainda estava cheio das coisas dele, e quando Sasha olhou para a cama, lembrou-se da última vez que o vira. Naquela manhã, ele sussurrara que a amava antes da mulher ir embora, ela o beijara e o marido voltara a dormir. As lembranças aqui eram fortes demais, fazendo com que Sasha passasse horas pensando em Arthur e caminhando na praia. Neste lugar finalmente sentiu que as feridas estavam começando a cicatrizar.

Voltou para a galeria com uma aparência melhor depois do feriado do Dia do Trabalho. Há quase um mês agora, uma ideia vinha martelando em sua cabeça. Ainda não tomara uma decisão. Era algo que tinha planejado com Arthur. Agora, fazia ainda mais sentido do que antes. Queria voltar para casa. Ficar em Nova York sem ele era difícil demais.

Setembro passou voando com a *vernissage* que ela preparou de um novo artista e mais uma exposição solo. Ela preparava tudo para as exposições, decidindo quais obras expor, onde pendurar, buscando contrastes e combinações que mostrariam o melhor de cada quadro. Possuía um talento intuitivo para a tarefa e sempre adorara desempenhá-la. Também se encontrou com vários clientes antigos, foi a reuniões de diretoria de alguns museus e planejava uma missa para lembrar o primeiro ano da morte de Arthur. Xavier prometera pegar um voo de Londres para comparecer. Como era de se esperar, foi um momento deprimente para toda a família. Todos os sócios de Arthur compareceram, bem como os amigos mais próximos, que ficaram abatidos ao constatar como ela estava séria e infeliz. Quando saíram da igreja, foi difícil acreditar que havia se passado um ano.

Naquela noite, depois da missa, Tatianna contou à mãe que pedira demissão do emprego e ia passar alguns meses viajando pela Índia. Queria tirar fotografias, e, quando voltasse, procuraria um emprego em uma revista. Prometeu estar em casa para o Natal. Ela tinha 23 anos e disse que precisava começar a andar pelas próprias pernas, o que deixava Sasha um pouco preocupada, mas ela sabia, contudo, que não tinha opção, a não ser libertá-la, compartilhando com os filhos seus próprios planos. Decidira voltar para Paris, administrar a galeria de lá e inverter as viagens que vinha fazendo há treze anos. Desde a morte de Arthur, ela só queria voltar às suas origens. Agora que Tatianna ia viajar, pelo menos em Paris ficaria mais perto de Xavier. A filha ficou surpresa com a decisão, mas o rapaz adorou.

— Acho que vai ser bom para você — disse ele gentilmente. Havia se preocupado com a mãe o ano inteiro. No passado, sempre achava que ela parecia mais feliz em Paris, e talvez agora isso funcionasse também. Passara o último ano infeliz demais.

— Você vai vender o apartamento? — perguntou Tatianna, parecendo preocupada. Raramente ficava lá agora, mas gostava de saber que podia contar com ele. Não sabia dos planos do pai de se aposentar e das conversas dos pais de vender o apartamento e comprar um menor.

— Ainda não. Vou usá-lo quando estiver aqui. — Tatianna pareceu aliviada. Na verdade, mudar-se para Paris mudaria pouco a vida de Sasha. Agora passaria três semanas por mês lá, em vez de uma ou duas, e em Nova York, uma, ou mais se precisasse. Tinha raízes em ambas as cidades e já vivia dessa forma há treze anos. Seus gerentes nas duas cidades estavam perfeitamente treinados para atenderem as suas vontades e se comunicavam constantemente com ela quando estava fora. Seria uma adaptação fácil.

Sasha esperou até novembro para mudar-se para Paris. Outubro sempre era um mês movimentado no mundo da arte em Nova York. Tinha reuniões de conselhos para ir e exposições para organizar, e, antes de começar a passar a maior parte de seu tempo em Paris, queria visitar alguns amigos em Nova York. Não via a maioria deles há praticamente um ano. Ofereceu um pequeno jantar para Alana, que acabara de ficar noiva e parecia extremamente aliviada. A amiga ia se casar com o homem que apresentara a Sasha em junho e os dois pareciam felizes. Como de costume,

Alana não conseguiu resistir e perguntou se ela já estava preparada para sair com alguém. Sempre perguntava isso a Sasha quando se encontravam. Era um mantra que ela viera a odiar.

— Ainda não. — Sasha deu um sorriso agradável e se afastou. Nunca, pensou a seguir.

Passou um último fim de semana nos Hamptons antes de partir, e comemorou o Dia de Ação de Graças com amigos. Xavier estava em Londres e Tatianna, na Índia, viajando com os amigos. Para Sasha, era mais fácil passar o Dia de Ação de Graças na casa de outra pessoa. Parecia mais impessoal e menos doloroso dessa forma. Em sua casa, no ano anterior, a ausência de Arthur havia sido recente e forte demais para todos eles. Este ano estava sendo melhor. Ela também ficou surpresa ao encontrar um velho amigo no jantar ao qual compareceu, descobrindo que, depois de trinta e quatro anos de casamento, este acabara de se divorciar. Possuía a idade de Arthur, e eles não o viam havia anos. Durante o jantar, contou discretamente a Sasha que sua esposa se tornara alcoólatra e que teve inúmeros problemas mentais nos últimos vinte anos de casamento. O amigo estava abatido, mas também aliviado por ter se livrado da situação, e ficou triste ao saber que Sasha estava de mudança. Tiveram uma conversa agradável durante o jantar, e Sasha percebeu a anfitriã observando-os cheia de esperança, por achar que algo pudesse surgir dali, razão pela qual havia convidado os dois. Eram os únicos solteiros do grupo. Sasha ficou surpresa ao receber um telefonema do homem no dia seguinte. Ligou enquanto ela arrumava as malas para voltar a Paris. Partiria no dia seguinte.

— Eu estava pensando se você não gostaria de sair para jantar comigo — disse ele, soando hesitante e até um pouco embaraçado. Sempre gostara dela e de Arthur e, como Sasha, não saía com ninguém havia anos. Parecia inseguro e incerto.

— Teria sido ótimo — respondeu ela com facilidade. Sabia que estava indo embora, então não precisava se preocupar com isso, e não precisaria de qualquer forma. Para ela, eles não eram nada mais do que velhos amigos. — Vou para Paris amanhã, para morar lá — disse, aliviada. Tinha a certeza de ter tomado a decisão certa para sua vida. Até seus filhos concordavam.

— Fico triste em saber disso. Tinha pensado em convidá-la para ir ao cinema qualquer dia desses, ou jantar. — Ele ficara feliz em reencontrá-la. E até Sasha tinha de admitir que não havia nada de errado com o amigo. Era um bom homem. Contudo, também não era Arthur e a mulher não estava interessada em se envolver com mais ninguém.

— Passarei alguns dias aqui em Nova York todos os meses. Você tem de ir a alguma de nossas exposições qualquer hora dessas — disse ela sendo vaga, e ele prometeu que o faria.

— Ligarei para você se for a Paris. De vez em quando, tenho negócios a tratar lá. — No entanto, estava procurando alguém mais acessível geográfica e emocionalmente e Sasha sabia que o homem nunca mais ligaria. Não importava. Desejou sorte à amiga e, na manhã seguinte, ela pegou um táxi para o aeroporto. Às nove horas, já estava voando e meia hora depois, dormia profundamente. Quando saiu de Nova York, estava um lindo dia de sol, mas quando chegou a Paris, estava muito frio e chovendo forte. Às vezes se esquecia de quanto os invernos podiam ser deprimentes em Paris. De qualquer forma, estava feliz por estar de volta. Naquela noite foi dormir em sua cama em Paris, ao som da chuva.

Quando acordou na manhã de domingo, a neblina estava tão baixa que quase encobria os telhados. Fazia um dia frio e cinzento e a casa estava úmida. Quando foi se deitar na cama aquela noite, até os lençóis pareciam desconfortáveis e Sasha morreu de frio. Apenas por um momento, sentiu falta do calor e do aconchego do apartamento em Nova York. Enquanto tentava dormir, percebeu que, para onde quer que fosse agora, sua tristeza a acompanharia. Não importava em qual cidade morasse ou em qual cama dormisse. Onde quer que estivesse, em qualquer país ou cidade, sua cama sempre estaria vazia e ela estaria sozinha.

Capítulo 3

SASHA PASSOU O MÊS de dezembro bastante ocupada em Paris. A galeria estava fazendo muitos negócios. Encontrou-se com muitos de seus clientes mais importantes, que pareciam desejosos de realizar vultosas compras ou vender parte de suas coleções antes do final do ano. Também falava com Xavier em Londres praticamente todos os dias. Planejara uma viagem para a família esquiar. Partiriam para St. Moritz no dia seguinte ao Natal; também possuía muitos clientes importantes lá.

Sua vida social em Paris era muito mais formal do que em Nova York. Seus clientes nova-iorquinos eram bem-sucedidos, mas geralmente mais informais, e muitos haviam se tornado amigos com o decorrer dos anos. As pessoas mais íntimas lá eram interessantes e vinham de origens e profissões bem variadas. Em Paris, havia certos parâmetros sociais mais típicos da Europa. Seus clientes mais importantes vinham de famílias aristocratas, alguns com títulos e fortunas estabelecidas há gerações, como os Rothschild, outros com dinheiro em abundância, antigos amigos de seu pai. As festas para as quais era convidada eram infinitamente mais formais e requintadas do que aquelas que frequentava em Nova York, pelo menos enquanto Arthur estava vivo. Em Paris era mais difícil recusar os convites, uma vez que a maioria dos anfitriões havia feito compras importantes em sua galeria. Assim, sentia-se obrigada a ir. Reclamava sobre isso com Xavier, e ele insistia que lhe faria bem. Mesmo aos 48 anos, contudo, ela era de longe a pessoa mais jovem das festas, quase sempre ficando entediada. Por motivos profissionais, e apenas isso, ela ainda comparecia. E sempre ficava feliz ao voltar para casa.

No meio de dezembro, trabalhando em seu escritório em mais um dia cinza e enevoado, a secretária avisou que um cliente queria vê-la. Sasha o conhecera em uma festa na véspera. O homem estava interessado em adquirir uma importante obra de Flemish, ela ficou satisfeita ao ver que a conversa gerara frutos. Saiu do escritório para recebê-lo e mostrou muitos quadros dos quais ele pareceu gostar.

Ficou óbvio para todos, menos para Sasha, no decorrer da visita de duas horas e meia, que ele também gostara da dona da galeria. Convidou-a para jantar no Alain Ducasse no dia seguinte para discutirem a compra. Era um dos restaurantes mais conceituados de Paris e ela sabia que seria um jantar de três ou quatro horas de duração, o que achava chato e maçante. Mas viu que era uma oportunidade de fechar uma venda de um milhão de dólares. Só pensava em trabalho agora, exceto quando ligava para Tatianna e Xavier.

— Talvez ele não esteja interessado apenas em quadros, mãe — implicou Xavier quando ela contou sobre o jantar a que aceitara ir no dia seguinte.

— Não seja bobo, meu pai ia a jantares assim com clientes o tempo todo. E, pode acreditar, ninguém estava interessado nele. — Embora soubesse que algumas mulheres haviam tentado conquistá-lo após a morte de sua mãe. No entanto, nunca viu o pai demonstrar interesse amoroso por ninguém. Como ela, fora fiel à memória da esposa até o fim. Ao menos era essa a impressão que passava. Nunca discutira o assunto com a filha. Se houve mulheres na vida do pai no decorrer daqueles anos, ele havia sido extremamente discreto, mas Sasha duvidava disso.

— Nunca se sabe — disse Xavier, com esperança. Nem ele nem a irmã queriam que a mãe acabasse sozinha. — Você é uma mulher bonita e ainda é jovem.

— Não, não sou. Tenho 48 anos.

— Para mim, é jovem. Um amigo meu está saindo com uma mulher mais velha do que você.

— Isso é repugnante. É assédio de menores — disse ela, rindo. A ideia de sair com um homem mais novo lhe soava ridícula.

— Você não diria isso se fosse um homem da sua idade saindo com uma mulher mais jovem.

— É diferente — disse ela sendo enfática, e desta vez Xavier riu dela.

— Não, não é. Você apenas está acostumada com isso. É a mesma coisa se uma mulher mais velha está saindo com um homem mais novo.

— Você está me dizendo que sua última conquista tem o dobro da sua idade? Se está, não quero nem saber. — Ao menos, se esse fosse o caso, Sasha sabia que a mulher em questão desapareceria de sua vida em menos de uma semana. Com Xavier era sempre assim, independente de idade. No que se tratava de mulheres, o filho era atencioso como uma pulga.

— Não, ainda não experimentei isso, mas experimentaria se conhecesse uma mulher mais velha de quem gostasse e com quem quisesse sair. Não seja tão antiquada, mãe. — Sasha não costumava ser. Na verdade, Xavier adorava o jeito liberal com que a mãe sempre o tratara. Era muito francesa nesse aspecto, e nunca se aborrecia com a ativa vida amorosa do filho. Era muito mais liberal do que as mães de seus amigos americanos da escola em Nova York. Sempre comprava camisinhas para ele e os amigos, deixando-as em um enorme jarro no quarto dele. Não fazia perguntas, apenas enchia o jarro regularmente. Preferia ser realista sobre tais assuntos. Nesse aspecto, era muito francesa.

— Já vou avisando, se você se casar com uma mulher com o dobro da sua idade, não vou ao casamento, ainda mais se for uma das minhas amigas.

— Nunca se sabe. Só acho que você deveria ser mais liberal com você mesma. — Sabia que a mãe ainda não saíra com ninguém. Eram tão francos um com o outro que tinha certeza que ela teria contado caso houvesse acontecido.

— Talvez eu deva começar a dar umas voltas pelas pré-escolas ou distribuir meu telefone no Lycée. Posso adotar um deles, se não encontrar um namorado. — Estava rindo da ideia totalmente absurda e até repugnante de estar com um rapaz ou mesmo com um homem mais novo. Estava acostumada a ter alguém mais velho ao seu lado.

— Quando quiser encontrar um namorado, mãe, vai encontrar — disse Xavier tranquilamente.

— Eu não quero — Sasha respondeu com firmeza, o riso se apagando da voz. Não era um assunto que quisesse debater com o filho, nem com qualquer outra pessoa.

— Eu sei. Mas, tomara, qualquer dia desses, você vai querer.
— Seu pai já havia morrido há quatorze meses e ele sabia melhor que ninguém o quanto a mãe estava solitária. Ligava para ele todas as noites de casa e o filho percebia a tristeza em sua voz sempre que não estava no trabalho. Detestava pensar nela assim. Tatianna estava na Índia e tinha muito menos contato com a mãe do que ele. E Xavier tinha a impressão de que Sasha falava mais abertamente com o filho. Possuíam aquele vínculo especial que às vezes existe entre mães e filhos, como confidentes e amigos.

Ela disse que iria a Nova York para uma reunião de conselho na semana seguinte, só retornando um dia antes da véspera de Natal.

Xavier e Tatianna chegariam a Paris na tarde da véspera. No dia seguinte ao Natal, partiriam para St. Moritz. Todos estavam ansiosos para a ocasião. Seu novo cliente em potencial também tinha uma casa lá. Esperava que já tivesse feito a compra até lá.

No dia seguinte, o cliente foi buscá-la para o jantar e levou-a ao Alain Ducasse no Plaza Athénée. Sasha teria preferido muito mais um jantar simples e elegante no Le Voltaire, mas negócios eram negócios, e tinha de ir no lugar em que o cliente quisesse. Era fácil perceber que ele estava tentando impressioná-la, mas ela nunca fora particularmente fascinada por comida elaborada e cara, independente de quantas estrelas possuísse o chef. Alain Ducasse tinha três.

Como era de se esperar, foi um jantar fascinante. A conversa estava interessante e a venda parecia iminente enquanto Gonzague de St. Mallory levava-a para casa. O homem era charmoso, culto, extremamente rico, um conde e muito esnobe. Le Comte de St. Mallory. Fora casado duas vezes, tinha cinco filhos legítimos dos quais falava abertamente, e mais três que ela sabia serem bastardos. Para esse tipo de situação, a França era um país pequeno e Paris, uma cidade pequena. Seus casos amorosos eram lendários, suas amantes, bem tratadas e seus filhos ilegítimos, o assunto da cidade.

— Eu estava pensando em ver se o quadro vai ficar bom na casa de St. Moritz antes de tomar a minha decisão — disse o conde, pensativo, enquanto dirigia sua Ferrari para a casa de Sasha. Um carro como aquele era raro em Paris, onde automóveis grandes eram um inconveniente. Sasha tinha um pequeno Renault, fácil de estacionar e manobrar. Não sentia necessidade alguma de desfilar em um carro caro por Paris ou qualquer outro lugar. — Talvez você pudesse ir até lá e me dizer o que acha — disse ele enquanto paravam em frente ao *hôtel particulier* onde ficavam a galeria e a casa dela.

— Posso fazer isso sem problemas — respondeu Sasha sendo simpática. — Podemos enviá-lo para você em St. Moritz, e eu estarei lá com meus filhos em duas semanas. — Ele pareceu decepcionado com essas palavras.

— Eu estava pensando que você podia ficar na minha casa. Talvez possa ir com eles para lá em alguma outra ocasião. — Do ponto de vista dele, os filhos eram facilmente dispensáveis. Ela não concordava.

— Sinto dizer que isso não é possível — disse Sasha muito claramente, olhando diretamente nos olhos dele. — Essa viagem já está planejada há muito tempo. E mesmo que não estivesse, estou ansiosa por essas férias com meus filhos. — Estava tentando passar a mensagem de que, mesmo sem os filhos, não estava interessada. Não tinha nenhuma intenção de misturar negócios com prazer, menos ainda com ele, que tinha a reputação de cafajeste. Estava com 54 anos e era famoso por sair com mulheres mais jovens.

— Suponho que queira vender o quadro — disse Gonzague, sendo tão claro quanto ela. — Acho que me compreende, *Mademoiselle* de Suvery.

— Compreendo sim, *Monsieur* le Comte. O quadro está à venda. Eu não. Nem por um milhão de dólares. Ficarei feliz em ir até a sua casa para ver a obra enquanto estiver lá — respondeu, sendo um pouco mais gentil no final. Nesse momento, contudo, os olhos dele já estavam brilhando de raiva. Ambos haviam sido bem claros. E ele não gostava do que estava ouvindo. Mulheres nunca lhe diziam não, principalmente as da idade de Sasha. Em sua opinião, estaria fazendo um favor se a levasse para cama. Parecia-lhe uma mulher triste e solitária. Entretanto, aparentemente não tão solitária quanto imaginara. E nem tão desesperada para fazer a venda.

— Não precisa ir até lá ver — disse ele friamente. — Decidi não comprar o quadro. Na verdade, tenho sérios motivos para achar que é uma falsificação. — Ao dizer isso, saiu do carro e deu a volta para abrir a porta para ela, educadamente. Quando chegou ao outro lado, ela já estava de pé na calçada, fitando-o furiosa.

— Obrigada pelo adorável jantar — disse Sasha friamente. — Não fazia ideia, levando em conta sua reputação, que você comprava mulheres, e a preços tão altos. Eu achava que homens com o seu charme e inteligência conseguissem-nas de graça. Obrigada pela noite encantadora. — E antes que ele pudesse responder, ela aproximou-se da porta de bronze, digitou o código e entrou. Segundos depois, escutou-o sair com o carro. Estava tremendo de raiva ao entrar em casa. O desgraçado havia tentado comprá-la juntamente com o quadro, acreditando que estava tão ávida pela venda que dormiria com ele. Era muito pior do que uma simples ofensa. Ninguém nunca ousaria tratá-la dessa forma enquanto Arthur estava vivo. Ainda tremia quando telefonou para Xavier antes de virar as costas e contou o que havia acontecido poucos minutos depois. O filho gargalhou de prazer com o que ela tinha dito ao homem.

— Você é fantástica, mãe. Mas teve sorte de ele não passar com a Ferrari por cima de você quando foi embora.

— Tenho certeza de que ele teria adorado. Que imbecil! — disse Sasha, e Xavier riu de novo.

— É, com certeza. Mas você devia se sentir lisonjeada. Já ouvi falar que ele sai com garotas mais novas que a Tatianna. Ele vai muito a Annabel's quando está aqui.

— Isso não me surpreende. — Annabel's era uma boate exclusiva em Londres, frequentada pelas pessoas mais elegantes, assim como por homens velhos com moças muito mais jovens. Ela e Arthur haviam ido lá diversas vezes. Eram sócios do lugar, assim como do Harry's Bar, pertencente ao mesmo dono. — Como esses homens saem por aí se comportando dessa forma?

— Algumas mulheres adoram. A maioria das donas de galeria teria dormido com ele para vender o quadro.

— É verdade, e no dia seguinte o quadro seria devolvido de qualquer forma. — O pai a alertara sobre homens como esse quando ela começara a trabalhar. Gonzague de St. Mallory era tudo menos especial, e certamente era muito mal educado, Sasha bem sabia.

Ainda estava furiosa quando se deitou na cama naquela noite. No dia seguinte, disse ao gerente que não venderiam o quadro para o conde.

— Ah? Achei que vocês fossem jantar juntos ontem à noite — comentou Bernard.

— Jantamos. Mas o conde se comportou tão mal que teve sorte de eu não dar um tapa na cara dele. Parece que ele estava esperando comprar meus serviços junto com o quadro. Ele achava que eu deveria ficar com ele em St. Moritz e cancelar as minhas férias com meus filhos.

— E você não aceitou? — Bernard fingiu estar chocado. — Que péssima vendedora você é, Sasha. Meu Deus, pense só, um milhão de dólares. Não tem nenhum senso de responsabilidade com a galeria do seu pai? — Ele adorava implicar com ela. Após quinze anos na galeria, haviam se tornado amigos.

— Ah, cala a boca, Bernard — disse ela com um meio sorriso, seguindo para seu escritório e voltando a trabalhar. Na opinião de Sasha, essa era a oferta mais ofensiva que já recebera na vida. Na semana seguinte, contou o que acontecera para a gerente em Nova York, que ficou verdadeiramente chocada.

— Americanos não se comportam assim — disse Karen, defendendo seus compatriotas com veemência.

— Alguns provavelmente se comportam pior. Estou começando a achar que os homens é que são assim, não tem nada a ver com a nacionalidade, embora deva admitir que os franceses sejam um pouco mais ousados nesse aspecto. Mas tenho certeza de que acontece aqui também. Nenhum homem nunca insinuou que você precisava dormir com ele para fazer uma venda? — Sasha recostou-se em sua cadeira com uma risada. Finalmente estava começando a parecer engraçado. Karen, a gerente da galeria de Nova York, pensou por um minuto e, a seguir, balançou a cabeça.

— Acho que não. Talvez eu não tenha entendido.

— E o que você teria feito? — Estava implicando com ela agora.

— Eu teria dormido com ele e pago um milhão de dólares — intrometeu-se Marcie, sua assistente. — Eu o vi em uma revista. Ele é lindo, Sash.

— É verdade — admitiu Sasha, parecendo pouco impressionada. Achava seu falecido marido muito mais bonito. Não gostava da aparência refinada demais do conde. Preferia o jeito muito mais *clean* de Arthur, o seu próprio Gary Cooper. Homens como Gonzague de St. Mallory eram ordinários, com ou sem Ferrari. Conhecia o tipo.

Os três dias de Sasha em Nova York foram muito ocupados e passaram voando. Tinha muitos artistas para visitar, grandes clientes com os quais prometera se encontrar, além da reunião de conselho que a trouxera para a cidade. Nas duas primeiras noites, ficou em seu apartamento, organizando as coisas de Arthur. Prometera a si mesma que jogaria fora pelo menos algumas. Levara quatorze meses para fazê-lo, e os armários pareceram vazios e tristes quando terminou. Mas estava na hora.

Na última noite, foi a uma festa de Natal oferecida por amigos. Estar em Nova York nessa época era bom e ruim ao mesmo tempo. Fazia com que se lembrasse de quando seus filhos eram pequenos e ela os levava para patinar no Rockefeller Center, e de Arthur ainda vivo no Natal retrasado. Era difícil estar ali. Ficou feliz em rever os amigos, mas cansada de ter de explicar para todos que não havia homem algum em sua vida. Parecia ser a única pergunta que interessava aos outros. Como se ela não existisse a não ser vinculada a um homem. De forma bizarra, fazia com que se sentisse uma fracassada por seu marido ter morrido e por estar sozinha agora. Ver todos seus amigos casados saírem juntos fez com que se sentisse a única espécie solitária na Arca de Noé. Foi com alívio que voltou a Paris no dia seguinte, ansiosa para a chegada dos filhos.

Contratara uma pessoa para preparar a ceia de Natal para eles, e ela mesma montara a árvore e decorara a casa. Ficou feliz ao reencontrar Tatianna, que não via há dois meses. A filha parecia bem e feliz e tivera uma viagem maravilhosa. Mal podia esperar para mostrar as fotografias para a mãe. Era o que estavam fazendo quando Xavier contou à irmã sobre Gonzague.

— A mamãe quase cancelou a nossa viagem para St. Moritz — foi a primeira frase dele. Tatianna pareceu surpresa. — Ela ia sem nós para vender um quadro de um milhão de dólares para um conde francês.

— Não, eu não ia, seu engraçadinho. — Ela explicou a história a Tatianna, que ficou chocada com o fato de um *playboy* parisiense ter tentado levar a mãe para a cama, usando como isca a compra de um quadro de um milhão de dólares.

— Isso é nojento, mãe — disse Tatianna, sendo sincera e solidária. Podia imaginar facilmente como fora humilhante para Sasha.

— Não, não é. Acho que ela devia se sentir lisonjeada — acrescentou Xavier.

— Você é um machista nojento — disse Tatianna, fitando o irmão. — Isso é terrível para mamãe.

— Tudo bem. Tudo bem. Vocês duas ganharam. Vou dar um soco nele. Onde ele mora? — Virou-se para a mãe, que riu.

— Eu não deveria ter-lhe contado. Você nunca vai me deixar esquecer isso.

— Vou sim. Ah, e a propósito, Liam finalmente vai mandar os slides para você. Ele me mostrou. São bons — disse, cheio de orgulho do amigo.

— Estou ansiosa para vê-los. — Ela sabia que às vezes Xavier tinha um bom olho, e às vezes tentava ajudar os amigos, à custa da mãe. Nunca sabia o que esperar, mas valia a pena dar uma olhada. Ouvia muito sobre esse jovem artista americano em Londres há séculos. Muito mais sobre suas aventuras e confusões do que sobre sua arte.

— Acho que você ficará impressionada com o trabalho dele — garantiu Xavier. Sasha assentiu e não comentou. Ainda esperava que não. Para ela, Liam parecia encrenca.

— Como é o último nome dele mesmo? — perguntou vagamente.

— Liam Allison. Ele é de Vermont. Mas mora em Londres desde que acabou a faculdade.

— Vou me lembrar do nome. Se eu gostar dos slides, vou tentar conhecê-lo na próxima vez que for a Londres. — De vez em quando, Xavier fazia boas descobertas para ela, e esta poderia ser uma dessas ocasiões. Estava sempre disposta a dar uma chance. Havia construído sua reputação assim. Sasha tinha uma alma aventureira e um olho infalível. Contudo, sabia que Liam era uma pessoa imprevisível, uma conclusão inevitável depois de todas as encrencas em que Xavier se metera com ele.

Naquela noite, foram à Missa do Galo e passaram o dia seguinte juntos. Tatianna comprara um bonito sári indiano para a mãe e sandálias douradas para combinar. Xavier deu-lhe um bracelete de ouro de um antiquário londrino. Era o tipo de presente que seu pai teria dado a ela, e fez bem ao coração do rapaz quando viu o rosto da mãe se iluminar ao colocá-lo.

Sasha fitou-os e abriu um sorriso adorável para os filhos quando foram dormir na noite de Natal.

— Sou a mulher mais sortuda do mundo — disse, sendo totalmente sincera. Pela primeira vez em muito tempo, sabia que era.

Capítulo 4

SASHA E OS FILHOS se divertiram muito em St. Moritz, embora eles implicassem o tempo todo com a mãe por causa de Gonzague. Ficaram no Palace Hotel em suítes suntuosas. Sasha gostava de mimá-los de vez em quando, principalmente nas férias. Ela e Arthur sempre faziam isso. Sentiam-se pessoas de sorte por terem condições de se dar a esse luxo, e as viagens que haviam feito juntos eram lembranças felizes que todos guardavam no coração. St. Moritz, naquele ano, foi mais uma.

Sasha esquiou com os filhos durante uma parte do tempo, e sozinha no restante. Xavier era um esquiador notável e Tatianna era tão boa quanto o irmão, apenas um pouco mais sensata e menos ousada. Ambos conheceram pessoas com quem saíam à noite. Não era raro Sasha jantar sozinha no quarto. Não se importava. Tinha levado vários livros e não queria participar da vida noturna. Estava feliz, descansada e relaxada quando voltou a Paris. Tatianna só ficou mais alguns dias, queria voltar logo a Nova York para encontrar um emprego; Xavier ficou um ou dois dias a mais, retornando a seguir para seu estúdio em Londres. Antes de ele ir embora, os slides de Liam Allison chegaram. Para a surpresa e decepção de Sasha, eram até melhores do que Xavier dissera. Ela ficou impressionada, embora, para tomar a decisão de representá-lo, precisasse ver as obras ao vivo.

— Vou tentar ir na semana que vem ou na seguinte — disse a Xavier, sendo sincera. No entanto, só conseguiu ir a Londres na última semana de janeiro, para se encontrar com três artistas e conhecer Liam. Encaixou-o em sua agenda na última tarde em Londres, um pouco apreensiva. As aventuras e o mau comportamento sobre os quais Xavier lhe contara não a deixavam ansiosa para representá-lo, mas era impossível ignorar seu talento. Algo lhe dizia que precisava conhecê-lo. Uma vez em seu estúdio, ficou feliz de estar ali.

Liam recebeu-a no local com uma expressão ansiosa e um sorriso nervoso. Xavier estava com ela mais para encorajar o amigo. Sabia o quanto Liam estava ansioso. Sasha manteve a postura fria e profissional ao entrar, quase austera. Estava usando calça jeans preta, e um suéter e botas da mesma cor. O cabelo parecia tão preto quanto o suéter e, como de costume, estava preso para trás em um coque. Mesmo sendo baixinha, Liam a achou intimidadora quando apertou sua mão. Sabia que o que dissesse ou pensasse sobre seu trabalho teria um impacto em sua vida para sempre. Se o rejeitasse por considerar as pinturas inadequadas ou decidisse que não valia a pena representá-lo em sua galeria, seria quase como tomar um soco. Enquanto observou-a atravessar seu estúdio, sentiu-se vulnerável e apreensivo. Sasha agradeceu-lhe polidamente por convidá-la para ver seu trabalho. Ele não tinha como saber, apesar de tudo o que Xavier dissera, que o que para ele parecia frieza era, na verdade, timidez. O que interessava a ela era a arte, até mais do que a pessoa, embora, inegavelmente, Liam fosse difícil de ignorar. Seu filho lhe contara muitas histórias sobre ele. Sasha sabia o tipo de pessoa absurda e mal comportada com que estava lidando. O único fato atenuante, esperava, era a esposa e os três filhos. Acreditava que não podia ser totalmente irresponsável e sem mérito se tinha uma família. Xavier nunca sugerira que ele era promíscuo, apenas "incontrolável" e brincalhão, e que não gostava quando as pessoas lhe diziam como agir. Resistia a qualquer esforço para modificar seu comportamento e frustrava expectativas de que se portasse como um adulto. Via isso como uma forma de "controle". De acordo com Xavier, apoiava-se no fato de ser um artista e achava que isso lhe dava licença para não viver segundo as regras de ninguém e fazer o que quisesse. Sasha conhecia bem o estilo, mas costumava achar difícil lidar com esse tipo de pessoa. Trabalhavam quando queriam, se divertiam se não quisessem trabalhar e, geralmente, estouravam os prazos das exposições. Homens como Liam queriam ser tratados como crianças. Aparentemente, sua esposa estava disposta a fazer isso. Não era o caso de Sasha, não importando o quão charmoso ou bonito ele fosse. Se levasse o trabalho a sério, pelo menos até certo ponto, ela esperava que agisse como um adulto, ou ao menos fingisse ser um. Por tudo que escutara, não tinha tanta certeza se Liam estava preparado para crescer. E no final, charmoso ou não, seu trabalho teria de falar por si só.

Ela atravessou o estúdio lentamente até onde estavam pendurados vários quadros grandes e muito coloridos. Havia três menores em cavaletes. O trabalho de Liam era impressionante e poderoso, a forma com que explorava as cores, forte e o tamanho de suas telas maiores tornava sua arte ainda mais incrível. Sasha ficou um bom tempo analisando as obras, assentindo em silêncio, enquanto ele prendia a respiração. Xavier sabia que esse silêncio era um bom sinal, mas Liam não tinha esse conhecimento. Assisti-la concentrando-se quietamente ao redor de seu trabalho estava matando-o. Ele estava, literalmente, prendendo a respiração, no momento em que ela se virou finalmente e disse quatro palavras:

— É fantástico. Eu quero. — Mais tarde, ele viria a admitir que quase desmaiara de alívio. Em vez disso, soltou um grito de felicidade, agarrou-a, girou-a e levantou-a, sorrindo para ela quando finalmente colocou-a no chão.

— Ah, meu Deus, não posso acreditar... eu te amo! Meu Deus! Eu achava que você ia dizer que tinha odiado e que era uma merda.

— Não é nenhuma merda. — Ela sorriu de volta, feliz por ele e grata a Xavier por encontrar Liam e avisá-la sobre ele. — É brilhante. A forma como você usa as cores faz meu coração acelerar e meus olhos se encherem de lágrimas. Mas não posso marcar uma exposição para você por quase um ano, já estamos com o calendário todo ocupado. Quero que a sua *vernissage* seja em Nova York, não em Paris. — As *vernissages* em Paris eram sempre tranquilas demais. Preferia organizar as de importantes artistas contemporâneos em Nova York. Xavier sabia que isso era um bom sinal também e prometeu a si mesmo que diria isso a Liam em outra oportunidade. Não queria revelar todos os segredos da mãe enquanto ela estivesse presente. Estava feliz por tê-los apresentado. Tinha certeza de que o trabalho de Liam era genial e estava aliviado e ansioso por sua mãe ter concordado.

— Ah, meu Deus — disse Liam mais uma vez, sentando no chão e quase chorando. Teria sua própria exposição na Suvery Gallery de Nova York. Isso estava além do que podia acreditar. A própria Sasha estava sentada no estúdio, amando seu trabalho. Estava dizendo que ele teria de trabalhar duro para estar pronto para a exposição.

— O que eu posso fazer para lhe agradecer? — Fitou-a como se fosse uma visão que havia se materializado em seu estúdio. Sentia-se como um menino diante da Virgem Maria.

— Só precisa pintar bons quadros para mim. Trouxe um contrato de Paris, caso gostasse do seu trabalho. Pode mostrar para um advogado se quiser. Não tem pressa para devolver. — Nunca pressionava ninguém a assinar.

— Até parece que não tem pressa! E se você mudar de ideia? Onde está? Pode me dar, vou assinar. — Estava nas nuvens. Quando Sasha olhou para ele, não parecia ser mais velho que seu filho.

Sabia pela biografia que recebera junto com os slides que estava com 39 anos. Olhando para Liam, nunca teria acreditado. Estudara com alguns artistas muito importantes e fizera algumas exposições em galerias menores. Entretanto, ainda parecia um menino. Tudo nele era desembaraço, liberdade, juventude. Era alto, magro e bonito. O cabelo louro e liso permanecia caído sobre as costas a maior parte do tempo. Ele o prendera em um rabo de cavalo para conhecê-la. O rosto era jovem e sem marcas de expressão. Tinha ombros fortes e mãos longas e graciosas, e pulava pelo estúdio como um adolescente, usando tênis, jeans e camiseta sujos de tinta, enquanto implorava como uma criança nervosa pelo contrato.

— Está no hotel — disse ela tranquilizando-o, subitamente parecendo uma mãe. Agora que Liam estava prestes a tornar-se um de seus artistas, sentia-se protetora em relação a ele. — Entregarei antes de ir embora ou mandarei por um mensageiro. Não vou mudar de ideia, Liam. Nunca faço isso — disse gentilmente. Sua voz era calma e estava comovida por ele estar tão animado, afirmando que aquele era um dos momentos definitivos de sua vida como artista. Ela acreditava, e estava feliz por significar tanto para ele. Era isso que amava em expor artistas emergentes. Possuía a capacidade de dar uma chance a eles. Sempre adorara esse lado do negócio, trabalhar com artistas jovens como Liam. Embora Xavier estivesse certo e seu amigo não fosse tão jovem, parecia. Tudo nele lembrava um menino. Era apenas nove anos mais novo do que Sasha, mas agia como se tivesse 14 e tinha a aparência de vinte e poucos, não 39. Para ela, não parecia mais velho que Xavier, o que inspirava seu lado maternal. — Você quer mostrar o contrato para sua esposa? — O estúdio estava tão bagunçado que era óbvio que ele não morava ali, não havendo nem sinal da esposa e dos três filhos que Xavier mencionara. Imaginava que a família morava em algum outro lugar, embora as roupas dele estivessem espalhadas por todo canto, cobertas de tinta. Obviamente, suas roupas de trabalho. Ela só podia supor que havia um lugar mais limpo e organizado onde todos eles morassem.

— Ela está em Vermont — respondeu, desculpando-se. — Mandarei uma cópia depois que eu assinar. Ela não vai nem acreditar — disse, olhando para Xavier e depois para Sasha.

Liam serviu uma taça de vinho para cada um, e todos pareciam felizes. Sasha só tomou um gole, enquanto o artista esvaziou metade do seu em apenas um minuto. Estava nas nuvens. Para ela fora um verdadeiro achado. Mais do que nunca, Sasha desejou que Xavier fosse trabalhar na galeria. Como a mãe, possuía um olho excelente para perceber talento. Ambos haviam herdado isso de Simon. Contudo, Xavier queria ser um artista em Londres, não um *marchand* em Nova York ou Paris. Talvez, algum dia, pudessem abrir uma galeria em Londres. Pela primeira vez em anos, Sasha pensou em expandir. No entanto, o filho ainda era jovem demais para assumir essa responsabilidade. Talvez um dia. Ele acabara de completar 25 anos, embora ela própria tivesse começado a trabalhar na galeria apenas um ano mais velha, sob a tutela do pai.

— Que tal eu levar vocês dois para jantar? — convidou Liam, esperançoso. — Quero comemorar. — Parecia estar prestes a explodir de excitação.

— Eu adoraria, mas... — disse Xavier de forma travessa, e a mãe compreendeu o que isso significava. Não iria deixar um jantar com ela e o amigo interferir em sua vida amorosa. Definitivamente não estava pronto para entrar nos negócios. Na idade dele, Sasha já era casada, trabalhava no Met e tinha dois filhos. Xavier estava longe disso.

Sasha hesitou por um momento. Esperava jantar com Xavier naquela noite, desconhecendo seus planos. Mas isso era típico do filho. Virou-se para Liam:

— Por que eu não o levo para jantar, Liam? Sou sua *marchand* agora, você não precisa me convidar. Podemos nos conhecer melhor — disse gentilmente. O artista viu uma ternura nela que não percebera antes. Havia uma timidez e uma estabilidade das quais gostava. Tudo em Sasha parecia confiável e sólido, o que apreciava. Em um primeiro momento, ficara com medo. Entretanto, por baixo da aparência fria e profissional, sentia que ela era carinhosa. Sua reputação o intimidava, a pessoa não.

Ela se perguntou se ele tinha um terno. A maior parte de seus jovens artistas não tinha. Liam não parecia exceção. Na verdade, era muito pior do que alguns, embora tivesse uma bela aparência. Era muito bonito, um homem que chamava a atenção.

— Eu adoraria. Posso assinar o contrato no jantar — respondeu com um sorriso que já seduzira muitas.

— Você deve ler primeiro — aconselhou ela. — Tem que se sentir à vontade com isso. Não assine antes de ler ou de mostrar a um advogado.

— Eu seria até seu escravo ou lhe daria meu testículo esquerdo se você quisesse — Liam afirmou, sem rodeios, e ela surpreendeu-se um pouco. Contudo, Sasha estava acostumada com esse tipo de declaração por parte dos artistas.

— Na verdade, isso não será necessário — respondeu. — Pelo que me lembro, testículos não estão no nosso contrato. Pode ficar com os dois. Com certeza sua esposa vai ficar aliviada. — Ele sorriu e não respondeu. Para ela, Liam parecia um lindo menino. Era adorável fitá-lo e, apesar da aparência e trejeitos de garoto, era um homem extremamente talentoso. — Onde você gostaria de jantar? — Havia pensado no Harry's Bar se fosse com Xavier, mas seu filho tinha uma educação completamente diferente, possuía roupas apropriadas e sabia se comportar. Duvidava que Liam fosse capaz de se comportar ou se vestir melhor do que agora. Afinal, era um artista faminto, embora, se dependesse dela, isso logo mudaria. Acreditava que seria uma sensação em Nova York e depois em Paris. Liam era um verdadeiro achado, um artista raro que combinara talento gigantesco com obras geniais.

— Eu gostaria de me vestir bem e levá-la para jantar para agradecer — disse humildemente, o que sensibilizou-a.

— Vestir-se bem como? — Fitou-o com ar maternal. Ele despertava essa característica nela. Seu jeito de ser indicava que era um menino e não um homem. De repente, só queria protegê-lo e ajudá-lo. Estava animada em trabalhar com ele e ajudá-lo a alcançar uma carreira bem-sucedida. Considerava-o uma grande descoberta. Não era um momento importante apenas para Liam, mas para Sasha também.

— Tenho um terno e duas boas camisas. Uma delas está limpa. Acho que usei a outra para encerar meu carro. — Fitou-a envergonhado e ela riu. Tinha algo de travesso e irresistível. Fazia com que se lembrasse de Xavier aos 14 anos, lutando para se transformar em um homem. O filho conseguira. Liam ainda não.

— Então vamos ao Harry's Bar — Sasha sugeriu. Adorava jantar lá. Era seu restaurante favorito em Londres.

— Puta merda! Não consigo acreditar que isso esteja acontecendo comigo. Você consegue? — Virou-se com um sorriso para Xavier, que sorriu feliz de volta. Tudo estava sendo ainda melhor do que imaginara. Estava animado por Liam e grato à sua mãe por lhe dar uma chance.

— Com certeza — respondeu simplesmente.

— Cara, te devo uma. — Com isso, Liam estendeu a mão para cima para o outro bater. Pareciam dois meninos em uma boate e Sasha esperava que ele se comportasse no Harry's Bar à noite. Não era possível ter certeza com artistas, por isso raramente os levava lá. Decidiu dar uma chance a Liam, contudo. Tinha algo de inocente e encantador e, se saísse da linha, falando alto ou se exaltando, ela lhe diria para se comportar. Via seus artistas como crianças, às vezes até os mais velhos. Sentia-se como uma mãe postiça para eles, o que significava muito trabalho, mas era parte do que amava em sua ocupação. Os artistas eram seu rebanho, e ela, o pastor. Embora não fosse tão mais velha do que Liam, este parecia precisar de uma mãe, como Peter Pan.

— Vamos jantar às oito. Pedirei para meu motorista pegá-lo às sete e meia, e vocês me pegam no hotel. Estarei esperando na entrada — disse, saindo com Xavier.

— Não esqueça de levar o contrato — lembrou ele, quando os dois começavam a descer as escadas.

Havia sido uma tarde produtiva para ambos e Liam estava animado com o jantar. Queria conversar sobre a exposição e sobre a quantidade de quadros necessária. Estava disposto a trabalhar como escravo durante o ano para produzir as melhores obras possíveis. Não a decepcionaria. Era sua grande chance e Liam sabia disso. Trabalhara a vida toda por esse momento. E, embora se comportasse mal em sua vida pessoal ou em suas noitadas com Xavier, Liam sempre levara seu trabalho a sério. Sabia desde criança que nascera para pintar. Isso o tornara diferente e o isolara desde a infância, bem como na adolescência e na vida adulta. Sempre soubera ser diferente e não se importava. Sua mãe lhe apoiara, dizendo para seguir seus sonhos constantemente. O resto de sua família nunca se entusiasmara tanto e até seu pai o tratava como se fosse uma aberração, o que havia criado um abismo eterno entre eles. Era como se só sua mãe fosse capaz de perceber sua genialidade. Os outros, seu pai, seus irmãos e até os amigos o viam como um esquisito, e os seus primeiros quadros não significavam nada para eles. O pai os chamava de lixo e os irmãos se referiam às telas como rabiscos. Excluíam-no de tudo o que faziam, e, em seu isolamento, buscara consolo na pintura. Como todas as pessoas que haviam sofrido desde pequenas, Liam era muito mais intenso do que parecia. Sasha ainda não sabia disso, mas pressentia. Todos os artistas que conhecia possuíam alguma tristeza pessoal ou haviam vivido algum inferno próprio. Ao final, isso talvez tornasse suas vidas mais sofridas, mas fortalecia o trabalho e o compromisso com a arte. O fato de ter perdido a mãe ainda criança fazia com que fosse solidária aos artistas e a deixava em sintonia com seus sofrimentos. Era capaz de compreendê-los, melhor do que achava. Era como se houvesse uma harmonia implícita entre ambas as partes.

— Achei que você fosse gostar do trabalho dele — disse Xavier no carro, parecendo satisfeito. — Ele é muito talentoso — afirmou com orgulho do amigo.

— É sim. — Sentia-se totalmente confiante e animada por Xavier tê-lo descoberto. Tinha muito orgulho do filho pelo olhar perspicaz.

— Ele também é um cara legal — garantiu Xavier. — É bom, decente e honesto. Ama a esposa e os filhos. Mesmo agindo como um louco às vezes, é um bom homem. Pode ser maluco, mas é inofensivo.

— Que pena que ela está em Vermont. Eu gostaria de conhecê-la. As pessoas com quem somos casados dizem muito a nosso respeito — disse Sasha calmamente e por um momento Xavier não comentou.

— Ela é ótima. Eles são casados há muitos anos. Ela já está em Vermont há um tempo.

— O que isso quer dizer? — Sasha fitou o filho com olhos questionadores. — Eles ainda são casados ou ela o deixou?

— Acho que a resposta é sim para as duas perguntas. Eles ainda são casados, e eu acho que estão dando um tempo ou coisa parecida. Ele não fala muito sobre o assunto. Ela vai para Vermont visitar os pais todo verão. E neste ano, não voltou em setembro. Ele disse que ela quis ficar lá mais alguns meses. Está lá desde julho. Ele é um cara legal, mas não acho que seja fácil viver com ele. Ela pagou os estudos dele trabalhando como camareira em resorts de verão e de inverno. Era secretária aqui. Ela praticamente sustenta a família e atura todas as loucuras de artista dele. Acho que ele nunca se divorciaria dela, mas também acho que não tem sido fácil para ela sustentar uma família de cinco. Espero que ela volte. É uma boa mulher, e eu sei que ele a ama.

— Talvez possamos fazer a diferença para ele agora — disse Sasha. Era o velho caso de família. A maioria de seus artistas levava os cônjuges à loucura, pintando enquanto outros sustentavam seu talento. Esse não era o primeiro casamento que passava por crise, ou era sacrificado, em razão da arte. Já escutara essa mesma história várias vezes antes. — Eu poderia dar a ele um pequeno adiantamento se isso for fazer diferença. Vamos ver o que ele diz no jantar. Talvez isso o ajude a se reconciliar com ela.

— Provavelmente ajudaria muito. Viria bem a calhar. O filho mais velho vai para a faculdade no ano que vem. Ele vai precisar de dinheiro.

— Se Deus quiser, vamos fazer com que ele ganhe muito. Mas isso não acontece da noite para o dia. — Embora ambos soubessem que às vezes acontecia. Depois de tudo que Xavier acabara de lhe contar, esperava que fosse assim com Liam. Certamente, a família precisava tanto quanto ele. Ainda mais com o rapaz indo para a faculdade. O artista não parecia ter idade suficiente para ter um filho no final da adolescência. Ele próprio parecia um adolescente.

Xavier abraçou a mãe e prometeu tomar café da manhã com ela no dia seguinte. Marcaram de se encontrar às dez, porque Sasha sabia que teria vários telefonemas de trabalho para dar pela manhã. Estava planejando ir para o aeroporto ao meio-dia e queria passar suas últimas horas em Londres com o filho.

— Comporte-se hoje à noite — disse ela fingindo falar sério, soando maternal, e ele riu ao se virar. Ao menos desta vez Liam não estaria com ele, pensou Sasha. Se bem que agora que o conhecera, estava menos preocupada com sua influência sobre Xavier. Suspeitava que o filho estivesse certo. Liam parecia juvenil, até imaturo, mas inofensivo.

— Nos vemos no café! — Xavier acenou, entrou em seu carro e, no momento seguinte, arrancou, satisfeito consigo mesmo. Tinham feito um bom trabalho naquela tarde. Liam estava no mercado. Sua carreira incerta acabara de sofrer uma drástica reviravolta para o melhor.

Capítulo 5

O motorista de Sasha pegou Liam às sete e meia em ponto, chegando para apanhá-la no Claridge quinze minutos depois. Como havia prometido, ela estava esperando na entrada, e entrou no carro ao lado de Liam. O artista estava usando um terno preto de aparência razoável e uma camisa vermelha que um dia já fora branca, pintada por ele mesmo. Havia esquecido que esse fora o destino da outra camisa boa, a que ele não utilizara para encerar o carro. Pintara-a em uma noite em que estava bêbado, achando divertido. Agora, como percebeu naquela noite, era a única camisa que tinha. Esperava que Sasha fosse gostar. Ela não gostou, mas também não comentou. Liam era um artista, assim como seu filho, mas Xavier teria sido morto pela mãe se resolvesse usar algo similar para ir ao Harry's Bar. Liam, contudo, não era seu filho.

Disfarçadamente, ela analisou seus sapatos, quase respeitáveis, mas apenas quase. Eram pretos e sérios, de adulto, e deveriam ter cadarços, mas, por alguma razão obscura, ele os havia jogado fora. Enquanto se vestia, percebera que devia tê-los usado para alguma coisa, talvez amarrar um embrulho, mas não conseguia se lembrar exatamente. De qualquer forma, achava que os sapatos ficavam mais bonitos sem cadarços e preferia assim. Havia feito a barba e tomado banho, estava cheiroso e com o cabelo impecavelmente limpo, amarrado por uma simples fita preta por cima do elástico que prendia seu longo e dourado rabo de cavalo. Estava bonito e, se não fosse pela camisa e pela falta de cadarços nos sapatos, pareceria respeitável e perfeito, mas era um artista, afinal de contas. Liam não seguia regras e nunca o tinha feito. Não via motivos para seguir as regras de outras pessoas, uma das razões pelas quais sua esposa decidira permanecer em Vermont e não o via desde julho. Apesar da camisa pintada de vermelho e do rabo de cavalo, havia algo de distintamente belo e aristocrático nele. Era um homem bonito, um homem de contrastes. Em outra vida e com outras aptidões, poderia ter sido ator ou modelo, advogado ou banqueiro, mas a camisa que pintara de vermelho mostrava não apenas que era um artista, mas uma criança rebelde, afirmando: "Olhem para mim. Posso fazer o que eu quiser. E vocês não podem fazer nada a respeito."

— Como estou? — perguntou a Sasha, parecendo nervoso, e ela assentiu. Não queria magoá-lo, e a camisa era uma obra de arte, afinal. Só notou a falta de cadarços nos sapatos quando já estavam dentro do Harry's Bar. E quando ele se sentou em um banco do bar, ela percebeu que também não estava usando meias. O *maître* a conhecia bem e, sem dizer nada, entregou a Liam uma gravata preta, que acabou combinando com a camisa. Ela o ajudou a dar o laço, da mesma forma que fazia com Xavier quando este era pequeno. O artista comentou que não usava uma gravata há anos e que tinha se esquecido de como fazer o laço. Parecia totalmente indiferente. O fato de todos no restaurante estarem vestidos elegantemente, os homens com ternos e camisas perfeitamente cortados em Paris e as mulheres com vestidos chiques feitos por importantes estilistas, não o impressionou de forma alguma. Uma característica que não faltava em Liam era autoconfiança, exceto no que dizia respeito a Sasha. Queria impressioná-la, sem saber bem como. A mulher parecia tão capaz e confiante, tão elegante enquanto conversavam, que ele de repente se sentiu ingênuo. Ela o tratava como uma criança. Disse que sua roupa estava bonita quando perguntou e entrou no restaurante ao seu lado com orgulho, agindo como se todos os outros homens devessem se portar como ele. Isso fez com que Liam se sentisse quase eufórico por estar ao lado dela, como se fosse Picasso quando se sentou à mesa.

No carro, já havia perguntado duas vezes sobre o contrato. Para acalmá-lo, e a si também, Sasha entregou-lhe os papéis à mesa do restaurante. Ele assinou sem nem olhar, apesar dos conselhos contrários de sua *marchand*, abrindo a seguir um largo sorriso. Agora era um artista da Suvery. Era tudo que havia desejado e sonhado nos últimos dez anos. Finalmente estava acontecendo e ele saboreava cada momento. Sabia que esta era uma noite da qual nunca se esqueceria, e nem Sasha, que suspeitava que um dia achariam graça desta noite, em que Liam entrara no Harry's Bar com uma camisa pintada por si próprio. Apesar da aparência jovem e desleixada, possuía uma aura de grandiosidade.

Depois que Liam tomou um martíni no bar, ela pediu champanhe para os dois, que brindaram em homenagem um ao outro. Sasha tomou duas taças. Liam tomou o resto sem hesitar. Foi o bastante para contar que era a ovelha negra da família. Seu pai era banqueiro e morava em São Francisco; um dos irmãos era médico, o outro, advogado, e os dois haviam se casado com mulheres de famílias importantes. Liam afirmou que sempre fora diferente, desde pequeno. Seus irmãos o atormentavam dizendo que era adotado, o que era mentira. Mas desde a infância, era diferente. Detestava tudo que eles adoravam, como os esportes, e não ia bem na escola, enquanto eles eram alunos brilhantes. Os dois foram capitães dos times universitários de futebol, basquete e hóquei. Ele, ao contrário, ficava sentado em seu quarto sozinho, pintando. Implicavam com Liam de forma cruel, jogando seus quadros fora. Ele contou a Sasha que seu pai logo deixou claro que o considerava uma decepção e uma vergonha para a família. Em um ano particularmente ruim, mandaram-no para um colégio militar para castigá-lo por suas notas. Em uma determinada noite, entrou escondido no refeitório e pintou caricaturas de todos os professores na parede, algumas pornográficas. Fora seu engenhoso plano para ser expulso, que, como mencionou a Sasha com um sorriso malicioso, funcionara muito bem. Quando voltou para casa, continuou sendo torturado pela família. Finalmente, sem saber o que fazer além disso, passaram a ignorá-lo completamente. Agiam como se ele não existisse, esqueciam de chamá-lo para jantar à noite e não se incomodavam em conversar com ele quando estavam no mesmo cômodo. Ele se tornou uma *persona non grata* na própria família, um estranho. Quanto pior o tratavam, pior ficava e se comportava. Como não se adequava nem respeitava as regras impostas e os planos que faziam para ele, foi excluído completamente. Mais de uma vez, escutou o pai dizer que tinha dois filhos, e não três. Liam não se adaptava à forma com que sua família vivia, então esta se afastou. Acabou se tornando o excluído na escola também. Chamavam-no quando precisavam de alguém para pintar um cenário para peças de teatro ou se necessitassem de algum pôster ou aviso. Entretanto, no resto do tempo ninguém prestava atenção a ele, nem em casa nem na escola. Os outros alunos se referiam a Liam como "o artista excêntrico", o que tomara como um insulto a princípio, depois decidiu que gostava e levou o apelido às últimas consequências. Na adolescência, às vezes se perguntava se era louco.

— Eu cheguei à conclusão de que se eu me permitisse ser o que diziam que eu era, um artista excêntrico, eu poderia fazer qualquer coisa que quisesse. Eu fazia o que me desse na cabeça. — Como não se preocupava em estudar, foi expulso de uma escola atrás da outra. Finalmente, abandonou o colégio no último ano e nunca se preocupou em se formar, até que sua esposa o obrigou a conseguir o diploma assim que se casaram. No entanto, o colégio não tivera nenhum significado para ele. Era apenas um lugar onde era torturado por ser diferente. De acordo com Liam, além de sua mãe, ninguém nunca reconheceu que possuía talento. Em sua família, arte não era uma ocupação aceitável. Só esportes e estudos importavam, e ele não se destacava em nenhum, nem tentava fazê-lo. Sasha perguntou-se se tinha algum distúrbio de aprendizagem para ser tão resistente à escola. Muitos de seus artistas tinham, o que era uma fonte de profunda tristeza compensada pelo talento artístico. Entretanto, não conhecia Liam bem o suficiente para perguntar, então não o fez, contentando-se em escutar sua história com compaixão e interesse.

Ele disse que sabia que desejava ser um artista desde o momento em que saiu da barriga da mãe. Uma vez, em uma manhã de Natal, antes de todos se levantarem, pintou um painel na sala de estar e a seguir o piano e o sofá. Estava com 7 anos. A camisa, obviamente, era apenas uma versão mais recente da mesma forma de arte. Nessa fatídica manhã, foi castigado, não conseguindo entender por que ninguém gostara nem apreciara o que havia feito. Seu pai lhe deu uma surra e em uma narração um tanto incoerente e emotiva, ele explicou que depois disso sua mãe ficou muito doente, vindo a falecer no verão seguinte. A partir daí, sua vida se transformou em um pesadelo. A única pessoa que o protegia, amava e aceitava desaparecera. Algumas noites, nem se importavam se comia direito. Era como se tivesse morrido com ela. A arte passou a ser seu único conforto e válvula de escape, o único vínculo que ainda mantinha com a mãe, uma vez que ela amava tudo o que o filho fazia. Confessou a Sasha que durante anos e às vezes ainda hoje, sentia como se estivesse pintando para sua mãe. Ao dizer isso, havia lágrimas em seus olhos. Todos os outros em sua família sempre agiram como se ele fosse louco. Comentou que não via o pai e os irmãos há anos.

Ele conhecera a esposa, Beth, em uma viagem para uma estação de esqui em Vermont, depois de sair de casa aos 18 anos, quando estava morando e pintando em Nova York. Casou-se com ela aos 19, pintando e passando fome em Greenwich Village. Ela havia trabalhado dia e noite nesta época, de acordo com Liam, e os sustentava desde então, para desespero de sua família, tão conservadora quanto a dele. Também não gostavam de Liam. Odiavam-no por sua falta de responsabilidade e de capacidade para sustentar sua filha. Ele e Beth tinham três filhos: dois meninos, com 17 e 11, e uma menininha de 5. Eram a luz de sua vida, assim como Beth, até retornarem a Vermont em julho do ano anterior para a família dela.

— Você acha que ela vai voltar? — perguntou Sasha com a expressão preocupada. Havia algo de tão gentil e vulnerável nele que ela queria abraçá-lo e resolver todos os seus problemas. Contudo, sabia, por experiência com outros artistas, que as confusões criadas por eles mesmos em suas vidas eram praticamente impossíveis de serem solucionadas. O relacionamento de Liam com a família parecia bem além da possibilidade de salvação e provavelmente nem valia a pena tentar. No entanto, o coração de Sasha ficou apertado ao ouvi-lo falar sobre sua infância solitária e sobre a esposa e os filhos. Parecia perdido sem eles e ela percebia que ele omitira muitas coisas. Liam fitou-a de forma honesta para responder à pergunta sobre o retorno de Beth, hesitou por um momento e, em seguida, balançou negativamente a cabeça.

— Provavelmente não. — Parecia convencido. Acreditava que Beth se fora para sempre.

— Talvez quando ela souber que as coisas vão melhorar para você financeiramente, faça alguma diferença. — Por alguma razão que não conseguia compreender, queria que Beth voltasse pelo bem de Liam. Sasha não tinha certeza se era isso que ele queria também. Parecia triste com a separação, mas a aceitava como inevitável. Haviam sido casados por vinte anos e era óbvio que não tinha sido fácil. Principalmente para ela. Ele parecia um homem que cometera um crime, sentia um remorso profundo, mas sabia que não podia mudar nada.

— Esse não é o problema. Quero dizer, dinheiro. — Pareceu certo disso e Sasha não pôde deixar de imaginar qual havia sido a questão de fato. Nesse momento, já estavam comendo uma massa e saboreando um bom Bordeaux francês.

— E qual é? — Talvez os filhos tivessem causado alguma tensão entre o casal. Sasha imaginou que poderia ser isso. Ou talvez o inevitável desgaste provocado pelo tempo.

— Eu dormi com a irmã dela em junho. — Parecia triste e sua voz estava rouca ao confessar e, apesar de todos os esforços para não parecer chocada, Sasha não conseguiu evitar. No mínimo, era um ato estúpido, trair uma mulher que mantinha inúmeros empregos para sustentá-lo, bem como os três filhos, durante vinte anos. E Xavier dissera que ela era uma boa mulher. Talvez Liam não fosse um cara tão bonzinho. Sua confissão certamente demonstrara o contrário.

— Por que você fez isso? — perguntou como se falasse a uma criança.

— Ficamos muito bêbados em um final de semana em que a Beth e as crianças estavam viajando. Eu contei quando ela voltou. Achei que Becky faria isso de qualquer jeito. Elas são gêmeas.

— Idênticas? — Sasha achou a história fascinante e patética ao mesmo tempo se envolvendo no drama conforme se desenrolava, como se envolvera com a história sobre a família de Liam. Ainda não sabia por quê, mas gostava dele mesmo sem saber se merecia. Também queria ajudá-lo. Contudo, estava horrorizada por ter traído a esposa. Para Sasha, isso demonstrava uma falta de moral que a preocupava bastante. Todavia, ele tinha uma inocência infantil que fazia com que quisesse perdoá-lo, independentemente da seriedade do crime.

— Elas não são idênticas, mas são muito parecidas. Becky corria atrás de mim há anos. Na manhã seguinte, eu não pude acreditar no que tinha feito, mas já estava feito. — Parecia que ia chorar ao dizê-lo. Quando contou a Beth, chorara.

— Você é alcoólatra? — perguntou Sasha de forma um tanto severa. Certamente estava bebendo muito vinho, mas não lhe parecia bêbado.

— Não. Só burro. Eu e Beth andávamos brigando muito no último ano. Ela queria que eu arrumasse um emprego. Estava cansada de se matar de trabalhar e nunca ter dinheiro o suficiente por causa da minha arte. E os pais dela sempre diziam para ela me deixar e voltar para casa. O pai é carpinteiro e a mãe, professora. Eles acham que a minha arte é uma merda. Eu também já estava começando a achar isso. Até hoje. — Sorriu para Sasha, agradecido. Era difícil resistir a ele. Mesmo depois de escutar sua confissão de adultério, não era fácil ficar com raiva. Estava certo. Era simplesmente burro. E apesar disso, tinha algo de inocente e cativante. Sasha não sabia explicá-lo de forma racional, mas sentia-se atraída por ele como pessoa e até como homem.

— O que a Becky faz? — perguntou, parecendo desconfiada

— Ela é bartender de um resort em uma estação de esqui. Ganha bastante dinheiro, e transa com um monte de caras. Ela sempre me quis. E talvez eu também a quisesse. Não sei. Vinte anos é muito tempo com uma mulher. Eu era virgem quando me casei com Beth e nunca a tinha traído até agora. — Porém, até ele sabia que estava errado. — Mas isso não é desculpa — afirmou, sendo honesto. — Foi uma coisa horrível de se fazer.

— Você não acha que ela vai acabar te perdoando? — Pelo bem dele, Sasha esperava que sim. Era um cara decente e ingênuo que cometera apenas um erro em vinte anos, embora ele mesmo admitisse que fosse um dos grandes. Além disso, sustentar uma família de cinco sozinha não devia ter sido divertido para Beth.

— Acho que ela nunca vai me perdoar. Sempre teve ciúmes da irmã. Becky sempre conseguiu todos os caras que quis. Mas Beth me conquistou, teve três filhos e muito trabalho. Eu nunca consegui dar a ela uma vida decente. Beth nos sustentou por todos esses anos e sempre acreditou em mim. Até eu dormir com Becky. Liguei para ela e para as crianças no Natal e ela disse que vai pedir o divórcio. Não posso culpá-la. Ela cansou de mim. Pelo menos agora, poderei mandar um pouco de dinheiro para ela. Beth merece depois de todos esses anos. — Era um homem decente, apenas um pouco desconectado da realidade, talvez até por ser artista. Já ouvira histórias bem piores do que essa. No entanto, a forma como o casamento acabou a deixava triste pelos dois. Era um desperdício terrível e uma vergonha. Todos estavam pagando o preço pelo erro dele.

— Quanto tempo faz que você não vê seus filhos?

— Desde que ela foi embora. Eu não tenho dinheiro para ir até lá. E os pais dela provavelmente me matariam. O pai dela está furioso.

— Ela contou a ele o que aconteceu?

— Não. Foi Becky quem contou. Ela também me odeia. Queria que eu largasse a Beth e me casasse com ela. Disse que sempre foi apaixonada por mim. Essas coisas estranhas que às vezes acontecem entre gêmeas. Ou, pelo menos, aconteceu com elas. Beth diz que Becky sempre teve ressentimento dela, a vida toda. Ela é uma mulher bonita, mas nunca nenhum homem quis se casar com ela. Engravidou aos 15 anos e os pais a obrigaram a entregar o bebê para adoção. Acho que isso fez com que ela pirasse. Ela tentou encontrá-lo quando ele fez 18, uns seis anos atrás, e descobriu que ele tinha morrido dois anos antes em um acidente de carro. Ela ficou ainda mais pirada. Acho que ela se culpa. Talvez odeie Beth porque tem três filhos maravilhosos. Não sei. É muito complicado.

— Parece que sim. Parece que você pisou em um campo minado quando dormiu com ela em junho.

— É verdade. Beth diz que Becky armou uma armadilha para mim. Estava esperando há vinte anos para isso. Três garrafas de vinho branco barato e eu joguei meu casamento com a mulher mais decente do mundo na lata do lixo.

— Por que você não vai a Vermont e conversa com ela? Posso lhe dar um adiantamento, Liam. Faria isso de qualquer forma. — O artista parecia precisar disso, mesmo antes de ela descobrir que não via os filhos há seis meses.

— É tarde demais — respondeu Liam simplesmente. — Ela voltou para o namorado de colégio dela. Disse que vão se casar assim que o nosso divórcio sair. A mulher dele morreu no ano passado, e ele ficou com quatro filhos. Ele tem dinheiro, é administrador de uma estação de esqui e está disposto a sustentar Beth e meus filhos. Parece um negócio melhor do que ser casada com um artista excêntrico. Acho que é isso que ela pensa também. — Parecia infeliz, mas filosófico sobre o assunto.

— Você é um artista excêntrico, Liam? — perguntou Sasha gentilmente. Em alguns aspectos, parecia ser, em outros, não. Acima de tudo, parecia imaturo, mas gentil. Era inacreditável pensar que um homem tão bonito só dormira com uma mulher durante toda a vida, além da aventura de uma noite com a gêmea da esposa. Havia um lado sórdido nisso tudo, mas ele parecia um cara legal, como Xavier afirmara. Confiava no filho. E todos os instintos de Sasha lhe diziam que Liam era uma boa pessoa. Tolo e imaturo talvez, mas essencialmente um bom homem.

— Às vezes eu sou um artista excêntrico — respondeu. — Às vezes eu só quero ser uma criança. Que mal há nisso?

— Acho que depende de quem sofre com isso. Beth sofreu, nesse caso. E seus filhos. E parece que você também. Mas é difícil não culpar Becky nessa história.

— Ela não se importa com ninguém, só com ela mesma. Sempre foi assim.

— É o que parece. — Sasha ficou quieta, pensando a respeito, e então percebeu que Liam a estava observando.

— E você? Para Xavier, você é o centro do mundo. Ele é louco por você. É raro um cara da idade dele se sentir assim em relação à mãe. E conversando com você, acho que ele tem razão. Tem sorte em ter uma mãe tão carinhosa. — Ele também tivera uma assim, mas a perdera cedo demais.

— Também sou louca por ele. Xavier é um filho maravilhoso. Sua irmã também. Sou uma mulher de sorte. — Sorriu para Liam.

— Talvez não tanta sorte. Soube que seu marido morreu no ano passado — disse, com um tom de voz solidário.

— É verdade — respondeu com calma, mas seus olhos encheram-se de lágrimas, o que a deixou constrangida. Seu sofrimento não era problema de Liam e não queria sobrecarregá-lo, ou compartilhar sua dor. — Ele morreu quinze meses atrás. Fomos casados por vinte e cinco anos. — Arthur também fora o único homem de sua vida. Ela e o artista tinham isso em comum, além de terem perdido suas respectivas mães na infância e terem sofrido todo o impacto emocional que isso acarreta.

— Deve ser difícil para você ser viúva — afirmou ele, soando solidário de novo, enquanto terminavam de comer e ele fitava-a com olhos gentis.

— É sim. Está melhor agora do que no início, mas tem dias que ainda é muito difícil. — Ele assentiu, como se compreendesse. Perdera Beth em razão de sua própria estupidez e devido a um erro fatal. Ela perdera Arthur para o destino. — Mas temos que seguir em frente. Não temos escolha. O meu trabalho ajuda.

— Você não pode se debruçar sobre seus quadros à noite. Já saiu com alguém? — Não era da conta dele, mas, de qualquer forma, ela decidiu responder. Não queria que ele soubesse o quanto estava vulnerável e solitária. Se iria representá-lo, precisava parecer forte, ou pelo menos era nisso que acreditava.

— Não, não saí. E você? — Estava curiosa para conhecê-lo melhor. Assim como ele estava em relação a ela. Afinal, Liam lhe contara sobre sua família e seu casamento, e os dois possuíam alguns vínculos mais fortes do que esperava e certamente mais do que desejava. Pela primeira vez percebeu que se sentia atraída por um de seus artistas, mas não se permitiria ceder de forma alguma a essa atração. Podiam se abrir um com outro durante o jantar. Eram duas pessoas solitárias que haviam sofrido perdas intensas durante a infância, perdendo a própria infância como resultado, e que haviam perdido pessoas amadas recentemente, mas Sasha nunca permitiria que a ligação entre eles fosse além disso. Não tinha nenhuma intenção de se deixar levar pela atração que estava sentindo. Era disciplinada e sensata demais para isso. Nem deixaria que ele cedesse aos sentimentos por ela, se tivesse algum, o que lhe parecia pouco provável.

— Saí com duas pessoas — admitiu Liam. — Xavier me apresentou a elas. — Sorriu para a mãe de seu amigo, que agora era sua agente. A conexão entre eles era engraçada, até para ele. — Mas não consegui chegar a lugar nenhum. Eram meninas. Para quê? Eu ainda estava triste por causa da Beth. Foi no verão passado, logo depois que ela foi embora. Desde então, não saí com mais ninguém. Acho que agora que sei que ela vai se casar é diferente. Mas não encontrei ninguém por quem eu me interesse. A maioria das mulheres que está disposta a se envolver com artistas também é excêntrica. — Sorriu ao dizer isso, de repente parecendo adulto. — E você? O que quer?

— Nada. Não quero ser uma dessas mulheres patéticas que ficam desesperadas para encontrar um marido. E acho que namorar na minha idade é repugnante. Parece tão humilhante e terrível.

— Não se você encontrar o cara certo — disse gentilmente, mas ela balançou a cabeça.

— Já encontrei. Ele morreu. Para mim, basta.

— Isso é uma estupidez — respondeu, parecendo furioso. — Você é jovem demais para desistir assim. E bonita demais. Quantos anos você tem? — Acreditava que tinha 45 no máximo, porque sabia a idade de Xavier. Talvez dois anos mais nova, se se casara aos 18.

— 48. Sou velha o suficiente para desistir. Tive vinte e cinco anos maravilhosos.

— E você pode viver mais cinquenta. Quer passar o resto da vida sozinha? — Parecia horrorizado com a ideia. Ela não. Aceitara o que acreditava ser sua inevitável solidão há muito tempo.

— Não. Quero passar o resto da minha vida com ele. E eu teria passado, se ele estivesse vivo. Não tenho mais essa opção. E as outras opções não me atraem. Acho que nunca vão me atrair. Acho que é mais digno desistir do que ficar por aí atrás de qualquer um para tapar o buraco.

— Ele devia ser um homem e tanto para você amá-lo assim. — Liam estava ainda mais impressionado após a conversa durante o jantar. Sasha era uma mulher incrível e gostava e a respeitava profundamente.

— Ele era maravilhoso — assentiu, triste. — Nós éramos loucos um pelo outro. Foi muito, muito azar ele ter morrido.

— Parece que sim. Mas ele morreu, Sasha. Você não. Se tivesse morrido e ele não, ele provavelmente teria encontrado outra pessoa também. Todos nós precisamos de alguém para amar. A vida é difícil demais para suportar sozinho. — Os últimos seis meses sem Beth e as crianças haviam sido um inferno para ele.

— Não sei se é muito mais fácil se você se envolve com a pessoa errada. Como Becky. Consegui acertar de primeira. Não acho que vou ter essa sorte de novo. Por que arriscar? — disse de forma melancólica.

— Porque você pode ter sorte de novo. Você é uma boa pessoa. Merece isso. Não seria a mesma coisa. Seria diferente. Mas diferente nem sempre é uma coisa ruim.

— Não consigo me imaginar namorando — disse honestamente, enquanto a garçonete colocava três potes de doce e um prato de biscoito na frente dos dois. — O pouco que já vi me assusta.

— A mim também. — Riu, então, do absurdo da situação de ambos. — Eu estou fazendo a mesma coisa que você. Mergulho no meu trabalho. Não parei de pintar desde que ela me deixou.

— Para mim está bom. — Sasha riu. Desde que houvesse artistas talentosos como Liam, o que ela fazia os manteria ativos. — É mais difícil agora que as crianças não moram mais comigo. Pelo menos em Paris, estou mais perto de Xavier e vou muito a Nova York. Mas à noite, a solidão me pega — confessou, e ele assentiu.

— Isso também acontece comigo. Sinto muitas saudades das crianças. Acho que estão melhor sem mim agora, com o futuro marido de Beth. Ela disse que ele é um cara legal e um bom pai. Provavelmente melhor que eu. Eles estão muito melhor com Beth do que comigo. Ele é mais respeitável que eu e mais tradicional. Beth acha que isso é bom para eles. O futuro marido dela não tem nada de excêntrico. — Pareceu humilde e derrotado ao dizê-lo. Não perdera apenas a esposa, mas também os filhos.

— Você é o pai deles, Liam. Não pode abandoná-los. Deve ir vê-los logo.

— É — disse vagamente. — Eu vou. — Mas não pareceu convicto, o que a deixou perturbada.

Ela telefonara para o restaurante mais cedo e pedira que não trouxessem a conta. Não queria constranger Liam. Após comerem os doces e tomarem café, saíram e voltaram para o carro. Sasha pediu ao motorista para deixá-la no hotel e depois levar Liam até sua casa. Quando chegaram ao local, entretanto, o homem disse que pegaria um táxi dali. Perguntou se queria tomar um drinque, mas ela recusou. Já haviam bebido champanhe e vinho suficiente e ela raramente bebia.

— Vou acompanhá-la até seu quarto, depois vou embora — disse Liam, tranquilizando-a. Apreciara a companhia dele a noite inteira e era bom ter alguém para acompanhá-la até em casa. Já sentia a familiar solidão tomar conta de si, e ele experimentava o mesmo. As noites eram uma agonia para pessoas solitárias como os dois. Ela sorriu ao olhar para os sapatos dele conforme subiam as escadas, mais uma vez notando a ausência de meias. Não pôde resistir à vontade de implicar com o artista agora que o conhecia um pouco melhor. — Não consegui encontrar nenhuma — respondeu, sem nenhum constrangimento. — Além disso, sou artista. Não preciso usar meias. — Afirmou com um olhar desafiador, ao que ela riu.

— Quem fez essa regra? — perguntou.

— Eu — disse ele com orgulho. — Sou um artista excêntrico. Posso fazer tudo que quiser. — Falando assim, parecia um menino de 5 anos de idade, e ela percebeu uma vida inteira de travessuras nos olhos dele. Era alérgico a todas as formas de autoridade e controle.

— Não, você não pode fazer o que quiser. Todos temos de seguir regras. — Sentiu-se como uma professora ao dizê-lo e Liam riu.

— Existe alguma regra para meias?

— Sem dúvida. — Pensou em mandar para ele uma caixa de meias e camisas. Ele obviamente precisava, bem como de cadarços também. Perguntou-se se usaria os presentes. Provavelmente não. Era óbvio que adorava não ser convencional e fazer suas próprias regras. Ela se perguntou se ele também não usava cuecas e corou com o pensamento.

— Em que você estava pensando? — Percebera a sua expressão.

— Em nada. — Sasha ficou envergonhada.

— Estava sim. Você estava se perguntando se eu uso cuecas, não é? — Havia adivinhado, e ela corou de novo.

— Não, não estava. — Deu uma risadinha ao mentir.

— Estava sim. Bem, eu uso. Ou, pelo menos, estou usando. Consegui encontrar uma.

— Isso é tranquilizador — respondeu de forma pomposa, e ele riu dela de novo.

— Isso estava no contrato que eu assinei? Que tenho que usar cuecas e meias? Porque se estiver, vou ter que rasgá-lo. Ninguém pode me dizer o que vestir ou o que fazer. — Era a clássica rebeldia adolescente. Liam Allison tinha problemas com controle, ou ao menos era o que parecia. Nadara contra a maré a vida toda, lutando contra convenções e quebrando regras.

— Na verdade, agora que você mencionou, acho que está no contrato. — Estava respondendo à implicância dele na mesma moeda e estava gostando. Nesse momento, chegaram à porta.

— Não está, não — disse teimoso, parecendo petulante, como uma criança travessa.

— Está sim — respondeu com firmeza. — O contrato diz que a partir de hoje você tem de usar cuecas e meias o tempo todo.

— Você não pode me obrigar! — disse, falando alto.

— Posso sim — disse ela, de forma delicada mas firme, e Liam sorriu ao fitá-la, inclinando-se para beijá-la e silenciá-la para sua surpresa. A chave que estava em sua mão caiu junto com a bolsa, em razão do espanto de ser beijada. Quando o beijo terminou, continuou olhando para ele. — Por que você fez isso, Liam? — perguntou suavemente, horrorizada por ter gostado do mesmo. Muito, na verdade. Muito mesmo. Demais. O homem, então, pegou a chave e gentilmente abriu a porta do quarto. Continuou fitando-a e, sem dizer uma palavra, ela entrou no quarto e ele a seguiu. Segundos depois, dois passos apenas dentro do cômodo, já estava beijando-a de novo, empurrando a porta com o pé para fechá-la. Sasha estava imobilizada pelas sensações conflitantes que experimentava.

Queria impedi-lo. Queria mesmo. Tinha todas as intenções de pará-lo, mas não conseguia. O pior era que não queria parar, e nem ele. Liam simplesmente continuou beijando-a até pegá-la nos braços e colocá-la delicadamente na cama. Havia uma luz acesa no quarto, que apagou esticando o braço. Não falaram nada. Beijou-a e despiu-a e, no momento seguinte, estavam deitados juntos na cama, nus, fazendo amor, antes que ela pudesse entender como isso havia acontecido. Queria fazer com que ele parasse, mas não conseguia. Não queria parar. Queria fazer exatamente o que estavam fazendo. Eram duas pessoas famintas que haviam se encontrado e não podiam deixar a oportunidade passar. A atração entre os dois era forte demais para resistir. Embora tivessem estilos de vida e aparências completamente diferentes, ambos sentiam que eram espíritos afins, e almas gêmeas de certa forma. Precisavam um do outro em suas respectivas solidões, e agarraram-se até deitarem exaustos e sem fôlego um nos braços do outro. Ela ficou deitada fitando-o na escuridão, chocada com o que tinham feito, mas ele sorriu com a doçura de um homem carinhoso.

— Acho que estou apaixonado por você — disse suavemente, e ela sentiu lágrimas nos olhos ao ouvir isso. Achou que nunca mais fosse escutar essas palavras, mas aí estavam novamente, sem que nem se conhecessem tão bem. Em seu coração, porém, sentia que o conhecia. Podia perceber a solidão de sua infância e sua vulnerabilidade como homem.

— Isso é impossível. Você mal me conhece — respondeu baixinho enquanto as lágrimas escorriam por seu rosto, por Arthur, por Liam e por ela mesma.

— É possível, e eu conheço sim você. E também quero conhecê-la melhor. — Havia contado muito sobre si mesmo naquela noite e estava ansioso para descobrir mais sobre ela.

— Isso é loucura, Liam. — Apoiou-se em um cotovelo e olhou-o, no momento em que delicadamente enxugava suas lágrimas iluminadas pela luz da lua. Tudo o que fazia parecia doce, carinhoso e gentil.

— Talvez seja loucura — admitiu ele. — Mas talvez seja o que nós dois precisamos. Sei que eu preciso. E acho que você também.

— De quê, sexo? — Soou ofendida. Recusava-se a ser uma aventura casual, como Becky. Além disso, tudo era muito ridículo. Era a sua *marchand*, não a namorada. Haviam sido completos estranhos até hoje e continuavam sendo. O que estava acontecendo com ela? Sentia-se boiando em um mar desconhecido, sendo levada até Liam por uma maré muito mais forte do que conseguia resistir.

— Não estou falando de sexo, Sasha. Você sabe disso. Ou não apenas de sexo. Embora tenha sido muito bom. — Na verdade, havia sido maravilhoso. E memorável, levando em consideração que eram virtualmente estranhos. Fora incrível para ambos.

— Não pode estar falando de amor. Mal nos conhecemos.

— Espero que possamos nos conhecer melhor — respondeu gentilmente. Acima de tudo, parecia ser uma boa pessoa, além de um homem incrivelmente atraente. Demais até. Ela se sentia visceralmente atraída por ele, admitindo para si que fora assim desde que haviam se conhecido. Tentara ignorar, mas não foi capaz.

— Isso é impossível — repetiu. — Sou sua *marchand*, e nove anos mais velha que você.

— E daí? Você tem regras sobre isso também? — Não parecia nem um pouco impressionado pela diferença de idade entre eles, não lhe importava.

— Tenho regras sobre isso, sim. Não durmo com meus artistas. Nunca dormi e não tenho nenhuma intenção de começar agora — afirmou firmemente, como se quisesse se convencer disso.

— Acho que você acabou de quebrar sua regra. Além do mais, não é mais casada. As regras são outras agora.

— Então vou começar a dormir com meus artistas? Acho que não, Liam. — Subitamente, sentiu-se furiosa consigo mesma, mas antes que pudesse dizer mais alguma coisa, ele beijou-a de novo, deslizando as mãos gentilmente por seu corpo. Sasha sentiu cada centímetro de seu corpo formigar sob o seu toque. Sentiu como se estivesse perdendo totalmente a cabeça. Desta vez, nem tentou impedi-lo. Desejava-o ainda mais do que da primeira vez, e quando terminaram, aninhou-se em seus braços e chorou. Agora eram lágrimas de alívio. Ele puxou-a para mais perto de si, colocou os braços em torno dela e abraçou-a forte, consolando-a. Ela sentia como se uma represa houvesse rompido em seu âmago e estivesse inundada de emoções.

— Eu te amo, Sasha. Eu mal te conheço, mas te amo. E sei que vou te amar ainda mais com o tempo. Por favor, me dê uma chance. — O tom era de um pedido desesperado. Desejava-a mais do que jamais o fizera com outra pessoa, até mesmo Beth.

— Isso não pode acontecer nunca mais. — As palavras ficaram abafadas no peito de Liam, que sorriu.

— Da próxima vez, prometo que vou usar meias — respondeu sem afrouxar o abraço.

— Estou falando sério, Liam — disse baixinho, enquanto adormecia em seus braços.

— Sei que está, Sasha... Sei que está... Mas eu te amo mesmo assim. — Quando beijou o cabelo dela espalhado pelo travesseiro, sorriu, abraçando-a, e adormeceu. Foi a melhor noite que ambos haviam tido em meses.

Capítulo 6

SASHA E LIAM ACORDARAM às nove horas da manhã com a luz do dia penetrando pela janela do quarto no hotel Claridge's. Ele despertou primeiro e ficou deitado, abraçando-a. A seguir, como se sentisse seu olhar, ela se mexeu. Sentiu os braços envolvendo-a, o corpo deitado atrás do seu e, por um minuto, não soube quem era. E então se lembrou. Fechou os olhos e resmungou.

— Bom dia, Bela Adormecida — disse o artista baixinho, puxando-a para mais perto. Ela se virou devagar e olhou-o. Os narizes de ambos quase se encostavam, e ele estava tão bonito agora quanto estivera na noite anterior. O coração de Sasha apertou-se quando seus olhos se encontraram. Não podia acreditar no que fizera. Ao vê-lo ali, nu e lindo, com o cabelo louro caído sobre os ombros, o corpo quente contra o seu, tinha certeza de que agira sem pensar.

— Isso não aconteceu — afirmou firmemente. Entretanto, não conseguia encontrar forças para se levantar ou se afastar. Tudo em Liam fazia com que o desejasse ainda mais.

— Aconteceu sim — ele respondeu rindo, parecendo muito satisfeito consigo mesmo, e Sasha achou que aquele era o homem mais lindo que já vira na vida.

— Não podemos fazer isso, Liam. É impossível. — Seria sempre assim. Ele sempre seria nove anos mais novo do que ela, o que a incomodava, independente de não incomodá-lo, e ela sempre seria sua *marchand*. Mesmo que Sasha se recusasse a representá-lo, ele ainda seria jovem demais, em sua opinião. A diferença de idade tornava-se mais profunda devido ao estado de desenvolvimento e o jeito infantil dele, não às datas de nascimento em seus passaportes. Também não podia se recusar a representá-lo só porque fora uma tola. E uma tola velha. Sentia-se assim neste momento. Estava sedenta de amor, companheirismo, carinho e até sexo. Mas isso não era desculpa para o que havia feito. Estava furiosa consigo mesma, e um pouco com ele também. Contudo, não furiosa o suficiente para se levantar da cama agora. Como também não estivera na noite anterior.

— Não é impossível, a não ser que você queira que seja. Você disse isso ontem à noite, pouco antes de fazermos amor pela segunda vez.

— Foi loucura. Em minha defesa, só posso dizer que estava temporariamente insana — respondeu, deitando de costas e fitando o teto para evitar o olhar dele. Era uma sensação tão boa ficar ali deitada, sentindo-se mulher de novo. No entanto, era um fruto proibido que sabia não poder se permitir comer de novo. — Você faz ideia da loucura que é isso? — perguntou, virando o rosto para encará-lo. Seus olhos eram verdes e enormes, o rosto quase perfeito, com apenas alguns defeitos para fazê-lo parecer um homem. Parecia um ator em algum filme erótico.

Precisava de uma atriz jovem para ser sua coestrela, não de uma mulher com a sua idade. Sabia disso, mesmo que ele não soubesse ou não quisesse saber. Sabia pelos dois.

— Não é loucura, Sasha. Você é uma mulher, eu sou um homem. Nós nos gostamos, estamos sozinhos. Temos os mesmos interesses, vivemos para a arte. O que tem de tão errado nisso?

— Tudo. Eu pareço, e me sinto, com idade suficiente para ser sua mãe. Você é amigo do meu filho. Eu sou sua *marchand*. Que começo bizarro! E além disso, você ainda ama a sua esposa.
— Não duvidara disso nem por um minuto na noite anterior, enquanto Liam contava a história de Beth e sua irmã gêmea má.

— Você não parece ter idade para ser minha mãe. Você é uma mulher linda, espetacular e só nove anos mais velha do que eu. E daí? E eu não amo mais a minha esposa. Além disso, ela nem é mais minha esposa. Estamos nos divorciando. Nós dois somos livres, independentes, estamos sozinhos demais e somos maiores de idade. Para mim, parece possível. Qual é o seu problema? — Parecia um pouco irritado.

— Ainda amo o meu marido — ela respondeu com tristeza, mas não chorou dessa vez. Liam esperou um minuto antes de dizer qualquer coisa, tocando seu rosto carinhosamente com a ponta do dedo enquanto falava.

— Sasha, ele se foi. Você está viva, ele não. — Ela havia provado isso intensamente para ambos na noite anterior. — Você tem direito de ser feliz com alguém. Comigo, ou com qualquer outra pessoa. Não pode mais se esconder. Não está certo.

— Posso sim. — Virou-se e ficou de costas para ele, mas não se levantou da cama. Liam não conseguia ver se ela estava chorando, mas abraçou-a e puxou-a para mais perto assim mesmo.

— Sasha, sei que isso pode parecer loucura. Eu mal te conheço, mas acho que te amo. Sinto como tivesse te esperado a minha vida toda.

— Isso é loucura — murmurou ela, ainda de costas para ele. Porém, um pouco daquilo soou verdadeiro, até para ela, embora não fizesse sentido algum. — Nós bebemos muito. Não foi amor, foi o vinho. — Tentou minimizar o que havia acontecido, não convencendo nenhum dos dois.

— Bem, independente do que tenha sido, quero mais. Por que você não pode simplesmente deixar acontecer e ver aonde vai dar? — Liam estava implorando.

— E depois? — Ela virou-se para encará-lo de novo. Realmente estava sofrendo pelo modo com que havia agido. — Aonde isso pode chegar? Você precisa de alguém da sua idade. Sou mais velha que você, e sua *marchand*. Sou uma pessoa conservadora, você não é. Nós seríamos alvo de chacota em Paris. — Principalmente se ele aparecesse em algum dos eventos que Sasha frequentava sem meia e com a camisa pintada. Era uma pessoa respeitável, com uma vida séria, Liam não. Ele era exatamente o que havia afirmado ser, um artista excêntrico, amigo de Xavier. Seus filhos ficariam completamente aturdidos se descobrissem como ela estava agora.

— Não quero alguém da minha idade, Sasha. Quero você. — Refletiu por um minuto e fitou-a de novo. — Eu a deixo constrangida?

— Poderia — disse ela, sendo honesta — mas não vou lhe dar a oportunidade de fazer isso. Eu pareceria uma velha tola ávida por sexo se saísse com você, Liam. Isso nunca poderia dar certo.

— Poderia sim. E você está meio certa, pelo menos. Você está ávida por sexo, mas não é uma tola, sendo velha ou jovem.

— Sou sim — ela respondeu parecendo infeliz, e ele beijou-a, para calá-la e alegrá-la. Ela não estava procurando consolo algum, mas também não era imune ao seu toque, longe disso. Apesar de toda a decisão e determinação de não deixar isso acontecer novamente, ou continuar, respondeu ao toque de Liam no mesmo instante. Era algo mais forte do que ela. Nunca sentira nada parecido em toda a sua vida, nem mesmo com Arthur, a quem realmente amara por mais da metade de sua vida. Como Liam dissera, contudo, se fora, mas Liam estava ali. Em poucos segundos, seus corpos estavam entrelaçados. Sasha gemeu baixinho de prazer quando ele começou a fazer amor com ela de novo.

Faltavam quinze minutos para as dez quando finalmente se deitaram sem fôlego e saciados um nos braços do outro.

— Ah, meu Deus — ela exclamou quando viu a hora. — Xavier vai chegar a qualquer minuto. Marquei de tomar café da manhã com ele. — Liam riu.

— Bem, acho melhor eu dar o fora daqui. — Soltou suas longas pernas das dela, levantou-se e ficou parado olhando-a. — Nunca desejei tanto uma mulher em toda a minha vida. Quando posso voltar?

— Nunca — respondeu severamente. — Vou para o aeroporto depois do café. Liam, estou falando sério. Isso tem de parar. — Em verdade, fazia a afirmação para si mesma. Nunca se sentira tão confusa e sem controle em toda a vida. Parecia estar em uma montanha-russa para o inferno. Só conseguia imaginar o pior acontecendo e não podia permiti-lo. Precisava se controlar. — Não vou deixar isso acontecer de novo.

— Então você é uma tola — disse tristemente. — Não acredito que seja. Vou te ligar hoje à noite.

— Liam, não. Quero ser sua representante. Você é um artista fantástico e tem um futuro promissor. Não vamos ir além disso. Não arrisque tudo agora.

— Você está me dizendo que não me representaria se fôssemos amantes? Porque se está dizendo isso, que se dane a galeria e o contrato. Para mim, você significa muito mais que isso. — Foram palavras fortes e sinceras.

— Você é louco — Sasha respondeu, sentando-se na cama e encarando-o.

— Talvez. Minha família acha que sou. — Estava vestindo jeans e camiseta enquanto falava. Não havia tempo para tomar banho. Sabia que precisava sair antes de Xavier chegar ou ela nunca o perdoaria. — Você decide, Sasha — disse, olhando-a, parada ao lado da cama onde haviam feito amor três vezes. As três melhores da vida de Sasha. Entretanto, não podia tomar essa decisão com base no sexo. Realmente sentia como se tivesse perdido a cabeça, e sabia que precisava encontrá-la de novo, rápido.

— Não me ligue de Londres — ela avisou, tentando soar séria. Queria acreditar em suas palavras e sabia que precisava. Independente do que haviam feito, tudo tinha de acabar, mesmo antes de começar. — Entrarei em contato com você para falarmos de trabalho.

— Podemos fazer as duas coisas — tentara racionalizar, mas ela balançou a cabeça, enquanto a puxava para si para um último beijo. Ela estava de pé, nua, na sua frente, chocada por não se sentir constrangida. Depois de conversarem durante o jantar e fazerem amor, Sasha sentia como se o conhecesse a vida toda e estava totalmente à vontade.

— Não, não podemos fazer as duas coisas — respondeu desesperada. — Não serei sua *marchand* e sua amante. — Também não queria ser a mulher mais velha em sua vida. Nunca fizera isso antes e não queria começar agora.

Liam beijou-a e saiu sem dizer mais nada. Sasha permaneceu parada, fitando a porta demoradamente, com medo do que poderia acontecer e determinada a estabelecer limites. A partir daquele momento, disse a si mesma, seria sua *marchand*, nada mais. Correu para o banho, e o telefone tocava quando saiu. Ficou com medo de ser Liam, mas era seu filho. Estava saindo de casa e disse que estaria no hotel.

— Está ótimo, querido — disse calmamente, apesar de suas mãos tremerem. — Eu estou um pouco atrasada. Vou encontrá-lo no saguão em quinze minutos.

— Fez as ligações que precisava? — Xavier parecia estar de bom humor. Devia ter se divertido na noite anterior. Ela estremeceu só de pensar no que o filho pensaria se soubesse o que havia feito. Sentia-se totalmente culpada.

— Que ligações? — perguntou, parecendo distraída. — Ah... sim... aquelas... claro. Só estou um pouco atrasada, nos vemos daqui a pouco. — Desligou e se sentou na cama, tremendo. O que havia feito era loucura. Mas isso não iria se repetir. Era uma pessoa sensata e Liam, apenas um garoto grande malcomportado que se especializara durante toda a vida em não amadurecer. Lembrou-se, para piorar ainda mais, que havia cometido adultério com a irmã gêmea da esposa. Não era um bom indicador de moral e juízo. Não importava o quanto fosse bonito, agia como um menino irresponsável e se orgulhava disso. Sasha também se comportara assim, e afirmava isso a si mesma. Precisava ser a adulta da situação. Liam não possuía capacidade para isso.

Jogou tudo que trouxera para Londres em uma bolsa, vestiu-se apressadamente, penteou o cabelo e se maquiou. Quinze minutos depois, estava no saguão, quando seu filho entrou, com aparência bela e jovem. A postura, a confiança e a forma de se vestir fizeram com que ela se lembrasse imediatamente de Liam. Eram contemporâneos no estilo de vida, postura e comportamento. Dois jovens garotos rebeldes.

— Você parece feliz — disse Xavier, satisfeito. — Eu nunca tinha visto seu cabelo solto. Fica bem, mãe. — Percebeu, horrorizada, que se esquecera de prendê-lo. Estava com tanta pressa que nem notara ao se olhar no espelho. Era um sinal claro, para si e Xavier, que algo estava diferente. Havia abaixado a guarda, mas já estava na hora de retomar a calma e não voltar a agir impulsivamente.

— Ah, obrigada. Estava com pressa.

— Você deveria deixá-lo assim mais vezes. Como foi o jantar com Liam?

— Bom... divertido... não... na verdade, não foi... ele é um pouco ridículo, não é? Apareceu sem meias nem cadarços, e com uma camisa que ele mesmo pintou. — Talvez se o ridicularizasse, ela própria veria o quanto a situação era ridícula. Contudo, sentiu-se uma mentirosa ao fazê-lo.

— Ele é um cara legal, mãe. Pelo amor de Deus, alguns dos seus outros artistas são muito piores que ele — replicou Xavier, dando de ombros, enquanto a mãe se lembrava de que nunca havia dormido com nenhum deles. No entanto, Liam era diferente. Nenhum dos artistas nunca fizera com que se sentisse daquela forma só com um olhar. Sentira-se atraída por Liam no momento em que o conhecera, afirmando para si mesma que estava apenas imaginando coisas. Tentara negar, mas não conseguiu. Como percebeu depois, era muito pior do que imaginação. O que sentia era real.

Tomaram café da manhã no saguão do hotel. Sasha tomou chá e fitou os bolinhos em seu prato. Não estava com fome. Xavier devorou os seus e os dela. Estava faminto.

Jogaram conversa fora durante uma hora, e Xavier acenou quando a mãe partiu para o aeroporto. Neste momento, ela se perguntava se o filho veria Liam naquele dia e o que ele diria. Acreditava que não contaria nada. Não era mau nem rancoroso, apenas irresponsável e imaturo para a idade. Muito imaturo. Parecia muito mais ter a idade de Xavier do que a dela, ou mesmo a de si próprio. Forçou-se a não pensar nele a caminho do aeroporto, tentando ler alguns papéis de sua pasta.

Não conseguia se concentrar em uma única palavra diante de seus olhos. Ficou sentada, fitando o contrato com a assinatura do artista, firmado apressadamente no Harry's Bar, e, por um momento, pensou em rasgá-lo. Entretanto, não podia fazer isso com ele. Assinara as duas cópias, lembrando-se que teria de mandar a dele quando chegasse a Paris. Liam lhe dera o número de seu celular, mas nada no mundo faria com que ligasse. Ela não fizera o mesmo. Também não dera o número de sua casa. Ele só tinha o da galeria em Paris, e Sasha estava rezando para que não ligasse para lá. Se o fizesse, encaminharia a ligação para outra pessoa. Qualquer um que não fosse ela. Não queria escutar sua voz de novo, pelo menos durante um bom tempo. Aquela voz de tom intenso, sensual, misturado com uma gentileza que mexia com ela. Percebera isso logo de cara. Agora amava aquela voz e praticamente tudo a respeito dele, exceto a forma como se comportava. A última coisa que precisava em sua idade era se envolver com um artista que se autodenominava excêntrico e agia como um delinquente juvenil. O que dissera naquela manhã era verdade. Se admitisse estar envolvida com ele, se tornaria a chacota de Paris e até de Nova York. Tinha uma reputação a zelar. Liam não. Também não se importava com isso, fosse em relação a si próprio ou a ela. Não tinha nada a perder se envolvendo com Sasha, enquanto ela tinha tudo; no mínimo, o respeito de seus filhos, colegas e amigos. Ao embarcar no avião em Heathrow, estava plenamente consciente disso. Havia sido um incidente ultrajante, uma experiência totalmente louca e extracorpórea, que não podia se repetir de forma alguma. Nunca. Quando o avião decolou para Paris, prometeu manter-se sã.

Eram quatro horas da tarde quando chegou a seu escritório. Embora fizesse sol em Londres, chovia bastante em Paris. Teve dificuldades para conseguir um táxi no aeroporto e estava encharcada quando chegou ao trabalho. Era um balde de água fria depois da excitante experiência que vivera em Londres, e fez com que recobrasse os sentidos.

— Meu Deus, você está péssima — disse Bernard, o gerente da galeria ao cruzar com ela. — Ou pelo menos muito molhada. É melhor ir até sua casa e trocar de roupa ou vai ficar doente, Sasha.

— Já vou. Preciso fazer umas ligações antes. — Sorriu para ele, notou que, apesar do cabelo molhado e das roupas ensopadas, há meses não parecia tão bem, relaxada e feliz. Era óbvio que a visita ao filho fora ótima. — E a propósito, temos um novo artista. Um amigo de Xavier de Londres. Ele assinou o contrato, precisamos mandar a cópia dele. Um jovem americano. O trabalho dele é lindo.

— Bom, quero muito ver.

Gostava mais de arte contemporânea do que Bernard. Como seu pai, ele era mais tradicional, embora respeitasse muito a capacidade de Sasha para encontrar novos artistas. Possuía uma percepção infalível do que seria rentável.

— Disse a ele que sua *vernissage* será em Nova York.

Ele assentiu e cada um seguiu para seu respectivo escritório. Quando ela entrou, surpreendeu-se. Havia um enorme buquê de rosas vermelhas em cima da mesa. Ficou aliviada ao ver que sua secretária não abrira o cartão. Percebera que era um presente pessoal, deixando o envelope selado, para alívio de Sasha. Não queria que sua equipe pensasse que tinha um amante secreto. Não tinha. Cometera um erro, já corrigido, e pronto.

O cartão dizia: "É possível. Eu te amo, Liam." Rasgou-o em pedacinhos e jogou-o na lata de lixo, sentindo-se constrangida. A rosas deviam ter custado uma fortuna, e sabia que o artista não tinha dinheiro para esse tipo de luxo. Ficou emocionada e quis ligar para ele, mas não o fez. Fizera uma promessa silenciosa a si mesma e tinha a intenção de cumpri-la, independente de quanto isso lhe doesse.

Em vez de telefonar agradecendo pelas rosas, escreveu um educado bilhete que poderia ter sido escrito pela avó de Liam, ou por sua *marchand*. Não havia nada de pessoal. Entregou à secretária junto com a cópia do contrato e o telefone e endereço do artista. Pediu a ela que abrisse uma nova pasta no arquivo da galeria com o nome de Liam Allison.

— As flores são lindas — disse Eugénie. O que Sasha contou explicara tudo. O presente era de Liam, um bonito gesto de um artista miserável. Talvez esse não fosse tão pobre assim. Rosas eram muito caras em janeiro. Por um minuto, Eugénie havia se perguntado se Sasha conseguira um namorado, mas não. Só um novo artista emergente. Pelo menos, não via Sasha tão feliz há muito tempo. Desde a morte de Arthur, parecia sempre morbidamente deprimida. Seus passos estavam mais leves agora. Estava relaxada depois da viagem a Londres.

Sasha voltou para casa às seis horas da noite, aliviada por Liam não haver tentado telefonar. Preparou uma xícara de chá e sopa. Tomou um banho quente e tentou não pensar no homem, o que não era nem um pouco fácil. Na noite anterior, àquela mesma hora, estavam jantando juntos no Harry's Bar. Precisou de mais força de vontade ainda para não se lembrar do que acontecera quando voltaram para o hotel.

À meia-noite, o telefone a tirou de seus devaneios com um susto. Era Tatianna. Encontrara um emprego naquela manhã. Trabalharia no departamento de arte de uma revista de moda, coordenando fotografias e fazendo qualquer outra coisa que lhe pedissem. Estava feliz e animada. Após compartilhar com a mãe a novidade, mudou o foco de atenção para ela.

— Como foi em Londres?

— Divertido. — Esforçou-se para tirar Liam de sua cabeça. — Encontrei Xavier e muitos artistas.

— E o amigo de Xavier?

— Que amigo? — Soou desesperado ao responder à pergunta.

— Achei que ele quisesse que você encontrasse com um amigo dele para conhecer seu trabalho.

— Ah, esse amigo — respondeu, parecendo aliviada. — Correu tudo bem. Assinamos com ele.

— Uau, ele deve ser bom. Sorte a dele.

— Ele é muito bom. Faremos uma exposição para ele em Nova York no ano que vem. — Forçou-se a soar séria e profissional ao dizê-lo.

— Aposto que ele ficou muito feliz. — Artistas imploravam o tempo todo a Tatianna para lhes apresentar à sua mãe, o que sempre a irritara. Não queria ser usada como um meio para chegar a Sasha, o que Xavier levava numa boa. — Quando você vem a Nova York?

— Não irei nas próximas semanas. Tenho muito trabalho aqui. Você sempre pode aparecer para passar um final de semana, querida, quando quiser. — Sasha amava ver seus filhos e estar com eles.

— Odeio quando está chovendo aí. Falei com uma amiga que voltou de Paris hoje. Ela disse que o tempo está deprimente.

— Não está lindo, realmente — admitiu Sasha. — Estava sol em Londres.

— Parece que vai nevar aqui amanhã. Acho que vou esquiar no final de semana.

— Tome cuidado na estrada. Quando começa no emprego novo? — Sasha bocejou, já era tarde para ela, mas apenas seis horas da noite em Nova York.

— Amanhã. — Tatianna parecia animada e por um momento Sasha sentiu inveja. A vida da filha estava apenas começando. Sentia como se a sua estivesse acabando. Os melhores anos haviam ficado para trás. As crianças haviam crescido. Arthur se fora. Não tinha nada para esperar da vida, a não ser trabalho e, um dia, netos, ideia que não a atraía muito. Sentia-se uma mulher muito velha quando se despediu da filha e deitou na cama. Ao fazê-lo, não pôde deixar de pensar em Liam. Fora um gesto carinhoso mandar rosas. E tolo. "É possível", foi o que escrevera no cartão que rasgara. Sabia que não era.

Teve um sono agitado naquela noite, pensando nele, e estava sentada à sua mesa de trabalho às nove na manhã seguinte. Eram apenas oito horas em Londres. Imaginou o que Liam estaria fazendo e se tentaria entrar em contato. Era sábado e Sasha não precisava trabalhar, mas não tinha nada mais para fazer. Recusara vários convites para almoços e jantares naquele final de semana. O tempo estava horrível e era deprimente demais ficar sozinha em casa. Preferia trabalhar. Liam telefonou às quatro horas da tarde, mas ela não atendeu. Pediu a uma jovem que estava trabalhando na galeria para dizer que não estava e para ligar para Bernard na segunda-feira. Seu gerente, sensatamente, não trabalhava nos finais de semana. Era casado, tinha três filhos e uma casa na Normandia, para onde levava a família nos fins de semana. Quando Arthur era vivo, ela também não trabalhava nos finais de semana. Agora era tudo que tinha para encher seus dias e se distrair. Desde a morte de Arthur, os finais de semana eram brutais.

Fecharam a galeria às seis horas, Sasha voltou para casa às sete. Trouxera pilhas de revistas de arte consigo e acendeu as luzes da casa. Estava na hora do jantar, mas não estava com fome. Lembrou-se de novo, enquanto preparava uma xícara de chá, de que não havia razão para pensar em Liam. Isso não a levaria a lugar algum, exceto à infelicidade e à loucura. A campainha tocou enquanto servia-se de chá. Tocava sem parar, indicador de que o zelador não estava. Correu pelo quintal até o portão de bronze, sem fazer ideia de quem podia ser. Ninguém nunca tocava a campainha à noite.

Olhou pelo olho mágico e não viu ninguém, apertando o botão para abrir uma parte do portão. Talvez alguém houvesse deixado algo do lado de fora. Ao abrir o portão e olhar em volta, viu Liam parado à sua frente, embaixo da chuva. Estava carregando uma pequena mala e usando suéter e jeans. Calçava botas velhas de caubói e o longo cabelo louro ensopado estava grudado na testa. Ficou parada, olhando para Liam, e não disse uma palavra enquanto este fitava-a, apenas dando um passo para trás para que pudesse entrar no quintal e se proteger da chuva pelo menos.

— Você me disse para não ligar de Londres — disse ele, sorrindo. — Então não liguei. Liguei de Paris. Só telefonei quando cheguei aqui. Imaginei que fosse estar em casa agora.

— O que está fazendo aqui, Liam? — Parecia mais aborrecida do que furiosa. E, em algum lugar de si, bem no fundo, estava assustada. Sem esforço algum, podiam perder o controle da situação.

— Vim ver você. — Mais do que nunca, parecia uma criança crescida. — Não consegui pensar em mais nada, além de você, desde ontem. Então percebi que devia vir vê-la. Senti saudades. — Também sentira saudades dele, mas era um risco que não podia correr.

— As rosas eram lindas — disse educadamente.

— Eram? Você as jogou fora? — Ele pareceu decepcionado na mesma hora.

— Claro que não, estão no meu escritório. — Ainda estavam parados na parte coberta do quintal. — Disse para minha secretária que eram de um novo artista.

— Por que você deve explicações a ela? É uma mulher livre.

— Ninguém é livre, Liam. Pelo menos, eu não sou. Tenho um negócio, filhos, empregados, clientes, responsabilidades, obrigações, uma reputação. Não posso andar por aí agindo como uma colegial desesperada por amor. — Afirmou tanto para si quanto para ele.

— Por que não? Seria bom para você afrouxar um pouco as rédeas de vez em quando. — Era a mesma impressão que o filho tivera, quando a vira mais relaxada em Londres. Por alguma razão, contudo, Liam a deixava atordoada e não era isso que ela queria. Não jogaria sua vida fora para se tornar motivo de chacota, apaixonando-se por um garoto louco com aparência de homem. — Posso levá-la para jantar em algum lugar?

Ao fazer a pergunta, lembrou-a de repente do jantar enfurecedor com Gonzague de St. Mallory no Alain Ducasse no mês anterior, em que este esperara que ela fosse dormir com ele para vender um quadro. Que insulto. Agora, entretanto, não era um insulto. Tolice talvez, mas sincero, e não indelicado. Gonzague era muito menos homem, ou cavalheiro, do que este artista que se declarava orgulhoso por ser excêntrico.

— Por que você não entra e eu preparo alguma coisa para nós? O tempo está horrível para sair. — Acompanhou-o até sua casa. A porta ainda estava aberta. — Onde você está hospedado? — perguntou nervosamente. Se quisesse ficar em sua casa, não deixaria que entrasse.

— Em um albergue de artistas em Marais, perto do Place des Voges. Fiquei lá no último verão.

Ela assentiu e abriu caminho para a sala de estar. A casa era do século dezoito, assim como os móveis, toda decorada por arte contemporânea e moderna. Era uma mistura engenhosa que poucos teriam conseguido realizar. O resultado final era elegante, alegre e aconchegante. Havia uma enorme lareira na sala, que

Sasha mandara reconstruir em mármore branco, e apenas uma luz acesa, um alto candelabro de prata que ela comprara em Veneza alguns anos antes. Havia candelabros altos com velas espalhados por toda a sala. Nunca os acendia. Era trabalhoso demais. Atravessaram a sala de estar, passaram pela de jantar e seguiram direto para a cozinha, um cômodo grande e aconchegante, com móveis provinciais franceses, uma enorme mesa de mármore e quadros de artistas emergentes em todas as paredes. As cores predominantes eram o amarelo e o laranja, o que deixava a impressão de luz do sol. Havia um enorme candelabro veneziano branco em cima da mesa, que ela acendeu com um fósforo. O espaço era convidativo e bem aquecido, por isso enquanto Arthur estava vivo sempre passavam horas ali. O cômodo era mais usado do que a sala de estar. As cadeiras eram estofadas com couro marrom-claro.

— Uau, Sasha, que lindo. Quem decorou?

— Eu. — Sorriu para ele. — É um pouco eclético. O resto da casa é mais formal. — Assim como a galeria e a ala da casa onde seu pai morara. Sua coleção de antiguidades e pinturas era extraordinária. Todavia, Sasha gostava mais de sua própria parte da casa. Liam também. Adorou a decoração e, na mesma hora, se sentiu à vontade.

Ela colocou um pouco de sopa para esquentar e ofereceu-se para fazer uma omelete para o artista, que aceitou contente, admitindo estar morrendo de fome. Não comia nada desde a hora do almoço.

— Posso preparar uma massa, se tiver — Liam se ofereceu. A mulher hesitou, mas concordou em seguida. Não queria que ele se demorasse. Faria a comida, o levaria até a porta e o mandaria para o albergue de artistas em Marais. O que faria depois disso era problema dele. Não tornaria isso um problema seu, nem agora nem nunca.

Ambos se ocuparam cozinhando e, meia hora depois, estavam sentados lado a lado na mesa da cozinha, conversando, debatendo sobre dois artistas que Sasha representava. Liam achava que um deles era excelente e promissor, digno das oportunidades oferecidas, enquanto o outro não tinha mérito nem talento e seria um constrangimento para ela. De acordo com Liam, o estilo dele era imitativo, superficial, falso e pretensioso.

— Eu não o suporto. Ele é um completo idiota. — Liam tinha opiniões fortes para a maioria dos assuntos.

— É mesmo — concordou Sasha. Também não gostava dele. — Mas os quadros vendem como água e os museus o adoram.

— Eles só puxam o saco dele porque a mulher tem dinheiro. — Olhou-a envergonhado e riu. — Acho que algumas pessoas podem acabar falando isso de mim se nós acabarmos juntos. — A forma com que a afirmação foi feita fez com que Sasha tremesse.

— Não se preocupe, não vamos acabar juntos. Você não terá esse problema. — Pareceu triste ao dizê-lo. — É mais um motivo para não ficarmos juntos, como você disse.

— Quero que você veja uma coisa — respondeu, enquanto tirava uma perna molhada dos jeans encharcados e puxava a bota de caubói com algum esforço. Ela não notou nada de diferente. Liam estava usando meias de algodão brancas e apontava para a que Sasha olhava. — Está vendo? Meias. Estou usando por sua causa. Comprei no aeroporto. — Não era possível vê-las com as botas de caubói, mas, como uma criança que fizera alguma coisa para agradar a mãe, queria que a mulher soubesse o que havia feito e o elogiasse por isso.

— Bom menino, Liam — replicou implicante, mas ainda assim comovida. Era óbvio o desejo de agradá-la e conquistar sua aprovação. Contudo, precisava de muito mais do que meias para ser um adulto, algo que não era. Tudo nele gritava molecagem e excentricidade. Como lhe dissera anteriormente com muito orgulho, ninguém nunca iria controlá-lo. Seu pai tentara, seus irmãos também, e Liam os enfrentara. Sasha não queria passar por isso. Queria que ele se controlasse e se comportasse como uma pessoa adulta. Vir para Paris fora um gesto encantador, mas ainda assim impulsivo e rebelde, desafiando o pedido dela de ficar longe e esquecer o momento de insanidade que viveram em Londres.

— O que você ia fazer esta noite, antes de eu chegar? — perguntou interessado enquanto acabavam de jantar. As contribuições de ambos para a refeição estavam deliciosas. Eram bons cozinheiros.

— Nada. Ler. Ir para a cama. Não saio muito.

— Por que não? — Franziu a testa ao observá-la.

— Razões óbvias. Tristeza. Solidão. Fico deprimida quando vou a festas sozinha. Sinto-me como se estivesse sobrando o tempo todo, a única solteira na Arca de Noé. Meus amigos sentem pena de mim, o que é mais deprimente ainda. Só saio quando sou obrigada, com clientes.

— Você precisa sair mais — afirmou sem rodeios, como se ela o tivesse contratado como consultor para sua vida social. — Você precisa se divertir mais. Não pode ficar apenas sentada nesta casa vazia, lendo e escutando a chuva cair. Deus, se eu fizesse isso, ia querer me matar. — Não mencionou a ele que chegara a pensar nisso mais de uma vez depois da morte de Arthur, e que a única coisa que a impediu foi saber que não podia fazer isso com seus filhos. Não fosse por isso, teria se matado. Instintivamente, ele percebeu. Dada a forma como Sasha estava vivendo e a solidão que impusera a si mesma, não a culpava. Agora tudo que havia em sua vida eram as visitas ocasionais dos filhos e a galeria.

— Amanhã vou levá-la ao cinema. Tem filmes de samurai em Paris? — perguntou interessado, enquanto a ajudava a tirar a mesa. Ela riu.

— Não faço ideia. Nunca assisti a um filme de samurai. — Pelo menos, a divertia. Fazia com que risse como não fazia há anos, ou até como nunca antes.

— Você precisa assistir. É muito bom. Faz bem para a alma. Nem precisa ler as legendas, é só escutar os barulhos. Eles se cortam em pedacinhos e gritam bem alto. É uma experiência psicológica intensa. Xavier adora.

— Ele nunca me contou — respondeu sorrindo.

— Ele provavelmente fica com vergonha, se considera um intelectual sério. E não há nada de intelectual em filmes de samurai. Eu odeio os filmes que ele gosta de assistir, sempre me fazem dormir.

— Eu também. — Ela deu uma gargalhada espontânea. — Ele ama todos aqueles filmes poloneses e tchecos que duram uma eternidade. Nunca vou ao cinema com ele.

— Bom, então pode ir comigo. Posso até levá-la para assistir algum filme de mulherzinha. Quanto tempo faz que não vai ao cinema?

Pensou por um minuto e chegou à mesma resposta que dava para tudo em sua vida.

— Desde que Arthur morreu.

Ele assentiu e não comentou, fitando o freezer. Sasha tinha uma moderna geladeira americana com freezer acoplado, algo raro em Paris. Arthur insistira quando redecoraram a casa. Também tinham banheiros grandes e bonitos, um luxo na França.

— Tem sorvete? Sou viciado. — Havia vícios piores, pensou ela. Como o próprio Liam, por exemplo. Não tomara vinho durante o jantar, embora ela tivesse oferecido.

— Na verdade... — Abriu o freezer e olhou dentro. Não havia nada além de gelo. Sasha nunca comia sobremesa. A única coisa que havia na geladeira era o que a empregada deixara para o jantar. Salada, alguns vegetais, sopa feita em casa e de vez em quando alguns frios, queijos ou frango. Não comia muito, enquanto Liam comia como o jovem saudável que era. Virou-se envergonhada. — Nada de sorvete, sinto muito. — Nem se lembrava da última vez que comprara ou comera sorvete.

— Isso é um problema sério. — Parecia realmente preocupado.

— Estarei preparada da próxima vez — respondeu, como se fosse haver uma próxima vez, o que estava determinada a não permitir. Subitamente, teve uma ideia. Não ia lá há anos, desde que as crianças eram pequenas. Mas havia uma nova criança em sua vida agora, Liam. — Vista o casaco. Vamos sair — disse ela com uma repentina inspiração, sorrindo.

— Para onde? — perguntou, enquanto ela vestia a capa de chuva e pegava a bolsa. Ainda estava vestindo o terninho preto que usara para trabalhar. No momento seguinte, estavam do lado de fora. Levou-o até a garagem e entrou no carro, atrás do volante de seu pequeno Renault. Liam teve de se contorcer para conseguir entrar ao lado dela. Suas pernas eram compridas demais para o carro, perfeito para Sasha.

Dirigiu para Île St. Louis e estacionou dando o braço para o artista enquanto caminhavam embaixo do guarda-chuva. Pararam em frente a uma loja antiga chamada Berthillon, e ela o olhou orgulhosa.

— Este é o melhor sorvete de Paris.

Explicou a ele o sistema de quantas "bolas" em qual casquinha, ou copinho, e a questão dos adicionais. Liam tomou de pera, damasco e limão na casquinha açucarada e os dois compraram três potes grandes de chocolate, baunilha e café. Ela tomou uma bola de coco, enquanto conversavam animadamente ao voltar para o carro. Fizeram um rápido *tour* enquanto dirigiam para casa. Embora ele afirmasse conhecer Paris, não estava familiarizado com os lugares com que ela estava acostumada. Em um impulso, pararam para tomar café no Café de Flore. Era um dos mais antigos de Paris. Também passaram pelo Deux Magots enquanto voltavam para o carro. Já eram dez horas da noite quando chegaram em casa de novo. Liam quis experimentar os outros sabores de sorvete que haviam comprado. Desta vez, sentaram-se na sala de estar e ele acendeu as velas. A noite havia sido muito agradável, afinal. O tipo de noite que não se consegue ter sozinho. Ir ao Berthilon sozinha teria sido deprimente, dirigir por Paris não faria sentido. Tomar café sozinha no Café de Flore lhe pareceria patético. Com Liam, tudo fora ótimo e divertido. A conversa e as discussões políticas fizeram com que desse certo, os debates sobre arte, a troca de opiniões, as gargalhadas ao escutar as histórias e piadas do artista, a exuberância irrepreensível e o entusiasmo dele em relação à vida. Podia ser infantil, mas também era inteligente e uma companhia agradável. Sasha estava começando a se perguntar se poderiam ser amigos. Era uma da manhã quando pararam de falar e ela bocejou.

Liam pediu para usar o telefone para ligar para o albergue dos artistas. Sua intenção tivera sido ligar do aeroporto, o que não havia feito. Voltou alguns minutos depois, parecendo encabulado.

— Foi uma burrice — disse constrangido. Nem tentara beijá-la naquela noite, ao que era grata. Se isso tivesse ocorrido, teria pedido que fosse embora. Prometera isso a si mesma, antes das coisas saírem do controle de novo.

— O que houve? — perguntou enquanto assoprava as velas. Ele iria embora em um minuto. Tudo havia corrido bem durante a noite, de forma fácil. Se ela conseguisse superar a atração insaciável que sentia por ele, tudo seria perfeito.

— Não liguei a tempo. O albergue está cheio. Vou tentar encontrar um hotel em algum lugar — disse ele, fitando-a com perguntas não respondidas. De repente, pareceu preocupada.

— Você está me perguntando se pode ficar aqui? — perguntou, sendo direta, imaginando se tudo havia sido uma manipulação, se o albergue dos artistas em Marais estava realmente cheio. Liam, contudo, parecia realmente envergonhado. Simplesmente não era organizado, nunca fora. Contara-lhe que Beth fazia tudo para ele desde que tinha dezenove anos, até ir embora. De início, não conseguira se virar sem ela, mas estava aprendendo.

— Eu não ia pedir — disse honestamente. — Não queria colocá-la nesta situação. Posso dormir no aeroporto se for preciso, ou na estação de trem. Já fiz isso antes, não é nada demais.

— Que bobagem — replicou, sendo prática e respirando fundo. — Você pode dormir no quarto de Xavier. Mas, Liam, não vou dormir com você. Não quero transformar a minha vida numa bagunça, nem a sua. Se continuarmos a fazer o que fizemos ontem, só vai ser mais embaraçoso.

Ele não se lembrava de embaraço algum na noite anterior, mas não disse nada e assentiu.

— Serei bonzinho. Prometo. — Sabia que aquilo era muito difícil para ela. Sasha vivera ali com o marido e os filhos. A casa não era uma folha de papel em branco como o quarto de hotel em Londres. Não queria chateá-la ou assustá-la e sabia que o faria se tomasse qualquer iniciativa ali.

Seguiu-a respeitosamente até o quarto de Xavier, um andar acima do dela. O cômodo ficava exatamente em cima do de Sasha, um bonito quarto de jovem, com decoração simples, em azul-marinho, e um quadro que ela dera ao filho anos antes em um Natal, de uma mulher e um menino. Na época, Xavier adorara, e ainda estava lá como uma lembrança de sua infância. O quarto possuía janelas *oeil de bouef* com vista para o jardim. Liam gostou de saber que estava perto dela, enquanto a mulher lhe dava um beijo de boa noite no rosto e ele se esforçava para resistir. Não tinha pressa. O que sentia podia esperar, se fosse preciso. Ficou deitado na cama aquela noite, pensando nela, enquanto Sasha fazia o mesmo. Milhares de vezes, quis descer as escadas correndo para vê-la, mas não o fez. Só se encontraram de novo na manhã seguinte na cozinha.

Ela preparou ovos com bacon, enquanto decidiam o que fariam naquele dia. Como ficara quieto no quarto de Xavier, sem discutir nem passar dos limites, ela não estava mais ansiosa para que fosse embora. O dia estava cinza mas firme, por isso decidiram caminhar pelas margens do Sena. Observaram o Bateaux Mouches, enquanto Sasha mostrava algumas coisas novas. Liam comprou-lhe um livro de arte. Compraram crepes de um vendedor de rua e passaram por pet shops, rindo de algumas galinhas. Liam queria entrar, falava sobre um cachorro que tivera e amara quando criança. Morrera no mesmo ano que sua mãe. O resto do tempo, ele fez com que Sasha risse, contando piadas e histórias engraçadas. Ela perguntou sobre os filhos dele e falou sobre os dela. Foi uma daquelas tardes perfeitas, tranquilas e agradáveis, de amizade e confidência compartilhadas, e um amor que, apesar de não verbalizado, era forte para ambos, independente do quanto ela resistisse. Liam lhe deu aquilo de que sentia falta havia quinze meses: companheirismo e alguém com quem conversar. Preencheu sua solidão, aquecendo-a internamente por completo.

Estavam parados na frente da última pet shop quando viram uma *cocker spaniel* na vitrine. O atendente disse que era a patinha feia da loja e Sasha disse que nunca vira olhos tão tristes.

— Você devia comprar um cachorro — disse Liam, com confiança. — Para lhe fazer companhia. — Pensara no mesmo para si, mas seria muito complicado com a vida que levava na Inglaterra.

— Eu viajo muito. Teria que deixá-lo aqui ou ficar carregando em aviões, o que não me parece certo.

— Você faz isso. Por que um cachorro não poderia?

— Não tenho um cachorro desde que as crianças eram pequenas. Dá muito trabalho — replicou, sendo prática. — Faria xixi pela galeria e Bernard me mataria, e a Karen em Nova York também.

— Você não pode deixar que outras pessoas tomem essas decisões. — Sasha sempre o fazia. Estava se comportando da mesma maneira em relação a ele. Tinha muito medo do que as pessoas pensariam caso se envolvessem, visto que o artista também não era domesticado.

Tiraram a cachorrinha da gaiola e esta ganhou vida no momento em que Liam começou a brincar com ela. Sasha deu um passo para trás e observou enquanto o filhote lambia o rosto dele e ele deixava. Era preta e branca, com uma cara bonitinha, pernas pretas e as patinhas brancas. Ele contou que o cachorro que tivera na infância também era um *cocker spaniel.*

— Talvez você devesse comprá-la e levá-la para casa — disse, estimulando-o. Era óbvio que estava apaixonado pela cadelinha, parecendo triste quando a colocou de volta na gaiola. A cachorrinha chorou e latiu quando saíram. Liam olhou para trás, jogou um beijo para o animal e acenou.

— Não posso levá-la para a Inglaterra — explicou para Sasha. — Os ingleses são muito complicados. Eles relaxaram um pouco a quarentena, mas você precisaria de documentos suficientes para qualificá-la para viagens espaciais. Além disso — sorriu para Sasha com seu jeito moleque — não sou responsável o suficiente para ter um cachorro. Esqueço de tudo quando estou pintando. Precisaria de uma esposa para ter outro cachorro.

— É uma confissão e tanto. — Confirmava tudo que ela temia, mas desta vez não soou assustadora. Era apenas uma simples afirmação. Liam tinha plena consciência de quem e do que era, assim como Sasha. Era um charmoso garoto irresponsável.

Foram a Berthillon de novo e, naquela noite, ela o levou direto para o aeroporto. Ele ficou sentado fitando-a longamente antes de sequer tentar sair do carro ridiculamente pequeno.

— Passei um final de semana maravilhoso com você — disse ele calmamente. Não tinham feito amor. Não tinham feito nada de louco. Apenas haviam ficado juntos, tomado sorvete, conversado, feito longas caminhadas, comprado um livro de arte, sentado em cafés e brincado com uma cadelinha. Era tudo de que Sasha sentia falta, diferente de qualquer outra experiência que tivesse vivido até então com Arthur; levavam uma vida adulta totalmente diferente, uma vida de parceiros igualmente responsáveis fazendo coisas sérias. Havia algo de maravilhoso, divertido e jovem em Liam. Ele era parte homem, parte menino, futuro amante, se permitisse e, em alguns aspectos, devido a esse jeito jovem, era quase como um filho adotivo.

— Também me diverti — respondeu Sasha, sorrindo. — Obrigada pela surpresa. Se você tivesse pedido, eu nunca teria permitido que viesse.

— Foi por isso que não pedi — disse, inclinando-se para beijá-la. Sasha era grata por ter respeitado suas vontades até aquele momento. Quando beijou-a, ela sentiu tudo que experimentara em Londres e tentara resistir o final de semana inteiro. Teria sido impossível evitar se ele a tivesse beijado antes. Mais impossível ainda para Liam. Ficaram ali se beijando longamente, depois se olharam. Era impossível continuar levando aquela situação. Ela desejava que fosse diferente, mas sabia que não podia. Não disse nada para ele desta vez. Não precisava. Sua opinião era bem clara. — Quero voltar e vê-la — disse antes de sair. — Você vai deixar, Sasha?

— Não sei. Vamos ver. Preciso pensar. Fazer isso de novo é dar chance ao azar. Não somos capazes de nos limitar a isso também. É muito difícil resistir a você. — Ele a beijou de novo, provando ser mesmo. Ela mal conseguia respirar quando pararam de se beijar e o desejava desesperadamente. Só queria levá-lo para casa consigo. Mas não o fez. Sabia que não podia. Saiu do carro e riu quando o viu tentando fazer o mesmo.

— Você é minha *marchand*. Com todo o dinheiro que vai ganhar comigo, não pode comprar um carro decente? Vou ficar com uma hérnia de disco de entrar e sair desta coisa. Talvez eu deva lhe dar um adiantamento. — Ela riu, seguindo-o até o aeroporto. Ele estava usando botas de caubói, jeans, um suéter de pescador que comprara na Irlanda e um boné de beisebol que o filho lhe mandara dos Estados Unidos. Era alto, masculino e jovem. Tudo nele era atraente, até, e principalmente, a qualidade de ser infantil que a assustava tanto.

Sasha seguiu-o em silêncio até o portão. Foi o último a embarcar. Parte dela queria que Liam perdesse o avião e ficasse. A outra queria que fosse embora e nunca mais voltasse. As duas estavam continuamente em conflito.

— Vou sentir saudades — ele murmurou.

— Eu também. — Estava sendo sincera. Sempre era sincera com ele. Era como se pudesse lhe dizer qualquer coisa que pensasse.

Ele beijou-a longa e avidamente, enquanto começavam a fechar as portas do avião.

— Vá... você vai perder... — sussurrou ela. Ele correu e virou-se uma última vez, com um enorme sorriso, acenando antes de embarcar. Ela não fazia a menor ideia de quando o veria de novo.

Quando Liam se sentou na poltrona, estava pensando em Sasha e na notável mistura de contrastes que ela era. Dura e suave, vulnerável e forte. Era séria e triste às vezes, quando falava de seus pais ou de seu falecido marido. Então, de repente, tornava-se engraçada e feliz, e até jovem em alguns momentos, quando falava de seus outros artistas ou dos filhos ou de suas ideias acerca da vida. Esperava coisas simples, não tinha pretensões. Era complicada em seus rígidos pontos de vista de como achava que devia se comportar na sociedade e de como queria ser vista. Uma grande dama e uma perfeita *lady* em um momento, caprichosa e misteriosa no outro. Xavier lhe contara que era uma mãe maravilhosa e ele mesmo podia perceber que era uma ótima amiga. Responsável, conscienciosa, capaz, brilhante no que fazia e, ao mesmo tempo, uma mulher pequena e solitária que precisava de um homem para abraçá-la e amá-la. Independente de quão preparada estivesse para lutar contra ele, Liam queria ser esse homem. Custasse o que custasse.

Capítulo 7

SASHA ESTAVA QUIETA e pensativa em seu escritório no dia seguinte. Ficou sentada em sua mesa por um longo tempo, olhando para um papel, perdida em pensamentos, sem enxergar nada. Estava pensando em Liam, na forma como haviam se divertido no final de semana e na completa estupidez de se permitir ficar tanto tempo com ele. Se continuasse fazendo isso, não tinha dúvidas de que alguém sairia magoado. Ela mesma, mais provavelmente. Ou talvez ele. Mas ela tinha muito mais a perder.

Olhava pela janela, pensando em tudo, quando Eugénie entrou na sala.

— Sasha — disse hesitante —, chegou uma encomenda para você. Mas não sei onde devo colocá-la.

A mulher supôs que fosse um quadro de algum de seus artistas. Os que moravam na Europa enviavam suas obras para a galeria de Paris, e de lá elas eram mandadas para Nova York, se as exposições estivessem marcadas para acontecer lá.

— Coloque junto com os outros quadros que chegaram na semana passada — respondeu Sasha distraidamente. — Vamos despachar tudo para Nova York no dia 1º de fevereiro. Só dê uma olhada na lista para ver se não é algo que vamos expor aqui.

— Acho que você não vai querer despachar isso — replicou a assistente, parecendo confusa. Sasha a assustava de vez em quando, ainda mais ultimamente. Não sabia bem como a chefe reagiria a essa entrega.

— Pelo amor de Deus, Eugénie, deixe de ser tão misteriosa. O que é?

— Posso trazer aqui?

— Não se precisar desembrulhar. Não quero que meu escritório fique uma bagunça. Faça isso no depósito. Mais tarde, desço para ver. — Eugénie ficou parada sem saber o que fazer, enquanto Sasha ficava mais irritada com ela. — OK, traga aqui. Arrumamos a bagunça depois. — Era óbvio que a secretária achava ser necessário trazer a encomenda diretamente para Sasha, a qual já suspeitava que algum problema sério estava prestes a cair em seu colo.

A assistente desapareceu e voltou momentos depois, carregando algo. Parecia ter alguma coisa aninhada nos braços, e, quando virou-se para Sasha, esta a fitou espantada. Era a cachorrinha *cocker spaniel* com que ela e Liam haviam brincado na véspera. O animal parecia assustado e Eugénie estava tão aterrorizada quanto o bichinho. Não tinha ideia de como Sasha reagiria. Para seu alívio, a patroa ficou parada ali, parecendo surpresa, com um sorriso se espalhando pelo rosto.

— Ah, meu Deus... o que vou fazer com isso? — Havia choque em sua voz.

— O moço da pet shop disse que você saberia quem mandou — afirmou Eugénie, embora hesitante.

— Sei sim. É de Liam Allison, nosso novo artista. — Não tinha motivo para esconder. Mais cedo ou mais tarde, pelo menos isso viria à tona. Sasha esperava que a razão do presente não viesse. Eugénie se aproximou da chefe e entregou a cachorrinha, que lambeu o rosto de Sasha com tanto vigor quanto lambera o de Liam na véspera. — Ah, meu Deus, não posso acreditar nisso. — Segurou-a por um momento, depois colocou-a no chão com cuidado. Ela ficou de pé por menos de um minuto, depois agachou-se perto da dona e fez xixi no tapete. Mas o estrago foi pequeno. — Ele é louco — disse Sasha, sorrindo ainda mais, deixando Eugénie aliviada por ver que ela não estava chateada por causa do tapete.

— Ela é uma gracinha. — A assistente sorriu para a patroa enquanto a cadela cheirava os móveis e corria pelo escritório. Em pequenos intervalos, ela voltava para perto de Sasha. Ainda corria pela sala enquanto a mulher fitava suas quatro pernas pretas e quatro patas brancas. — Ela já tem nome?

Sasha hesitou por um momento e, então, abriu um sorriso.

— Acho que sim. Vou chamá-la de Socks.* — As patas pareciam meias, uma eterna questão para Liam. — Eles trouxeram comida? — Não fazia ideia do que dar para ela.

— O moço disse que trouxe tudo que você poderia precisar, incluindo uma bolsa de viagem para quando for para Nova York. Ela tem até um suéter e uma coleira rosa combinando.

**Socks* em inglês significa "meias". (*N. da T.*)

Liam pensara em tudo. Sasha sabia como ele estava sem dinheiro, mas, na esperança do que ganharia com a Suvery, já começara a abusar. O bichinho não devia ter sido barato, e os acessórios sem dúvida eram caros. Apreciou a generosidade e a bondade dele. O presente fora um gesto encantador, com a melhor das intenções. Apesar do comportamento rebelde, era um homem de bom coração. No momento em que Eugénie saiu da sala, Sasha pegou o telefone. Ligou para o celular de Liam, que se encontrava em seu estúdio.

— Mal posso acreditar que você fez isso. É totalmente maluco. E gastou uma fortuna, Liam. O que vou fazer com um cachorro?

— Você precisa de alguém para lhe fazer companhia. Ou, pelo menos, enquanto estou em Londres. Ela está bem? — Ignorou o comentário da quantia gasta. Isso não era da conta de Sasha. Queria mimá-la. Merecia isso e muito mais, no ponto de vista dele.

— Ela é maravilhosa, Liam. Esta é a maior delicadeza que alguém já fez por mim.

— Que bom. — Pareceu satisfeito. Ficara um pouco preocupado com a possibilidade de a mulher ficar furiosa, e agora estava aliviado por isso não ter acontecido. Ainda estava em estado de choque. — Como você vai chamá-la?

— Socks — respondeu Sasha, parecendo satisfeita, e Liam soltou uma gargalhada alta.

— Perfeito. Agora não vou precisar mais usar as minhas meias. É só ela usar as dela. — Lembrou-se das quatro patas brancas.

— Você é muito bobo. E isso é provavelmente a coisa mais maluca que alguém já fez para mim.

— Bom. Você precisa de um pouco de confusão na sua vida. Precisa de surpresas boas e de menos controle. — Enquanto dizia isso, Socks levantou o olhar cheio de interesse para sua nova dona, agachou-se e fez xixi de novo no tapete. Ficou óbvio para Sasha que não possuía mais controle algum. Nem sobre ele, nem sobre ela e certamente nem sobre a cadela. Esta última só estava com oito semanas de vida e levaria meses até ser domesticada. Teria de enrolar os tapetes de sua casa.

— Foi uma surpresa maravilhosa, Liam. Ainda estou um pouco chocada. — Não sabia como reagir e não compreendia o motivo daquele gesto. Mas, mesmo assim, era grata.

— Eu estava pensando se não podia ir vê-la no final de semana. Mas não precisa ficar nervosa. Não estou indo te visitar. Vou ver a cachorrinha.

Sasha hesitou, houve um longo silêncio no seu lado da linha. Ele não havia mandado o animal para pressioná-la, tinha sido uma demonstração de amor. Quando fora a Paris visitá-la, percebera o quanto a vida dela era solitária. O silêncio e o abandono na casa o haviam deixado triste por ela. Achou que a cadelinha ajudaria. Se ela permitisse, também queria ajudar.

— Não sei — respondeu Sasha honestamente. — Liam, estou com medo. Será uma loucura se nos envolvermos. Acho que nós dois vamos nos arrepender no final. — Principalmente ela, se o artista encontrasse uma mulher mais nova, depois de Sasha haver investido tudo em um relacionamento. Era fácil imaginá-lo com alguém de 25 ou 30 anos, e não com uma pessoa da sua idade. Sob o seu ponto de vista, aquele romance só poderia acabar mal.

— Não precisa ser assim, Sasha. Esqueça essa sua obsessão por idade.

— Não é só isso. É tudo. Sou sua *marchand*. Se isso der errado, pode acabar com o nosso relacionamento profissional. Você ainda não está divorciado. Pode voltar para Beth a qualquer hora. Sou nove anos mais velha do que você, e você deveria estar com uma mulher com a metade da minha idade. Você quer ser um artista excêntrico, e a minha vida é conservadora e chata demais, você ficaria entediado. — Atualmente, ela própria ficava entediada. Além disso, Sasha não poderia levá-lo a lugar algum sem se sentir uma tola e não fazia ideia de como se comportaria, mas não revelou esses pensamentos. — Isso não faz sentido nenhum.

— O amor precisa fazer sentido? — perguntou, soando decepcionado. Sasha citava os itens da sua lista de preocupações como se fossem pontos em um contrato que estivesse se recusando a assinar. Era como sua vida funcionava, e era como enxergava as coisas.

— Deveria fazer sentido. Relacionamentos já são difíceis demais sem que as duas pessoas sejam radicalmente diferentes como nós, e tentando fazer dar certo. Simplesmente acho que não vamos conseguir. Além disso, isso não é amor, é atração física. Alguma coisa louca que me faz perder a cabeça sempre que você está por perto.

— Você não perdeu a cabeça esse final de semana — recordou. — O que eu acho uma pena. Mas não perdeu. Acho que nos comportamos muito bem — afirmou com orgulho.

— E por quanto tempo você acha que isso teria durado?

— Não muito, espero. — Disse rindo, e ela adorou o som daquela gargalhada. Estava sorrindo enquanto o escutava e fitava a cachorrinha. — Tive de tomar banho frio a noite toda depois que cheguei a Londres.

— É isso que quero dizer. Se continuarmos juntos, um de nós, ou os dois, vai perder a cabeça e fazer alguma coisa de que ambos vão se arrepender depois. — A atração que sentia por Liam se igualava a acender um fósforo perto de dinamite, o que ficara provado na sexta-feira depois do jantar no Harry's Bar.

— Então, o que fazemos agora? — perguntou, parecendo ter perdido a esperança. Não a convenceu, contudo. Sasha era tão teimosa quanto ele.

— Serei a sua respeitável *marchand*. E você vai se comportar como um bom menino.

— Detesto quando me dizem o que fazer. Não sou criança. — Ele soou irritado.

— Às vezes não temos escolha a não ser fazer a coisa certa — replicou, sendo sábia. — É muito mais divertido fazer o que se tem vontade. Mas quando fazemos isso, magoamos outras pessoas. — Ela teve o bom gosto de não mencionar o incidente entre ele e a cunhada e que custara seu casamento.

— Quero vê-la, Sasha — disse, sendo insistente. — Quero voltar a Paris no próximo final de semana. — A seguir completou, como se não tivesse pensado nisto antes. — Acho que preciso ver a cadelinha. Sou o pai dela, afinal de contas.

— Não, não é — disse Sasha, sendo teimosa. — Ela não tem pai e terá de crescer assim, gostando ou não. Você pode ser o padrinho dela, se quiser.

— Tudo bem, tudo bem. Ela é a minha afilhada. Mas vou a Paris neste final de semana para ver vocês duas.

— Não vou deixá-lo entrar — retorquiu com firmeza.

— Por que não? O que mais você tem para fazer, ficar sentada sozinha em uma casa escura até morrer? Pelo amor de Deus, Sasha, permita-se viver pelo menos uma vez. Você merece. Eu também.

— Não, não merece, nem eu, só vamos fazer com que eu faça papel de boba. Você está cedendo aos seus desejos e não vou permitir que faça isso à minha custa. — Falava sério. Tinha muito a perder. Já Liam, apenas o coração.

— Isso não é justo — respondeu, parecendo magoado.

— É sim. É honesto. Sou quase dez anos mais velha do que você, e você quer continuar se comportando da forma que lhe dá na telha. Não quer ser respeitável nem conservador. Não tem a menor intenção de se adaptar ao meu estilo de vida. Você quer brincar, se divertir e bancar o artista excêntrico. Se você fizer isso na minha vida, Liam, vai virá-la de cabeça para baixo e isso eu não vou permitir.

— Eu me comportei muito bem no Harry's Bar — disse, soando humilhado e acrescentou rancorosamente. — Exceto pelas meias e pela camisa. Se eu soubesse que era tão importante para você, teria comprado uma camisa e meias novas, se é isso que importa. — Estava começando a gritar.

— O problema não são as meias nem a camisa, e sim quem você é e a forma como quer viver. Você já me disse um monte de vezes que ninguém consegue controlá-lo, que ninguém pode lhe dizer o que fazer. Você quer ser livre, Liam, e tem todo direito. Só não pode fazer isso com a minha vida. Nós dois sabemos que você faz o que lhe vem na cabeça. Você acha engraçado. Bem, eu não acho. E, goste você ou não, sou velha demais para você, Liam. Você é o melhor amigo do meu filho, pelo amor de Deus. Ele tem 25 anos. Eu tenho 48.

O comportamento e as regras que o artista impusera a si mesmo eram muito mais adequados ao mundo do seu filho do que ao dela e Liam gostava que as coisas fossem assim. Em nome da arte e da independência, resistira ao amadurecimento durante toda a vida.

— Tenho 39 anos — replicou Liam queixoso. — Estou mais perto da sua idade do que da dele.

— Mas você não quer agir assim. Esse é o problema. Você quer fingir que tem 25. Se eu quisesse outro filho, adotaria um. Esse não é o tipo de relacionamento que quero ter com você. — Também aumentara o tom de voz.

— Que tipo de relacionamento você quer ter comigo? Achei que nos demos muito bem na sexta-feira. E não fomos mal no final de semana. Não quero apenas ir para a cama com você. Também gosto de conversar com você.

— Eu também. Mas você é um prazer ao qual não posso me dar ao luxo de ter.

— Sem dúvida alguma, você é a mulher mais teimosa que eu conheço. Estarei aí na sexta-feira. Queira você ou não. Podemos discutir sobre isso no final de semana.

— Não quero ver você — disse, sentindo o pânico crescer dentro de si. Seus sentimentos por ele deixavam-na fora de controle.

— Bem, eu quero ver você. Pelo menos mais uma vez, para discutirmos isso cara a cara. Não consigo discutir esse tipo de coisa pelo telefone.

— Não temos nada para discutir. É impossível, Liam. Temos de aceitar. Não temos escolha.

— É você quem está tornando as coisas impossíveis. Só é impossível se você quiser que seja. — Parecia indescritivelmente frustrado.

— Então digamos que eu queira.

— Essa é a coisa mais imbecil que já escutei na vida.

— Fazer a coisa certa às vezes parece imbecil. Mas, neste caso, é assim que vai ser. — Não mencionou que se ele tivesse feito a coisa certa com Becky, ainda estaria com a esposa e os filhos. Em vez disso, cedeu aos desejos. Agora estava tentando fazer isso de novo com ela.

— Ligarei para você amanhã — respondeu, parecendo deprimido. Ela estava firme na decisão de não se envolver com ele, apesar da cachorrinha, que, embora fosse um presente adorável, ainda não a convencera de que ele era o homem certo para ela.

— Não me ligue, a não ser que seja para tratar de assuntos profissionais. Não quero discutir isso de novo com você. Estamos apenas andando em círculos e enlouquecendo um ao outro. — Ele a enlouquecia ainda mais quando estava por perto. Nunca se sentira tão atraída fisicamente por um homem em toda a sua vida. Era difícil compreender e ainda mais difícil resistir.

— Ligarei esta semana — disse. Mas não ligou, o que foi um alívio para Sasha. A atitude doera, mas acreditava que finalmente o havia convencido a deixar aquilo de lado. Independente do quanto quisesse estar com ele de novo, sabia que não podia.

O único consolo na sua vida naquela semana foi a alegria da cadelinha que Liam lhe dera. Socks era adorável e, apesar dos frequentes acidentes em seus tapetes, Sasha estava encantada. Foi o melhor presente que poderia ter recebido. O seguinte seria deixá-la em paz, o que ele de fato fez.

O tempo em Paris continuou ruim durante o final de semana, dias cinzas de inverno que pareciam não acabar nunca. Manhãs cobertas de névoa, noites chuvosas e tardes deprimentes com ventos gelados que congelavam até os ossos. Sasha trabalhou até tarde na sexta-feira, foi para cama cedo e, às nove da manhã seguinte, já estava sentada à sua mesa na galeria, com a cachorrinha. Todos estavam apaixonados por Socks, até Bernard.

Trabalhou o sábado inteiro na galeria, passando a noite em casa sozinha com Socks. Liam não telefonara para ela desde segunda-feira, o que, sob alguns aspectos, a deixava aliviada. Sob outros, triste. Era louca por ele, mas em todos os aspectos importantes, aquele era o fruto proibido. Um fruto que estava determinada a não tocar e a não comer, custasse o que custasse.

Eram nove horas da noite de sábado quando a campainha tocou. Não era a externa, mas sim a da porta de casa. Sasha supôs que fosse a zeladora, já que não escutara a campainha do portão. Estava com a cachorrinha nos braços e de camisola quando abriu a porta. Esperava ver o rosto envelhecido de Madame Barboutier e, em vez disso, deu de cara com Liam, que acabara aparecendo.

— O que você está fazendo aqui? — perguntou, infeliz por vê-lo. Seu coração estava batendo forte e seus joelhos bambos. Fez com que isso não transparecesse, e não deu as boas-vindas a ele. Deixara claro que não o queria ali.

— Vim ver a minha afilhada. — Sasha estava com o animal nos braços e Liam baixou o olhar para Socks, sorrindo. — Ela parece bem. — Assim como ele, mas não como Sasha. Ela estava cansada e aborrecida. Sofrera a semana toda. Continuar firme na sua decisão não era nada fácil. E agora ali estava ele, na porta de sua casa, mais bonito que nunca. Era tudo que desejava, mas não podia se permitir. Estava resistindo o máximo que podia.

— Pedi que não viesse aqui — disse friamente, à beira das lágrimas.

— Quero conversar com você, Sasha — replicou, parecendo sério. Dava para ver nos seus olhos que também estava infeliz. — Por que não tentamos por um tempo e vemos o que acontece? Talvez não seja nada demais, afinal.

— E se for? O que vamos fazer? Meus filhos vão pirar. Meus artistas vão achar que sou uma maníaca. E vamos ser o assunto de Paris e Nova York. — Ela não pintou um quadro bonito, mas o que descreveu poderia facilmente tornar-se realidade e ele também sabia disso.

— Você pensa em alguma outra coisa que não seja desastre ou o que as outras pessoas vão pensar? — perguntou, parado ali, ainda segurando sua mala. — E se der tudo certo? E se as pessoas não derem a mínima para o que estamos fazendo? E se os seus artistas não se importarem e seus filhos quiserem vê-la feliz, mesmo se isso significar estar com um cara mais novo? Pode ser que isso não se transforme em nenhum escândalo.

— Até você encontrar uma mulher da sua idade ou mais nova e se apaixonar por ela. Também não quero passar por isso.

— E se eu morrer, ou você? E se um raio nos atingir em uma noite enquanto estivermos fazendo amor? E se pegarmos cólera, difteria, sarampo? E se começar uma guerra nuclear?

— Prefiro estar no meio de uma guerra nuclear do que fazer papel de boba ao seu lado. Você não quer entender, Liam. Prefiro ficar sozinha.

— Não seja boba. Eu me apaixonei duas vezes na minha vida: primeiro pela Beth, o que durou vinte anos, e agora por você. Nunca disse a qualquer outra mulher que a amava. Só a vocês duas.

— Você só me quer porque não pode me ter — disse Sasha, sentindo-se péssima. Estava tremendo de frio, assim como Socks.

— Posso pelo menos entrar por um minuto? Dirigi durante horas. Cancelaram meu voo, então peguei o Eurotúnel. — Ela deu um passo para trás, embora desejasse ter coragem para não deixá-lo entrar. Como ocorria desde o dia em que o conhecera, não tinha forças para resistir. Liam entrou devagar em sua sala de estar. Todas as luzes estavam apagadas e o cômodo estava gelado. Sasha estava planejando subir com a cadelinha. — Tudo bem, eu desisto. Deixe-me passar a noite aqui. Não vou tocar em você. Vou embora amanhã de manhã antes de você acordar. Estou cansado demais para dirigir todo o caminho de volta.

Fitou-o por um longo momento, assentindo em seguida. Ele poderia dormir no quarto de Xavier de novo. Trancaria a porta do seu quarto, mais para se segurar do que segurar a ele.

— Quer comer alguma coisa? — perguntou, sendo educada e colocando a cachorrinha no chão.

— Tem sorvete?

— Acho que tem. Compramos muito na semana passada e eu não comi.

— Deveria. Comer sorvete lhe faria bem.

Achava que a mulher estava magra demais. Parecia que tinha perdido ainda mais peso naquela semana e esperava que fosse por sua causa.

Seguiu-a até a cozinha, com Socks logo atrás dos dois. Ela fez xixi no chão e Liam limpou, enquanto Sasha servia sorvete de chocolate e de café em uma taça enorme.

— Quer mais alguma coisa?

Ele balançou a cabeça, sentou-se à mesa da cozinha e não disse nada. Não havia mais nada a dizerem um ao outro, já haviam dito tudo. Ela nunca passara por nada tão desesperador, com a exceção da morte do marido dezesseis meses atrás. Sasha ficou sentada quieta enquanto Liam comia. Quando terminou, ela se levantou.

— Vou para a cama. Você pode ficar na sala de estar se quiser. Sabe onde fica o quarto de Xavier.

— Obrigado, também estou cansado. Vou subir.

Seguiu-a pelas escadas e deixou-a em seu respectivo andar. Ela escutou-o subir até o andar superior e fechar a porta do quarto de Xavier.

Foi tomar banho, levando o animal junto. Não viu necessidade em trancar a porta. Sabia que não precisava. O artista finalmente havia entendido e de manhã já teria ido embora. Toda essa história de tentação, prazer e tortura acabariam. Mal podia esperar para que partisse.

Estava de pé no seu banheiro, escovando os dentes, de camisola, quando levantou o olhar e viu Liam pelo espelho. Não o escutara entrar. A cadela ficou animada assim que o viu e Sasha pareceu aflita.

— Eu entendo, Sasha. Só quero passar a noite com você. Pela última vez. Só quero abraçá-la. Prometo que não farei nada que você não queira.

O problema é que ela também queria. Essa havia sido a questão desde o início. Começou a balançar a cabeça, encontrando os olhos dele pelo espelho. Havia lágrimas nos olhos dele e nos dela também. Sem fazer som algum, soltou a escova de dentes, virou-se para encará-lo e esticou os braços. Também queria passar uma última noite com ele. Só queria abraçá-lo e senti-lo perto de si, antes de se despedirem para sempre. Esse momento nunca mais se repetiria e ambos sabiam disso. Assentiu em silêncio, enquanto lágrimas escorriam pelo seu rosto.

— Tudo bem, meu amor... está tudo bem... Tudo vai ficar bem... Eu prometo — murmurou ele.

— Não, não vai.

Ambos tinham consciência, mas era bom estar ali com ele. No momento seguinte, se aninhavam na enorme cama no quarto frio. O animal dormia em sua própria cama no banheiro de Sasha. Liam apagou a luz e eles ficaram ali abraçados um ao outro sem dizer nada. Ela estava de camisola e ele, de shorts, camiseta e meias. Comprara outro par só por causa dela.

— Eu te amo — sussurrou enquanto a abraçava.

— Eu também — respondeu, triste. — Eu gostaria que as coisas fossem diferentes. — Gostaria de ser mais jovem, uma pessoa diferente, para que pudesse se sentir mais à vontade com ele. Não o amava da mesma forma que amara Arthur. Entretanto experimentava uma atração muito intensa e já se sentia ligada a ele. Era diferente de tudo que passara na vida. Talvez, mais do que amor, fosse paixão. Independente do que fosse, parecia perigoso e era uma agonia resistir.

— Isso é tudo que precisamos por enquanto — murmurou, feliz por estar abraçando-a em sua cama. Era mais do que ousara desejar enquanto dirigia de Londres a Paris. Ficara com medo de ela nem abrir a porta e estava satisfeito por tê-lo feito. — Como vou viver sem você, Sasha? — Não respondeu à pergunta, mas estava pensando a mesma coisa. Tinham resistido até agora e continuariam a resistir depois. Só tinham esta noite. Ele estava louco de vontade de fazer amor com ela, mas não queria fazer nada que pudesse estragar a noite. Ficou com ela em seus braços até que adormecesse.

Sasha sentiu-o se mexer de manhã e acordou na mesma hora. Sabia que iria embora assim que acordasse. Ficou deitada ao seu lado, esperando que saísse da cama. Ele não se moveu por um longo tempo, sob a luz daquela manhã cinzenta iluminando o quarto.

— Você está acordada? — sussurrou, ao que ela assentiu. — Quer que eu vá embora agora? — Com toda a força do seu ser, não queria, mas precisava deixá-lo ir.

— Daqui a um minuto — murmurou. Esticou os braços e puxou-o para perto de si. Mal podia respirar de tão inebriante que era estar ao lado dele. Enquanto o abraçava, sentiu que o estava deixando excitado. Seus corpos estavam colados. De repente, estavam se beijando. O resto aconteceu sem que nenhum dos dois assentisse e ele ficou aterrorizado quando acabaram. Sabia que nunca o perdoaria agora e nunca mais a veria. Não cumprira sua promessa, não conseguia evitar o desejo que sentia. — Eu te amo — disse ela baixinho, afastando-se apenas o suficiente para fitá-lo. Seus rostos estavam próximos no travesseiro e Liam nunca vira uma mulher tão linda em toda sua vida, de qualquer idade. — O que você vai fazer?

— Você que sabe — respondeu ele, baixinho, enquanto prendia a respiração.

— Eu não sei... não quero perdê-lo... já perdi tanta coisa na vida. — Simplesmente não conseguia se forçar a fazê-lo ir embora. Por enquanto não.

— Posso ficar mais um pouco?

Sasha assentiu e ele a abraçou algum tempo depois, fizeram amor de novo. Passaram o dia todo na cama, dormindo, aconchegando-se e fazendo amor. Em dado momento, Liam desceu, pegou comida para Socks e sorvete para eles.

— Eu fiquei louca? — perguntou, enquanto comia sorvete de chocolate, deitada na cama junto com ele. Era tudo o que queria. Ficar ali, com sorvete escorrendo pelo queixo, que ele gentilmente limpava.

— Eu nunca estive tão são em toda a minha vida. Não sei quanto a você.

— Isso parece um sonho.

— Se é, não quero acordar. — Sorriu e beijou-a.

Passaram o domingo todo na cama. Tomaram banho de banheira juntos e desceram apenas por tempo suficiente para jantarem, logo voltando correndo para a cama, como crianças fugindo dos pais. Não tinham de quem fugir. Nenhum lugar para se esconder. Em algum momento durante o final de semana, Sasha ultrapassou o limite imposto por si mesma. Não fazia ideia do que fariam agora. Só sabia que queria ficar com Liam, por quanto tempo pudesse.

Cozinharam juntos, comeram enquanto riam e conversavam, sentindo-se à vontade um com o outro, brincaram com a cadela, lavaram a louça e voltaram correndo para a cama, onde fizeram amor de novo.

— Sou velha demais para isso — disse logo a seguir, mal conseguindo respirar.

— Eu também. — Ele riu. — Você está acabando comigo.

Sasha o fitou, então, preocupada.

— Quando você vai embora?

— Que tal nunca? — Estava implicando com ela, mas ambos gostaram da ideia. — E se eu passasse uma semana aqui? — Seria uma boa tentativa para ver como funcionavam na vida real. Sasha não esperava essa oferta, mas gostou da ideia.

— Posso dizer ao pessoal da galeria que você veio conhecê-los e é meu hóspede.

Liam sabia que a mulher se sentia na obrigação de dar explicações, mas o que quer que decidisse estava ótimo.

— Para mim, está bom. Ou você poderia simplesmente dizer a eles que sou seu namorado e passamos a semana toda na cama. — Ela ficou nervosa com isso, mas ele a beijou. — Não se preocupe, não direi nada que possa deixá-la constrangida.

— É melhor não — avisou.

— Eu prometo.

Ficaram deitados juntos e passaram a noite abraçados. Sasha estava animada com a ideia de passar a semana com Liam. No dia anterior, prometera a si mesma que abriria mão da relação, mas, durante um único final de semana, decidira arriscar a sua vida por aquele homem. Não tinha outra escolha agora, sendo isso possível ou não. Logo descobririam.

Capítulo 8

SASHA PARECIA AINDA mais respeitável do que de costume quando ela, Liam e Socks atravessaram o pátio até o seu escritório na manhã de segunda-feira. A galeria ficava fechada às segundas, mas os escritórios ficavam abertos, e era uma boa chance de todos colocarem o trabalho em dia. Sasha estava vestindo calças pretas e suéter da mesma cor. Liam estava vestido de Liam. Botas de caubói, jaqueta de couro, camiseta branca, jeans e boné de beisebol. Queriam sair naquela tarde para comprar mais camisetas e cuecas. Não trouxera o suficiente, visto que seus planos eram de ficar apenas um final de semana.

Sasha apresentou-o a todos os seus funcionários, que gostaram de conhecê-lo. O artista mandara slides de seus quadros na semana anterior. Bernard disse que estavam ansiosos para expor seus quadros e conversaram sobre sua *vernissage* em Nova York no final do ano. Enquanto isso, as duas galerias exporiam seu trabalho, tanto em Paris como em Nova York. Era uma oportunidade incrível. Eugénie quase desmaiou quando o viu. Mais tarde, revelou a Sasha que nunca vira um homem tão bonito em toda a vida. Sasha concordou. Essa era uma parte do problema que a estava consumindo.

Naquela noite, enquanto conversavam sobre a galeria, ele estava esparramado na cama dela como um leão, depois de fazerem amor.

— Então, o que você achou? — perguntou ela. Estava interessada na opinião dele, no ponto de vista de um artista. Tinha a oportunidade rara de ser avaliada por um. Era uma perspectiva interessante para uma *marchand* e ela respeitaria a opinião dele, mas a sua continuaria sendo mais importante. Sempre tivera um instinto infalível para a galeria e seus artistas.

— O que eu achei? — A expressão era neutra. Ainda estava retomando o fôlego do ato, surpreso por ela estar pensando em trabalho. — Bem, vejamos... melhor do que ontem à noite... não tão bom quanto hoje de manhã... talvez eu estivesse cansado... acho que a melhor de todas foi no domingo de tarde na banheira... — Continuou catalogando e comparando suas experiências sexuais com ela, e Sasha riu.

— Liam! Pare com isso! Eu quero saber sobre a galeria e os funcionários.

— Ah, isso. Muito bom. Gostei de todos. — Estava muito mais interessado em fazer amor com ela do que em falar sobre trabalho.

— Vamos falar sério por um minuto, pelo menos — reclamou. Adorava poder compartilhar seu trabalho com ele. Assim como adorava fazê-lo com Arthur.

— Sério? Se fizermos amor com mais frequência, vou desmaiar nos seus braços e você terá de me ressuscitar. Sou mais velho do que pareço.

— Eu também — ela respondeu, com pesar.

— Nunca fiz tanto isso na minha vida. Estou começando a me sentir um brinquedo sexual. É isso que sou para você? — Tornou-se sério por um momento.

— Não seja bobo — ela replicou, deitada no travesseiro. Mas tinha de admitir, estava se divertindo com ele. Muito.

— Eu me sinto como um escravo sexual. Talvez eu devesse ligar para o SAMU vir me salvar. — SAMU são os paramédicos franceses, que atendem a emergências.

— Acho que estou ficando viciada em você — admitiu Sasha, embora se divertisse demais agora para se preocupar. Deixaria suas preocupações de lado durante aquela semana e aproveitaria todos o dias que tivesse com ele.

— Talvez devêssemos procurar algum grupo de ajuda. Escravos do Amor Anônimos. Ah, mas por que estragar a nossa diversão? — Parecia estar achando graça.

— Exatamente — disse ela, enquanto inclinava-se para beijá-lo. Nenhum dos dois conseguiu acreditar, mas ainda fizeram amor mais uma vez antes de dormir e outra antes de ela sair para trabalhar no dia seguinte. Sasha sentia-se uma menina irresponsável e tentou não agir como uma quando entrou na galeria.

Liam chegou logo depois e gostou de ver o lugar aberto. A mulher ficou satisfeita de saber que Bernard convidara Liam para almoçar. Todos pareciam gostar dele, o que já era alguma coisa. Preocupara-se com como o artista se adaptaria, mas até agora estava indo tudo bem.

Liam passou o resto da semana andando por Paris e procurando amigos artistas em Marais, enquanto Sasha se esforçava ao máximo para aliviar a sua carga de trabalho, tentando passar o máximo de tempo com ele, embora às vezes precisasse se encontrar com clientes que já haviam marcado reuniões para negociar obras importantes. Liam entrou em uma dessas reuniões no final da semana. Estava vestindo camiseta, jaqueta de couro de motoqueiro, boné de beisebol, jeans e botas de caubói. E, sem que ninguém soubesse, apenas Sasha, meias e cueca. Estava determinado a parecer civilizado e apropriado naquela semana. Assim que entrou à sua procura, Sasha o apresentou a seus clientes. Não hesitara em interrompê-la, o que a deixara chateada. Mostrou-se ainda austera e um tanto irritada quando se inclinou e beijou-a na boca. Sasha ficou furiosa. Seus clientes estavam na casa dos setenta, a esposa era uma princesa italiana e o marido, o presidente de um importante banco francês. Eram pessoas muito conservadoras. Sasha estava usando um tailleur Chanel para a reunião e pérolas. Estava tão respeitável quanto o casal. Liam, por outro lado, parecia um James Dean com cabelo comprido, o que, definitivamente, não era do gosto dos clientes. Apresentou-o como um de seus artistas e ficou nervosa quando ele se sentou, sem ser convidado, para tomar chá, mudando de ideia a seguir e tomando um drinque. Estava totalmente à vontade, o que não passou despercebido pelos clientes. A princesa parecia chocada e o banqueiro ficou obviamente irritado. Sasha só podia esperar que o vissem como um artista excêntrico, embora o beijo na boca certamente os tivesse deixado incomodados e fosse difícil de explicar. Além disso, queriam sua atenção exclusiva. Haviam acabado de comprar dois quadros, por meio milhão de dólares cada. Liam pareceu particularmente pouco impressionado com as pinturas sobre os cavaletes, comentando que eram muito bonitas, mas não ofuscantes. Sasha quis matá-lo. Assim que o casal saiu, virou-se para ele furiosa.

— Pelo amor de Deus, o que você estava pensando quando falou aquilo? É assim que ganho a minha vida. Aquelas duas pessoas acabaram de comprar dois quadros por um milhão de dólares, em dinheiro, e eu não ligo se você acha as pinturas excitantes ou não, e nem eles querem saber. Você poderia, pelo menos, ter fingido que gostava deles — disse, espumando. — E como você ousa entrar em uma reunião assim? Este é o meu negócio, não o meu quarto. Você perdeu o juízo? — Liam acabara de fazer exatamente o que ela mais temia. Deixara-a constrangida na frente de clientes importantes e não parecia nem um pouco arrependido. Ninguém lhe diria o que fazer ou como se comportar. Limites e regras não existiam para ele.

— Nunca minto quando o assunto é arte — replicou, parecendo surpreso, enquanto se esticava no sofá do escritório de Sasha. — Sou íntegro demais para isso. E eu fui educado. Disse apenas que não eram excitantes. Mas, na verdade, achei uma porcaria. São de um período terrível da vida do artista, ele fez quadros muito melhores antes disso.

— Sei perfeitamente disso, Liam, mas eles queriam aqueles dois quadros, então fui atrás deles. Levei oito meses para consegui-lo com um negociante holandês e você quase arruinou a venda. Além disso, você não pode simplesmente entrar aqui e tomar um drinque enquanto estou em reunião com clientes. Você deve mostrar algum respeito.

— Você também — retorquiu, parecendo irritado. — Você acha que governa o mundo daqui. Sou tão bom quanto eles. Você não pode me varrer para debaixo do tapete simplesmente porque alguém com uma conta bancária gorda entra por aquela porta.

— Ah, posso sim. Eles sustentam a mim e aos meus filhos. E se você quer ficar aqui, enquanto eu jogar o jogo deles, você também vai.

— Não vou mesmo. Não sou seu escravo, Sasha. Não trabalho aqui. Se sou o homem da sua vida, você tem de me tratar com respeito.

— Então não ultrapasse os limites para ficar se exibindo. Você parecia um motoqueiro, entrando aqui e se servindo de uma bebida, enquanto eles estavam tomando chá.

— Isso é uma besteira e você sabe disso. Você só precisa dizer a eles que sou um dos seus artistas. É tudo que eles precisam saber. Não vou ficar andando por aí de terno e tomando chá porque você está vendendo dois quadros horríveis que nem deveria estar vendendo. Se era isso que eles queriam, você deveria ensinar a eles, encontrar alguma coisa melhor e cobrar mais. Mas aqueles dois quadros são terríveis e você sabe disso. E quanto à minha aparência, estou usando meias e cueca. Isso deveria ser o suficiente. Não vou ficar desfilando por aí fantasiado por sua causa.

— Ninguém está pedindo que faça isso. Só estou pedindo que seja educado com os meus clientes, se porte bem e seja discreto. Você poderia ter esperado eles saírem para tomar um drinque. E você não tem direito de entrar nas minhas reuniões sem ser convidado. Não me importa o quanto você é independente, não vou tolerar isso.

— Quem você acha que é? — ele gritou. — Você não é a minha mãe. Posso fazer tudo que tenho vontade. Você não pode me dizer o que fazer. Eu amo você, mas não vai me controlar, Sasha. Não sou um dos seus funcionários, nem dos seus filhos.

Na verdade, nem tenho certeza do que sou para você. — Estava ficando cada vez mais nervoso, enquanto ela falava baixo. Não começaria uma guerra. Se o fizesse, sabia que ninguém venceria. No entanto, também não ia permitir que ele se comportasse como bem entendesse. O artista excêntrico estava em plena atividade.

— Você me *beijou*, Liam. Na *boca* — disse enquanto ele a fitava do outro lado da sala. — Na frente dos meus *clientes*. Isso é totalmente inapropriado e você sabe disso.

— Não me diga o que é apropriado! — gritou em resposta. — Eu amo você. Não enfiei a língua na sua garganta, pelo amor de Deus. Dei um selinho na sua boca. O que eu sou, um brinquedo sexual que você está usando para se divertir? E que depois guarda no armário? — perguntou, parecendo ofendido. Ela o magoara com suas críticas e sabia disso. Liam, porém, tinha de aprender a se comportar, o que não seria fácil, para confirmar os seus temores. Adorava ficar com ele em sua vida privada, mas ficava nervosa quando o homem perambulava pela galeria, fazendo e dizendo o que tivesse vontade. Às vezes, simplesmente parecia não pensar. Era obviamente alérgico a qualquer tipo de regra.

— Você é velho demais para ser um brinquedo sexual — respondeu timidamente. Ele começou a falar alguma coisa, parecendo furioso, mas então caiu na gargalhada.

— Você está certa. Acho que sou. Mas às vezes me sinto assim. Você fica tão tensa quando está com seus clientes, e pomposa. Por que você não relaxa? Talvez eles também prefiram.

— Eles não são esse tipo de gente. Pessoas que compram obras de artistas emergentes são diferentes, Liam. Esse tipo de cliente espera que você esteja tensa e pomposa. Se eu não fosse assim, eles comprariam de alguma outra pessoa que fosse. Acredite em mim. Estou nesse negócio há vinte e três anos. E vi meu pai fazer isso desde que era bem pequena. Sei o que estou fazendo. Existem certas regras.

— Você e suas regras — murmurou, mas logo superou a briga. Bem mais rápido que ela. Ele a irritara muito interrompendo uma reunião com clientes. Na opinião de Sasha, não era um bom sinal para o futuro. O gesto a deixara nervosa. Apesar disso, levou-o para jantar no Le Voltaire naquela noite, que também se tornara o restaurante preferido dele, até porque não precisava se vestir bem para ir lá. Podia ir de jeans, jaqueta de couro e botas de caubói, embora as pessoas mais elegantes e sofisticadas de Paris frequentassem o lugar. O humor de Liam melhorou muito depois de uma garrafa de vinho. Ela, contudo, continuou tensa por causa da rápida, porém acalorada, discussão daquela tarde. Ele se sentira desrespeitado e Sasha ficara horrorizada por seu comportamento arrogante enquanto ela cuidava de negócios. Teria de aprender as regras básicas logo. Alguém tinha de ceder e esse alguém era Liam, senão enfrentariam problemas muito em breve. Ela precisou do resto da noite para se acalmar, mas no dia seguinte já se sentia melhor.

Durante o resto da semana, tudo correu bem entre eles. Bernard comentou com Sasha que parecia que Liam ficaria em Paris por um longo tempo, mas ela achava que seu gerente não suspeitava do motivo. Dissera que o artista não tinha como pagar um hotel e estava usando o quarto de Xavier, o que fazia sentido para ele. Mas se Liam começasse a ficar em sua casa muitas vezes e por muito tempo, Sasha sabia que mais cedo ou mais tarde seu segredo seria descoberto.

Passaram um final de semana agradável e divertido. Assistiram a um filme, almoçaram no Brasserie Lipp no domingo e foram ao café Deux Magots. Ela tentou levá-lo para tomar um drinque no bar do Ritz, mas não permitiram que ele entrasse pois estava de jeans e não era hóspede, o que Liam considerou uma idiotice. Era, mas eles também tinham regras. Liam nem tanto. Fazia questão apenas de ser decente, generoso e carinhoso, não de se comportar de forma apropriada. Era sempre amoroso com Sasha. Ela não tinha dúvidas de que o amava, mas também estava preocupada que ele fizesse alguma coisa para chamar a atenção sobre aquela relação, o que ainda não estava preparada para enfrentar. Deixá-lo ficar em Paris durante uma semana vagando pela galeria já era um passo importante. Não iria além disso, nem agora nem talvez nunca.

Estavam deitados na cama, no domingo à noite, quando Liam perguntou como quem não quer nada o que ela faria no dia seguinte. Foi a primeira dica de que não tinha planos reais de ir embora no dia combinado. Sasha não se importava, porque amava estar com ele, mas também tinha plena consciência de que seria difícil explicar na galeria o prolongamento de sua estadia. Os funcionários eram os únicos a saber que o artista estava hospedado em sua casa. Ele sugeriu que jantassem na noite seguinte com alguns de seus amigos em Marais.

— Isso quer dizer que você gostaria de ficar?

Assentiu e abriu um sorriso envergonhado.

— Isso mesmo. Se você concordar.

Ela hesitou por uma fração de segundo, avaliando o risco, e então sorriu. Adorava ficar com Liam. Inventaria alguma explicação.

— Concordo.

Estava hesitante em jantar com os amigos artistas dele, receosa que algum deles pudesse reconhecê-la, e depois se lembrou de que já possuía um compromisso, de qualquer forma. Ele ficou decepcionado na mesma hora e um pouco magoado. Deu-lhe um beijo e explicou que tinha um jantar *black-tie*, oferecido por clientes importantes, que haviam comprado um Monet com ela no verão passado. Confirmara sua presença semanas antes. Levá-lo a um jantar formal na casa de um cliente era uma experiência para a qual ainda não estava preparada, o que ele afirmou compreender, parecendo irritado mesmo assim. Sasha replicou apenas que não podia levar convidados.

— Então diga a eles que não pode ir — respondeu, soando petulante, fato que ela ignorou de propósito.

— Não posso fazer isso, Liam. Eles são os meus clientes mais importantes. — Estava sendo sincera.

— E o que eu sou?

— O homem que eu amo. Mas não vamos brigar por causa disso. Estamos falando do meu trabalho.

— Você teria levado Arthur? — perguntou, abruptamente. Ambos sabiam que sim. A situação, contudo, era completamente diferente. Arthur seria capaz de ir a qualquer lugar, e ia. Liam não. Não queria seguir as regras do jogo. Arthur agia como um adulto. Liam não.

— Isso não é justo — disse, parecendo triste. — Nós éramos casados. Ele era tão apropriado e conservador quanto os meus clientes. Ele era banqueiro, pelo amor de Deus.

— E eu sou um jovem *punk*. — Nesse momento, já acrescentara raiva à petulância.

— Não — retorquiu calmamente, — você é um artista excêntrico, lembra? Foi o que você me disse. E você não quer ser "controlado". Se você quiser vestir um paletó, se comportar apropriadamente e agir como se fosse um banqueiro, pode ir comigo a qualquer lugar.

Isso seria uma concessão importante para ele, mas não queria fazer concessões. Queria liberdade para se comportar como bem entendesse, em qualquer lugar que fosse, com ou sem ela.

— Eles têm de me aceitar como eu sou. E você também — disse, com raiva.

— Eu aceito. Eles não precisam. Se você quer ir a lugares assim comigo, terá de jogar segundo as regras deles, assim como eu. É assim que funciona. Não posso levá-lo desta vez porque está muito em cima para avisar. Mas se você levar isso a sério, podemos comprar um paletó, e você poderá ir na próxima vez, a outro evento. Mas só se você estiver disposto a seguir as regras deles. Esse é o acordo.

— Eles que se fodam — replicou, de repente furioso. — Quem eles acham que são? Sou muito mais homem que eles. Meu pai me falava essas baboseiras quando eu era menor. Não vou seguir as regras desse jogo por ninguém, Sasha, nem por você.

— Você não precisa — Sasha respondeu, calmamente. — Você não precisa ir a nenhum desses eventos formais comigo. Mas se quiser ir, tem de seguir as regras. É simples assim.

— E quem faz essas regras? Algum babaca velho e arrogante de terno e gravata? Por que eu devo me comportar como ele e me vestir como ele? Por que não posso ser eu?

— Porque esses babacas velhos e arrogantes têm dinheiro e poder e fazem as regras. Quem tem dinheiro manda. E se você quer entrar nesse mundo, tem de ser civilizado e jogar o jogo.

— Se você tivesse orgulho de mim e me amasse, me levaria a qualquer lugar.

Parecia uma criança revoltada e o coração da mulher ficou apertado. Temera que isso fosse acontecer e não levou muito tempo. Era a segunda discussão que tinham em menos de uma semana, confirmando seus piores medos de que isso não daria certo. Amava muitas coisas em Liam: sua generosidade, sua gentileza, o carinho que sentia por ela, seu senso de humor, sua inteligência, seu talento, sua performance fabulosa na cama. Mas esses chiliques de raiva e imaturidade definitivamente não faziam parte dessa lista.

— Tenho orgulho de você e te amo. Mas não vou levá-lo para esse mundo se for para você me deixar constrangida fazendo papel de ridículo. Se você quer se comportar como bem entende, vai deixar nós dois envergonhados.

— O que é mais importante para você, Sasha? Eles ou eu?

— Ambos são. Eu te amo. Mas vivo naquele mundo. Eu sou assim. Disse isso na primeira vez em que saímos. Este é o problema que sempre teremos, a não ser que você desista de ser um artista excêntrico e entre no meu mundo como um homem. Se quiser continuar bancando seu personagem, ou o jovem rebelde que não se deixa controlar, então tem de me deixar continuar frequentando o meu mundo sozinha. A escolha é sua.

— Eu sou quem eu sou. E não vou mudar isso nem puxar o saco de ninguém, nem por você nem por eles.

— Você tem o direito de tomar essa decisão. Mas não tem o direito de forçá-los a aceitá-lo, se não seguir as regras deles ou as minhas.

— O problema é com você, não é? Não é com eles. Você quer que eu finja ser o Arthur. Bem, eu não sou. Eu sou eu.

— Isso não tem nada a ver com Arthur — afirmou com os dentes trincados. — Olhe, por que você não sai para jantar com os seus amigos amanhã? Eu vou para o meu jantar, saio cedo e encontro vocês onde estiverem em Marais.

— O quê, vai visitar a favela? A princesa vai deixar a mansão e se encontrar com seu namorado plebeu na favela? Se não sou bom o suficiente para você me levar, então vou voltar para Londres amanhã. — Esse era o plano original mesmo. A oferta de ficar mais fora uma surpresa para ela.

— Isso é com você — respondeu baixinho. — Estou fazendo o melhor que posso, Liam. Nós dois temos de ceder, às vezes. Nós sabíamos disso desde o início.

— É, sabíamos. Eu só não sabia que quem teria de ceder seria eu. Quanta humilhação você espera que eu aceite? Você me diz como devo me comportar na sua galeria, o que não fazer para não ofender seus clientes. Tenho de andar na ponta dos pés, não a beijar e não tomar um drinque. E se eu quiser ir com você a algum lugar importante, tenho de me vestir como um lorde e agir como um *gentleman*. Bem, eu sou um artista, Sasha. Não sou um macaco adestrado nem um banqueiro, e não vou permitir que você me castre.

— Não estou tentando te castrar. Vivemos em mundos diferentes. Estava claro que isso ia acontecer. Teremos de ser muito compreensivos e flexíveis um com o outro se quisermos que isso dê certo.

Nenhum dos dois sabia ainda se isso era possível e estava começando a parecer que não, se ele continuasse insistindo em seguir o seu número de artista excêntrico e em querer ir a todos os lugares com ela. Os dois simplesmente não combinavam. Ela avisara antes. Agora, estavam em um beco sem saída.

— Já disse, não vou deixar que me castre. Vou voltar para Londres amanhã. Quando você mudar a sua lista de prioridades, me ligue. — Ao escutá-lo, queria gritar.

— Não estamos falando de prioridades, Liam — disse ela, parecendo desesperada para não perder a paciência com ele. Era tão frustrante tentar fazê-lo entender, parecia uma criança com raiva. — Estamos falando de seguir as regras e viver em mundos diferentes. É como entrar para um clube. Se quer entrar naquele clube, então tem de seguir as regras.

— Nunca vou fazer isso, Sasha. Nunca. Se eu quisesse isso, ainda estaria morando na Califórnia com meu pai e abaixando a cabeça para ele. Não vou mais abaixar a cabeça para ninguém e certamente não para você. Se você me quer na sua vida, então me aceite, mas não me diga como me comportar segundo essas regras. Se você me ama, não há regras, não devia haver.

— Sempre há regras — respondeu tristemente. — Tenho de segui-las. Não posso me comportar como me dá na telha. Não posso aparecer na festa amanhã usando jeans e botas de caubói e um boné de beisebol. Preciso aparecer lá usando o mesmo que eles, com o meu cabelo arrumado e um vestido de noite. Preciso ser tão adequada quanto eles, porque eu vivo segundo essas regras. Assim as coisas se mantêm civilizadas.

— Não quero ser civilizado, droga! Quero ser eu. Quero ser respeitado e aceito pelo que sou, independente da forma como me comporto, não por quem eu finjo ser, porque quero puxar o saco deles. Não vou puxar o saco de mais ninguém de novo.

A discussão obviamente estava trazendo à tona lembranças de sua infância, porque até ela podia perceber que aquela raiva era desmedida. Ele estava fora de si enquanto esbravejava. E nada do que ela dizia fazia sentido ou o ajudava a se acalmar. Pelo contrário, parecia piorar tudo. Sasha se sentiu totalmente impotente enquanto escutava. Ele parecia estar em algum lugar na estratosfera, sozinho.

— Não estou pedindo para puxar o saco de ninguém, Liam. Muito menos o meu. Você pode se comportar da maneira que quiser. Mas se é isso que quer, então fique do seu lado do muro, fique no seu mundo, no seu mundo particular, que para mim está ótimo também. Mas se quer pular o muro e me acompanhar a algum lugar, então precisa seguir as regras.

— Fodam-se essas regras. E pensando nisso, Sasha, vá se foder também. Se não tem orgulho de mim, se eu a deixo constrangida porque sou mais novo que você, se você não me respeita pelo que sou, então não quero ficar com você. E não quero ficar aqui. Vou para casa amanhã. Pode me ligar quando mudar de ideia.

— Sobre o quê? Sobre o que devo mudar de ideia? O que você quer de mim? — Estava se sentindo tonta. Algumas coisas que ele dizia eram tão irracionais que simplesmente não faziam sentido. E nada disso era novidade. Sabia quem ele era, o que representava, desde o começo. Essas haviam sido suas principais preocupações a respeito dele, além da idade. Isso era o menor problema, aliás. A falta de limites e o comportamento imaturo eram muito piores. Liam estava agindo como uma criança de 5 anos de idade.

— Ou você me leva para o seu mundo da maneira que eu sou e não tenta me deixar em casa como um garoto de programa que você contratou para passar a noite, ou vou embora pra sempre. Não vou ser deixado em casa como se fosse lixo. E ninguém vai me dizer como devo me comportar. — Foi um ataque que quase a fez chorar. Não queria que fosse assim. Queria que as coisas dessem certo e não seguissem esse rumo.

— Então resolva sozinho — disse, de repente tão furiosa quanto ele. — Pare de agir como um bebê dizendo que não vai tomar banho ou usar terno e que acha que pode jogar a comida no chão a qualquer momento. Se você quer descer e comer com os adultos, então seja um. Pelo amor de Deus, é o preço que tem de se pagar. Você não pode bancar o artista excêntrico para sempre, a não ser que você queira continuar andando por aí com outros garotos tão malcomportados quanto você. Se quer fazer isso, não venha chorar porque não posso sair com você. Eu gostaria. Gostaria muito, mas não vou ficar constrangida enquanto você se exibe e tenta provar o quanto pode ser ultrajante. Se você me ama tanto, Liam, então cresça e aprenda a se comportar. Não vou levar uma criança mimada e malcomportada a um jantar. Pense *você* nisso, e decida. Eu já me decidi. Estou aqui com você. Agora cumpra com a sua parte do acordo ou cale a boca pra sempre. É preciso mais do que amor e ser bom de cama para se construir uma relação. Em algum ponto, gostando ou não, todos precisamos crescer. Talvez você já esteja atrasado. Você decide. Volte para Londres se quiser, e quando decidir crescer, me procure.

Não se falaram mais naquela noite. Pela primeira vez desde a chegada de Liam, cada um ficou do seu lado da cama, com um enorme abismo de distância. Liam estava profundamente magoado pelo que via como deslealdade da parte dela e por tudo que dissera. Ela, por sua vez, estava furiosa pelo chilique que ele dera.

Agia como uma criança mimada e malcomportada. Acordaram na manhã seguinte em silêncio. Ele tomou banho, fez a barba e se vestiu. Antes de Sasha sair para o escritório, arrumou sua mala e ficou olhando-a no hall de entrada.

— Eu te amo, Sasha, mas não vou deixar que me controle ou que me diga o que fazer. Eu me respeito muito para permitir isso.

— Eu amo e respeito você também. De verdade — respondeu, sendo honesta, — como artista e como homem. — Embora tivesse suas dúvidas do quanto era digno de respeito como pai. Ainda não o conhecia bem o suficiente para julgar e nunca o vira com os filhos. No entanto, havia tantas coisas das quais gostava nele, que estava cada dia mais apaixonada. Não o suficiente para abrir mão de sua vida inteira por ele, contudo. Estava velha demais para isso e gostava da sua vida do jeito que estava. — Não estamos falando de controle. E sim de respeito mútuo. Se você me respeita, então venha para o meu mundo, siga as regras do jogo e aja como um *gentleman*. Se não quer fazer isso, você tem esse direito, mas não venha reclamar quando eu visitar as pessoas do meu círculo sozinha. Você não pode ter os dois. Você não pode seguir a sua rotina de "vou fazer o que eu quiser" no meu mundo civilizado, Liam. Você já passou dessa idade. Nem crianças podem se comportar assim.

— Nunca serei uma pessoa diferente do que sou. E se você me ama, tem de aceitar isso e estar disposta a me levar a qualquer lugar da forma como eu sou.

— Não posso. Não posso fazer isso comigo mesma, ou com meus filhos, ou com a reputação que construí durante todos esses anos. Não posso permitir que você me envergonhe em público, Liam. — Sabia que isso aconteceria. Xavier lhe contara muitas das rebeldias do artista, embora ela mesma nunca o tivesse visto se comportando tão mal. A cena da invasão à reunião em seu escritório já era suficiente, bem como o ataque do dia anterior. Tinha sérias preocupações. — Já é ruim o suficiente o fato de eu ser dez anos mais velha que você. Sei que não é muito, mas para mim parece, levando em conta o seu comportamento e as suas ideias. Já é difícil o suficiente e vai me dar muitas rugas assim. Não me peça para levá-lo aos lugares mais elegantes e só para se reservar o direito de bancar o artista excêntrico e ultrajante, só para se fazer notar. Isso não é amor nem respeito por mim nem a quem eu sou. Você sabia quem eu era e como eu vivo. Você disse que podia conviver assim e fazer as coisas darem certo. Eu acreditei em você. Agora você não quer cumprir. Quer fazer o que lhe der vontade no meu círculo, e não pode. Nem eu. Ninguém pode. Todos temos de nos comportar e respeitar os limites. Eu espero que você caia em si porque eu te amo e quero ficar com você. Mas o que você está fazendo não é justo comigo.

O fato de estarem discutindo a relação já a assustava. Quem era este homem? E por que a liberdade total era tão importante para ele, à custa dela?

— Sou eu que estou me ferrando aqui e sendo desrespeitado — respondeu, quase fazendo bico. — Você está querendo dar as ordens.

— A única ordem que estou dando é para você crescer. Ou seja civilizado ou deixe-me fazer o meu trabalho enquanto você brinca com seus amigos. Você pode ser tão transgressor quanto quiser, mas faça isso em casa comigo, não em público.

— Não vou ser o seu segredinho podre, Sasha. Se é isso que você quer, então encontre outro homem. Ou assuma a nossa relação ou está tudo acabado.

— Então acho que está tudo acabado. Pense bem, Liam. Espero que você recobre o juízo quando chegar a Londres. Se o que eu estou dizendo começar a fazer sentido para você, me ligue.

Ele a fitou, assentiu, não parou para beijá-la, pegou a mala, passou por ela e bateu a porta.

Depois que saiu, Sasha sentou-se e pensou em tudo que tinha acontecido. Amava-o, mas não o suficiente para virar a sua vida de cabeça para baixo e abrir mão de quem era. Já não tinha mais idade para fazer isso por ninguém. Nem por Liam. Sabia que estava apaixonada por ele. Mas talvez não o suficiente.

Capítulo 9

OS PRIMEIROS DIAS APÓS a partida de Liam pareceram se arrastar. No curto período em que ele esteve em sua casa, Sasha se acostumara a ficar, conversar, comer, fazer amor com ele. Até Bernard comentou quando foi embora e perguntou se Liam ainda estava por lá. Sasha respondeu que ele tinha voltado para Londres.

— Ele é um garoto legal, mas deve ter sido difícil hospedá-lo na sua casa por tanto tempo.

Ficara dez dias na casa de Sasha, dez dias maravilhosos, até os últimos, em que começaram a discutir. Ficou surpresa por Bernard tê-lo chamado de "garoto". Essa era a essência do problema que estava tendo com Liam. Era um garoto, não um homem, e agia como um. Em alguns momentos, se comportava de forma apropriada para a sua idade; em outros, como um adolescente rebelde. Esperava mais de alguém com quase 40 anos. Era realmente um Peter Pan. Em um primeiro momento, acreditou que Bernard estava sendo sarcástico com seus comentários, curioso a respeito do relacionamento entre os dois. Depois, contudo, percebeu que estava sendo sincero no que dissera sobre seu hóspede. Realmente achava que Sasha fora incrivelmente legal em deixá-lo ficar por tanto tempo. Parecia que seu segredo ainda estava a salvo. Bernard nunca teria imaginado que Sasha estava envolvida com Liam. Em todo caso, parecia que o relacionamento havia mesmo acabado. Depois que Liam voltou para Londres, Sasha ficava esperando o telefone tocar todas as noites, o que não aconteceu. Ele não ligou, nem ela. Haviam chegado a um impasse em relação às exigências ridículas dele e o comportamento infantil. Em nenhum momento Sasha teve esperanças de que o relacionamento deles durasse para sempre, mas esperara que pudesse se manter por mais tempo. Não havia por que ligar para ele, visto que deixara seus termos bem claros. Ou ela o levava para sair em público nos círculos que ela frequentava, sem se importar se era apropriado ou se ele se comportaria bem, ou não havia acordo.

Essas condições eram impossíveis para ela, independente de amá-lo ou não. Não tinha nenhum trato a oferecer, a não ser o que já expusera antes de ele deixar Paris. No final do mês, ela parou de esperar o telefone tocar. Sabia que o tinha perdido. E enquanto Liam esperava que ela ligasse, sabia a mesma coisa. Levou semanas, não anos, mas eles seguiram seus caminhos. Sasha estava certa desde o dia em que se conheceram. Era impossível. Convencia-se de que era melhor enfrentar isso agora do que mais tarde. Mas enquanto esperava um telefonema que nunca viria, sentia-se triste da mesma forma. Por mais infantil que fosse às vezes, também tinha um lado sedutor e ela realmente sentia saudades dele.

Levou dois meses para Sasha aceitar o fim, mas mesmo quando isso aconteceu, ainda estava triste por ele ter desaparecido de sua vida. E não havia ninguém com quem compartilhar aquilo. Nunca ninguém soubera sobre eles, então não tinha a quem recorrer em busca de conselhos ou conforto. Não podia se abrir com outras pessoas sobre a falta que ele lhe fazia ou falar sobre Liam com ninguém. Simplesmente tinha de aceitar o fato de que se fora. Sabia que não teria dado certo de qualquer forma. Era imaturo demais, difícil demais, irracional demais, determinado demais a não crescer. Tinha provado tudo isso com o chilique que provocou seu sumiço.

Sasha foi para Nova York em fevereiro e em março, e nas duas vezes nevava muito. Tatianna amava o novo emprego. E a galeria estava indo bem. Estava planejando visitar Xavier em abril e se preparou para a proximidade de Liam. Só esperava não encontrá-lo, por acaso, junto com Xavier. Não podia dizer nada ao filho sobre evitá-lo ou estaria expondo seu segredo.

Pouco antes de Sasha ir para Londres em abril, Eugénie lhe disse que recebera um e-mail de Liam. O artista terminara vários quadros novos e achava que seria bom Sasha ir vê-los. Oferecera-se para mandar transparências, mas insistia que sua *marchand* os visse ao vivo. No e-mail, afirmou que era o seu melhor trabalho até ali.

— Ah — lembrou Eugénie, enquanto relatava o e-mail para Sasha no final de um longo dia — ele disse para lhe mandar lembranças e espera que você esteja bem.

Sasha estava bem. Depois de mais de dois meses de silêncio da parte dele, estava muito melhor do que estivera em fevereiro, mas permanecia aborrecida. Parecia ridículo ele lhe mandar "lembranças". Lembranças de quê? Já possuía lembranças boas e ruins o suficiente. Embora, por um minuto, tivesse chegado a acreditar que estava apaixonada por Liam, ele mesmo a afastara para sempre com seu comportamento. Agira de forma incrivelmente infantil. Sasha estava cansada de artistas hedonistas que não eram mais tão jovens, mas fingiam ser e ainda se comportavam como adolescentes mesmo já estando na meia-idade. Aos 39 anos, na opinião dela, era velho demais para se comportar da forma como fizera antes de deixar Paris. Ainda assim, estava magoada por não ter ligado. Era orgulhosa demais para procurá-lo.

Comunicou a Eugénie que iria a um jantar naquela noite e, enquanto se arrumava, lembrou-se de novo de sua discussão com Liam. Viajaria para Londres no dia seguinte para visitar Xavier. Não sabia o que faria a respeito de Liam e suas novas pinturas. Era sua representante, mas não tinha pressa alguma em encontrá-lo de novo. Ele a colocara em uma situação muito delicada. Na verdade, colocara ambos nesta situação. Sasha estava feliz por não tê-lo apresentado a seu mundo. Sua ausência agora teria sido difícil de explicar.

A festa daquela noite estava sendo oferecida pelo embaixador americano em Paris. Ele convidara vários artistas e *marchands* importantes, um escritor americano de passagem na cidade, e alguém lhe dissera que um ator famoso também estaria presente. Para ela, parecia uma colcha de retalhos não muito bem-vinda. Por razões que só ela e Liam conheciam, estava irritada com todos há dois meses, embora ultimamente seu humor estivesse um pouco melhor.

Colocou um vestido de renda preta para ir à festa na residência do embaixador, o cabelo estava preso em um coque como sempre e calçou um par de sapatos muito sensuais, embora às vezes se perguntasse por que se importava em comprar aquele tipo de coisa. Não saía com ninguém e nem queria, desde que ela e Liam haviam tido seu caso curto e destinado ao fracasso. Soubera desde o início que aquele romance estava condenado. Sentia-se estúpida por ter permitido que ele a convencesse a tentar. Em momentos íntimos, porém, admitia para si mesma que quisera tanto quanto ele dizia querer e bem no fundo tivera esperanças de que desse certo. Era muito ruim não ter dado. Liam era um artista talentoso, mas um homem totalmente imaturo. Não se surpreendia pelo fato de Beth tê-lo deixado e levado os filhos. Ficar casada com ele durante vinte anos devia ter sido um pesadelo.

Naquela noite, quando entrou na residência do embaixador, esforçou-se para tirá-lo de sua cabeça, como vinha fazendo há dois meses. Com exceção de um astro do rock e de dois atores, Sasha conhecia todos os convidados. De uma forma peculiar, Paris era uma cidade pequena. Atualmente, o mundo inteiro era.

À mesa do jantar, Sasha se sentou ao lado de um desses atores, era completamente egocêntrico e sem nada de interessante para dizer. Estava muito mais interessado na mulher à sua direita, casada com um produtor de Hollywood. Estava ocupado jogando charme para ela, portando-se assim durante uma hora. Sasha, educadamente, passou a concentrar sua atenção no homem à sua esquerda. Sabia que já o tinha visto em algum lugar, mas só então lembrou-se de quem era. Já fora considerado um gênio de Wall Street, agora aposentado. Arthur a apresentara a ele em uma festa nos Hamptons. Para sua surpresa, ele se lembrava dela.

— Deve ter sido há uns dez anos atrás — disse Sasha, parecendo impressionada. O homem devia ter a idade de Arthur, que teria 59 anos agora. Fazia um ano e meio que o marido havia partido.

— Fiquei muito impressionado quando nos conhecemos. Já fui à sua galeria várias vezes. — Sorriu e ela percebeu que, apesar de mais velho, era bonito. Não se lembrava mais se ele era viúvo ou divorciado, podendo também estar casado de novo, se esse fosse o caso.

— A galeria de Nova York? — perguntou, para manter a conversa. Não tinha nenhum interesse particular, mas era fácil conversar com ele, muito mais do que com o ator à sua direita, que praticamente a ignorara. Não podia fazer nenhum favor por ele.

— Eu estava falando da galeria daqui — explicou. — Eu moro aqui agora. — Seu nome era Phillip Henshaw e ela não pôde deixar de se perguntar o que o trouxera a Paris. Aposentara-se cedo, assim como Arthur havia desejado fazer. — As minhas duas filhas se casaram com franceses e vieram morar aqui. Quando a minha esposa morreu, decidi que precisava de um tempo longe de Nova York. Já estou aqui há cinco anos, e adoro.

Sasha percebeu um leve sotaque sulista e, no momento seguinte, o homem explicou que nascera na Louisiana. Ele e o embaixador haviam estudado juntos na Universidade da Virgínia. A esposa deste era da Geórgia. Phillip contou a Sasha que tinha uma casa em Provence e um apartamento em Londres. Conseguia ir a todos esses lugares uma vez por mês.

— Vou para Londres amanhã, visitar meu filho e alguns artistas. — Ela abriu um sorriso.

— Eu também, quero dizer, vou para Londres. — Retribuiu o sorriso e, um pouco depois disse ter ficado muito triste quando descobriu o que havia acontecido com Arthur. — Não é fácil de repente se ver sozinho na nossa idade, principalmente quando se teve um casamento feliz. — Deixou-a emocionada com o que disse.

— Foi por isso que voltei para Paris. Era deprimente demais ficar em Nova York depois que Arthur morreu — Sasha confessou.

— Você ainda tem a casa nos Hamptons? — Também se lembrava disso.

Ela assentiu, depois suspirou.

— Não vou mais lá. É difícil ir a esses lugares tão familiares que amávamos ir juntos.

Conversaram sobre Nova York durante um tempo e descobriram que tinham muitos amigos em comum. O lado bom de conversar com Phillip sobre sua antiga vida era que isso mantinha sua mente longe de Liam, que a distraíra demais nos últimos dois meses. No seu íntimo, estava com raiva e decepcionada pela forma como as coisas aconteceram, frustrada pelo jeito com que o romance deles havia terminado. Pior ainda, agora precisava superar tudo e agir com imparcialidade, por ser sua *marchand*. Envolver-se com ele fora um ato ainda mais tolo do que temera. Não estava devastada, contudo, como ficara por causa de Arthur. Estava apenas decepcionada e triste, e, finalmente, pensativa.

Ao sair da residência do embaixador, ficou surpresa quando Phillip Henshaw a convidou para jantar no dia seguinte em Londres. Convenceu-se de que ele poderia comprar alguns quadros para suas residências.

— Seria ótimo — respondeu. Ele sugeriu o Mark's Club, restaurante muito apreciado por ela e Arthur. Era do mesmo dono do Annabel's e do Harry's Bar. Phillip se ofereceu para levá-la em casa, mas ela agradeceu e disse que tinha um carro com motorista à sua espera. Não gostava de dirigir sozinha à noite quando estava arrumada para ir a festas. Ele acompanhou-a até o carro e disse que a pegaria no dia seguinte às sete horas no Claridge's.

No caminho para casa, pensou nele. Phillip não tinha nada de excitante, mas pelo menos era inteligente, educado e agradável. Seria legal jantar com um amigo em Londres. Não sabia quais eram os planos de Xavier, mas queria passar a tarde com ele, e se estivesse livre, poderia jantar com a mãe na noite seguinte. Ainda tinha de decidir o que fazer em relação a Liam. Talvez nada. Talvez pudesse mandar Bernard a Londres para encontrá-lo, embora o gerente da galeria fosse achar estranho Sasha não ir visitá-lo, principalmente porque ficara hospedado com ela quando esteve em Paris. Seria difícil explicar. Tudo na situação deles se tornara difícil, graças a Liam.

Pegou o voo das nove da manhã para o Le Bourget na manhã seguinte e, com a diferença de fuso horário e um voo rápido, chegou a Londres exatamente na mesma hora em que saiu de Paris, nove da manhã. Acomodou-se na sua suíte de costume no Claridge's às dez e meia. Ligou para Xavier e combinou de encontrá-lo para o almoço, e então saiu para visitar dois artistas.

Chegou pontualmente à uma hora para almoçar com seu filho, no restaurante que ele sugerira, e, ao entrar no jardim onde a esperava, ficou chocada ao ver que trouxera Liam. Pelo menos, ele estava tão pouco à vontade quanto ela. Como soube depois, Liam passara a manhã toda no estúdio de Xavier e seu filho não conseguira pensar em nenhuma desculpa plausível para não o levar, uma vez que Sasha era sua *marchand*. Xavier gostava de Liam, embora estivesse com pena de desperdiçar esse tempo que poderia passar sozinho com a mãe. Adorava conversar com ela.

— Oi, Liam — disse com cuidado, quando ele se levantou para cumprimentá-la. Ser obrigada a almoçar com ele era um pesadelo para Sasha. Era a primeira vez que o via desde que saíra tempestuosamente de sua casa em Paris. Como de costume, usava uma de suas roupas excêntricas e sensuais. Uma camiseta, jaqueta de couro, boné de beisebol e, desta vez, calças manchadas de tinta e tênis vermelho de cano alto. Apesar de estar irritada com ele, tinha de admitir, como sempre, que era incrivelmente bonito. O cabelo louro estava dois meses mais comprido.

— Como tem estado, Sasha? — Finalmente virou-se para ela e perguntou, soando constrangido.

Até aquele momento, Xavier estava levando a conversa, ficando surpreso ao perceber uma espécie de tensão entre eles. Ficara com a impressão de que se davam bem e eram amigos. De repente, porém, se deu conta de que Liam não falara dela ultimamente.

— Vocês dois têm algum tipo de opinião divergente sobre arte? — perguntou Xavier finalmente, achando graça. Conhecia bem os dois e sabia que tinham pontos de vista fortes. O clima estava perceptivelmente tenso.

— Sim — disse Liam parecendo furioso e infeliz.

— De forma alguma — respondeu Sasha educadamente na mesma hora.

— Bem, qual é a resposta, sim ou não? — perguntou Xavier. Estava rindo, enquanto Liam se contorcia em sua cadeira e Sasha parecia congelada.

— Ela não quis me levar a uma festa em Paris, quando eu estava hospedado na casa dela. Achei isso um tanto grosseiro, já que eu era seu hóspede.

Era uma boa forma de explicar, percebeu Sasha. A última coisa que queria era Xavier no meio da briga, principalmente por só saber de metade da história e ela não ter a menor intenção de contar o resto. Ficou satisfeita ao perceber que obviamente Liam não havia compartilhado com seu filho a história do breve romance entre eles, pois Xavier pareceu não saber de nada. Estava completamente no escuro.

— Que roupa você estava vestindo quando ela não quis levá-lo a essa festa? — perguntou Xavier bem à vontade, enquanto artista e *marchand*, ex-amantes, se olhavam. Era óbvio que Liam ainda estava furioso com ela.

— Não sei... as roupas de sempre... que diferença faz? — resmungou, enquanto Sasha os observava em silêncio.

— Uma diferença enorme, para o tipo de festas que ela frequenta. Se quer a minha opinião, foi por isso que ela não quis levá-lo. — Xavier falava como se sua mãe não estivesse presente. Sasha não disse nada. — Ela não me levaria também. As pessoas que ela conhece são incrivelmente arrogantes e chatas. Desculpe, mãe. — Olhou para Sasha, se desculpando, e ela assentiu. Dissera a mesma coisa para Liam desde o princípio.

— Foi o que eu disse a ele — interrompeu. — Disse que ele não podia bancar o artista excêntrico com esse tipo de gente. E ele me disse que eu não podia controlá-lo.

— Você provavelmente não pode — replicou o filho, sendo razoável, e olhando para Liam. — Que história é essa de artista excêntrico? Se você quer bancar um, então por que quer ir a essas festas? Pessoalmente, eu pagaria para não ir. Eu odeio tudo isso.

— Eu também. Só não quero ser deixado em casa como um menino de 4 anos ou receber ordens de como devo me comportar quando estiver lá.

— Que diferença vai fazer se ela levá-lo? Você é um dos artistas dela, Liam. Não o marido. Meu pai também não gostava de ir a essas festas. Dizia que a maioria dos clientes importantes da minha mãe eram tão chatos que ele quase dormia. Sempre que tinha uma chance, escapava. — Sasha riu do comentário e Liam ficou pensativo. — Você está parecendo um namorado ciumento — implicou Xavier, ainda sem saber o que havia acontecido, fato pelo qual sua mãe era muito grata.

— Ou um menino mimado — acrescentou Sasha. — Eu disse a ele que não pode se comportar como um idiota nesses eventos. E ele me disse que se comporta da forma como bem entende. Fim de papo. — Fim de romance. Mas graças a Deus o filho não sabia disso. Pelo teor dos comentários de Liam, Sasha estava surpresa por seu filho ainda não ter desconfiado. Não lhe ocorrera, nem por um segundo, que seu amigo pudesse ter dormido com sua mãe. Ela, então, virou-se para Liam e lembrou-lhe do que dissera dois meses antes. — Quando você quiser se vestir e agir como um adulto, será muito bem-vindo para ir a qualquer lugar comigo. Enquanto isso... — A voz dela baixou e Liam virou os olhos.

— Você parece meu pai. — Parecia furioso com ela de novo, o que surpreendeu seu amigo. Sua mãe estava certa, Liam estava sendo infantil e mimado. Nem sempre tomava o lado de Sasha, mas desta vez era necessário.

— Você era uma criança naquela época — argumentou Xavier. — Agora é adulto. Acabou de fazer 40 anos. Já é muito velho... — Virou-se para Sasha. — Desculpe, mãe.

— Tudo bem. Não é *muito* velho, mas velho demais para ter um ataque por causa de uma festa.

— Meu pai e meus irmãos nunca me levavam a lugar algum. Meu pai dizia que eu era bizarro e meus irmãos me chamavam de esquisitão. Sempre fui rejeitado. Foi por isso que saí de São Francisco. Fiquei cansado disso. Nunca mais vou deixar ninguém me tratar daquele jeito.

— Você provavelmente era esquisitão — retorquiu Xavier, parecendo estar se divertindo. Ao observar o olhar de Liam, Sasha de repente se sentiu mais solidária. Estava claro que tocara em alguma ferida de sua infância. Ele não tivera uma mãe para protegê-lo ou defendê-lo da insensibilidade e crueldade do pai e dos irmãos. Ao fitá-lo, sentiu uma vontade repentina de abraçá-lo, mas não podia. — Você ainda é esquisitão de vez em quando — continuou Xavier e Liam sorriu. — Droga, o que você espera? É um artista. Eu também sou esquisito. É um sinal de grandeza e talento. Eu gosto de ser esquisitão, você também. E nem se você me pagasse conseguiria me levar a uma dessas festas.

— Só me senti deixado de lado, acho. Foi como nos velhos tempos quando eu era criança. Acho que mexeu com alguma ferida minha. Estavam me dizendo que eu não poderia ir a um determinado lugar a não ser que agisse como alguém que não sou. Talvez as antigas recordações na minha cabeça tenham me deixado maluco e não a sua mãe. — Liam olhou ansioso para Sasha, querendo se desculpar, mas não podia. Os olhos deles se encontraram e permaneceram fixos por um longo momento. Por milagre, Xavier ainda assim não percebeu.

— Merda, cara, você era só um hóspede. Ela provavelmente nem podia levá-lo para a festa de qualquer maneira.

— Não, eu não podia — acrescentou Sasha. — A discussão foi mais teórica, sobre liberdade de comportamento.

— E controle — acrescentou Liam. — Quando alguém me ofende assim, fico louco. Quando eu era criança, sempre era deixado de lado, como se eu nem fosse parente deles ou bom o suficiente para ser um deles. Estavam sempre tentando me controlar e fazer com que eu me comportasse da forma que eles queriam, e eu não conseguia. — Sasha percebeu que as marcas eram profundas e se relacionavam com a perda da proteção e do amor incondicional da mãe aos 7 anos. Era com esse menino de 7 anos que perdera a mãe que ela discutira naquela noite. De repente, entendeu um monte de coisas, incluindo o comportamento imaturo que presenciara em Paris. Seu coração ficou apertado enquanto o escutava.

— Ótimo, estamos todos falando a mesma língua agora? — Xavier virou-se para Liam. — É óbvio que você teve algum tipo de lembrança psicótica ou *déjà vu* ou alguma outra coisa. Minha mãe vai a eventos oferecidos pelas pessoas mais chatas do mundo, que ninguém em sã consciência quer presenciar. E você é um artista excêntrico e não deveria ir a lugares assim, com as pessoas que ela conhece. A minha mãe é legal, mas essas pessoas não são. Pessoas como nós devem andar uns com os outros. E não se misturar com essas pessoas que ela conhece e para quem vende, o que vai reprimir nosso talento. Fique comigo e se esqueça dessa besteira toda. Acredite em mim, você ia odiar. Agora, podemos relaxar e almoçar? Vou ao banheiro. E vocês dois façam as pazes para que ela possa vender os seus quadros e não fique irritada com você e, quando eu voltar, vamos nos divertir como da última vez. Certo, crianças? — Ambos riram. Xavier, mesmo não sabendo a história toda, conseguiu quebrar o gelo que eles não conseguiram durante dois meses. — Obrigado.

Levantou-se e os deixou sozinhos, desaparecendo no banheiro, enquanto Liam a fitava. Ainda a amava e, graças a Xavier, não estava mais furioso com ela. Agora que parava para pensar a respeito, o problema não havia sido Sasha, mas sim a velha história de família que tinha muito mais a ver com o seu pai e seus irmãos do que com Sasha. Acidentalmente, ela tocara em todas as suas feridas, e doera tanto que ele não conseguira ouvir a razão, até Xavier traduzir para ele dois meses depois.

— Sinto muito, Sasha — disse Liam baixinho. — Senti tantas saudades suas. Você é a mulher mais teimosa do mundo. Não me ligou.

— Nem você. E também senti saudades suas. Eu realmente não entendia o que aquilo significava para você ou por quê. Agora eu compreendo. Não tinha a intenção de magoá-lo. — Ela esticou o braço e pegou a mão dele enquanto falava.

— Você não me magoou. Eles me magoaram. Por um minuto, eu os confundi com você. — Um minuto bem longo. Fazia mais de dois meses que havia deixado Paris. — Vamos sair para tomar um drinque juntos antes de você ir embora? — Sasha assentiu na hora em que Xavier estava chegando à mesa.

— Todo mundo feliz de novo?

— Muito. — Sorriu para o filho. — Você é um excelente mediador. Eu deveria usar os seus serviços com mais frequência. — Percebeu que Liam sorria para ela.

Pediram o almoço e os homens conversaram sobre suas obras, enquanto Sasha escutava. Não havia nada no mundo que a deixasse mais feliz do que conversar com artistas, principalmente esses dois. Depois de comerem, foram ao estúdio de Liam para ver os quadros mais recentes. Eram ainda melhores do que os outros. Sasha sorriu para o pintor quando os viu.

— Meu Deus, Liam, são fantásticos. — Pôde perceber que ele mergulhou bem fundo em sua alma para produzir o que estava vendo naquelas telas.

— Você faz um bom trabalho quando está furioso — comentou Xavier, achando graça.

— Às vezes — respondeu Liam, parecendo triste, o que Sasha notou. Apertou a sua mão ao passar por ele. — Só fiquei furioso no início. Depois disso, fiquei infeliz. Na verdade, é quando pinto meus melhores quadros. Odeio saber que isso é verdade, mas é sempre assim — disse, parecendo exausto ao olhar para as pinturas. Passara dois meses solitários sem Sasha.

— Comigo também é assim — admitiu Xavier.

— Eu gostaria de poder dizer que fui tão produtiva quanto vocês — acrescentou Sasha. Os dois últimos meses haviam sido dolorosos sem Liam. Gostaria de poder ficar um tempo sozinha com ele, mas tinha de visitar outro artista. Estava feliz, porém, de ter visto suas telas. Talvez agora as coisas melhorassem para os dois, se fosse apenas sua *marchand*. Estava óbvio que o breve romance entre eles havia sido um desastre. Graças a Xavier, contudo, a guerra finalmente acabara.

— O que vocês dois vão fazer hoje à noite? — perguntou Liam, quando Sasha estava saindo. Claramente estava com pressa.

— Tenho um compromisso — respondeu, e Xavier disse que tinha um encontro.

— Uma das suas festas chatas? — perguntou Liam, divertindo-se.

— Não, um jantar tranquilo com um possível cliente. — replicou, embora não lhe devesse explicações. A guerra havia acabado, mas o romance também. Com sorte, poderiam ser amigos agora.

— E amanhã? — Liam queria vê-la de novo antes que fosse embora, e se sentiam mais confortáveis na presença de Xavier.

— Estou livre — respondeu o amigo.

— Eu também — disse Sasha, embora quisesse passar um tempo sozinha com seu filho. Seria diferente se Liam estivesse com eles.

O artista sugeriu que jantassem em seu pub favorito e Xavier concordou na hora. Sasha foi mais relutante, mas depois de tudo que ele tinha dito no almoço, não queria ser rude. Poderia tomar café da manhã sozinha com o filho no dia seguinte, antes de voltar para Paris.

Sasha concordou em passar para pegar os dois na noite seguinte com seu motorista, embora não gostasse de passar as suas noites em pubs barulhentos. Faria isso pelos dois, talvez mais por Liam. Sentia-se maternal em relação a ele quando saiu.

Passou o resto da tarde ocupada, resolvendo algumas coisas na New Bond Street antes de voltar para o hotel. Só teve tempo para trocar de roupa antes de Phillip pegá-la para jantar. Estava penteando o cabelo e prendendo-o em um coque, como de costume, quando Liam ligou.

— Fiquei feliz de termos nos encontrado hoje — disse tristemente. — Xavier nos fez um grande favor. Pelo menos para mim. Sinto muito por ter perdido a cabeça em Paris.

— Tudo bem — respondeu Sasha, segurando o cabelo com uma das mãos e o telefone com a outra. — Essas coisas acontecem. Eu realmente me senti mal hoje quando você explicou melhor. — Ele já lhe contara sobre o pai, mas, por algum motivo, ela não ligara uma coisa à outra. O que Liam mais precisava era de uma mãe, mas realmente não queria desempenhar essa função. Tinha seus próprios filhos. Talvez precisasse mais de carinho materno do que de um relacionamento. Com a diferença de idade entre eles, porém, ela se sentia ainda mais velha. Como *marchand*, talvez pudesse dar mais a ele do que realmente precisava.

A maioria de seus artistas precisava de uma mãe e esperava que agisse como tal. Parte do seu papel era educá-los. Não se importava em fazer isso, menos ainda com Liam. Poderia ajudá-lo. Não que fosse ganhar alguma coisa com isso, além de uma comissão pela venda dos quadros. Ainda se sentia atraída por ele e ainda sentia uma descarga elétrica quando o olhava, mas o que experimentava agora era diferente. Seus sentimentos haviam sido domados, embora em alguns aspectos parecessem mais profundos. Ela o amava, mas agora era capaz de olhá-lo sem ter vontade de arrancar suas roupas. Sublimara suas emoções nos últimos dois meses, e o que sentia no momento era, mais que tudo, compaixão, algo melhor, e mais saudável para si, do que aquela loucura que experimentara no início do inverno quando se conheceram, embora sentisse falta do que viveram juntos. Era como se seus sentimentos tivessem amadurecido e se transformado de alguma forma desde a última vez que se viram. Estava feliz por ser sua *marchand* e amiga, e nada mais.

— Você está feliz? — indagou, e ela sorriu ao escutar a pergunta.

— Se você está me perguntando se existe alguém na minha vida agora, a resposta é não. Levou um tempo até eu superar o que aconteceu. Fiquei muito decepcionada quando você veio embora para Londres. — Fora particularmente difícil perdê-lo depois de perder Arthur. — Mas superei. As coisas são assim. Eu sempre achei que as coisas não dariam certo entre nós. Fiquei triste ao perceber que estava certa desde o início.

— Poderia ter dado certo se eu não tivesse perdido a cabeça. — Liam parecia constrangido.

— Você não perdeu a cabeça. Talvez estivesse certo. Seria um tanto grosseiro deixá-lo em casa e tratá-lo como uma vergonha. Eu só não sabia de que outra forma poderia lidar com isso.

— Nem eu. Agora não parece nada demais, mas na hora foi.

— Para mim também. Estou feliz que Xavier tenha acabado com a tensão entre nós.

— Ele é um cara muito legal, Sasha.

— Eu sei. Tenho muita sorte. — Olhou para o relógio. Phillip chegaria em dez minutos e ela ainda tinha de acabar de arrumar o cabelo e se maquiar. — Detesto fazer isso, mas preciso correr. Tenho um compromisso em dez minutos.

— Por que estou com a impressão de que você vai a um encontro e não a um jantar de negócios? — Era os dois, mas isso não era mais da conta de Liam, nunca mais seria.

— Talvez você esteja paranoico — implicou. — Vá pintar alguma coisa; nos vemos amanhã.

— Divirta-se — respondeu, e por um minuto Sasha sentiu a velha atração, com a diferença de que agora conseguia resistir. Passara-se tempo o suficiente para que recobrasse o juízo.

— Obrigada, Liam.

Acabou de se arrumar apressadamente nos dez minutos seguintes, tentando não pensar nele. Quando Phillip interfonou da portaria, estava pronta. Para sua surpresa, tiveram uma noite perfeita. Foi tudo que um primeiro encontro deve ser. Educado, cortês, interessante, inteligente e divertido. Ele era um bom homem e uma boa companhia. Tivera uma carreira interessante, amava viajar e tinha amigos em muitos lugares. Jogava tênis e golfe, lia vorazmente, tinha um interesse verdadeiro em arte e obviamente possuía um vínculo intenso com as filhas e os netos.

Sasha não sentiu atração alguma por Phillip, mas aproveitou a noite. Ficou aliviada em não sentir nada do que sentia por Liam. Era fácil e tranquilo estar na companhia de Phillip. Nem se importava se venderia ou não um quadro a ele.

Jantaram no Mark's Club e depois foram ao Annabel's. Estava de volta ao hotel pouco depois da meia-noite. Phillip disse que iria para a Holanda no dia seguinte para ver um veleiro que encomendara e ligaria para ela assim que voltasse a Paris. Foi um prazer estar com alguém tão inteligente e agradável. Não havia nem a excitação nem a tortura que existia quando estava com Liam.

Dormiu tranquilamente aquela noite, visitou um artista no dia seguinte, duas galerias e foi fazer compras. Voltou ao hotel a tempo de trocar de roupa e vestir jeans para se encontrar com Xavier e Liam. Sentia como se fosse sair com seus dois filhos. O pub que Liam escolhera era tão barulhento e cheio quanto ela temera. Mal conseguiam escutar o que os outros berravam à mesa durante o jantar. A seguir, foram para o bar, onde Xavier flertou com várias mulheres e Liam tentou manter uma conversa inteligente com Sasha, que mal podia esperar a noite arrastada terminar. Para ela, era estranho estar ali com Liam. Todas as mulheres em volta que se ofereciam abertamente para ele deviam ter vinte e poucos anos. Ao olhar ao redor, sabia que não queria estar ali. Dez minutos depois, disse que estava com uma dor de cabeça muito forte. Deixou-os lá, bebendo felizes. Nenhum dos dois estava bêbado quando saiu, mas desconfiava que logo ficariam. Foi uma noite bem diferente da que tivera na véspera com Phillip. Enquanto aquela fora civilizada e educada, esta havia sido barulhenta, bagunçada e caótica. Ao retornar sozinha para o hotel, percebeu que a noite e o lugar onde estivera fizeram com que se sentisse triste e velha. Não sabia por quê, mas ficara deprimida ao ver Liam. Esse era o preço que tinha de pagar por sua tolice em se envolver com ele. Agora, toda vez que o visse teria de se lembrar do que havia acontecido, e do motivo para acabar. Porque Liam não era uma opção para ela. Nunca poderia ter dado certo.

Ficou aliviada em voltar para o hotel e tirar aquelas roupas. Vestiu uma camisola e se deitou na cama, aproveitando o silêncio e pensando nele. Era estranho pensar que já fora dela e que agora estava disponível para todas aquelas jovens excitadas e anônimas. Acreditava, como sempre havia, que ele devia ficar com mulheres mais jovens do que ela. O que não sabia, e talvez nunca soubesse, era a quem pertencia. Talvez a ninguém. Sentia-se deslocada e sozinha em todos os lugares, no mundo de Liam e até no seu.

Apagou as luzes às onze horas e estava dormindo profundamente quando o telefone tocou. Por um minuto, não fazia ideia de onde estava, lembrando-se em seguida. A voz ao telefone era intensa e familiar.

— Estou aqui embaixo na portaria — foi a forma de cumprimentá-la.

— Quem é?

— Liam.

— Eu estava dormindo.

— E a sua dor de cabaça?

— Acho que está melhor. — Não queria confessar que não tinha tido nenhuma dor de cabeça.

— Preciso falar com você. — Parecia ansioso.

— Amanhã eu ligo para você. — Não queria vê-lo. Só ficaria mais triste. Havia o deixado em um lugar que combinava com ele, um pub com todas aquelas mulheres dolorosamente jovens.

— Não quero esperar até amanhã. Por favor, Sasha... Deixe-me subir para vê-la.

— Não acho que seja uma boa ideia. — Estava bem acordada agora. — Acertamos todos os ponteiros. Somos amigos de novo. Não vamos destruir isso discutindo o que deu errado ou por quê. Você está feliz. Eu estou feliz. Não precisamos analisar tudo de novo.

— Não quero analisar nada. Só quero te ver.

— Eu estou do mesmo jeito que estava duas horas atrás, só que de camisola e não de jeans.

— Por favor... sei que você vai embora amanhã de manhã. — Parecia triste.

— Ligo para você de Paris. — Ela continuou firme.

— Não quero falar com você quando estiver em Paris. Está aqui agora. Quero vê-la.

— Você está bêbado? — perguntou, preocupada.

— Não, mas vou ficar se você não me receber. — Liam riu.

Ela suspirou, pensando a respeito. Não havia nenhuma boa razão para vê-lo, mas havia muitas ruins. Ainda se sentia atraída por ele e não queria cometer nenhuma loucura.

— Droga... tudo bem... suba, mas se fizer alguma coisa estúpida, ligo para a segurança e mando expulsarem você do hotel.

— Prometo que não farei nada estúpido.

Levantou-se da cama, vestiu um penhoar e foi para a sala de estar da suíte. Ele já havia chegado antes que terminasse de amarrar a faixa do robe. Bateu uma vez. Ela abriu a porta e fitou-o. Era alto, magro e bonito, toda a excitação estava ali, mas não deu atenção a ela. Deu um passo para trás, ainda sonolenta, e fez um gesto para que entrasse.

— Desculpe... Não sei por quê, Sash... mas eu precisava vê-la.

— Bem, agora você já me viu. — Sorriu e sentou-se em uma poltrona, enquanto ele se aproximava, se ajoelhava e a abraçava.

— Desculpe, eu fui muito burro. Achei que você estivesse me humilhando, e isso me deixou maluco. Eu queria sair com você naquela noite e queria que tivesse orgulho de mim. Só não sabia como dizer isso.

— Eu também não soube como lidar com a situação. Isso acontece às vezes. Quanto mais você perdia a cabeça, mais eu mexia nas suas feridas. Eu disse que era impossível. Nunca poderia ter dado certo.

— Ainda é possível, se você quiser. Tenho pensado muito.

— Não comece de novo. Não quero brigar com você. E não vou fazer nada estúpido. — Cruzou os braços ao dizê-lo, movimento que lhe custou um grande esforço. O que queria era abraçá-lo, mas não deixaria isso acontecer. Ainda gostava dele. E Liam tinha bebido bastante. Uma combinação fatal, como já haviam provado muitas vezes.

— Como foi o seu encontro ontem à noite?

— Interessante, inteligente, respeitável e inacreditavelmente chato — disse, sem pensar, olhando-o em seguida. — Não acredito que eu disse isso. Tive uma noite perfeita, com uma pessoa muito decente. Não sei por que falei assim. — Ficou chateada pelo que acabara de dizer. As palavras simplesmente saíram.

— Provavelmente porque é verdade. Sasha, eu te amo. — Disse isso com um olhar desesperado. — E não ligo a mínima se ficarmos juntos em segredo. Agora eu percebo que teria de ser assim. Seria uma bagunça se fosse diferente. Não ligo se nunca formos a festas juntos. Só quero ficar com você e ter o que tínhamos antes de eu estragar tudo em Paris.

— Você não estragou tudo — replicou, sendo gentil —, nós dois estragamos. Isso nunca deveria ter acontecido. Eu já disse, Liam. É impossível. Vamos continuar sendo estúpidos? Tivemos sorte. Nós nos magoamos, mas os danos não foram muito grandes. Da próxima vez, poderá ser pior e acabar muito mal. Vamos parar enquanto há tempo. Serei sua *marchand*, e você será meu artista. — Quando disse isso, ele se levantou diante dela, inclinou-se e beijou-a. Odiando-se por isso, ela correspondeu. — OK, eu te amo. Mas isso não muda nada. Não vou entrar nessa de novo. É impossível. *Impossível.* Quantas vezes e de quantas formas diferentes terei de dizer isso? — Beijou-a de novo e, desta vez, quando parou, ela estava sem fôlego. — Liam... não... por favor... vamos acabar levando um ao outro à loucura de novo... — Não conseguia parar de beijá-la, e Sasha não conseguia evitar corresponder aos beijos.

— Já estou louco — disse. — Desde que fui burro o suficiente para deixá-la em Paris.

— Você não foi burro... e não quero que você seja meu segredo. Você está certo. Merece mais. E não posso lhe dar o que merece. Não estou pronta para dizer ao mundo que tenho um namorado, amante, ou o que for, que é dez anos mais novo que eu. Isso faz com que eu me sinta uma velha imunda.

— Nove — replicou entre beijos.

— Nove o quê? — Estava deixando-a confusa com o que fazia. Sua cabeça estava girando.

— São nove anos, não dez. Não exagere.

— Tudo bem, nove. Ainda não estou preparada para contar para as pessoas. E você merece mais do que continuar escondido.

— Prefiro ser seu segredo do que nada seu.

— Sou sua *marchand.*

— Quero que seja minha e pronto. — Tudo que ela queria enquanto se beijavam era ser sua. Mas assim que isso acontecesse, as coisas ficariam confusas e loucas, como acontecera em Paris. — E eu quero ser o seu artista excêntrico. — Sasha riu.

— Bem, isso você já é em todo caso, mesmo se eu for apenas sua *marchand.*

— Sasha, me dê outra chance... por favor, por nós dois. Eu te amo de verdade.

— Eu também. Só não quero que um leve o outro à loucura. E seria assim. Você sabe disso. Eu acabaria fazendo alguma coisa que faria você perder a cabeça. Eu o magoaria mesmo sem querer. E você ia aparecer em uma reunião importante usando sunga e tênis.

— Sunga? — Deu um passo para trás e a fitou. — Sunga? Eu nem tenho sunga.

— Então compre uma — respondeu, sorrindo. — Todo artista excêntrico precisa ter. Você poderia usar nas festas que fôssemos juntos.

— Que tal uma toga? Eu poderia aparecer em uma reunião ou em um jantar formal usando meus lençóis. — Ele sorriu.

— Isso é fácil demais — respondeu entre beijos. Já estava em seus braços, ele a conduzia para o quarto. Colocou-a na cama onde haviam feito amor pela primeira vez. Parou e fitou-a enquanto estava deitada olhando para ele.

— Não vou obrigá-la a fazer isso se não quiser — disse baixinho.

— Espero que não — replicou, parecendo achar divertido. — Deus, Liam... o que estamos fazendo? — Amava-o, mas estava com medo.

— Estamos recomeçando de onde paramos, só que melhor — disse, parecendo acreditar em cada palavra.

— Como você sabe que será melhor? Talvez seja pior.

— Eu sei porque te amo mais do que amava há dois meses atrás. Sei porque quero que dê certo. Quero provar para você que é possível, e que você estava errada quando disse que não era. Quero que esteja errada.

— Eu também — sussurrou, esticando os braços para ele.

Liam desamarrou o robe dela, e ela tirou suas roupas. Queria acreditar que era possível. Queria que desse certo. Queria ser tudo que ele desejava e queria que ele fosse a realização de seus sonhos. Enquanto faziam amor, ambos encontraram tudo de que haviam sentido falta e desejado nos últimos dois meses.

Quando terminaram, Sasha levantou o olhar e sorriu e, desta vez, teve de rir.

— Não posso acreditar que estamos fazendo isso de novo. Que casal de lunáticos nós somos, Liam. — Apesar de tudo, parecia satisfeita.

— Você é lunática. — Ele sorriu. — Eu sou apenas um artista excêntrico — disse, parecendo orgulhoso e se sentindo em casa novamente.

Capítulo 10

NA MANHÃ SEGUINTE, fizeram amor de novo antes de ele ir embora. Tomaram banho juntos e riram do que estavam tentando mais uma vez. Havia agora um senso de humor no relacionamento deles, um tipo de surpresa, uma tranquilidade e um sentimento de compreensão que não havia quando tudo acabara em Paris. Ela queria mais do que tudo acreditar que aquilo era possível. Com a diferença no estilo de vida e na idade, contudo, ainda tinha de medo de não ser. Tudo dependeria do quanto conseguiriam ser tolerantes um com o outro. Em sua opinião, esta era a chave para o sucesso da relação: a capacidade de cada um de permitir que o outro fosse ele mesmo. Não fazia ideia se eram capazes disso. Desta vez, precisariam de habilidade, sorte e mágica para dar certo.

Ele a beijou antes de sair. Parada na porta vestindo seu robe, observou-o atravessar o corredor. Estava apavorada que ainda fosse impossível, mas não conseguia resistir. Liam se virou e sorriu, e quando seus olhares se encontraram, algo dentro de Sasha derreteu. Amava-o ainda mais do que antes e desta vez não queria mudá-lo.

Uma hora depois, quando encontrou Xavier no saguão para tomarem café da manhã, estava com um enorme sorriso. Liam lhe prometera encontrá-la em Paris no final de semana, e ela já tinha outra ideia. Estava planejando uma viagem para a Itália, para visitar artistas, em maio. Queria que fossem juntos e falaria sobre isso no final de semana.

— Como dizem, parece que você viu um passarinho verde — comentou Xavier com um sorriso. — O que aconteceu, mãe?
— Estava se indagando sobre o encontro de Sasha na primeira noite em Londres e perguntou a ela. — Alguém especial?

— Não. Foi legal, mas entediante. — Gostava de Phillip Henshaw, mas não havia química entre eles. Agora que Liam estava de volta, Phillip estava fora do jogo e nem sabia disso. Sabia que o que estava fazendo era loucura, mas se sentia forçada a tentar de novo. A toda hora se lembrava que fazer a mesma coisa repetidas vezes esperando resultados diferentes era a definição de insanidade. Mas não conseguia resistir de forma alguma e não queria tentar. Estava tão feliz por ele estar de volta em sua vida. Mal podia esperar pelo fim de semana. Haviam conversado sobre Sasha também ir a Londres encontrá-lo em alguns finais de semana, mas tinha medo de encontrar Xavier. Definitivamente, não estava pronta para contar a seus filhos. Primeiro, ambos queriam ter certeza de que aquilo poderia dar certo. Estavam apostando nisso.

O motorista a levou para o aeroporto e, quando chegou a Paris, era toda sorrisos. Bernard e Eugénie perceberam no instante em que entrou na galeria.

— Bem, você está de bom humor — comentou Bernard de forma sarcástica. Quando ela foi para casa naquela noite, ficou feliz ao ver Socks. Estava feliz em ver todos agora que Liam estava de volta. Havia algo de tão diferente e muito melhor quando ele estava em sua vida.

Teve uma semana cheia na galeria e, quando Liam chegou na sexta à noite, estava esperando. Havia preparado *cassoulet*, que ele dissera adorar, macarrão, salada e até comprara doces chiques para ele na Fauchon. Comeram na sala de jantar, ligaram a música e acenderam as velas. Era como uma lua de mel. No sábado, Sasha o convidou para passar três semanas na Itália em maio. Liam ficou exultante. Ambos achavam que tudo estava melhor do que antes.

Em todos os finais de semana de abril, ele dirigiu até Paris. Foram para Deauville em um deles, ficando hospedados em um antigo hotel desengonçado. Caminharam na praia e brincaram. Como por milagre, parecia que ninguém na vida de Sasha percebia o que estava acontecendo. Liam chegava tarde nas sextas-feiras, e o casal entocava-se nos sábados. Aos domingos passeavam ou iam para o campo. Foram a uma missa na Sacré Coeur, visitaram Notre Dame e caminharam pelos Jardins de Luxemburgo. Nunca encontraram ninguém que Sasha conhecesse e ela recusava convites para eventos em todos os finais de semana. Não porque quisesse escondê-lo, mas porque queria aproveitar cada segundo que pudesse passar com ele. Uma ou duas vezes, foram jantar com seus amigos artistas em Marais, que quase desmaiaram quando souberam quem ela era. A maioria tinha metade de sua idade, o que a deixou pouco à vontade, mas sabia que estar com eles era algo que teria de tolerar por Liam. Disseram que eram amigos. Sabia que ele precisava vê-los. Sasha via os seus, bem como os clientes, durante a semana, enquanto ele trabalhava em Londres. Ambos sabiam que seria complicado para ele ficar em Paris durante a semana, não haveria como manter o segredo, uma vez que a galeria e a casa dela ficavam no mesmo lugar. Desta vez, concordaram em manter o romance em segredo até que se sentissem mais seguros um com o outro.

Viajaram para a Itália no dia primeiro de maio. Começaram a viagem em Veneza, só para se divertirem, e passaram quatro dias maravilhosos como em lua de mel no Danieli. Liam pegara um voo de Londres e Sasha, de Paris, e haviam se encontrado lá. Fizeram tudo apropriado para turistas, como andar de gôndola por baixo da Ponte dei Sospiri, o que o gondoleiro disse que os uniria para sempre. Tiveram jantares suntuosos, fizeram compras, visitaram igrejas e museus e se sentaram em cafés. Foram os dias mais felizes que passaram juntos.

Em Veneza, alugaram um carro e foram até Florença, onde ela encontraria quatro artistas. Fizeram na cidade as mesmas coisas que haviam feito em Veneza, almoçando e jantando com artistas nos intervalos. Sasha gostou de dois deles, achando que seus trabalhos combinavam com a galeria. Não tinha certeza sobre o terceiro e disse que precisaria pensar. Eram esculturas pouco comuns, provavelmente grandes demais para o espaço de que dispunha. O quarto artista era charmoso, mas não gostou do trabalho dele na mesma hora. Educadamente, disse que não poderia fazer-lhe justiça e que sua galeria não era digna de suas obras. Gostava de ser gentil na hora de decepcionar as pessoas. Não havia por que magoá-las ou esmagá-las com sua rejeição. Liam observava e escutava, apreciando a forma como negociava. Era uma boa pessoa e uma mulher gentil, e amava compartilhar o que fazia.

Foram para Bolonha e Arezzo e passaram uma semana na Úmbria, fazendo passeios de carro pelo campo e se hospedando em pequenos hotéis. Ficaram poucos dias em Roma. Visitaram um artista na costa adriática, perto de Bari, e passaram os últimos dias da viagem em Nápole, para encontrar uma artista local. Sasha avisara antes a Liam que esta era completamente maluca, mas igualmente charmosa. Tinha seis filhos e preparou um jantar fabuloso para o casal. Sasha amou seu trabalho, bem como Liam. Fazia enormes quadros com cores vibrantes, que seriam um pesadelo para despachar. No entanto, quando Sasha e Liam saíram de sua casa, todos estavam apaixonados, incluindo o companheiro chinês da artista, que estava com ela há vinte anos e era pai dos seus seis filhos. Eram crianças lindas. A viagem foi maravilhosa para os dois.

Passaram o último final de semana em Capri, em um pequeno hotel romântico. Ambos estavam tristes com a ideia de voltar para a vida real e para seus próprios mundos. Ela amava acordar com ele de manhã, dormir em seus braços à noite, descobrir coisas novas juntos, conhecer pessoas e, às vezes, apenas andar sem destino contando histórias de suas vidas ou rindo. Os dois tinham tido infâncias difíceis, solitárias de alguma forma. Ele porque era um artista talentoso que não se encaixava em sua família extremamente conservadora e sem imaginação; e ela porque tinha um pai frio e mandão na maior parte do tempo, embora a amasse muito. Só quando se tornou adulta, passou a ter suas opiniões respeitadas, o que nunca acontecera com Liam, que ainda pagava um preço alto demais pelo ridículo e pela rejeição que sofrera nas mãos da família. Ambos haviam sofrido por não terem suas mães presentes enquanto cresciam. Liam lembrava da sua como uma mulher carinhosa e maravilhosa que o adorava e acreditava que era um homem bom. Ainda procurava esse amor incondicional que recebera dela e de ninguém mais, e às vezes Sasha tinha a impressão de que queria que ela fosse sua mãe agora, era esperar demais de alguém que entrara em sua vida tão tarde. O amor entre adultos e amantes de alguma forma era sempre condicional e geralmente não alcançava as expectativas, ainda mais quando as necessidades não eram reciprocamente atendidas. Sasha tinha lembranças parecidas de sua mãe e às vezes se perguntava se as pessoas sempre acreditavam que os entes queridos falecidos as haviam amado incondicionalmente. Talvez não, ou não fossem continuar assim no futuro. Entretanto, as lembranças que tinha de sua mãe eram tão doces e confortáveis quanto as dele. Algumas vezes imaginava como ela seria se ainda fosse viva, já muito velhinha, com 88 anos. Sasha completara 49 durante a viagem. Liam a acordara de manhã cantando "Parabéns para você", o que a fazia suspirar ao lembrar. Presenteara-lhe com um bracelete de ouro simples que comprara em Florença. Depois que o colocou em seu pulso, nunca mais o tirou, e sabia que nunca o faria.

A diferença de idade entre eles ainda a incomodava às vezes. Não havia como evitar. Tinham mais em comum do que podia imaginar: a perda das mães, a paixão por arte, as coisas que gostavam de fazer quando estavam tranquilos e tinham tempo. Galerias, museus, igrejas, lojas. Quando não estavam no estresse do dia a dia, mantinham um relacionamento fácil, amavam viajar juntos e eram curiosos sobre a vida. Pessoas diferentes os atraíam contudo. Ela andava entre indivíduos mais velhos e respeitáveis, talvez por causa de seu pai muito mais velho e das pessoas com quem convivera durante toda a sua vida. Sasha se impressionava com reputações e educação, assim como com talento. Liam se sentia atraído na mesma hora por coisas diferentes, pouco comuns, novas e jovens. Ela gostava de inovação e excentricidade na arte, mas não nas pessoas. Quando se sentavam em um café, observava as pessoas mais velhas. A atenção de Liam sempre era atraída para os mais jovens, e em poucos minutos já conhecia todos os jovens do lugar. Sentia-se mais à vontade com pessoas de vinte ou trinta e poucos anos, enquanto ela preferia as da sua idade ou mais velhas, o que criava um abismo de décadas entre aqueles que queriam conhecer e se relacionar. Era uma diferença que ambos aprenderam a respeitar e a tolerar, o que nem sempre era fácil. Sasha achava maçante sair com estudantes estrangeiros e até com jovens artistas. Não via nada que pudesse dizer a eles e não se interessava por suas ideias juvenis. Liam, por sua vez, já acreditava que tinha muito o que aprender com os jovens e se identificava com eles de uma forma inacreditável para um homem de sua idade. Ao observá-lo interagindo, Sasha tinha a impressão de que era um deles. Liam também parecia se sentir assim. Também pensava que conversar com as pessoas que a interessavam fazia com que tivesse sono. Era definitivamente um muro entre os dois. Mas ao viajarem sozinhos, isolados de suas vidas diárias, de alguma forma se sentiam mais dispostos a investigar e explorar novos mundos.

— O que você está fazendo com uma velha como eu? — Sasha perguntou um dia, ao saírem de uma linda igreja do século XIV e pararem para comprar picolé na estrada. Liam parecia uma criança grande, deixando o seu escorrer por todos os lados, enquanto Sasha segurava o seu com um lenço que comprara na Hermès. Sentia-se como sua mãe, ou pior, a avó, às vezes. — Qualquer dia desses, você vai se cansar de ficar com uma mulher mais velha.

Era um de seus maiores medos, que sempre vinha à tona quando ele olhava para mulheres mais novas. Até agora, porém, para sua felicidade, nunca aproximara-se de nenhuma delas. Gostava apenas de olhar. Sasha estava sempre vigiando-o e sentia mais ciúmes do que gostava de admitir. Por mais que estivesse em forma e fosse interessante, era inegável que corpos mais jovens eram mais atraentes que o seu.

— Gosto de olhar para mulheres mais novas às vezes, na verdade, para todas as mulheres — admitiu na mesma hora —, mas amo conversar com você e estar com você. Você me excita mais do que qualquer outra mulher que já conheci. Não ligo a mínima para a sua idade.

Ela sorriu para ele, jogando o finalzinho do sorvete fora. Liam ainda lambia o palito, limpando a mão na calça jeans e fazendo uma sujeira ainda maior. Sasha ficou olhando-o com um sorriso reprovador. Era o seu estilo infantil que fazia com que se sentisse velha, não exatamente sua idade.

— Eu te amo, Sasha. Você é uma mulher linda. Tá bom, você não tem 22 anos. E daí? Quem se importa? Garotas de 22 anos não me interessam e não me compreendem. Você sim.

Ela não respondeu que em alguns momentos não tinha tanta certeza se o compreendia, mas entendeu o que queria dizer e o que esperava dela: tolerância, cuidado e compreensão, acima de tudo. Era exigente, às vezes, e egocêntrico, como crianças, e gostava da forma como cuidava dele. Muitas vezes, quando tratava-o como criança funcionava melhor. Outras vezes, ele queria respeito e se expressava muito bem, fazendo todo o sentido. Em alguns momentos, eram iguais, em outros não. Sasha era mais velha, mais bem-sucedida, mais poderosa no mundo da arte, era respeitada e importante e tinha mais dinheiro. Liam, entretanto, era talentoso e inteligente. Seria capaz de acompanhá-la, até ao seu mundo, se ela permitisse. Até agora ainda não tinham feito isso. Quando o fizessem, ele ainda seria visto como um jovem artista, e ela era já há muito uma das *marchands* mais respeitadas do mundo. Era um enorme abismo para o casal. As pessoas dariam mais atenção a ela do que a ele, fato que o incomodaria. Liam gostava de ser o centro das atenções, o que sempre acontecia entre garotas mais novas. Os indivíduos da faixa etária de Sasha, por outro lado, esperavam mais do que quadros maravilhosos, boa aparência e cabelo louro. Esperavam que fosse uma pessoa séria, o que às vezes não era. Seguindo o exemplo, Sasha nem sempre era séria e gostava do tempo que passavam juntos. Adorava brincar com Liam. Havia vezes que riam tanto das histórias um do outro, ou de suas próprias, que lágrimas escorriam de seus olhos. Ninguém nunca a fizera rir como Liam, ou fizera amor da forma que ele fazia.

Havia muitos benefícios na combinação entre ambos, mas também alguns riscos.

Quando estavam em Roma, foram visitar um *marchand* de que ela gostava e com quem fazia negócios, um homem de quase 70 anos cujas ideias respeitava. Ao encontrarem-no, Liam estava de mau humor e agiu como um colegial entediado enquanto estavam em seu escritório. O artista ficou sentado fazendo bico, balançando o pé e chutando a mesa até Sasha pedir-lhe baixinho para parar. Ficou tão furioso com a censura que estourou. O colega dela levantou a sobrancelha, mas não comentou. Como resultado, foi obrigada a recusar o almoço.

Tiveram uma briga feia por causa disso e do péssimo comportamento que Liam demonstrara. Foi o único momento desagradável na viagem. Mais tarde, ele pedira desculpas pelo que havia acontecido, depois de fazerem amor naquela noite. Disse que estava cansado e entediado, que não gostou da forma como o homem olhava para Sasha e que ficou com ciúmes. Esta confissão a deixou emocionada, mas era tarde demais para convencer o *marchand* italiano de que o homem que ela levara era um adulto inteligente e civilizado. Não era bom para as relações futuras. Em sua vida, havia muitas reuniões como aquela, e às vezes Liam não estava a fim. De fato, raramente estava. Na verdade, quando se sentia entediado, deixado de lado ou pouco importante, quase sempre agia como uma criança. Em alguns momentos era difícil de acreditar que tinha 40 anos. De vez em quando parecia ter metade de sua idade e a aparência contribuía para isso, o que era um atrativo, mas também um ponto negativo para Sasha. Ainda tinham muito o que trabalhar. De modo geral, contudo, a viagem para a Itália fora um grande sucesso.

Sasha ligou várias vezes para os filhos enquanto estavam viajando. Ambos tinham o seu itinerário, como sempre, mas raramente telefonavam. Quase sempre era Sasha quem ligava, visto que era mais difícil de encontrá-la por seu costume de desligar o celular. Nos hotéis, os dois se registravam como Liam Allison e Sasha Boardman, o que Liam dizia soar como uma firma de advocacia, Allison e Boardman, ou fazia com que parecessem contadores. Uma vez ou outra, os recepcionistas erravam e os registravam como uma única pessoa, Allison Boardman, o que não os incomodava. Tatianna achou o fato engraçado quando ligou para a mãe em Florença. Riu, dizendo que pedira para falar com Sasha Boardman e haviam respondido que só havia um hóspede chamado Allison Boardman, obviamente a pessoa certa com o primeiro nome errado. Isso nada significou para ela. Se tivesse acontecido com Xavier, teria achado estranho. Tatianna, no entanto, não fez associação alguma entre sua mãe e Liam, exceto por saber que Sasha o representava. Nunca ocorreu a ela, porém, a ideia de que ele pudesse estar lá. Sasha riu junto com a filha da estupidez dos recepcionistas dos hotéis, mesmo os melhores, em errarem seu nome.

Na época não descobriu, mas o mesmo ocorreu quando Bernard ligou para ela da galeria em Paris. Corrigira o erro do primeiro nome, ao que os funcionários haviam teimado até se corrigirem para Sr. Allison e Sra. Boardman. O fato o havia chocado, mas não comentou nada com Sasha até que voltasse.

Era o primeiro dia de volta à galeria, e ela estava tentando colocar em dia as correspondências, arquivos e slides de artistas aspirantes que haviam se acumulado durante a ausência de três semanas. Era exaustivo, mas o preço a se pagar pela viagem.

Bernard foi até o escritório, sentou-se em frente a ela e fitou-a com cuidado, perguntando-se se era a hora certa para tocar no assunto, ou mesmo se deveria fazê-lo. Entretanto, se preocupava muito com Sasha, como um irmão mais velho. O pai dela o treinara, assim como fizera com a filha, e ele trabalhava na galeria há mais de vinte anos. Começara a trabalhar antes de ela voltar para Nova York e abrir a galeria de lá. Era dez anos mais velho, mas, por mais estranho que pareça, ela sempre sentira como se tivessem crescido juntos, o que era verdade para o mundo da arte.

Durante um longo momento, olhou-a, enquanto Sasha examinava mais slides. Contara-lhe sobre todos os artistas que visitara, gostara muito de uma em particular, de Nápoles. Sasha estava apaixonada pelo trabalho e pela pessoa em si.

— Estou certo em crer que levou um consultor de arte com você? — perguntou ele educadamente, acrescentando logo: — Se não quiser, não precisa me responder, Sasha. Não é da minha conta.

Parou e fitou-o pensativa, assentindo.

— Como você sabe?

— O hotel em Roma os registrou como Allison Boardman e, quando eu corrigi, eles disseram que era Sr. Allison e Sra. Boardman.

— Aconteceu a mesma coisa quando Tatianna ligou para mim em Florença. Felizmente, eles não contaram a última parte a ela, sobre senhor e senhora.

— Está tudo bem? — Parecia preocupado. Sempre se preocupava com ela. Desde a morte de Arthur, não havia ninguém para cuidar dela além dele. Era uma amiga e uma chefe extraordinária, assim como seu pai fora antes. Bernard era muito leal e não confiava em mais ninguém, com a exceção da esposa.

— Acho que está tudo bem — respondeu calmamente, sorrindo para ele. — Não é exatamente o que eu esperava fazer com a minha vida. E é um pouco fora do comum, para dizer o mínimo. — Ainda ficava constrangida com a diferença de idade, e se perguntava se isso seria para sempre.

— Eu imaginei quando ele passou dez dias aqui com você. É muita hospitalidade para se oferecer a alguém, até mesmo a um ótimo artista. Foi quando começou? — Estava curioso.

— Não, foi por isso que ele veio. Começou em janeiro em Londres, quando fui ver o trabalho dele com Xavier. No mesmo dia, na verdade. Começou e acabou várias vezes deste então. Não sei bem o que fazer sobre isso, para ser honesta. Somos muito diferentes, ele é nove anos mais novo do que eu, o que é estranho. E... o que eu posso dizer... ele é artista... você sabe como eles são. — Ambos sabiam, o que fez com que risse ao dizê-lo.

— Picasso era assim. — Bernard riu. — As pessoas o toleravam. Liam é um bom garoto. — Gostava dele e respeitava seu trabalho, embora preferisse artistas mais tradicionais.

— Esse é o problema — replicou Sasha sinceramente, aliviada por ter alguém com quem conversar. Bernard era um homem sábio e um ótimo amigo. — Ele é imaturo para a idade. Algumas vezes age como um menino e outras como um homem. — Pareceu pensativa a esse respeito. Ambos sabiam que com uma vida complicada como a dela, precisava de um homem e não de uma criança como seu companheiro.

— Às vezes todos somos crianças mesmo. Minha esposa ainda me trata como se eu tivesse 12 anos, e tenho 59. Para ser honesto, eu gosto. Faz com que eu me sinta confortável, seguro e amado. — Confessou com sinceridade enquanto Sasha o fitava pensativa.

— Acho que Liam se sente da mesma forma. A mãe dele morreu quando ele tinha 7 anos. Gosto de cuidar dos homens da minha vida e de todo mundo, na verdade, mas não quero ser a mãe dele o tempo todo, e talvez eu precise. Também não quero parecer a mãe dele, o que às vezes acontece.

— Não acontece, não. Nove anos não é uma diferença grande, Sasha. — Não era contra o relacionamento, nem era da sua conta ser. Estava apenas preocupado com ela, queria que fosse feliz. Sabia o quanto tinha ficado solitária após a morte de Arthur e sentia pena dela. Não havia nada que pudessem fazer por ela. Talvez Liam tivesse mais chance.

— É verdade. Mas parece uma diferença enorme com Liam. Ele gosta de sair com artistas de vinte ou trinta e poucos anos, e me sinto com 100 anos quando estou com eles.

— Isso é um problema — admitiu Bernard, suspirando. — Você não precisa tomar nenhuma decisão importante. Pelo menos eu espero que não. — Não queria que fugisse e casasse com ele por impulso, mas sabia que isso não aconteceria. Sasha era uma mulher sensata, sábia e cuidadosa, embora seu caso com Liam certamente fosse fora do comum e mostrasse um lado dela que não conhecia.

— Não se preocupe. Não farei nada inapropriado. Não estou planejando fazer nada, apenas aproveitar o tempo que temos juntos enquanto durar. — Ainda acreditava que não duraria muito e não tinha muitas esperanças para o futuro. Bernard ficou aliviado ao escutar isso. Não via problemas em um romance com Liam. Mas passar a vida toda com ele era outra coisa.

— Os seus filhos sabem?

— Não. Tatianna provavelmente me mataria, e não tenho certeza de como Xavier se sentiria. Ele e Liam são bons amigos. É difícil prever. Não estou com pressa para contar para eles, e não contarei se não for preciso. Quem sabe onde isso vai dar. Nosso relacionamento tem sido muito instável. Ficamos sem nos ver de fevereiro a abril. Só voltamos antes dessa viagem, que foi maravilhosa. Vamos ver o que vai acontecer agora. — Parecia pensativa a respeito, não estressada.

— Por favor, me mantenha informado — disse Bernard ao se levantar. Estava satisfeito por ter perguntado. Tudo lhe pareceu discreto e sensato. Era só o que precisava saber. Sasha estava feliz com Liam. — E me avise se houver alguma coisa que eu possa fazer para ajudar. — Por enquanto, isso era suficiente.

— Já ajudou. Só mantenha segredo. Não pretendo contar para ninguém, pelo menos não até vermos se vai dar certo por um tempo.

Bernard concordou. A conversa ajudara. Tinha ficado preocupada que as pessoas de seu mundo fossem ficar horrorizadas e boquiabertas, chocadas e descontentes. Bernard pareceu totalmente à vontade com a história, o que deixou Sasha mais despreocupada. Não tinha intenção de contar para Eugénie por enquanto, ou a outras pessoas no escritório ou em qualquer outro lugar, embora fosse a secretária que atendesse às ligações de Liam quando este telefonava para a galeria. Isso, entretanto, era raro. A maior parte das vezes, ligava para seu celular. Também não pretendia contar para seus filhos por um bom tempo. O casal havia concordado sobre isso, considerando uma decisão sábia. Contar a eles poderia complicar as coisas, pois já tinham muito com que se adaptar e lidar no presente momento. Mas até agora, estava tudo bem. Desta vez.

Liam veio para Paris nos dois finais de semana seguintes. O tempo estava ótimo, e passaram momentos maravilhosos. Ambos estavam de bom humor. Aproveitavam todo o tempo que tinham juntos quando ele estava lá e não viam amigos. Havia muita coisa que queriam fazer, e não muito tempo. Não queriam compartilhar nada com ninguém, nem com os amigos de nenhum dos dois. Durante a semana, Liam estava trabalhando duro para a exposição em Nova York. Sasha estava ansiosa para apresentar seu trabalho ao mundo. Ele também mal podia esperar, e o trabalho no estúdio em Londres estava indo bem.

Estavam caminhando no Bosque de Bolonha com Socks quando perguntou-lhe sobre os filhos em Vermont, como sempre fazia. Sempre dava força para falar com os filhos. Sabia o quanto sentia saudades deles, pois já fazia um ano que não os via. O divórcio estava em andamento e sairia na época do Natal e Beth dissera que se casaria assim que saísse. Liam afirmou estar em paz com isso e Sasha acreditava nele. Mas os filhos ainda precisavam do pai em sua opinião, assim como Liam precisava deles, talvez mais do que achava ou estava disposto a admitir. Na opinião de Sasha, estava sendo condescendente demais ao permitir que Beth cuidasse deles longe de si.

— Por que você não vai vê-los no verão, Liam? — Sasha encorajou, enquanto ele jogava um galho para Socks, que foi buscar. Ensinara alguns truques a ela, que se tornara uma cadela adorável. Sasha era louca pelo animal, ainda mais porque fora um presente dele. — Vou passar uns dias com os meus filhos em agosto. — Nessa época, todos teriam tempo e ela adorava aproveitar cada minuto com eles, principalmente quando podia sair de férias com os dois, o que estava se tornando cada vez mais raro agora que estavam mais velhos e mais ocupados. Sabia que a qualquer momento entrariam em relacionamentos sérios e isso não seria mais possível. Essas eram suas últimas chances de fazê-lo, e cada ano parecia o último. — Talvez pudéssemos ir a algum lugar juntos depois de curtirmos um pouco nossos filhos. — Estava sempre tentando organizar a vida dele, o que o deixava irritado algumas vezes e contente em outras. Sabia que era o que ela fazia, com todas as pessoas. Era uma clássica mãe, algo que também amava em sua personalidade, principalmente quando o mimava.

— Eu nem sei se eles querem me ver — respondeu Liam, sendo honesto. Dizia sempre que estavam com raiva dele por estar há tanto tempo longe, o que Sasha temia. O pai telefonava com pouca frequência e, quando ligava, as conversas eram difíceis. Culpavam-no abertamente pelo fim do casamento. Beth dissera o suficiente para deixá-los chateados, omitindo os piores detalhes, mas nenhum deles o perdoara. A comunicação era difícil, e a distância também cobrara seu preço. Sasha tinha medo de ele ter esperado tempo demais para vê-los, e talvez nunca conseguissem recuperar a relação, ou talvez levasse anos. Ela também o prevenira a esse respeito. Após apenas um ano, ainda havia tempo. Seus filhos eram novos. O mais velho tinha 18 anos e iria para a faculdade em setembro; o do meio estava com 12 agora; a única menina acabara de completar 6. Eram jovens o suficiente para o pai reconstruir o relacionamento, mas com esforço. Sasha sabia que ele os amava. Geralmente havia lágrimas em seus olhos quando falava dos filhos, dizendo que sentia saudades deles. Estava começando a achar, entretanto, que eram os filhos de Beth agora, não mais os seus. Ela os via todos os dias. Ele não.

— Por que você não os convida? — Sasha sugeriu. — Você acha que Beth permitiria que você viajasse com eles? — Estava pensando em oferecer a casa em Southampton, mas não queria interferir e não sabia se Tatianna planejava usá-la. Suspeitava que sim. Os seus filhos adoravam a casa e as lembranças que tinham dos momentos de infância que haviam passado lá. Também tinha lembranças felizes, tanto deles como de Arthur.

— Não sei se ela vai permitir que eu viaje com as crianças. Atualmente, ela parece não gostar muito de mim. — Pelo que Sasha sabia, tinha mandado pouco dinheiro para a ex-mulher no último ano. O futuro marido é que a ajudava, o que envergonhava Liam e complicava ainda mais as coisas. Sasha dera a ele um adiantamento, mas o artista tinha de viver e comprar telas e tintas. Não podia mandar muito dinheiro. Ambos esperavam que isso fosse melhorar após a exposição. Enquanto isso, contudo, a situação financeira ainda era difícil, e, portanto, a de Beth também. Tivera de lidar com isso durante vinte anos e estava cansada de Liam. Seria muito mais feliz com seu novo marido. Liam estava contente por ela, e feliz com Sasha. A única coisa que estava faltando em sua vida eram os filhos.

— Por que você não liga para ela e para as crianças? — encorajou, e ele prometeu que o faria durante a semana. Após cumprir a promessa, ligou para Sasha e contou sobre a sua conversa com Beth. Parecia satisfeito e agradeceu-lhe pelo estímulo.

— Ela não quer que eles viajem comigo. E eu não poderia bancar mesmo. Mas disse que eu posso ir visitá-los e sair com eles por alguns dias se eu quiser. Os pais dela têm um chalé em um lago perto de onde ela mora, e ela disse que eu posso usá-lo. As crianças amam. Os meninos adoram pescar lá. — Parecia uma solução perfeita para ambos. Beth queria que ele fosse naquele mesmo mês, pois tinham outros planos para o resto do verão. Estavam planejando visitar seus futuros sogros na Califórnia e fazer uma viagem até o Grand Canyon.

— Parece ótimo — disse Sasha, parecendo satisfeita. — Eu ia mesmo falar com você sobre isso. Preciso ir a Nova York no final de junho e estava pensando em ficar lá algumas semanas. Eu ia perguntar se você não queria ir comigo. Contanto que sejamos relativamente discretos, você pode ficar no meu apartamento.

Tatianna estava ocupada demais com a própria vida, mal via a mãe quando esta ia a Nova York, nunca ia ao apartamento sem avisar antes e nunca ficava lá agora que tinha seu próprio canto em Tribeca. Seria fácil esconder a presença de Liam.

— Eu não deveria tirar esses dias de folga agora que a exposição está chegando, Sasha, mas eu adoraria. — Parecia perfeito para ambos. Desde a viagem em maio para a Itália, sentiam ainda mais saudades um do outro. Ela sentia falta de morar com ele. E havia muito o que fazer em Nova York. — Quando você vai?

— Daqui a uns dez dias. Eu ia falar com você este final de semana.

— Pode contar comigo. Eu vou. — Estava animado.

— Se você puder, podemos passar uma parte do mês lá — sugeriu Sasha. Ambos adoraram a ideia. A viagem para a Itália fora um grande sucesso e esperavam que esta também fosse, com a pequena diferença de que Sasha tinha de trabalhar. — Podemos passar o 4 de julho em Nova York e depois voltamos para a Europa.

Sasha estava planejando passar o mês de julho trabalhando na galeria de Paris, para depois viajar com os filhos em agosto. Iriam para St. Tropez, lugar que eles adoravam. A mãe alugara um barco para seduzi-los. Ambos estavam planejando levar amigos, fato com que não se importava. A única coisa que odiava era ter de deixar Liam por três semanas. Possuía um vago plano de convidá-lo para passar um final de semana no barco, como um "artista convidado", mas ainda não tinha certeza se conseguiria. Tatianna era esperta e Xavier o conhecia. Nos seus sonhos mais loucos, pensou em pedir a Xavier para convidá-lo, mas não queria dar chance à sorte. Era uma possibilidade remota e o mais provável era passar três semanas sem ver Liam. Ao menos teriam o resto de junho em Nova York.

Ambos estavam animados quando conversaram sobre a viagem no final de semana. Ele tinha vários amigos artistas em Nova

York, em Chelsea, Tribeca e SoHo. Havia lugares e eventos aos quais ela queria levá-lo. O artista excêntrico dentro de Liam não se mostrava desde a viagem e estava confiante em sair com ele, principalmente em Nova York, onde a vida era muito menos formal e cerimoniosa do que em Paris. Liam se encaixaria perfeitamente na cidade. Ambos estavam ansiosos.

— Talvez — disse esperançosa, enquanto estavam deitados na cama no domingo de manhã — pudéssemos passar alguns dias na casa dos Hamptons. É um lugar lindo e eu sempre adorei. — Naqueles vinte meses desde a morte de Arthur, havia sido doloroso demais para ela. Talvez agora fosse diferente.

— Eu gosto dos Hamptons — respondeu Liam, de forma casual, voltando a falar sobre ir para o lago com os filhos. Às vezes não escutava. Às vezes era apenas um menino. Às vezes precisava que tudo girasse apenas ao seu redor. Ela sabia que isso não era nada pessoal, nem um sinal de que não a amava. Compreendia o fato agora. Era o jeito dele. Quando era criança, ninguém o escutava. Agora tinha Sasha para escutar o que tinha a dizer e amava isso nela. — Eu gostaria que você pudesse ir a Vermont comigo — disse, enquanto se virava na cama para fitá-la bem de perto. Haviam acabado de fazer amor, tinha sido bom como sempre. Parecia estar melhor a cada dia, embora ela achasse isso difícil de acreditar, pois havia sido maravilhoso desde o início.

— Você precisa ficar sozinho com seus filhos, para reconstruir um relacionamento com eles — respondeu, sendo sensata. Sabia que ela estava certa. Estava com um pouco de medo de vê-los. Sabia que seus dois filhos estavam furiosos por ter passado tanto tempo longe. Aos 6 anos, Charlotte estava animada para ver o papai. Falara com os filhos há uns dias atrás pelo telefone.

Nem havia ligado para eles durante meses. Às vezes não se lembrava. Beth sempre inventara desculpas por ele e para seus lapsos paternais, mas não estava mais disposta a fazer isso. Também sofria ao ser comparado com seu noivo, sempre presente e atencioso com eles. Portanto, Liam estava pagando o preço por um ano de ausência. Tinha sérios erros para reparar agora, e sabia disso. Também estava muito animado por passar o resto de junho com Sasha em Nova York.

— Você iria a um jogo dos Yankees comigo, Sasha? — perguntou, deitado de costas e olhando para o teto com um sorriso. Parecia uma criança que mal podia esperar para entrar em campo.

— Farei tudo que você quiser, respeitando certos limites. Tenho de trabalhar também. Mas acho que vou conseguir fazer as duas coisas: trabalhar e me divertir. E quero que você conheça o lugar onde fará a sua exposição.

— Humm... — Liam sorriu. — Você faz com que me sinta um rei.

— Que bom. — Sorriu de volta, aninhando-se nele. Às vezes fazia com que se sentisse uma rainha. Às vezes fazia com que se sentisse a Rainha Mãe.

Capítulo 11

LIAM PEGOU UM VOO para Paris na sexta-feira à noite e, no domingo de manhã, pegaram outro juntos para Nova York. Sasha comprara-lhe passagem e viajaram lado a lado na primeira classe. Parecia uma criança em uma festa de aniversário e aceitou tudo que lhe ofereceram. Caviar, champanhe, seu almoço e a maior parte do dela, reclinou a poltrona até a posição de cama, se cobriu com o edredom e tirou um cochilo. Até vestiu um pijama e, por um momento, com o saco plástico sobre a cabeça como um chapéu, mostrou alguns sinais do mau comportamento de antes. Assistiu a dois filmes, comeu o lanche, usou tudo do kit de toilette e convidou Sasha para fazer amor no banheiro.

— Acho que vou precisar lhe dar um calmante no próximo voo. — Sorriu para ele, depois de recusar o convite. — Fizemos isso com Xavier uma vez porque ele sempre passava mal no avião quando era criança. O remédio teve um efeito inverso e ele ficou descontrolado. Nunca vi uma criança tão elétrica. Depois disso, deixamos que vomitasse nos voos até se acostumar. — Nunca vira alguém aproveitar tanto um voo ou expressar tanto gosto quanto Liam. Não parou de agradecer a ela, desde a decolagem até a aterrissagem.

— Eu sempre achei que era normal viajar com os joelhos perto das orelhas e com os cotovelos dos outros passageiros no meu peito. Isso é muito melhor — disse, parecendo maravilhado, e reclinou a poltrona de novo, esticando as pernas.

Ainda estava de bom humor quando passaram pela alfândega em Nova York, brincando com todo mundo que via. Como de costume, fez amizade com todos os comissários de bordo, a maioria dos quais Sasha conhecia. Chamou o inspetor da alfândega pelo primeiro nome e teve uma conversa animada sobre beisebol com o carregador das malas, enquanto ela procurava seu motorista. "Animado" não chegava nem perto de descrever o comportamento dele. Estava feliz, agradecido e animado por estar lá. Apesar de elétrico, Sasha adorava estar com ele.

Liam finalmente se acalmou quando chegaram ao apartamento. Ficou impressionado com a elegância do ambiente. Reconheceu a qualidade das antiguidades e ficou perplexo com os quadros. Havia um Monet, dois Degas e um Renoir, uma série inestimável de desenhos de Da Vinci e inúmeros outros que nunca havia visto. Sob muitos aspectos, o apartamento em Nova York era muito mais formal do que sua casa em Paris, que, ao ser reformada, ficou mais simples e moderna. Nova York exibia as evidências de toda uma vida colecionando obras de artistas importantes, a maioria comprada e presenteada por seu pai.

— Nossa, Sasha... Você tem coisas valiosas aqui... — Ficou parado boquiaberto em frente a um sombrio El Greco do qual ela nunca gostara e que ficava no corredor. Sasha finalmente conseguiu arrastá-lo para o quarto. Hesitou um pouco porque nunca o compartilhara com ninguém, a não ser Arthur. Mas já estava na hora. Estava pronta para abrir as portas de sua vida a Liam.

Pediu para que colocasse suas coisas no quarto de hóspedes, no caso de um de seus filhos aparecer e por não querer chocar a empregada que vinha limpar diariamente, como fizera durante a maior parte de seu casamento. Liam não pareceu se incomodar com o pedido. Colocou a mala no quarto no final do corredor e depois vagou pelo quarto de Sasha com um prato de sorvete na mão. Parecia totalmente em casa quando se esparramou na poltrona preferida de Arthur, ligou a TV e colocou em um jogo de beisebol que já tinha começado. Olhou para Sasha com o sorriso maroto que a deixava toda derretida e caiu na gargalhada.

— Cara, isso é muito legal, Sash. Parece que morri e fui para o paraíso.

Também fora criado com dinheiro, mas não tanto assim, apesar de sua família ser importante e sólida. A única diferença era que o tratavam como inadequado e pária, visto que era um artista, diferente deles. Sentia-se completamente à vontade e bem-vindo neste apartamento, bem como nos últimos tempos de sua vida, o que fazia toda a diferença para ele e agora para Sasha. Ambos estavam felizes, curtindo o relacionamento que compartilhavam.

Sasha sugeriu que fossem a um restaurante ali perto naquela noite. Ligou para Tatianna antes de saírem e, como desconfiava, a filha estava com amigos, tinha milhares de planos para a semana e disse que iria à galeria quando estivesse livre, o que provavelmente seria na hora do almoço. Sasha sentiu-se completamente segura quando se deitou na cama com Liam naquela noite. A empregada só chegaria ao meio-dia, hora em que já teriam saído, ela para a galeria e ele para visitar amigos no SoHo. O segredo estava a salvo. Se alguém descobrisse, Liam não seria mais do que um hóspede.

Liam conquistou o coração dela para sempre quando abraçou-a e puxou-a para mais perto naquela noite. Apesar de toda sua animação por estar lá, percebera a expressão em seu rosto ao entrarem no quarto mais cedo. Teve a impressão de que era difícil para ela estar ali com ele, e que isso trazia lembranças do passado.

— Você está bem? — sussurrou, deitado ao seu lado. Na mesma hora, Sasha percebeu que ele compreendia e assentiu.

— Estou sim, meu amor... obrigada por perguntar.

— Não quero fazer nada que possa ofendê-la aqui. Se quiser, posso dormir no outro quarto. — Ela levantou o olhar e sorriu para ele.

— Eu sentiria muita saudade de você. Pode ficar aqui — disse, beijando-o. Foi um beijo gentil, que não sugeria nada mais do que o desejo pela compreensão que Liam acabara de demonstrar. Ele retribuiu o beijo e abraçou-a ainda mais forte. Não fizeram nada além disso naquela noite.

Ela o levou à galeria no dia seguinte e o artista ficou impressionado com o espaço e com a forma como era usado. Gostou das obras que estavam em exposição e ficou arrepiado de imaginar os seus quadros naquele mesmo lugar. Era perfeito e agora tinha uma ideia melhor de quantas telas precisaria, quantas horizontais e quantas verticais. Era inspirador simplesmente estar ali. Sasha o apresentou a todos os seus funcionários. Marcie, sua assistente, quase desmaiou quando ele entrou e virou os olhos para Sasha impressionada quando ele estava de costas.

— Meu Deus, ele parece um astro de Hollywood — disse, sem fôlego, e Sasha riu. Odiava admitir, mas às vezes parecia mesmo. Preferia quando estavam em casa com roupas velhas, cabelo despenteado, bagunçado. Às vezes era assustador sair com ele, fazia com que sentisse o peso da idade.

— Ele é um cara legal e um ótimo artista — respondeu Sasha, de forma casual. — Fiquei feliz com a coincidência de estarmos em Nova York na mesma época. Acho que ele vai ver os filhos em Vermont. — Marcie assentiu, impressionada. Não era apenas lindo e talentoso, também era um bom pai. Já o idealizava depois de conhecê-lo por apenas cinco minutos. Sasha o conhecia melhor e estava um pouco menos cega a respeito de Liam do que a assistente. Amava-o apenas, e a seus defeitos. Como todos, ele os tinha.

Passaram o dia na galeria, para que Liam conhecesse as pessoas e o lugar. Olhou as prateleiras, subiu para ver as obras clássicas e depois foi para o SoHo visitar seus amigos. Sussurrou para Sasha que a veria no apartamento mais tarde, e ela assentiu.

De forma oportuna, cinco minutos depois de ele sair, Tatianna entrou. Ia pegar alguma coisa com um fotógrafo e parou para ver a mãe. Parecia feliz e linda como sempre e, agora que Sasha a via com outros olhos, extremamente jovem. Era exatamente da idade das mulheres com quem Liam conversava e admirava. Acabara de completar 24 anos. Olhando sob uma nova perspectiva, Sasha se sentia uma anciã. Sabia que teria de superar esse sentimento e que ela e Liam fariam com que desse certo. Nunca se preocupara com a sua idade antes, mas agora estava obcecada com isso. Todo mundo parecia mais jovem e ela se sentia mais velha.

— Oi, mãe. Quanto tempo você vai ficar? — perguntou Tatianna enquanto pegava um chocolate em um prato e beijava a mãe.

— Um mês, acho. — Como sempre, Sasha estava feliz por ver a filha.

— É bastante tempo. — Tatianna ficou surpresa ao saber. Nos últimos meses, sua mãe nunca ficava muito tempo em Nova York. O apartamento em que morara com o pai a deixava deprimida e sempre dizia que sentia mais a ausência dele aqui.

— Temos uma *vernissage* este mês, tenho que organizar e achei melhor passar um tempo aqui. Como estão as coisas com você?

— Ótimas. Acabei de receber um aumento, minha editora me odeia e eu quero o cargo dela. — Tatianna estava no topo do mundo. Sorriu ao fitar a mãe, feliz por vê-la.

— Tudo isso é normal. — Sasha riu.

— Preciso ir, nos vemos em breve. Estou atrasada. Só queria dar um oi. — Um táxi estava esperando e a filha foi embora tão rápido quanto chegou, levando vários chocolates para substituir o almoço. Sasha deu-lhe um beijo rápido e ela sumiu.

Sasha teve um dia atolado na galeria, trabalhando na nova *vernissage*. Ela mesma organizava as exposições, amava fazê-lo. Precisou se apressar para encontrá-lo no apartamento às seis. Liam estava comendo sorvete e pizza na cozinha quando entrou, beijando-o na boca.

— Hum, que delícia. O que é? Rocky Road?

— Fudge Brownie* — corrigiu ele. — Sempre esqueço como sorvete é bom nos Estados Unidos. Na Inglaterra é uma merda.

*Sabores de sorvete tradicionais nos Estados Unidos. Rocky Road é feito de chocolate com nozes e marshmallow e Fudge Brownie, de chocolate com brownie. (*N. da T.*)

— Na França, é ainda pior. Mas o picolé é bom... — Sentou-se à mesa e fitou-o, era bom vê-lo ao fim de um dia longo. Ele parecia estar em casa.

— Picolé é coisa de bicha — comentou Liam. — Isto é o que há. Coma um pedaço de pizza, vou levá-la para sair. — Não queria dizer a ele que estava cansada após um longo dia e por causa do fuso horário. O artista parecia vibrante e cheio de vida. Tinha tido um ótimo dia com seus amigos.

— Aonde você vai me levar? Preciso mudar de roupa? — Tudo que queria era cair em uma banheira quente e relaxar antes de ir para a cama. Estava exausta depois de carregar quadros e organizá-los o dia todo.

— Precisa. Vista jeans — respondeu, enquanto colocava o pote na máquina de lavar louça. Era bom nessas coisas quando estava com ela. Sua casa era uma bagunça completa. Estava morando no estúdio desde que Beth e as crianças haviam ido embora, dormindo em um saco de dormir em cima de uma cama portátil. Tudo aquilo era um luxo para Liam. — Comprei ingressos para o jogo dos Yankees — disse, como se fosse uma vitória. — Comprei de um amigo. — Conferiu o relógio. — Temos de sair em dez minutos. O jogo começa às sete e meia, e devemos pegar engarrafamento. — Havia morado em Nova York por mais ou menos um ano e sempre se esquecia do quanto amava a cidade até voltar. Amava sua vivacidade e agitação. E os Yankees eram o melhor de tudo.

Sasha tentou parecer animada por ele e foi mudar de roupa. De vez em quando se perguntava o que estava fazendo com um homem da idade de Liam que agia como se tivesse metade disso.

O artista precisava de alguém como Tatianna e, em vez disso, acabara com ela. Nem se incomodou em comer pizza, mas lavou o rosto e penteou o cabelo, vestindo jeans, uma camiseta branca e sandálias. Pegou uma echarpe na gaveta e em dez minutos estava na cozinha de novo. Ele estava pronto para sair, com o boné dos Yankees que trouxera de Londres na cabeça.

— Pronta? — Sorriu para ela animado. Conversou com o ascensorista do elevador ao descerem, contando que iam ao jogo. Os Yankees iam jogar contra o Boston Red Sox. Disse que seria um ótimo jogo. Os Yankees estavam ganhando todas, e tinha certeza que iam acabar com o outro time.

Quando chegaram os estádio, Sasha já estava se sentindo melhor. Não estava mais sentindo o fuso horário e Liam comprou-lhe um cachorro-quente e cerveja, falando sobre os dois times e seus melhores jogadores. Era fanático por beisebol, o que Sasha achava bonitinho. Era bem diferente dos jantares formais aos quais não o levava em Paris. Na verdade, gostava mais de estar ali. Tudo era novidade, nunca fora a um jogo de beisebol na vida.

Enquanto esperavam o jogo começar, contou que encontrara Tatianna rapidamente naquele dia e Liam disse que estava ansioso para conhecê-la. Sasha não pôde deixar de se perguntar se a filha gostaria dele. Esperava que sim. Sabia que a aceitação dos filhos faria diferença naquele relacionamento. Também sabia que Xavier não teria problemas, visto que eram amigos, embora não tivesse ideia de como reagiria ao saber que Liam estava envolvido com sua mãe. Sasha se preocupava com a filha. Era difícil prever de quem Tatianna gostaria ou não. E ela tinha opiniões mais fortes e críticas do que o irmão, com quem era mais fácil de se lidar.

Liam explicou tudo que aconteceu no jogo para ela. Os Yankees ganharam, seis a zero. Estava em êxtase e conversou animadamente com ela no táxi até chegarem em casa. Foram logo para a cama e, de novo, não fizeram amor. Sasha dormiu como uma pedra. Ele iria para Vermont na manhã seguinte para ver os filhos, e prometendo que voltaria em quatro dias e que ligaria para ela de lá. Sasha o deixou na Grand Central Station e foi para a galeria. Sentiu-se boba, mas estava com saudades assim que Liam saiu. Ele prometera voltar para passarem o final de semana juntos e ela estava pensando em levá-lo aos Hamptons, dependendo de como estivesse se sentindo. Tivera um pouco de dificuldade em dormir com Liam na cama que partilhara com Arthur, o que ele aceitara sem problemas. Tinha certeza de que também seria compreensivo em Southampton. Só não sabia como ela mesma se sentiria. O quarto em Southampton fora o lugar onde vira Arthur pela última vez e era sagrado para ela. Não sabia se Liam fazia parte daquele mundo, pelo menos por enquanto. Ou talvez para sempre. Precisava pensar mais sobre o assunto, não estava com pressa para tomar uma decisão.

Teve uma semana mais agitada do que previra, foi a vários coquetéis, almoçou com Alana, agora casada, feliz e gastando todo centavo que podia do dinheiro do novo marido, e jantou com Tatianna. Além disso, Liam ligava sempre para contar como as coisas estavam indo com as crianças. No começo, foi mais difícil com o filho mais velho. Tom colocava toda a culpa do divórcio no pai, pois Beth finalmente contara os detalhes do incidente com Becky. Liam estava furioso quando ligou para Sasha. Ela lhe disse para se acalmar e tentar resolver as coisas com o filho. No final da semana, tudo já estava melhor. Os dois passaram uma noite cheia de lágrimas conversando sobre o assunto e tanto pai quanto filho estavam melhores na manhã seguinte. O filho de 12 anos, George, ficara feliz ao vê-lo, mas desenvolvera um tique nervoso naquele ano e estava tomando remédio, o que Liam achava desnecessário, recusando-se a dar-lhe a medicação. Telefonou para Beth para conversar sobre o assunto, mas a mulher ameaçou ir pegar o filho no chalé se Liam não desse o remédio, o que acabou fazendo. Charlotte estava adorável e foi fácil lidar com ela, animada por rever o pai. O único contratempo foi que caiu da bicicleta e torceu o pulso. Tirando isso, correu tudo bem. Um final de semana típico com os filhos que não via há um ano. Nada surpreendeu Sasha, embora algumas coisas houvessem deixado Liam chocado. Passara o ano negando o que sua ausência poderia causar. Vê-los fez com que acordasse.

— É difícil entrar na vida deles depois de um ano e retomar de onde parei — confessou a Sasha um dia que ligara tarde. — Tudo mudou, eles estão diferentes — reclamara. Ainda eram seus filhos contudo, e ela dava todos os conselhos que podia quando ele ligava. Era grato pelo apoio dela e parecia exausto mas feliz quando chegou ao apartamento na sexta-feira à noite. Acabara de sair do trem. Estava contente em vê-la. Usava o boné com a aba para trás, a calça jeans estava rasgada no joelho e não havia feito a barba a semana inteira. Se não fosse por isso, pareceria um menino voltando do acampamento.

Ela preparou um banho para Liam, algo para comer e deu-lhe uma taça de sorvete. Ele deitou na cama e fitou-a como se fosse um anjo que acabara de cair do céu.

— Foi difícil, Sash — admitiu enquanto comia sorvete.

— Eu sabia que seria — respondeu calmamente, feliz por ele estar de volta.

— Eu não. Acho que disse para mim mesmo que quando os visse, tudo seria como antes. E não foi. Foi diferente. Eles mudaram. No início, nos sentíamos como estranhos. Todos eles estavam com raiva de mim. — O único fato surpreendente era que não previra isso. Estava em negação e esperava que o tempo tivesse parado. Pelo que contava, entretanto, depois de quatro dias juntos conseguira abrir a porta para uma reconciliação e um relacionamento melhor com os filhos. Fora uma viagem maravilhosa e os filhos eram ótimos.

— Você tem de ir vê-los com mais frequência. Não será justo se não for. — Se precisasse, compraria a passagem para ele. Sabia o quanto isso era importante, mesmo que Liam não soubesse. Sasha acreditava que agora que os vira compreendia melhor a situação. Os filhos o amavam e precisavam dele em suas vidas. Liam era seu pai. Mesmo se o futuro padrasto pudesse cuidar melhor deles, ainda amavam e precisavam do pai, o que ele percebera. Odiara deixá-los ao final de quatro dias.

Sasha fez uma massagem nele quando foi para a cama e depois fizeram amor. Era a primeira vez naquela cama. Esta, no entanto, não era mais dela e de Arthur. Era como se fosse dela e de Liam agora. Ele adormeceu praticamente no mesmo momento em que acabaram de fazer amor, um lindo menino grande, deitado ao seu lado. Fez carinho nele e deu-lhe um beijo sob a luz da Lua.

Capítulo 12

QUANDO LIAM ACORDOU no sábado de manhã após voltar de Vermont, Sasha sugeriu que fossem para Southampton passar o final de semana. Pensara a semana toda sobre o assunto mas não mencionara nada pois queria ter certeza de que conseguiria fazê-lo. Enquanto preparava o café da manhã, contudo, achou que era uma boa ideia, e Liam adorou. Estava um dia quente e ensolarado e não conseguia imaginar nada melhor do que ir à praia.

Saíram do apartamento pouco depois das onze, e à uma e meia estavam lá. Ela ficou quieta durante a viagem. Liam dirigiu e pareceu relaxado nas vezes em que conversaram, a maior parte do tempo sobre seus filhos e o período que passara com eles em Vermont. Ainda estava um pouco preocupado com o filho mais velho, Tom, pois desde que o vira pela última vez um ano antes ele se tornara um jovem muito irritado. Iria para a Universidade da Pensilvânia no outono, com uma bolsa de estudos, e o futuro padrasto o ajudaria a pagar o dormitório. Tom mencionara diversas vezes para Liam que o noivo da mãe fizera mais por ele nos últimos seis meses do que o pai em toda a vida. Liam explicara ao filho que era um artista faminto, mas Tom dissera que não ligava a mínima, que ele era um nada e um péssimo pai. Também o questionara sobre a noite que passou com a irmã gêmea da mãe. Liam ainda estava furioso por Beth ter contado.

— Isso não é justo — disse Sasha, franzindo a testa. — Sua ex-mulher não devia ter contado. — O fato fizera com que os filhos de Liam o vissem de uma forma horrível e a mulher sentia pena dele por isso, apesar de ter sido uma coisa estúpida de se fazer. Pessoas cometiam erros e se arrependiam, entretanto. Era óbvio que Liam estava arrependido. Sasha tinha a impressão de que Beth ainda sofria por causa da traição.

— Ela não escondeu nada.

Beth contara a Tom todos os problemas do pai: seu único episódio de adultério e a irresponsabilidade financeira durante vinte anos.

— Como ela estava quando você a viu? — perguntou Sasha, imaginando como estaria a ex-esposa.

— Eu não a vi. Ela não estava lá quando os peguei. Era a avó quem estava, e não trocou duas palavras comigo. Becky estava em casa com o novo namorado de Beth quando eu os deixei. Espero que ela não tente fazer a mesma coisa com ele, que provavelmente é bem mais esperto que eu. — Suspirou e olhou para Sasha. — Ele parece um cara legal. E as crianças parecem gostar bastante dele.

Pelo jeito que falou, a mulher percebeu que se sentia deixada de lado. Pelo menos fora vê-los para retomar a comunicação, mesmo tendo sido difícil com Tom no começo. Liam lhe dissera na noite anterior que o filho mais velho tinha se acalmado e ficado mais carinhoso. Todavia, queria descarregar toda a raiva primeiro e era óbvio que havia conseguido. Sasha ainda achava que Beth errara ao contar tão abertamente aos filhos o desvio fatal do pai. Independente do resultado, o incidente deveria ter ficado apenas entre os adultos. Na opinião dela, crianças não precisavam saber os erros dos pais, o que disse para Liam.

— Acho que ela ainda está um pouco ressentida comigo pelo que fiz. É o que parece. Ela e Becky sempre sentiram ciúmes uma da outra. — Não dissera uma palavra para a ex-cunhada quando deixou as crianças. Apenas assentiu e foi embora. Becky também não dissera nada.

Nessa hora, Sasha e Liam já haviam chegado à casa em Southampton. Era uma grande casa vitoriana que fez com que ela e Arthur se lembrassem da Nova Inglaterra ao comprarem-na vinte anos antes. Era parecida com as que tinham visto em Martha's Vineyard e Nantucket e tinha uma enorme varanda coberta que a cercava. Sasha e o falecido marido sempre adoraram ficar sentados ali nas noites quentes e às vezes até se encolhiam no lugar no inverno, tomando chocolate quente. Tentou afastar as lembranças de sua cabeça enquanto abria a porta para Liam. Geralmente entrava pela cozinha, mas desta vez decidiu usar a porta da frente, para ser diferente.

— É uma linda casa antiga, Sasha — disse o homem, enquanto olhava à sua volta. Mantiveram-na em um estilo simples e rústico, mas era confortável e convidativa. Não havia nada de pretensioso ali. Parecia não haver nenhuma obra de arte importante, só coisas bonitas, grandes, poltronas aconchegantes de couro e dois sofás cobertos com lona. Foi então que viu um quadro de Andrew Wyeth sobre a lareira. Era severo, desolado e lindo, uma de suas obras mais famosas. Parecia a praia ali fora em um dia de inverno. Havia pequenos montes de neve no chão e era possível sentir a brisa fria na tela. Sem dúvida alguma, era a obra de um mestre.

— Nossa! — exclamou Liam, enquanto observava boquiaberto. Sempre admirara Wyeth. — Eu daria tudo para ter um Wyeth. — Assobiou, depois sorriu, enquanto Sasha ria.

— Foi o presente de casamento do meu pai. — Havia muita coisa assim na casa, lembranças, tesouros, itens feitos pelas crianças, móveis antigos americanos que haviam comprado em viagens pela Nova Inglaterra no início do casamento ou quando Tatianna estava na faculdade e iam visitá-la. Havia uma bonita mesa antiga de demolição na sala de jantar, que Sasha comprara na França. Para todo lugar que olhava, Liam via objetos que instintivamente sabia serem tesouros. A casa tinha um significado profundo para Sasha e o homem logo percebeu o quanto significava ela tê-lo levado lá. Ainda mais do que ao apartamento de Nova York. Muito mais. O lugar era muito mais pessoal e muito mais importante para ela.

— Eu acho que me mudaria se tivesse uma casa como esta — disse Liam, admirando o lugar, enquanto se esparramava no sofá, tirava o boné e olhava à sua volta.

— Costumávamos passar os verões aqui quando as crianças eram pequenas. Eles ainda amam este lugar, embora nenhum dos dois venha muito aqui. Acho que nos deixa tristes. Era o grande amor de Arthur, e meu também.

— E agora? — perguntou fitando-a de forma carinhosa. Este era um lado dela que ficava feliz em conhecer. Sasha tinha muitas facetas, como um diamante, e brilhava com muita intensidade, mas ele podia ver que seus olhos estavam tristes.

— Só estive aqui uma vez depois que ele morreu. Mas não fiquei. Não consegui. Esta manhã eu senti que queria vir aqui com você. — Ficou emocionado e lisonjeado enquanto se levantava e se aproximava para abraçá-la. Ela estava permitindo que entrasse em seu mundo particular, o melhor presente que poderia lhe dar. — Talvez eu devesse mudar algumas coisas e redecorar. Tudo está parecendo um pouco desgastado — disse ela, olhando em volta. Parecia pior do que se lembrava e de repente viu a casa pelos olhos de Liam.

— Gosto do jeito que está. Faz com que eu tenha vontade de sentar e ficar aqui para sempre. — Sasha sorriu. Era exatamente assim que sempre se sentira em relação ao lugar, e, sob alguns aspectos, ainda se sentia. A única coisa que estava faltando era Arthur, mas agora Liam estava aqui.

— Está com fome? — perguntou, enquanto abria as cortinas. O sol entrou na mesma hora pela sala, permitindo verem o oceano e a praia de onde estavam. Ela trouxera mantimentos da cidade para preparar almoço e café da manhã. Achou que seria divertido levá-lo para jantar em restaurantes locais.

— Estou bem. Posso preparar alguma coisa para você. — Levou a saca para a cozinha e colocou-a sobre a mesa. Era um enorme cômodo *country*, com uma mesa gigante no meio e balcões desgastados. A casa parecia muito usada e muito amada, o que de fato era.

Sasha preparou para os dois sanduíche de peito de peru e abriu duas latas de refrigerante. Liam bebeu no gargalo, enquanto a mulher usou um copo. Assim que acabaram de comer, ele sugeriu que caminhassem na praia. Ainda não tinham ido ao andar de cima, onde ficava o quarto, mas o homem tinha a sensação de que também seria difícil para ela. A casa estava cheia de lembranças e era habitada por um fantasma muito amado, o de seu marido. Liam sabia que precisava ir devagar ali e achou que um pouco de ar fresco faria bem.

Caminharam por uma hora, de mãos dadas a maior parte do tempo, em um silêncio confortável. De vez em quando, ele parava para pegar uma concha, e, no final da praia, sentaram-se, depois deitaram e olharam para o céu. Era um tom vibrante de azul e o sol estava brilhando. A areia estava quente sob eles.

— Esta é a casa que mais gosto — disse ele ali deitado com o braço em volta dela. — Amei este lugar. — Ela sabia que era verdade. — Gostaria que um dia meus filhos viessem aqui. Eles adoram praia. — Liam também.

— Talvez eles venham — respondeu baixinho, sentou-se e abaixou o olhar para fitá-lo com um sorriso gentil. Sempre lhe parecia muito bonito, ainda mais aqui na praia, com o cabelo louro solto e balançando ao vento. O dela estava preso em uma trança, como costumava usá-lo na praia.

— Você costuma nadar aqui? — perguntou, interessado.

— Nesta época do ano, a água ainda está gelada. Não costumo entrar antes do 4 de julho, e mesmo assim ainda está fria. Só esquenta lá para agosto. — Quando isso acontecesse, estaria em St. Tropez com os filhos. Queria que Liam passasse pelo menos um final de semana com eles, o que mencionara, mas ainda não estava nada certo.

— Tem alguma roupa de mergulho na casa? — perguntou Liam.

— Acho que Xavier deixou uma aqui.

— Talvez eu dê um mergulho à tarde. Quer me acompanhar? — Ela riu em resposta.

— Não sou tão louca assim. Você parece um turista mesmo — implicou, e o casal caminhou de volta para a casa.

Ele encontrou a roupa de mergulho na garagem, enquanto Sasha pegava as coisas de ambos para levar para cima. Quando desceu, estava pálida. Toda vez que via o quarto e a enorme cama, pensava na última vez que vira Arthur, quando ele disse que a amava, na manhã que fora para Paris. No dia seguinte, estava morto. Não mencionou o fato para Liam. Era a cruz secreta que tinha de carregar e não queria estragar o final de semana, ou deixar o artista pouco à vontade na cama.

Liam já estava com a roupa de mergulho quando ela desceu. Parecia muito alto, louro e prendera a juba cor de trigo em um rabo de cavalo.

— Vou dar um mergulho. Quer ir comigo, só para olhar? — Mais uma vez, fez com que se lembrasse de quando Xavier era pequeno e estava sempre gritando "Olha pra mim, mãe!".

— OK. — Seguiu-o até a praia e se sentou enquanto ele desbravava o mar. Pelo menos a temperatura da água era suportável com a roupa de mergulho. Sabia que se não fosse por esta, não seria possível. Nadou por alguns minutos e depois saiu, respingando a água gélida do oceano Atlântico para todos os lados.

— Merda, está gelada até com roupa de mergulho. — Estava tremendo e ela sorriu.

— Eu avisei. — Mas parecia que Liam tinha gostado.

Caminharam de volta para a casa, e ela o levou até o andar de cima. Tirara algumas coisas dele da mala, pendurando-as no armário ao lado das dela. Trancara o armário de Arthur no ano anterior. Tudo ainda estava lá. Não se desfizera de nada e não tinha ideia de quando o faria, ou se o faria. Esta também era a casa dele. Mesmo agora. Sob alguns aspectos, sempre seria. Liam era um hóspede aqui. Teve plena consciência disso quando olhou o quarto, que possuía uma forte influência masculina na decoração, com vários quadros de pássaros e peixes e, sobre a cama, um grande de um barco. Sasha não trouxera nenhum de seus quadros contemporâneos para cá. A maioria estava em Paris. Esta era uma vida completamente diferente. Até o artista conseguia sentir a presença de Arthur aqui, embora nem o tivesse conhecido.

Liam tomou um banho quente depois de seu mergulho, e o casal bebeu vinho, sentado na varanda. Sasha fizera uma reserva em um pequeno restaurante de frutos de mar. Foram para lá às sete, ambos pediram lagosta e beberam mais vinho. Enquanto conversavam durante o jantar, ele percebeu que Sasha estava relaxando.

Sentaram-se na varanda de novo quando voltaram para casa, conversando baixinho sob a luz do luar e à meia-noite subiram. Liam percebia que este era um daqueles lugares sagrados para ela e não fizeram amor naquela noite de novo. Ficaram apenas deitados na cama, aconchegados. De manhã, ela não contou para ele que sonhara com Arthur naquela noite. Foi um sonho tranquilo. O falecido marido estava se afastando dela na praia e Sasha não tentava alcançá-lo. Quando ele se virava para sorrir, parecia feliz, depois desaparecia.

Preparou para Liam um café da manhã caprichado, com ovos mexidos e waffles. Tinham uma grande máquina de fazer waffle, muito usada, na cozinha. Liam fez o café. Caminharam na praia, deitaram na varanda e Liam cochilou na rede. No final da tarde, quando o sol começava a se pôr, decidiram ficar mais uma noite. O tempo que passaram ali havia sido perfeito e exatamente o que estavam precisando.

Prepararam o jantar juntos naquela noite, dormiram tranquilamente, abraçados, e voltaram para a cidade na segunda-feira à tarde. Sasha nem se incomodou em ir ao escritório. Jantaram com amigos de Liam no SoHo naquela noite.

Encontraram-se em um restaurante italiano. Havia quatro pintores e dois escultores. Conversaram sobre galerias e exposições e sobre o trabalho que estavam fazendo. Todos eram mais jovens do que Liam, ela acreditava que a maioria devia ter por volta de trinta anos, um pouco mais ou um pouco menos. Liam a apresentou apenas como Sasha. Parou e prestou atenção quando um deles mencionou a sua galeria durante a sobremesa. Era uma jovem bonita que disse que deixaria alguns slides lá no dia seguinte, e quando Sasha olhou para Liam, ele riu. Não explicou quem Sasha era e no caminho para casa no táxi, ela perguntou se a garota era boa.

— Vai ser. Ainda não está pronta para você.

Era engraçado ser anônima entre eles. Ainda mais engraçado era não perceberem quem ela era. Tinha algo nisso de que gostava, embora se sentisse uma fraude enquanto os escutava falar abertamente sobre galerias rivais, bem como da sua. Seu nome surgira mais de uma vez como uma figura lendária.

— O que você vai fazer amanhã? — perguntou bocejando, enquanto se deitava na cama junto com ele. Sentia falta da praia.

— Vou a um jogo dos Yankees — respondeu, com um olhar satisfeito.

Estavam levando uma vida boa. Praia, amigos, artistas, jogos de beisebol para ele, trabalho para ela. Parecia mágico e fácil para ambos e Sasha estava feliz por estarem ali. Sem ter intenção, Liam mudara a sua vida e acrescentara algo que nunca havia tido, um lado juvenil que perdera ao se casar e ter filhos quando era jovem. Mesmo antes disso, estava sempre ocupada aprendendo com seu pai e trabalhando para ele. Nunca levara a vida casual e pouco convencional que Liam ainda tinha aos 40. Nenhuma daquelas pessoas experimentara o sucesso, nem as responsabilidades e os fardos que o acompanham. Trabalhavam muito mas não tinham realizado quase nada. Poucos, ou nenhum, eram casados e ninguém, além de Liam, tinha filhos. Pareciam não ter responsabilidades. Liam tinha, mas outras pessoas as estavam assumindo, a ex-mulher e seu futuro marido. Sasha queria ter conhecido seus filhos. Talvez acontecesse algum dia. Enquanto isso, ele ainda parecia uma criança para ela.

Sasha teve uma semana cheia na galeria, preparando a *vernissage* para a seguinte. Ela mesma organizava as *vernissages*, às vezes até pendurando quadros e trabalhando até tarde da noite.

Na sexta, estava exausta e pronta para outro final de semana na praia. Desta vez, saíram na sexta à noite, como costumava fazer com Arthur. Chegaram na casa às nove, sentaram-se na varanda e foram para cama cedo. Mesmo com cuidado, fizeram amor. Tudo parecia ir bem. Estava se acostumando a estar com Liam em seu mundo particular. Era um passo importante para Sasha, ainda mais do que para ele.

No sábado, enquanto caminhavam na praia, ela contou que havia sido convidada para uma festa e perguntou se ele queria ir. Uma famosa atriz de Hollywood era a anfitriã. O cinema descobrira os Hamptons e Sasha a conhecera dois anos antes por meio de amigos. Recebera o convite no mês anterior e Marcie a lembrou na sexta, antes de sair. Parecia divertido. Disseram que seria um luau, com muita diversão e uma banda. Quando convidou Liam, ele pareceu surpreso. Nunca o convidara para uma festa, e ele sabia ser uma decisão difícil.

— Você quer que eu vá? — Estava lisonjeado. Ela nunca se oferecera para levá-lo a nenhum outro evento social. Esse era o primeiro.

— Quero — foi só o que disse, sem maiores explicações. Ele não questionou mais.

A festa começava às sete e o casal chegou às oito. O convite dizia informal, mas Sasha sabia que algumas mulheres iriam exagerar. Vestiu calças brancas, suéter branco de seda e um colar de pérolas, com o cabelo preso em um coque frouxo. Liam estava de jeans, camiseta, um *blazer* que ela comprara sem dizer por que e mocassins que Sasha encontrara no quarto de hóspedes.

— E você não precisa usar meias — implicou. — Aqui é moda não usar.

— Então, eu acho que vou usar. Detestaria começar a andar na moda agora. — Divertira-se a vida toda nadando contra a maré.

No final, não usou, e ambos estavam adequados. Formavam um bonito casal e Liam admitiu em um sussurro que era de tirar o fôlego conhecer a anfitriã, uma estrela do cinema, e seus amigos famosos. Havia ao menos uma dúzia de rostos que qualquer pessoa no mundo reconheceria assim que visse.

— Eu gostaria de poder contar para alguém — sussurrou. A única pessoa com quem podia comentar era Sasha, no entanto.

— Eu sempre fico impressionada quando conheço essas pessoas — confessou Sasha.

Ficaram até quase uma hora da manhã, dançaram ao som da banda que viera de Los Angeles, e ambos estavam felizes e cansados quando voltaram para casa. Liam fora um perfeito cavalheiro a noite toda e ela se sentira totalmente à vontade ao seu lado. Muitas mulheres estavam com homens muito mais jovens, com diferenças de idade muito maiores do que a deles. Era moda em Hollywood mulheres mais velhas namorarem homens mais novos. Sasha fez esse comentário quando foram para cama.

— Eu já disse que odeio estar na moda — disse, parecendo despreocupado. Tinha se divertido muito e estava orgulhoso por ter saído com ela. — Além disso, nove anos não é nada demais.

— Talvez não para você — respondeu rindo, enquanto deitava ao lado dele, que já apagava a luz. — Não tenho certeza se meus filhos vão achar isso. — Nos dias ruins, nem ela mesma achava.

— Quando vou conhecer Tatianna? — perguntou no escuro.

— Provavelmente na *vernissage* esta semana. Nem sempre ela aparece, mas disse que viria desta vez.

— Você acha que ela vai gostar de mim?

— Talvez. É difícil dizer. Tatianna é imprevisível. Tem opiniões fortes. Ama algumas pessoas e odeia outras. Vai ser muito melhor se ela não souber que você está envolvido comigo. — Ainda não tinha nenhuma intenção de contar para os filhos por enquanto. Não era da conta deles. Ela e Liam estavam fazendo um *test-drive* no relacionamento. Ainda não haviam decidido dar a entrada. Até agora, contudo, estavam indo bem. Sasha tinha de admiti-lo, embora tivesse muitas dúvidas. Até agora, tudo bem.

Capítulo 13

LIAM ESTAVA ANIMADO com a *vernissage* na galeria de Sasha naquela semana. Dessa forma, teria uma ideia do que o aguardava dali a seis meses. Também gostava do artista que ia expor. Era um jovem de Minnesota que Sasha descobrira em uma feira de arte em Chicago no ano anterior. Seu trabalho era forte e provocante. Ela ficou na galeria até às duas da manhã no dia anterior, pendurando quadros, dando passos para trás a fim de conferir, depois mudando de novo, até que gostasse. Era perfeccionista em todos os aspectos.

Liam ficou até meia-noite observando-a trabalhar. Estava tão perdida nos próprios pensamentos e concentrada que mal falou com ele, que finalmente foi embora. Dormia profundamente quando ela chegou em casa.

No dia seguinte, Sasha passou o dia todo na galeria. Tomou banho e mudou de roupa lá e estava recebendo os convidados quando Liam chegou à festa, às seis horas. Ela estava bonita com um terninho de linho branco que fazia um forte contraste com o cabelo muito preto, os olhos escuros e a pele bronzeada. Seus olhos eram castanhos bem escuros e às vezes pareciam pretos. Sorriu para ele no momento em que o viu chegar, apresentou-o ao artista e a muitas outras pessoas e depois deixou-o para cumprimentar algumas outras. Ele estava usando calça preta, camisa branca e mocassins, sem meias, paletó ou gravata. No grupo dos artistas mais ricos da cidade, entretanto, o que usava parecia apropriado e não chamava atenção. Esses artistas usavam todos os tipos de roupas; seus clientes, paletó e gravata. Havia muitas modelos famosas presentes e um fotógrafo conhecido, que comprava com frequência obras de arte com ela. Escritores, dramaturgos, críticos de arte, o pessoal do museu e outros que compareciam apenas pela boca livre e pelo champanhe. Era uma *vernissage* padrão em Nova York, melhor ainda porque a Suvery era a melhor.

Tatianna chegou às oito, quando muitos convidados já haviam ido embora, mas ainda havia vários espalhados pelas salas de exposição. Ia jantar em algum lugar depois e só comparecera porque prometera ir. Estava acostumada às *vernissages* da mãe. Usava um vestido simples de seda azul-turquesa e sandálias de salto alto prateadas muito sensuais e estava realmente linda ao entrar. Com sua auréola de cabelo louro, quase branco, e seus grandes olhos azuis, não se parecia em nada com a mãe. Liam a viu conversando com Sasha e na mesma hora perguntou-se quem era, e então viu-a beijando a mãe enquanto as duas se abraçavam carinhosamente. Percebeu que aquela era a filha dela, mas nada na aparência ou no estilo de ambas sugeria que eram parentes. Tatianna era provocativa e sensual, enquanto tudo em Sasha era reservado e frio. Sasha era muito mais simpática e animada, apresentando as pessoas umas às outras, sorrindo e conversando. Sua essência era carinhosa e convidativa. Para Liam, a essência da filha parecia fria. Sasha lhe dissera que a Tatianna era tímida. Ficou afastada de todos por um momento, olhando o salão. Ele pôde perceber ao observá-la que estava acostumada a ser admirada pelos homens. Aos 24 anos, no auge de sua juventude e beleza, estava à altura de seu jogo. Sua mãe era muito mais humilde e, embora também fosse linda, parte de seu charme era não ter consciência de sua beleza, o que sempre fora assim. Sasha tinha um carisma enorme e muito charme. Liam achou Tatianna assustadora só de observá-la à distância. Fitou-a enquanto pessoas se aproximavam para conversar com ela, e, como se percebesse a sua presença, ela virou a cabeça em sua direção e seus olhos se encontraram. Teve a sensação de que ela não gostou dele, mesmo estando do outro lado do salão.

Esperou um pouco antes de ir conversar com Tatianna, para que não desconfiasse de nada. Não queria parecer ansioso, nem atraído fisicamente por ela.

Quase colidiu com ela quando passou na sua frente, servindo-se de um canapé em uma bandeja. Estava parada, parecendo antipática, enquanto outros três homens a rodeavam, e bebericava seu champanhe. Liam decidiu se juntar ao grupo.

— Olá — disse, de forma agradável. — Sou Liam Allison. Bonita exposição, não acha? — Ela o olhou como se tivesse dito algo grosseiro. Sua linguagem corporal o avisava para que não invadisse seu espaço. Sasha era muito mais educada e receptiva, uma mãe completa.

— É verdade — respondeu Tatianna, parecendo indiferente. — Você é artista? — Parecia ser, quase todos ali pareciam, e conhecera muitos durante toda a sua vida. Não era fácil impressioná-la.

— Sou, sim. Minha *vernissage* aqui será em dezembro.

— Como é o seu trabalho?

Liam explicou suas teorias e teve a sensação de que Tatianna não escutou sequer uma palavra, o que era verdade. Já ouvira tudo aquilo antes. Não tinha a inocência, a vitalidade e a animação que sua mãe tinha. Ele achava Sasha muito melhor. Independente de qual fosse seu relacionamento com a mãe dela, nunca teria se interessado por essa garota. Era fria e metida demais, na sua opinião. E ele era velho e artista demais para ela. Os homens com quem saía normalmente eram formados e tradicionais. A maioria trabalhava em Wall Street. Achava que os homens que conhecia no mundo da arte, mesmo na galeria de sua mãe, eram imbecis e egocêntricos. Supôs que Liam também fosse assim. Com apenas algumas palavras trocadas, já não gostavam um do outro. Esforçando-se para animar um pouco as coisas, ao menos por Sasha, Liam mencionou que conhecia o irmão dela. Tatianna assentiu, parecendo não ligar. Percebeu, então, que já ouvira falar nele, mas Xavier sempre tivera amigos malucos e malcomportados. Tatianna não.

Poucos minutos depois, Sasha aproximou-se. Tinha os visto conversando e ficara preocupada. A filha parecia irritada, o que nunca era um bom sinal. Liam parecia curioso a seu respeito, e Sasha ficou com medo de que fosse se entregar se fizesse muitas perguntas ou fosse simpático demais. Tatianna não parecia desconfiar de nada. Só não queria conhecê-lo melhor e não havia nenhuma razão para querer, ao menos de que tivesse conhecimento.

— Vocês dois já se conheceram? — perguntou Sasha, parecendo casual, enquanto colocava um braço em torno do ombro da filha e ficava longe de Liam, como uma *marchand* e mãe, nada mais. Certamente não a namorada dele.

— Já nos conhecemos sim — respondeu Liam, com um sorriso simpático, que Sasha correspondeu com o olhar.

— Liam é um dos nossos artistas e amigo de Xavier de Londres. Foi assim que eu o conheci. Seu irmão o encontrou para nós. A *vernissage* dele será em dezembro. O que você vai fazer agora? — perguntou a Tatianna. A filha estava bonita, era inegável, mas Sasha detestava quando usava roupas transparentes como hoje. Não estava diferente de outras mulheres mais jovens na festa, contudo. Hoje em dia todas as jovens se vestiam assim. Sasha sempre ficava nervosa, mas não dizia nada. A filha tinha idade suficiente para vestir e fazer o que quisesse.

— Vou jantar no Pastis com uns amigos — respondeu Tatianna, sendo vaga, e olhando para o relógio. Era pequeno e cravejado de diamantes, presente de seu pai em seu último Natal.

— Foi bom você ter vindo até aqui só para isso, querida — disse a mãe com um sorriso carinhoso. Sabia que Tatianna não frequentava o Upper East Side, exceto a trabalho. Como a maioria das pessoas de sua idade, sua vida social não acontecia por ali.

— Eu disse que viria — a filha sorriu para a mãe. Era possível perceber que as duas eram íntimas, embora muito diferentes. Tatianna respeitava muito a mãe, mesmo não gostando de conhecer seus artistas. Achava impressionante o que fazia e sentia orgulho por ter aumentado ainda mais o império que o avô construíra. Tatianna ainda se lembrava dele. Sempre tivera medo do avô quando moravam em Paris. Xavier gostava mais dele

— Vamos jantar no La Goulue — disse Sasha, de forma casual. Era um dos seus restaurantes preferidos e a filha não se surpreendeu. Ficava perto da galeria, a comida era boa e era muito animado, com pessoas descoladas. Já levara Liam lá, que também gostara muito.

Tatianna foi embora em poucos minutos e depois disso Sasha voltou para conversar com Liam.

— E aí, vocês dois se deram bem? — Parecia um pouco preocupada. Os dois pareciam cães rosnando um para o outro até Tatianna sair.

— Ela é bonita — respondeu Liam honestamente. Ninguém poderia negá-lo. — Mas um pouco intimidante. Acho que ela não gostou de mim.

— Não fique chateado. É o jeito dela. Está sempre cercada por homens, então fica na defensiva para se proteger. — Usa os caninos também, pensou Liam, mas nunca diria isso para a mãe dela. Não gostara nem um pouco de Tatianna. Parecia-lhe uma menina mimada. Xavier era completamente diferente. Nem mesmo a amizade deles a impressionara, entretanto. Liam estava certo de que nada a impressionaria.

Foram jantar depois. Sasha convidara várias pessoas de que Liam gostaria, além do artista da *vernissage*. Havia quatorze pessoas no jantar sentadas a uma longa mesa no La Goulue. Os funcionários deram atenção especial ao grupo de Sasha. Esta se manteve atenta, com seus olhos maternais, a tudo, e todos se divertiram. Seu jeito compreensivo e carinhoso era o que Liam mais amava. Era atenciosa, simpática e receptiva com todos. Garotas como sua filha só se interessavam por si mesmas. Sasha se esforçou para fazer Liam se sentir importante, à vontade e bem-vindo, o que ele apreciou muito. Era o que mais precisava dela.

Nada no comportamento de Sasha sugeriu a ninguém que havia alguma coisa entre eles. Não deu nenhum sinal, nem um olhar ou toque e não disse nada comprometedor. Deixou claro que o considerava um artista importante, nada mais, e era uma *marchand* atenciosa. Foi tão agradável com Liam quanto com todos os outros. Ele a elogiou por isso quando voltaram ao apartamento, onde se sentia totalmente à vontade. Tatianna teria ficado furiosa ao vê-lo no quarto, esparramado na poltrona preferida do pai, fumando um charuto. Felizmente, não estava ali para ver. Para a filha, tudo que fora de seu pai era sagrado, incluindo sua mãe. Com frequência, dizia que estava feliz por a mãe não estar namorando e esperava que isso nunca acontecesse. Seu irmão mais velho era muito mais realista. Só queria ver a mãe feliz, com quem quer que fosse.

— Sasha, você é incrível — disse Liam, sorrindo para ela por trás dos anéis de fumaça. Ela até permitiu que ele fumasse ali, dizendo que gostava do cheiro, o que era verdade. Arthur também adorava charutos cubanos. — A *vernissage* foi maravilhosa. Você conseguiu fazer com que todos se sentissem importantes, até eu. Hotchkiss adorou. — Hotchkiss era o artista que estava expondo. — Ele me disse várias vezes que parecia que tinha morrido e que estava no céu. E ficava repetindo que eu tinha muita sorte de ter uma *marchand* como você. Olha que ele não sabe nem a metade da história. — Os dois riram.

— Fico feliz que tenha gostado — disse, parecendo verdadeiramente satisfeita. Era uma *marchand* ativa, principalmente com Liam. Este era o seu estilo, se envolver tanto com seus artistas quanto com seus clientes. Amava o que fazia e era brilhante.

— Quem não teria gostado? — perguntou, admirando-a enquanto vestia a camisola. Sentia-se totalmente à vontade com ele, como se vivessem juntos há anos. — Fiquei assustado com Tatianna — confessou enquanto terminava o charuto. Sasha deitou na cama e o fitou.

— Não seja bobo. Ela é apenas uma menina. É o jeito dela, é muito fria. Ela era muito apegada ao pai, e é muito possessiva em relação a mim. Como eu disse, para ela é tudo preto no branco. Mas cão que ladra não morde. Ela certamente achou que você era outro artista excitado, correndo atrás dela. Mas eu gostaria muito que ela não usasse aquele tipo de vestido. Não é de se espantar que os homens fiquem atrás dela.

— Ela é deslumbrante — admitiu, embora não estivesse nem de perto tão impressionado com ela quanto com a mãe. Sasha certamente a conhecia melhor. — Ela é muito diferente de Xavier. Ele poderia conversar com um mendigo e fazê-lo se sentir um rei. Eu me senti como um nada ao lado dela. — Era um pouco de exagero, mas não muito, e Sasha ficou triste ao saber disso.

— Ela é um pouco mimada, porque recebe muita atenção. Ela estava linda esta noite.

— Ela é linda. — O seu estilo gelado o enojava, no entanto. Sasha era como uma vela brilhante, sua luz vinha de dentro. Tatianna era um iceberg, pelo menos é o que parecia.

— Ela se parece muito com o meu pai. Ele também era assustador, mas acho que você teria gostado dele. — Sabia que seu pai não teria interesse nenhum no trabalho de Liam. Nunca gostara de artistas emergentes, até o fim de sua vida, embora gostasse dos lucros que a paixão de Sasha lhe proporcionara. Nunca compreendeu nem gostou das obras, contudo.

— O que vamos fazer amanhã? — perguntou Liam, enquanto se deitava na cama ao lado dela. Estava com um certo olhar, e planos para o corpo dela, aos quais ela não se opunha. Haviam transformado a cama dela na cama deles.

— Pensei em irmos para os Hamptons — respondeu, enquanto ele a envolvia em seus braços.

— Para mim, está ótimo — disse, beijando-a no escuro.

— Para mim também — sussurrou, enquanto correspondia ao beijo, esquecendo-se de tudo, menos dele.

Foi para a galeria no dia seguinte e ficou satisfeita com as críticas da *vernissage*. O casal partiu para Southampton depois do jantar. Fizeram compras no caminho e chegaram lá às dez da noite. Ficaram sentados na varanda conversando durante um tempo, enquanto Liam tomava sorvete, falaram sobre amenidades. Foram para cama cedo, fizeram amor de novo, acordaram e saíram para uma caminhada na praia na manhã seguinte. Estavam estabelecendo um estilo de vida confortável e fácil. Naquela tarde, o homem falou sobre mudar seu estúdio para Paris, talvez no outono. Seria mais fácil do que ter de viajar todo final de semana, o que era cansativo e caro. Queria ficar mais perto dela durante a semana.

Ambos sabiam que, mais cedo ou mais tarde, as pessoas descobririam sobre seu relacionamento. Bernard já havia descoberto. Liam não estava tentando impor-se na vida dela, entretanto. Aceitava que suas vidas e estilos de vida eram diferentes, mas o que tinham compartilhado até aqui era maravilhoso. Definitivamente, era possível, para ambos. Ele achava que tudo era ótimo e Sasha, lenta mas definitiva, estava se convencendo. Ao contrário de seus medos no início, não era de forma alguma impossível.

Foram ao cinema em Southampton naquela noite e depois se aninharam na cama, rindo e conversando, quando subitamente escutaram um barulho. Parecia que havia alguém lá embaixo e ambos acreditaram que era um invasor.

— Aqui tem algum botão de emergência? — sussurrou, e ela balançou a cabeça.

— Tem uma coisa em algum lugar, mas não sei onde — respondeu, também sussurrando. Estavam realmente ouvindo alguém andando lá embaixo e depois escutaram passos nas escadas. Liam olhou em volta do quarto iluminado pela luz da lua, agarrou uma pá da lareira e abriu a porta do quarto quando escutaram um passo do lado de fora. Ao puxar a porta na sua direção, acender a luz e ficar parado no limiar, nu em pelo, com a pá na mão, encontrou-se a menos de um passo de Tatianna, que olhava-o chocada. Havia um jovem logo atrás dela. Gritou no momento em que viu Liam, e este também. Era uma cena inacreditável. O homem que estava com ela deu um passo na direção de Liam, enquanto Sasha saía da cama para se colocar logo atrás dele. Também estava nua e ficou espantada ao ver a filha. Tatianna não dissera que usaria a casa no final de semana. Achava que a mãe não ia mais lá. Sasha não contara sobre suas viagens para os Hamptons e não tinha a menor intenção de explicar a presença de Liam em sua vida.

— Meu Deus, mãe, o que você está fazendo? — Começou a chorar e o homem que a acompanhava discretamente desceu as escadas. Na mesma hora, percebeu o que estava acontecendo e decidiu se afastar da cena, uma sábia decisão. — Você está *louca*? — E virando-se para Liam: — O que você pensa que está fazendo na cama do meu pai? O que vocês dois estão pensando? Não tem nenhum respeito pelo papai? — gritou para a mãe. — Como você pôde trazê-lo para cá? Como pôde? É isso que você faz quando está em Paris? Fica transando com os seus artistas?

Sem pensar, pela primeira vez na vida, tremendo da cabeça aos pés, Sasha deu um tapa na filha, o que Tatianna retribuiu, enquanto Liam resmungava e abaixava a pá. Também estava tremendo e entrou no quarto apressado para vestir alguma coisa.

No caos do momento, só conseguiu encontrar sua cueca samba-canção, o que não era uma grande melhoria, mas ainda era melhor do que ficar ali com as partes íntimas balançando. Não tivera tempo de se vestir quando pensava proteger Sasha de um assaltante. Teria preferido enfrentar um homem armado do que Tatianna.

— Acalmem-se... por favor... — pediu em vão às duas mulheres que choravam. Tatianna ainda estava gritando com a mãe, em um estado próximo da histeria. — Parem com isso! Vamos descer e conversar — disse com o tom de voz mais calmo que conseguiu. Nenhuma das duas escutou, e Tatianna virou-se para ele de novo.

— Saia da casa dos meus pais, seu babaca! Você não pode ficar aqui! — Ele ficou totalmente sem palavras ao enfrentar a fúria dela. Nunca estivera em uma situação como aquela. Graças a Deus, Beth não o pegara com Becky, o que poderia ter sido pior, embora não conseguisse imaginar nada pior do que ser atacado pela filha de Sasha furiosa e o olhar horrorizado da mãe. Era terrível.

— Não fale com ele assim. — Sasha estava gritando com a filha. — Ele é meu hóspede.

— Ele não é seu *hóspede*. É seu *amante*. E vocês dois são nojentos. — Cuspiu as palavras na mãe, virou-se e desceu as escadas correndo; poucos segundos depois, escutaram a porta batendo e o carro saindo. Se ela estava planejando um final de semana romântico, conseguira algo bem diferente, assim como Liam e Sasha.

Sasha se sentou nas escadas, cobriu o rosto com as mãos e soluçou, enquanto Liam a abraçava. Aquela não era a forma com que desejava que Tatianna descobrisse sobre os dois. Estava devastada e chorou durante horas.

— Ela nunca mais vai me respeitar, Liam. Ela acha que desonrei a memória do pai dela, e acho que foi exatamente o que fiz — disse, parecendo morbidamente deprimida e seriamente abalada. — Ela acha que sou uma prostituta, uma vagabunda. Ah, meu Deus... não posso acreditar que isso aconteceu.

Nem ele, e havia pouca coisa que pudesse fazer a respeito, exceto acalmá-la da melhor forma possível. Achava que Tatianna tinha se comportado como um monstro e não importava o quanto tivesse ficado surpresa ou chateada. Dissera coisas para a mãe que nunca poderiam ser esquecidas ou retiradas, mesmo se Sasha a perdoasse, o que, conhecendo Sasha, ele tinha certeza de que faria.

— Isso não é da conta dela — disse com firmeza, quando conseguiu levá-la de volta para a cama, horas depois. Não sabia nem se deveria estar ali com ela, mas como precisava dele, decidiu ficar. — Você não fez nada de errado. Você é uma mulher adulta, seu marido morreu há quase dois anos. Você tem direito de ter uma vida sem ele. Estava na privacidade da sua casa com um homem que te ama. Não tem nada do que se desculpar — disse, beijando-a gentilmente. — É ela quem lhe deve desculpas, Sasha. O que ela disse para você é imperdoável. — Mesmo que Sasha se desculpasse, não tinha a menor intenção de fazer o mesmo ou de perdoá-la, ao menos não logo. Tatianna dissera que era um nada e um gigolô, o que o magoara profundamente. Teria gostado de dar um tapa nela também, mas é claro que não o fez. Por Sasha, ao menos. Não havia motivo para colocar mais lenha na fogueira já sem controle. Ambos estavam magoados pelo ataque verbal de Tatianna, contudo, e pelo escândalo que tinha feito ao encontrar a mãe com Liam, na cama que um dia fora de seus pais.

— A casa também é dela — disse Sasha, arrasada. — Ela tem todo direito de vir aqui. Só não queria que ela soubesse de nós tão cedo, e não dessa forma. — Sentia-se como uma prostituta que fora pega com algum joão-ninguém. Sua filha fizera com que se sentisse a pior das criaturas. Finalmente pegaram no sono quando o sol nasceu, após conversarem sobre o assunto durante horas. Ela chorou até adormecer nos braços de Liam e ambos acordaram com o telefone tocando às nove e meia. Era Xavier, ligando de Londres. Sua irmã tinha lhe telefonado na noite anterior e contado tudo. Sua versão era bem feia. Dissera que Liam estava andando pela casa pelado quando entrou e que obviamente estava transando com a mãe deles. Primeiro, Xavier ficou surpreso, principalmente quando visualizou a cena que era narrada. Depois de se acalmar e pensar por horas a fio, entretanto, não era totalmente contra o relacionamento. Na verdade, não era. Gostava de Liam. Só estava triste por terem sido descobertos dessa forma. Eram duas e meia da tarde em Londres quando ligou para os dois. Sasha começou a chorar no momento em que escutou a voz do filho. Estava profundamente arrependida.

— Querido, eu sinto muito... eu não podia... eu achei... não foi o que pareceu para Tatianna... Meu Deus... o que eu vou fazer? — Estava certa de que seu relacionamento com a filha estava destruído para sempre e nunca sentira tanta vergonha em toda a sua vida. Não valia a pena ter um relacionamento se o preço a pagar fosse a destruição de sua família. Amava Liam, ou achava que amava, mas seus filhos ainda vinham primeiro. Estava com muito medo de Xavier também estar com raiva.

— Primeiro, você tem que se acalmar — respondeu o filho, sendo sensato. Dissera a mesma coisa para Tatianna, quando esta ligara para ele às seis da manhã, gritando e chorando histericamente, e chamando a mãe de prostituta. Ele a mandara calar a boca na mesma hora, e ela obedecera. Conversaram durante horas. Xavier garantiu à irmã que Liam era um cara legal, um bom amigo seu, e que ele os apresentara, embora não esperasse que isso fosse acontecer. Na verdade, isso nunca lhe ocorrera. Porém, acreditava que sua mãe tinha o direito de ser feliz, com quem quer que ela escolhesse. Isso não dependia deles. Obviamente, estava sendo discreta, como fez questão de mostrar para Tatianna, visto que ninguém parecia saber. Nem ele havia percebido quando os vira juntos. A mãe certamente não era nenhuma "prostituta". Era uma mulher solitária com um amante que, por acaso, era alguns anos mais novo, o que não era da conta deles.

— Como ela pode fazer isso na cama do papai? É nojento! — reclamara Tatianna, chorando. Adorava o pai e ainda não conseguia acreditar que estava morto. Agora, para aumentar sua tristeza, alguém assumira o seu lugar e estava dormindo na sua cama.

— Tatianna, a cama também é dela. Para onde você quer que ela vá? Temos sorte de ela deixar que usemos a casa. Não tinha obrigação. Papai deixou a casa só para ela.

— Ela poderia ir para um hotel.

— Isso seria sórdido. Ela tem esse direito, Tati, e eu garanto que ele é um bom homem. Eu o conheço bem.

— Até parece. Ele é um artista faminto e está atrás do dinheiro dela. Do nosso dinheiro — lembrou ao irmão, querendo colocá-lo contra o amigo. Não funcionou. Xavier conhecia bem Liam.

— Eu não acho — respondeu o irmão ponderadamente. — Realmente não acho. Acho que ele gosta dela. — Ao menos esperava que sim, e era exatamente o que queria saber quando ligou para a mãe.

— Isso é sério, mãe? — perguntou abertamente, e ela hesitou. Não sabia o que dizer, ou como classificar seu relacionamento. Os dois se amavam, mas ainda não tinham decidido o resto. Era o que estavam fazendo agora.

— Eu não sei. — Sasha respondeu ao filho com honestidade. Sempre era honesta com ambos. Não mentira sobre Liam, apenas não contara. Pecara por omissão, não por mentira, o que teria sido pior.

— Há quanto tempo isso está acontecendo? — perguntou esperando que não fosse algo do tipo sexo casual, o que o tornaria um mentiroso aos olhos de Tatianna, uma vez que afirmara que a mãe não fazia as coisas sem pensar e que aquilo provavelmente era importante para ela, o que só fizera Tatianna chorar ainda mais. Não queria que sua mãe se casasse com algum artista ridículo e jovem. Seria constrangedor demais e seria pedir demais para ela engolir. Queria que a mãe ficasse de luto pelo pai para sempre, por mais infantil que isso pudesse parecer.

— Já faz seis meses. Indo e vindo desde janeiro — respondeu a mãe, arrasada. Liam estava escutando, deitado ao seu lado na cama, mas decidiu deixá-la sozinha para conversar com o filho. Levantou-se e desceu para preparar café.

— Você vai se casar com ele? — perguntou Xavier.

— Meu Deus... não sei... Eu vivo dizendo para ele que isso é impossível. Acho que Tatianna nos provou isso ontem à noite. Não vou fazer nada que me afaste de vocês. Eu e Liam não sabemos onde isso vai dar, se é que vai dar em algum lugar. Talvez não.

— Isso não vai afastá-la de nós, mãe. Nada poderia fazer isso. Nós te amamos. Ela vai superar. Só ficou surpresa. Queremos que você seja feliz. — Falava pelos dois, o que Sasha sabia não ser o caso. Pelo menos, não por enquanto.

Suspirou, então, ao se lembrar da cena na noite anterior, ela e Liam nus e todo mundo gritando com todo mundo. Tatianna fora bem precisa ao descrever tudo para o irmão.

— Foi horrível. Achamos que era um ladrão. Liam saiu para o corredor com uma pá e sem roupa.

— Foi o que ela me disse — respondeu, sendo generoso. Era dois anos mais velho do que a irmã, o que fazia diferença, e Liam era seu amigo, não um desconhecido. A relação dos dois o surpreendera no início, mas ao menos sabia que Liam era uma pessoa boa. Tatianna já não tinha certeza. — Que bom que ele não a acertou no escuro.

— Ele acendeu a luz, o que piorou ainda mais as coisas quando ela nos viu. — Desta vez, Xavier riu.

— Bem, mãe, você foi descoberta. Mas se está feliz, é só o que me importa. Vou falar com Tatianna mais tarde. Mandei ela tomar um Valium e ir para a cama.

— Ela toma Valium? — Sasha parecia chocada. Nenhum de seus filhos usara drogas algum dia, não que soubesse.

— Não. Mas tenho certeza de que alguém que ela conhece toma. Ela estava precisando de um ontem à noite. Você deveria ter ligado um extintor de incêndio em cima dela. Estava descontrolada quando me ligou. — Na verdade, parecia bêbada. Estava totalmente confusa, e o irmão mandara que fosse dormir e ligasse para ele mais tarde. — Posso falar com Liam? — A mãe foi procurá-lo na cozinha. Ele lhe entregou uma xícara de café e ela lhe entregou o telefone. Xavier riu assim que escutou a voz familiar. — Então, devo chamá-lo de papai agora?

— É bem melhor do que o que sua irmã me chamou. Cara, desculpe. De verdade. Não queria criar essa confusão. Eu não faria isso com a sua mãe por nada, ou com você.

— Não se preocupe. Essas coisas acontecem. — A seguir, Xavier assumiu o papel de chefe da família, defendendo os interesses de sua mãe. — Você a ama? — perguntou, de forma sóbria. Esperava que sim, porque Liam era um cara legal e Xavier queria acreditar que estava se comportando de forma honrada, não apenas agindo por impulso. Não queria que ninguém se aproveitasse de sua mãe, muito menos o amigo.

— Amo sim — respondeu Liam, em alto e bom som, olhando para Sasha sentada cabisbaixa à mesa da cozinha, ainda muito triste. Sentia-se totalmente humilhada.

— Ainda é cedo para perguntar as suas intenções?

— Provavelmente. Ainda estamos resolvendo as coisas. É um pouco cedo. Demorei muito para convencer a sua mãe de que isso era uma boa ideia. Não acho que o que aconteceu ontem à noite tenha ajudado. E eu ainda nem estou divorciado. — Fez uma pergunta a Xavier em seguida. — Se chegássemos a esse ponto, você aprovaria?

O amigo hesitou por um longo momento, pensando. Para ele, tudo aquilo era novo.

— Acho que sim, se vocês acham que podem ser felizes juntos. Não é o que eu esperava, mas a vida às vezes dá reviravoltas engraçadas. Talvez dê certo. Vou deixar vocês dois resolverem isso. Enquanto isso, vou cuidar da minha irmã.

— Eu agradeço muito — disse Liam, com um tremor na voz. O que agradecia era a bênção do amigo ao relacionamento, mais do que a ajuda com a irmã furiosa, embora isso também fosse útil e significasse muito para Sasha, que ainda parecia aflita. Liam devolveu o telefone para ela e saiu para a varanda, onde ficou olhando a praia. Havia muita neblina, o que lhe pareceu apropriado.

Xavier tentou acalmar a mãe quando esta voltou ao telefone. Estava chorando, e o filho ficou com pena. Podia imaginar como havia sido terrível para ela.

— Mãe, tente relaxar. Vou falar com Tati. Tente ter um final de semana agradável. Ela vai superar e você também. Ele é um cara legal e disse que te ama. É tudo que eu precisava saber.

— Eu também o amo — respondeu fungando —, mas não estou disposta a perder meus filhos por causa dele.

— Não vai perder. Ela vai gritar e espernear por um tempo, vai fazer uma cena. Ela é assim. Você tem todo direito de fazer isso, se é o que quer. Você tem todo o meu apoio. E se continuar com ele e der certo, ela vai apoiar também. Senão, vai valer como experiência e todos vamos rir disso um dia. — Ninguém estava rindo ainda. Xavier estava sendo incrivelmente maduro e generoso, muito mais do que a irmã.

A mãe lhe agradeceu muito, conversaram por mais alguns minutos e depois desligaram. Sasha foi procurar Liam na varanda. Ele estava olhando para o mar e pensando, e virou-se quando ela se sentou no balanço ao seu lado.

— Desculpe, Sasha. Não queria criar essa confusão na sua vida. — Parecia realmente triste pelo que acontecera.

— Você não criou esta confusão. Simplesmente aconteceu. Eles iam acabar descobrindo, mais cedo ou mais tarde. — Os outros também. Aquela só não era a forma que gostaria que as coisas tivessem vindo à tona, para dizer o mínimo, nem Liam.

Passaram o resto do final de semana em casa, regressando à cidade no domingo à noite. Sasha tentara falar com a filha diversas vezes pelo telefone celular, só conseguia a caixa postal. Em seu apartamento, apenas a secretária eletrônica atendia e a mãe deixou vários recados amorosos para a filha. Liam detestava vê-la rastejando, mas sabia o quanto Tatianna era importante para ela. Achava que merecia uma surra, mas não disse nada a Sasha. Como lidaria com isso agora não era da sua conta.

Xavier também deixou vários recados para a irmã e esta respondeu às suas ligações. Porém, foi intransigente quando o irmão tentou fazer com que recobrasse o juízo e ficou furiosa por defender Liam.

— Você é tão louco quanto eles. Pelo amor de Deus, ele deve ser uns vinte anos mais novo que ela. Mamãe está ficando louca?

— Ela não está louca, Tatianna. Só está sozinha. E ele é apenas oito ou nove anos mais novo que ela. — Xavier disse calmamente, tentando em vão convencer a irmã.

— Ele parece um garoto.

— Em alguns aspectos, ele é. Às vezes, age como um, mas é um adulto. E disse que a ama. E eu acho que ela o ama. Independente de gostarmos ou não, ela tem todo direito de ficar com quem quiser. E prefiro que seja com ele do que com algum babaca certinho que a gente realmente odeie, ou com algum cara que só esteja atrás do dinheiro dela.

— Isso é nojento, Xav. E ele provavelmente só está atrás do dinheiro dela sim.

— Eu não acho. Ele só pensa em arte, é um cara legal, foi casado durante vinte anos e tem três filhos. — Não contou que seu casamento acabara porque dormira com a irmã da esposa.

— Você só precisa confiar nela desta vez. Talvez dê certo. Eles não estão machucando ninguém.

— Ela vai parecer uma idiota, e nós também, se alguém descobrir que ela está saindo com ele.

— Eu já fiz muita coisa pior, acredite. E você também. — Sabia de todos os segredos da irmã e de alguns romances que ela não gostaria que viessem a público. E Sasha certamente não estava tornando seu relacionamento público. Pelo contrário, estava mantendo-o em segredo, se escondendo nos Hamptons. Mesmo se as pessoas descobrissem, não havia nada de vergonhoso em Liam.

— Ela é nossa mãe! — Tatianna estava furiosa de novo. Não queria ceder nem um pouco. Quando cismava com alguma coisa, ninguém conseguia convencê-la do contrário. Pelo menos, não por enquanto.

— Esse é o ponto. Dê uma chance a ela, Tati. Seja legal. Ela precisa disso, ficou arrasada quando o papai morreu. Quero que ela seja feliz.

— Não com ele.

Tatianna declarara guerra aos dois e tinha a intenção de permanecer assim. Queria que Liam saísse da vida de sua mãe, a qualquer custo. Estava determinada a salvá-la de si mesma, pela memória do pai, ao menos.

Discutiram por quase uma hora, mas Tatianna não cedeu. Disse para o irmão que não descansaria até que Liam sumisse da vida de Sasha. Pelo seu tom de voz, Xavier acreditou. Achava aquilo uma pena e só podia torcer para que o amigo fosse mais resistente e obstinado do que a irmã. Tatianna era persistente ao tentar cumprir seus objetivos. E acabara de adquirir um.

Capítulo 14

SASHA PARECIA PROFUNDAMENTE deprimida ao entrar na galeria na segunda-feira. Karen, a gerente, percebeu, e Marcie perguntou educadamente se estava tudo bem, ao entregá-la mais algumas críticas da *vernissage* da semana anterior.

— Você está bem? — perguntou, preocupada, e Sasha levantou um olhar cheio de lágrimas. Tatianna não retornara uma única ligação e quando a mãe ligou para seu escritório, disseram que não estava. Não queria correr atrás da filha, mas esta não queria atender às suas ligações.

— Tive um problema com Tatianna no final de semana — contou para a assistente, de forma misteriosa. Não queria começar a descrever a cena de Liam parado na porta do quarto nu com uma pá na mão, enquanto Tatianna gritava xingamentos para os dois. Toda vez que Sasha pensava nisso, se encolhia e começava a chorar de novo. Fora horrível demais.

— Ela está bem? — Embora não tivesse tido filhos, nem se casado, Marcie tinha um forte instinto maternal, uma das coisas que a chefe adorava nela. Não era apenas boa no que fazia, mas carinhosa e gentil, e maravilhosa com Sasha.

— Eu não sei. Ela não quer falar comigo. Tivemos uma briga terrível, pior do que qualquer coisa que eu possa descrever. — Marcie sabia que isso não era raro quando Tatianna era mais jovem, mas nos últimos anos mãe e filha pareciam estar se dando bem. Até agora.

— Ela vai superar — garantiu. A questão era se Sasha superaria.

— Não tenho tanta certeza — respondeu Sasha, enquanto assoava o nariz e enxugava os olhos com um de seus lenços de renda. Adquirira da mãe o hábito de sempre carregar um lenço. Era uma das lembranças que guardava em seu coração. Sasha sempre mantinha um na bolsa. — Foi terrível — reforçou enquanto a assistente se mostrava preocupada, trazendo uma xícara de chá, um copo de água e alguns biscoitos, ao que levantou o olhar e sorriu. — Obrigada, Marcie. — Esta hesitou antes de sair, perguntando se havia alguma coisa que poderia fazer para ajudar. Não queria bisbilhotar, contudo. — Eu queria que houvesse, mas não há — respondeu Sasha, começando a chorar ainda mais. Marcie não conseguiu mais se segurar, voltou para a mesa e deu um abraço em sua chefe e amiga.

— O que quer que seja vai passar, prometo — disse, quase chorando também.

— Não, não vai. — Sasha assoou o nariz de novo, enquanto lágrimas continuavam a escorrer por seu rosto. — É Liam — desabafou, finalmente, enquanto a assistente a fitava, confusa.

— Liam? — O que ele tem a ver com isso? Marcie não conseguia entender. — Ela o conhece? — Como se metera na briga? Definitivamente, estava confusa.

— Melhor do que gostaria. Ele estava comigo em Southampton. — A situação ainda não estava clara para Marcie, mas ela parecia solidária enquanto Sasha procurava explicar-lhe os detalhes da melhor forma possível.

— E eles brigaram?

— Ela nos xingou de todos os nomes que você possa imaginar. Prostituta, vagabunda, gigolô, cretino. Isso foi só o começo.

— Meu Deus, o que aconteceu? — A assistente parecia profundamente chocada.

Sasha a fitou longa e seriamente. Confiava nela. Conhecia-a há anos, e a amava. Não quisera compartilhar aquilo com ninguém antes, mas agora precisava.

— Ela nos pegou em Southampton. Eu não fazia ideia de que ela usaria a casa. Estávamos na cama. Ela entrou. Pensamos que fosse um ladrão. Liam saiu do quarto completamente nu com uma pá na mão, e quase a acertou na cabeça. Depois disso, o mundo desabou.

— Liam? O que Liam estava fazendo no seu quarto? — Marcie parecia não entender, e Sasha riu apesar das lágrimas.

— Pelo amor de Deus, Marcie, o que você acha que ele estava fazendo no meu quarto? Acredite em mim, Tatianna percebeu na hora. Principalmente porque ele estava nu e ela estava acompanhada, e era óbvio que estava planejando fazer a mesma coisa que nós já estamos fazendo há seis meses. Paramos de nos ver uma ou duas vezes. Sei que isso não vai ajudar.

— Você e Liam? — Parecia que Sasha havia batido na cabeça de Marcie com a pá. — Você e *Liam*?

— É tão ruim assim? — A chefe parecia mortificada de novo. Os últimos três dias haviam sido os mais humilhantes de sua vida. Agora Marcie parecia chocada, e Sasha estava arrependida de ter contado.

— Ruim? Você está brincando? Se eu conseguisse um cara desses, agradeceria a Deus pelo resto da vida. Ele é lindo, talentoso e legal. O que mais você quer? Talvez ela esteja com ciúmes.

— Ela não está com ciúmes. Ela o odeia. Não gosta de artistas e conheceu tantos malucos na vida dela que acha que todos são insolentes. Na maior parte dos casos, ela está certa. Ele é assim às vezes. Mas estou apaixonada por ele, e ele disse que também está por mim. E agora Tatianna quer matá-lo e provavelmente nunca mais vai falar comigo.

— É claro que vai. Como eu não percebi antes? — disse Marcie, se sentindo estúpida. — Eu sou burra ou cega?

— Nós estávamos tentando manter em segredo, até resolver o que fazer. Na verdade, está dando certo desde abril, mas são apenas três meses.

— De que você tem medo? — perguntou a assistente, de forma gentil. Sasha já se abrira outras vezes e ela sempre dera conselhos sábios à sua chefe.

— Você está brincando? Ele tem 12 anos. Pareço a mãe dele, e não quero ser mãe de ninguém, a não ser dos meus filhos.

— Primeiro de tudo, você não parece mãe dele, nem parece ter idade suficiente para ser mãe do Xavier e da Tatianna. Segundo, todos os homens são como bebês, e toda mulher acaba sendo mãe deles. Se você não fizer isso, eles fogem com alguém que fará.

— Ou com alguma outra garota de doze anos de idade. Não quero me apaixonar por um homem que vai fugir com uma garota de vinte anos daqui a dez. Isso pode acontecer.

— Ele é assim? — Marcie parecia preocupada.

— Quem sabe? Acho que não. Ele foi casado durante vinte anos, mas estragou tudo de uma forma estúpida. Mas ele também é irresponsável... como ele mesmo diz, é um artista excêntrico. — Embora estivesse comportado ultimamente. — Nunca achei que me apaixonaria por um homem nove anos mais novo que eu, e um artista que represento. É como justiça poética, ironia divina ou algum tipo de piada ou coisa parecida. Levei uma vida respeitável com Arthur e agora me apaixonei por um menino crescido. A minha vida toda está de cabeça para baixo. E talvez a Tatianna nunca mais fale comigo.

— Se ela não falar, eu mesma darei uma surra nela. Ela vai superar. A cena provavelmente foi um choque. Para todo mundo. — Sasha sorriu com tristeza enquanto fitava a amiga. Era indescritível.

— Estávamos ambos nus, Liam com a pá na mão, enquanto ela nos xingava aos berros, e o namorado dela parecia querer se esconder embaixo do tapete. Quem pode culpá-lo? Eu dei um tapa nela, e ela deu um em mim. Eu nunca tinha encostado um dedo nela e isso nunca mais vai acontecer. Parecia uma cena tirada de um filme de quinta categoria. Aqui estou eu, com meu amante mais jovem, na cama do pai dela, como ela disse, os dois pelados. Meu Deus, Marcie, poderia ser pior?

— Não muito — concordou a assistente com um sorriso. — Mas pense desta forma. Ele poderia ser velho, gordo, careca, feio, e pense no que pareceria se ele estivesse lá pelado, com uma pá na mão. Se você quer saber, você teve muita sorte de ser ele. Escute, você está solteira há dez minutos. Eu sempre fui solteira e provavelmente sempre serei, não porque eu goste disso, mas porque não tem ninguém dando sopa por aí. Ou encontramos os caras divorciados e amargos que pagam pensão e que culpam todas as mulheres por isso ou viúvos infelizes que acham que as falecidas esposas eram perfeitas e que se esqueceram o quanto as odiavam quando eram vivas, e você nunca vai conseguir chegar aos pés delas. Tem também os que têm fobia de compromisso, os bêbados, os drogados, os pães-duros, os violentos, aqueles que odeiam mulheres, os gays enrustidos, os gays assumidos que querem usar seus vestidos, os chatos que não valem a pena, os que cheiram mal, que são feios, que são maus e os velhos que não conseguem levantar aquilo nem com Viagra. Há dez anos, não consigo encontrar um cara por quem poderia me apaixonar e não durmo com ninguém há três. Há muito tempo deixei de me apaixonar por aqueles com quem dormia ou achar que estavam apaixonados por mim. Porque se for me agarrar aos meus princípios, o que costumava ser importante para mim, certamente não vou dormir com mais ninguém e talvez não durma mesmo. As coisas são assim. Então não se preocupe com uma diferença de idade de nove anos entre você e um cara bonito, talentoso, por quem você está apaixonada e que é louco por você. Diga para Tatianna colocar um ponto final e superar. Se você não disser, eu mesma direi.

Foi um discurso e tanto e Sasha sabia que era de coração. Marcie era uma mulher maravilhosa. Não era propriamente bonita, mas também não era feia, se vestia bem, estava alguns quilos acima do ideal, embora nada com que não se pudesse conviver. Era inteligente, bem educada, recebia um bom salário e era uma das pessoas mais gentis que Sasha já conhecera. Também sabia que não havia nenhum homem em sua vida há anos. Não havia nada de errado com a assistente, simplesmente não conseguia encontrar ninguém, e ninguém tentara encontrá-la. Havia muitas mulheres assim, ambas sabiam, de todos os níveis sociais e de todas as idades. As pessoas pareciam não conseguir mais se encontrar e por isso os namoros pela Internet haviam se tornado tão atraentes. Sasha estimulara Marcie a tentar esta opção diversas vezes, mas ela tinha medo. A chefe não estava totalmente convencida de que estivesse errada. Encontrar-se com estranhos que conhecera pela Internet também lhe soava perigoso. O que dizia fazia sentido, e Sasha sabia que tinha a melhor das intenções. Marcie acreditava que a amiga era a mulher mais sortuda do mundo por ter Liam, e ele era o homem mais sortudo do mundo por tê-la. Se Tatianna não aprovava, problema dela. A assistente ficara com raiva ao saber das coisas que Tatianna dissera para a mãe.

— Você realmente não está chocada por eu ser nove anos mais velha? — perguntou com cuidado, ainda meio envergonhada. Estava feliz por saber que Marcie aprovava.

— Ele não tem 22 anos, pelo amor de Deus. É maior de idade, um adulto. Tem filhos. Vocês dois parecem ter a mesma idade. E além disso, muita gente está fazendo isso. Após uma certa idade, parece fazer sentido. Vocês tiveram casamentos respeitáveis, tiveram filhos. Não estão procurando agora as mesmas coisas que procuravam vinte e cinco anos atrás. Só precisam de alguém com quem possam se divertir, que os trate bem, e com quem tenham alguma coisa em comum, independente do que for. E vocês dois certamente têm. Não precisam ficar juntos o tempo todo, não precisam morar juntos se não quiserem. Ou podem, se quiserem. Podem ter suas próprias vidas, seus próprios amigos, e aproveitar ao máximo o que compartilham. Para mim, parece ótimo. E escute, se você não quer ficar com ele, deixe para mim. Ele é só três anos mais novo que eu. Eu ficaria feliz em sofrer a humilhação de sair com ele. Na verdade, eu adoraria.

Sasha não estava mais chorando ao escutar a amiga. Estava sorrindo. Marcie fizera com que sentisse que estava tudo bem e que tudo continuaria assim. Fez com que percebesse como tinha sorte por tê-lo e como era pouco provável que o fato chocasse as pessoas. Tudo que a assistente dizia fazia sentido. Danem-se os nove anos. Se Liam era um artista excêntrico, ela podia lidar com isso. Além disso, o homem estava se comportando muito bem ultimamente.

— O que vou fazer com Tatianna? — perguntou Sasha, parecendo séria de novo.

— Nada. Deixe que ela esfrie a cabeça. É óbvio que ela acha que você traiu o pai dela. Você sabe o quanto ela era louca por ele, achava que era o Messias. É claro que era um homem maravilhoso, mas temos que encarar o fato que ele se foi e não vai voltar. Tenho a sensação de que ele ficaria aliviado de saber que você está feliz, se está realmente. Ele era um dos homens mais bacanas que conheci. Acho que não ia querer que você ficasse sozinha. Tatianna já é adulta e vai superar. Dê um pouco de espaço, que ela vai superar. Ela não vai poder ficar brigada para sempre.

Sasha, entretanto, sabia o quanto a filha podia ser teimosa, e o quanto sua lealdade ao pai podia ser cega e sem limite. Era assim desde a adolescência. Agora que ele se fora, ela o amava ainda mais. Era a forma que encontrara de se agarrar a Arthur. Dar espaço a Tatianna não era uma ideia ruim, entretanto.

— Deixei um milhão de recados. Ela não respondeu nenhum nem atendeu às minhas ligações.

— Então, deixe-a em paz. Talvez ela esteja envergonhada pelo que disse. Deveria estar. Como Liam sobreviveu a isso?

— Muito bem — respondeu. — Ele foi muito compreensivo. Ela ligou para Xavier, que nos ligou no domingo de manhã. Foi muito melhor entre nós dois. Ele adora Liam, são amigos, foi assim que eu o conheci. Ele está tentando acalmar Tatianna. Xavier, não Liam. Agora Liam está morrendo de medo dela, o que complica ainda mais as coisas. Deve ter sido um choque para ele.

— Trate-o bem, ele vai ficar legal. — Meia hora depois, quando a conversa já havia acabado, Liam entrou no escritório, e quando Marcie o viu passando por sua mesa, levantou o olhar e sorriu. Queria que se sentisse bem-vindo, ao menos ali. Tivera um fim de semana difícil.

— Oi, Liam — disse Marcie, com um aceno simpático. Ele retribuiu o sorriso, parecendo grato.

— Olá, Marcie — respondeu, enquanto entrava no escritório de Sasha e fechava a porta, com um olhar preocupado. — Como foi o dia? — perguntou ao beijá-la.

— Bom. — Não mencionou a conversa com Marcie. Era papo de mulher, mas a tranquilizara muito.

— Alguma notícia de Tatianna? — Ele passou o dia preocupado, enquanto andava com amigos em Tribeca.

— Não. Acho que por enquanto vou deixar que ela esfrie um pouco a cabeça.

— Boa ideia. — Ficou impressionado com o quanto Sasha estava sendo sensata. Parecia muito mais calma do que pela manhã. — Comprei ingressos para um jogo de beisebol hoje à noite. Que tal? — Queria fazer com que se sentisse melhor e só conseguia pensar nisso para distraí-la.

— Ótima ideia. — Olhou para ele e sorriu. Preferia ir ao cinema ou jantar em um lugar tranquilo, ou até mesmo no agitado Le Goulue, mas sabia o quanto beisebol era importante para Liam e ficava satisfeita em ir. Depois de conversar com Marcie, estava ainda mais feliz por estar com ele e por tê-lo em sua vida.

Aos 49 anos, outras mulheres já haviam lhe dito que não havia muitos homens por aí. As opções que Marcie descrevera, ou a falta delas, pareciam cômicas, mas eram reais. Liam era maravilhoso e a proverbial agulha no palheiro e Sasha se agarraria àquela relação quer sua filha gostasse ou não.

Capítulo 15

LIAM E SASHA PASSARAM o feriado de 4 de julho em Southampton. Foram dias muito quentes e ensolarados. Cozinharam, saíram para jantar, deitaram na praia, nadaram e, no dia 4, foram convidados para uma grande festa. Conhecidos de Sasha estavam oferecendo o churrasco e ambos haviam concordado que parecia divertido. Ela aceitou o convite e às seis horas da noite o casal chegou, usando jeans, camiseta e sandálias, como o convite especificava. Sasha havia comprado lenços com as cores da bandeira americana para amarrarem no pescoço. Liam sorriu ao olhar para ela quando saíram. Disse que nunca havia sido tão feliz.

— Estamos parecendo gêmeos — comentou, o que era engraçado, uma vez que ele era tão claro quanto ela era morena, e ele tão alto quanto ela era baixinha, e estava começando a se esquecer de sua idade. Marcie e Xavier ajudaram muito com aprovação e apoio. Sasha não tinha notícias de Tatianna desde o fatídico encontro em Southampton na semana anterior. Ainda estava dando tempo para a filha esfriar a cabeça.

Havia duzentas pessoas no churrasco, mesas grandes de comida, uma churrasqueira enorme, dançarinos para divertir a todos e uma tenda com jogos.

Estavam sentados um ao lado do outro em um tronco, comendo hambúrguer e cachorro-quente, quando Sasha percebeu que Liam estava um pouco bêbado. Não de uma forma repugnante, mas o suficiente para estar um pouco fora de controle. No meio da noite, disse que estava com calor, tirou a camiseta e jogou-a na fogueira, sorrindo para Sasha. O garoto incontrolável que morava dentro dele estava emergindo, e, conforme a noite avançava, as coisas pioravam. E muito. Ela tentou convencê-lo a ir para casa, mas ele insistiu que estava se divertindo e que queria ficar. Começara com ponche de rum, mudara para cerveja e depois tomara vinho durante o jantar. Mais tarde, alguém sugeriu que experimentasse um *mojito*, e Sasha ficou horrorizada enquanto o observava virar três sem nem parar para respirar. Àquela altura, já estava realmente bêbado. Pior, ela não estava. Estava completamente sóbria e, a cada minuto que passava, mais chateada, mas ele não notou. Estava se divertindo muito.

Quando os dançarinos voltaram, foi para a pista de dança e agarrou uma das moças, a mais nova e bonita, claro, e começou uma performance sensual, enquanto a garota com quem dançava entrava no clima, abrindo o zíper de seu jeans. Não fizeram nada além disso, mas para Sasha foi o suficiente. Podia ver os olhares de divertimento e reprovação à sua volta e quando Liam voltou para perto dela, fechando o jeans, deu um beijo em sua boca na frente de todo mundo e agarrou seu bumbum com as duas mãos, o que não deixava espaço algum para que as pessoas tivessem dúvidas de qual era o tipo de relacionamento que tinham. Mais cedo, ela o apresentara como um de seus artistas, vindo de Londres.

— Qual é o problema, amor? — perguntou, parecendo tonto e arrastando as palavras. Sasha estava prestes a matá-lo e só queria ir embora. Não saía de sua cabeça que a garota com que dançara parecia uma adolescente e provavelmente não tinha mais de 20 anos, mais nova que sua filha.

— Quero ir para casa, Liam — disse calmamente. Não queria perder a cabeça com ele, mas também não queria ficar. Ele estava descontrolado e piorando a cada minuto. Pediu um coquetel com vodca, que ela pegou do garçom que o trouxe.

— O que está acontecendo? — perguntou, tentando pegar o copo. Percebendo o que ocorria, o garçom simplesmente colocou o drinque de volta na bandeja e desapareceu.

— Você já bebeu muito. Acho que está na hora de irmos para casa.

— Você não pode me dizer o que fazer — respondeu, um pouco sem equilíbrio ao se levantar. Liam quase caiu em cima de Sasha, tentando apalpá-la de novo. Sasha lançou um olhar de censura, mas certamente não o convenceu a ir embora. Estava se divertindo. — Não sou seu filho — disse, passando o braço em volta de seus ombros.

— Então não aja como se fosse — murmurou. Ele estava se comportando como um delinquente juvenil ou, ao menos, como um alcoólatra.

— Você não pode me controlar — repetiu, e Sasha assentiu, enquanto as pessoas continuavam olhando para os dois disfarçadamente. Ela escutou um homem dizer que Liam teria uma ressaca e tanto amanhã, enquanto o outro ria. Conhecia os dois. Eram amigos de Arthur, o que não ajudava em nada.

— Liam, estou cansada, quero ir para casa — estava implorando.

— Então, tire um cochilo. Pode esperar no carro. Eu quero continuar na festa. Estou me divertindo pra caramba. — Cambaleou de novo e, para horror dela, desapareceu na multidão. Encontrou-o montado no cavalo usado para puxar a carroça que levava as pessoas para um passeio. O animal começava a ficar arisco e o domador pedia em vão que ele descesse. Havia acabado com o passeio e todos à sua volta estavam olhando. Foram necessários três homens do bufê e o anfitrião para tirá-lo de lá. Liam gritava "Iiiirra!" enquanto chutava o cavalo. Sasha queria matá-lo.

O anfitrião ajudou-a a levá-lo para o carro. Ele desmaiou no banco do carona e ela dirigiu até a casa. Não conseguiu acordá-lo quando chegaram e o deixou dormindo no carro. Sentiu quando deitou-se ao seu lado às sete da manhã. Quando ela se levantou às nove, ele estava morto para o mundo. Só desceu ao meio-dia, usando óculos escuros e reclamando de como o sol estava forte. Sasha não disse nada enquanto lia o jornal sentada na cozinha e servia uma xícara de café para Liam, que realmente precisava. Alguns minutos depois, foi sentar-se ao lado dela, que finalmente levantou o olhar e deu bom-dia. O tom de voz era gelado.

— Foi uma festa e tanto ontem à noite — disse ele, tentando parecer casual, enquanto ela o fitava. — Acho que bebi muito, a julgar pelo tamanho da minha ressaca hoje. — Ele riu. Ela não.

— Bebeu mesmo — foi só o que respondeu.

— Eu me comportei muito mal? — perguntou, sendo cauteloso. Não se lembrava de muita coisa da noite anterior. Ela sim.

— Muito mal — respondeu, enumerando os atos. Entre eles, Sasha citou o momento em que Liam agarrou seu bumbum, o que destruíra para sempre o segredo de sua relação entre seus conhecidos e amigos. — E o meu preferido, claro, foi o incidente com o cavalo. Você estava simplesmente um charme, assustando o cavalo e as crianças, bancando o caubói e gritando "Iiiirra". Acho que todo mundo daqui até Chicago escutou seus gritos. — Não estava achando divertido, nem ele, pois não queria ser tratado como uma criança, nem levar uma bronca de Sasha. Era adulto e podia se comportar da forma que bem entendesse, ou ao menos o que afirmava. Disse a Sasha que vinha se comportando bem há muito tempo e precisava liberar um pouco de tensão.

— Eu já disse, Sasha. Você não pode me controlar. Minha família tentou fazer isso e não vou permitir que você faça o mesmo. Todo mundo precisa se soltar às vezes. E daí que eu fiz isso? — Estava completamente na defensiva, se sentindo muito mal.

— Você me envergonhou — respondeu, fitando-o. Ele começara a apertar o botão do impossível de novo, quando tudo estava indo tão bem. Estava disposta a ficar ao lado dele e apresentá-lo ao seu mundo, mas não se ele se comportasse assim e dissesse ter direito à sua liberdade só porque era um artista. Se não queria ser controlado, então tinha de aprender a se controlar sozinho. — Não vou sair com você se agir dessa forma — disse tristemente, ainda mais chateada por Liam não parecer nem um pouco arrependido.

— Então não saia — replicou, soando hostil. — Está parecendo meu pai e não vou aceitar que faça isso. Não pode me castigar e me deixar em casa porque tomei alguns drinques a mais na festa.

— Você tomou muitos drinques a mais e fez questão de mostrar para todo mundo na festa que estamos juntos.

— Estou cansado de manter segredo. — Durante o mês que passaram em Nova York, era cada vez menos um segredo. Bernard sabia. Marcie sabia. Tatianna sabia. Xavier sabia. E só Deus sabia quem mais desconfiava. Contanto que ele se comportasse, Sasha estava disposta a assumir a relação, mas não se continuasse agindo dessa forma.

— Então se comporte como um adulto e não teremos de manter segredo.

— Se você me amasse, não ia querer manter segredo. — Parecia uma criança ofendida, exatamente como se sentia. Queria que ela o aprovasse e tivesse orgulho dele, não vergonha.

— Eu te amo, mas não vou permitir que me exponha ao ridículo. Já é difícil o suficiente com a nossa diferença de idade. Preciso de tempo para me acostumar. Você parece precisar de tempo para crescer.

— Pelo amor de Deus, Sasha, nove anos não é nada. Esqueça isso. Sou adulto, sou artista e tenho um espírito livre. Não vou ser domado como um macaquinho de circo para que você possa impressionar seus amigos e acalmar sua filha. Ou você me ama como eu sou ou não me ama.

— Esse é o problema? Tatianna? Liam, ela precisa de um tempo para se acalmar. Foi um choque muito grande. Ela acha que eu traí o pai dela, porque o adorava. Isso foi um golpe forte demais. E o seu comportamento rebelde na festa não vai ajudar a convencer ninguém de que esse relacionamento é viável, muito menos a mim.

Ele não disse mais uma palavra, apenas saiu da cozinha batendo a porta. Pelas janelas da sala de estar, Sasha o viu caminhar pela praia. Ambos estavam chateados. A noite anterior havia sido horrível e a pior parte era que ambos voltariam para a Europa no dia seguinte, ela para Paris e ele para Londres. Não teriam tempo para consertar os estragos se brigassem no último dia.

Liam ainda estava aborrecido quando voltaram para a cidade à noite. Quando ela se ofereceu para preparar o jantar, disse que não estava com fome. Depois de tudo que havia bebido na noite anterior, Sasha realmente acreditava que não. De qualquer forma, preparou uma macarronada, e quando os dois se sentaram à mesa juntos, Liam finalmente começou a relaxar.

— Sinto muito por ter me comportado como um babaca ontem à noite. Foi estúpido da minha parte. Não sei, não estou acostumado a todas essas responsabilidades e restrições. Não quero ter que agir de uma determinada forma para conseguir a sua aprovação e de todas as outras pessoas. Só quero ser eu mesmo e quero que você me ame como sou. Droga, Sasha, às vezes só quero sair para tomar uma cerveja com o porteiro. Ele parece ser um cara legal.

— Tenho certeza que é. Sinto muito que a minha vida te pareça tão restritiva. — Estava triste com isso. Era o tipo de coisa que a deixara preocupada desde o início, aquela fobia dele de ser "controlado". Para Liam, qualquer tipo de expectativa ou de comportamento civilizado era controle. A vida de Sasha, contudo, era assim. Não podia fazer o que bem entendesse e se o homem queria estar com ela, também não podia. Liam estava achando difícil viver assim, exatamente como temera. Talvez nada daquilo fosse possível, afinal. — Não sei o que dizer, Liam. Não quero fazê-lo infeliz. Mas você não pode enlouquecer quando lhe der na telha. — Felizmente, isso só havia acontecido agora, mas já fora demais. Para ambos. Ele estava tentando provar alguma coisa. Ou talvez só quisesse perder o controle, se divertir.

— O que vai acontecer quando voltarmos? — perguntou ele, parecendo preocupado. Não queria perdê-la por causa da forma com que se comportara na noite anterior. Mas também não queria que Sasha dissesse como deveria agir. Queria o amor e a aceitação total da parte dela, o que já havia deixado claro. Às vezes, porém, era difícil conseguir isso entre adultos, principalmente se o preço fosse tão alto. Na opinião dela, era. Para ambos, era um dilema, muito sério. Para provar seu amor por Liam, Sasha precisava se arriscar. Se, no final, as coisas não dessem certo entre os dois, as pessoas ririam dela para sempre, ou ao menos era o que achava. Isso a incomodava muito. Queria continuar sendo discreta até que conseguissem resolver a situação. As restrições impostas a Liam estavam enlouquecendo-o e abalando sua já abalada autoestima. Se ficassem juntos, queria ter a liberdade para ser ele mesmo. Sasha só queria que ele amadurecesse, exatamente o que Liam não queria fazer. Além disso tudo, ainda havia a preocupação com a reação de Tatianna. Inegavelmente, Liam e a filha não haviam começado com o pé direito.

— Eu vou ficar trabalhando em Paris o mês de julho todo — disse, respondendo à pergunta de como seria quando voltassem. — Você pode aparecer quando quiser. Vou viajar com meus filhos no dia primeiro de agosto.

— E depois? — perguntou, enquanto ela permanecia sem expressão, sem saber o que queria dizer. — O que vai acontecer quando você viajar com eles?

— Já disse. Vamos para St. Tropez, eu aluguei um barco. Ficaremos três semanas lá. Eu e você podemos ir a algum outro lugar depois, se você quiser. Preciso estar de volta a Nova York em setembro. Você pode vir também, se quiser. Mas provavelmente vai estar terminando os quadros para a sua *vernissage*. — Estava parecendo sua mãe e *marchand*, posição em que Liam a colocava às vezes, em vez de apenas a mulher que ele amava e que o amava.

— E quando você estiver com seus filhos? Vou ser bem-vindo? — perguntou, parecendo magoado e hostil novamente. Tinham conversado sobre ele passar alguns dias em St. Tropez, principalmente porque Xavier também estaria lá e Liam podia fingir que era apenas um amigo. Ao menos, poderia ter feito isso antes, mas não agora. Isso havia sido acertado antes de Tatianna pegá-los nus em Southampton, quando tudo havia saído dos eixos. Agora seus dois filhos sabiam muito bem quem era e qual seu papel na vida da mãe.

— Liam, depois do que aconteceu com Tatianna você não pode querer mesmo vir conosco. Vai levar tempo para as coisas se acalmarem.

Sasha ainda não havia falado com a filha. Tatianna ainda se recusava a retornar suas ligações e a mãe havia mandado um bilhete para ela, esperando fazer as pazes. Ainda não obtivera resposta. Até onde Sasha sabia, a guerra estava declarada. Xavier também não sabia de nada. A mãe falara com ele várias vezes. O filho ainda achava que Tatianna esfriaria a cabeça, mas ainda não havia conseguido fazê-lo. Dissera que a irmã estava sendo infantil e cabeça-dura e a acusara de ser mimada. Agora, ela também estava com raiva dele.

— Talvez você precise tomar uma posição e contar a ela o que está acontecendo — respondeu Liam, parecendo irritado. Estava furioso com a filha de Sasha e não o culpava, mas não queria arriscar uma rixa permanente com a filha por causa dele.

— Preciso falar com ela primeiro, antes de explicar qualquer coisa.

— E você vai fazer isso? Está disposta a me defender ou vai deixar que ela acabe comigo enquanto você puxa o saco dela?

— Liam, isso não é justo — replicou, com lágrimas nos olhos. — Ela é minha filha. Não estou disposta a perdê-la por causa disso, nem por você. Preciso fazer as pazes com ela primeiro. E temos de ver se as coisas vão dar certo. Se derem, então lido com ela. Mas nada está certo ainda. — Ele também sabia disso, mas não queria admitir.

— Por quanto tempo você espera me colocar à prova? — retorquiu, enquanto se levantava e abaixava o olhar para fitá-la.

— Você não está à prova. Estamos tentando ver se vai dar certo. Nós somos muito diferentes. Não é uma relação óbvia.

— Achei que fosse — disse, saindo da cozinha. Arrumou suas malas no quarto de hóspedes enquanto ela arrumava a sua. Sasha se perguntava se dormiria com ela naquela noite e ficou aliviada quando ele veio para o quarto. Não fizeram amor, só ficaram abraçados. Ela pegou no sono e Liam ficou acordado a maior parte da noite, olhando para o teto com tristeza. Ficara muito magoado por Sasha não estar disposta a defendê-lo frente a Tatianna. Prometera em abril que manteria o relacionamento em segredo, por um tempo ao menos. Ao fazer a promessa, entretanto, não sabia o quanto sofreria por isso. Enquanto pensava, deitado ali na cama, sentiu seu sofrimento aumentar.

Capítulo 16

LIAM E SASHA VIAJARAM para a Europa separados. Pegaram seus voos exatamente na mesma hora e ela telefonou para ele à noite. Ele pareceu distante. Conversaram um pouco e ele prometeu ir a Paris no final de semana. Sasha se perguntou se iria mesmo. Parecia infeliz consigo agora. Tatianna o magoara profundamente e isso abalara muito o relacionamento do casal. Também magoara a mãe, mas Sasha não estava disposta a travar uma guerra com ela por causa de Liam. Tatianna era sua filha, e tinha o direito ao amor incondicional que Liam queria. Ele não.

Liam jantou com Xavier naquela semana e os dois discutiram o assunto, mas Xavier havia tido uma infância e uma juventude mais fáceis do que as do amigo. Xavier sempre soube que era amado pelos pais, que eram maravilhosos. Liam não, e carregara as cicatrizes para prová-lo. Agora, o preço dessas cicatrizes era Sasha, assim como o preço do que quer que a mulher tivesse passado na juventude era Liam. As diferenças de idade e de estilos de vida também não ajudavam. Sasha havia voltado a se questionar se aquela relação era possível. Queria que fosse, mas não se precisasse se aliar a ele contra a filha. Para ela, esse era um preço alto demais a pagar por amá-lo.

Liam foi para Paris de carro na sexta-feira à noite e os dois tiveram um final de semana calmo juntos. Ficou para o 14 de Julho e assistiram juntos ao desfile no Champs Elysées. Ele achou divertido mas disse que sentia falta dos Yankees. Também sentia saudade dos filhos. Tentara vê-los antes de voltar, mas estavam viajando com Beth, e o pai prometeu que os visitaria de novo em setembro.

A galeria sempre ficava mais calma em julho, e Sasha estava ansiosa para sair de férias com os filhos. Falou o mínimo possível sobre o assunto com Liam, para não jogar sal na ferida de não ter sido convidado. Tatianna finalmente estava falando com a mãe de novo, mas muito mal. Sasha havia conversado com Xavier, que concordara ser melhor se Liam não fosse. Era muito provável, se Liam fosse, que Tatianna saísse do sério de novo, e o resultado seria um confronto. Xavier explicara isso a Liam, como mencionou depois à mãe. Tatianna não estava sendo razoável e só o tempo ajudaria a melhorar aquela situação. Estava obcecada com a ideia de que a presença de Liam na vida da mãe era um desrespeito ao pai.

Na semana precedente à viagem, caminhando pelo Bois de Boulogne com Socks, Liam virou-se para fitar Sasha.

— O que você vai fazer a respeito da sua viagem? — A pergunta a pegou de surpresa. Achava que haviam resolvido o assunto, embora nenhum dos dois gostasse do sacrifício que teriam de fazer. Ela também queria que ele fosse junto, mas isso estava fora de questão. Descobria agora, porém, que Liam estava esperando que ela mudasse de ideia. Interpretou o fato de isso não ter acontecido como uma traição fatal de Sasha. Ela não o estava defendendo nem apoiando. Para ela, essa atitude parecia infantil e irracional. Para ele, era como se Sasha não tivesse cumprido um acordo.

— Como assim, o que vou fazer? Achei que já tivéssemos decidido que este ano não daria. — Se continuassem juntos, e ela esperava que sim, haveria outras férias. Naquele ano, simplesmente não seria possível. Precisava de tempo para resolver as coisas com Tatianna.

— Você não vai enfrentá-la, não é? — Sasha suspirou e levantou o olhar para fitá-lo. O rosto de Liam parecia feito de granito.

— Agora não. Talvez mais tarde, se for preciso. Mas espero que não seja. Com o tempo, ela vai se acostumar com a ideia de que estamos juntos. Às vezes até mesmo adultos têm dificuldade em aceitar que os pais estão namorando outra pessoa. — Sasha atribuía a rejeição da filha a esse fato e não à terrível cena na casa em Southampton, que certamente fora uma forma desagradável de apresentá-lo a Tatianna.

— Ela nunca vai me aceitar se você não a obrigar. — Estava sendo teimoso.

— Ela voltou a falar comigo na semana passada — respondeu chateada. Alguém teria de sair perdendo aqui. Sasha não queria que fosse o relacionamento. — Não posso empurrar o nosso namoro pela garganta dela, Liam. Ela precisa de tempo.

— Ela está agindo como uma garotinha mimada — replicou, sendo sincero, mas insensível. Sasha sabia disso, mas Tatianna ainda era sua filha. Ele disse isso com um tom de voz desagradável, o que a irritou.

— Você também — retorquiu calmamente. Ele se afastou dela, para brincar com Socks. Na volta para casa, não disse nada. Estava com a aparência petulante e furiosa, um menininho com raiva da mãe. Um homem traído pela amante.

Sasha preparava o jantar dos dois quando Liam desceu com a mala na mão e entrou na cozinha.

— O que você está fazendo? — perguntou, morrendo de medo. Já sabia a resposta antes de ser dita.

— Estou indo embora. Não vou permitir que você me trate como um segredinho sujo, nem que a sua filha me humilhe.

— Liam, por favor... — disse, a voz cheia de pânico. — Dê uma chance para nós. Sabíamos desde o início que isso levaria tempo. E você não é um segredo. — Tatianna estava a par, esse era o problema.

— Não, sou uma desgraça. Você tem vergonha de mim. — Ambos se lembraram do churrasco do 4 de Julho, e Sasha não respondeu.

— Não tenho vergonha de você. Eu te amo. Mas você está pedindo que eu escolha entre você e um dos meus filhos. Isso não é justo. Não me peça para fazer isso. — Havia lágrimas em seus olhos ao dizê-lo. Estava pedindo para fazer o impossível por ele ou acabar com tudo entre os dois.

— Às vezes esse é o preço. Preciso que você me ame e me respeite. E você não me ama nem me respeita.

— Se você me amasse e me respeitasse, não pediria para eu escolher entre você e a minha filha. — Ele se levantou e olhou-a, sem dizer nada. Quando finalmente falou alguma coisa, pegava sua mala ao mesmo tempo.

— Acabou, Sasha. Cansei. Usamos todas as nossas fichas. Você estava certa no começo, é impossível. Acho que sempre foi. Achei que fôssemos conseguir. Eu estava errado e você, certa. — Ela não queria estar certa. Queria estar errada. Queria mais do que nunca. Desta vez, haviam chegado perto de fazer o relacionamento dar certo. Até ele fazer aquele ultimato terrível.

Sasha foi atrás de Liam, mas ele levantou a mão para impedi-la.

— Não! Eu te amo, mas vou voltar para Londres. Não me telefone. Acabou. — A seguir, a crueldade final. — Mande meus cumprimentos para Tatianna. Diga que ela ganhou. — Sem mais nenhuma palavra, saiu da casa. Fechou a porta devagar desta vez. Ela escutou o portão de bronze fechar em seguida, enquanto continuava parada na cozinha, no mesmo lugar onde Liam estivera poucos momentos antes, esperando que ele voltasse, enquanto lágrimas escorriam pelo seu rosto. Não se sentia tão mal assim desde que perdera Arthur.

Sentou-se no chão da cozinha, ao lado de Socks, e fez carinho nela enquanto soluçava. A cadela era tudo que tinha agora que ele havia ido embora. Deixava-a para voltar à sua vida, e ela sabia que desta vez era sério.

Ficou sentada por muito tempo na cozinha escura. Nem se incomodou em acender a luz. Permaneceu ali, chorando, sussurrando uma palavra no escuro. "Impossível". À esta altura, Liam já estava na estrada a caminho de Londres, convencido da mesma coisa.

Capítulo 17

Os dias em St. Tropez poderiam ter sido divertidos se Sasha não estivesse sofrendo quando chegaram lá. Xavier percebeu na mesma hora que a encontrou no hotel Byblos, onde ficariam hospedados, que algo terrível acontecera. Não a via assim desde a pior época de suas vidas, vinte e dois meses antes. O filho desconfiara de que algo devia ter acontecido quando viu Liam em um pub, na noite antes de sair de férias, com uma bela jovem. O amigo estava beijando a garota, muito bêbado. Xavier sentiu um aperto no coração. Sabia que tudo devia estar acabado entre ele e sua mãe. Exceto pelo escorregão que levara ao divórcio, Liam não costumava trair. Se estava com outra mulher em público, tudo estava acabado com Sasha.

— Vocês dois brigaram? — perguntou Xavier tranquilamente, enquanto tomavam um drinque na varanda.

— Ele queria que eu colocasse as cartas na mesa com Tatianna. Eu disse que ainda era muito cedo. Ele queria vir para cá conosco. Talvez estivesse certo, mas eu não estou disposta a arriscar o meu relacionamento com Tatianna. Ele queria muita coisa cedo demais. Eu não podia fazer isso, ela não está pronta. Acho que tem a ver com a história dele com a família. Durante toda a vida, disseram que ele não era bom o bastante e não o deixaram se expressar. Ele achou que eu estava fazendo a mesma coisa, mas eu não estava. Só queria um tempo para Tatianna esfriar a cabeça depois do que aconteceu em Southampton. E faz pouco tempo que aquilo tudo aconteceu. — Às vezes Liam agia como uma criança, e ambos sabiam bem disso. Era mesmo uma criança, em alguns aspectos. Um menino brilhante e talentoso que reage mal quando se sente rejeitado. O pior era Sasha ter a consciência de que o amava. Amava mais a filha, no entanto.

— Foi uma estupidez da parte dele — disse Xavier, parecendo irritado. Aos 26 anos, era muito mais maduro que Liam. — Eu disse exatamente a mesma coisa para ele. Ele só precisava relaxar e dar um tempo.

— Acho que ele não conseguiria. — Os ecos do passado ainda eram fortes demais e talvez o fossem para sempre. Em uma certa idade, pessoas que se amam precisam aceitar a bagagem do outro. Se não conseguem, não dá certo. Liam não conseguiu.

Sem pensar, Xavier olhou para a mãe.

— Eu o vi na véspera de embarcar. Ele estava em um pub, muito bêbado. Não parecia a hora certa de fazer nenhuma pergunta, mas eu percebi que alguma coisa tinha acontecido. — Sua maneira de falar revelou mais do que gostaria. Quando olhou nos olhos do filho, Sasha fez uma pergunta que responderia tudo que precisava saber.

— Ele estava sozinho? — Mal conseguiu pronunciar as palavras. Sentia um aperto no peito e o filho esperou um longo tempo para responder, balançando a cabeça em seguida.

— Ele estava com uma garota estúpida. Provavelmente a conheceu no pub mesmo. Não significa nada, mãe. Ele estava bêbado. Tenho certeza de que ele nem devia saber o nome dela. — Xavier não contou que Liam estava beijando a garota e que esta parecia ter uns 22 anos. Mesmo com o pouco que disse, contudo, Sasha sentiu como se tivessem enfiado uma faca em seu coração. Estava realmente acabado. Depois disso, o resto da viagem foi um sofrimento para ela. Teria sido de qualquer forma, não foi culpa de Xavier. Só conseguia pensar nele.

Passaram duas semanas em St. Tropez, visitando amigos, indo à praia durante o dia e a restaurantes à noite. Almoçaram no Club 55. Tomaram drinques no Gorilla Bar e, assim que Tatianna chegou, ela e a mãe começaram as compras. Sasha parecia aflita desde a hora que acordava até o momento em que ia dormir, o que Tatianna parecia não notar. Nenhuma das duas mencionou o nome de Liam. Xavier também não ousou trazer o assunto à tona de novo. Conseguia ver o quanto sua mãe estava infeliz só de olhar em seus olhos, mesmo quando esta tentava ficar de bom humor e fingir que estava bem. Quando ia para seu quarto à noite, chorava até dormir. Sentia uma saudade inacreditável de Liam. Sabia que não havia nada que pudesse fazer para trazê-lo de volta. Tudo que tinha a fazer agora era aceitar o fim. Não podia ligar para convidá-lo para St. Tropez. Tatianna iria embora e Sasha não queria arriscar.

Amigos convidaram-nos para sair diversas vezes, e Sasha aceitava quando tinham filhos da idade dos dela ou eram seus clientes. Ficar sentada conversando com as pessoas fazia com que tivesse vontade de fugir do próprio corpo, entretanto. Nunca se sentira assim na vida. Depois da morte de Arthur, se isolara durante meses. Agora estava solta no mundo, fingindo estar bem, o que era quase insuportável. Nada que fizesse aliviava a sua dor. Sofria por Liam dia e noite e sabia que não podia tê-lo. Não telefonou, nem ele para ela. Noite após noite, imaginava-o em bares, correndo atrás de mulheres mais novas. Já estava se sentindo quase louca ao entrarem no barco que alugaram. Foi um alívio quando levantaram a âncora, deixaram St. Tropez e partiram em direção ao mar.

Xavier e Tatianna convidaram amigos, uma sugestão de sua mãe. Todos curtiram a presença dos outros e ela não precisou entretê-los. Podia ficar deitada no deque com os olhos fechados, perto da proa do barco, pensando em Liam e sofrendo. Ficava a bordo, quando os mais jovens desembarcavam à noite. Dizia que não queria estragar a diversão deles. Na verdade, não tinha força para falar com ninguém. Precisava de tempo para chorar.

Foram até Portofino, onde saiu do barco por algumas horas. Concordou em jantar com os filhos no Splendido uma única vez. Apesar de todos os seus esforços, contudo, pareceu tão infeliz naquela noite que Tatianna, depois de voltarem para o barco, perguntou ao irmão qual era o problema da mãe, que dissera estar com dor de cabeça.

— A mamãe está doente? — perguntou Tatianna, indiferente ao mal que havia causado e agindo como se nada tivesse acontecido.

— Não — respondeu o irmão tristemente —, ela está infeliz. Eu não a via assim desde que papai morreu. — Tatianna não respondeu, enquanto Xavier a fitava de forma reprovadora. — Você tornou as coisas difíceis demais para ela, Tati. Ela não merecia. Ela e Liam terminaram antes de virmos para St. Tropez. — Estava triste pelos dois e realmente acreditava no amor que sentiam um pelo outro, independente da idade. Liam parecia estar louco na noite em que o havia visto. Apenas se expressava de uma forma diferente de Sasha. Ele extravasava, enquanto ela interiorizava os problemas. Tatianna não demonstrou nenhum remorso com a afirmação do irmão.

— Ela está melhor sem ele. O Liam é um pilantra — replicou, e Xavier quis dar um tapa nela.

— Que coisa horrível de se dizer. Por que você quer que ela seja infeliz? — Estava furioso com a irmã. — Eu já disse, ele é um cara legal e a ama. E é óbvio que ela também o ama. O que você vai fazer agora? Ficar com ela para fazer companhia? Claro que não! Você tem a sua vida. Eu também, e ela vai ficar sozinha de novo. — Estava pálido e preocupado com a mãe.

— Ela ama o papai — retorquiu Tatianna, sendo teimosa.

— Ela amava. Agora ela ama Liam.

— Ela está fazendo papel de boba e ele provavelmente deve estar rindo dela. Além disso, foi uma coisa horrível de se fazer com o papai.

— Ela não fez nada com o papai. Ele está morto, Tati. E não vai voltar. Ela tem direito de ter uma vida, com a sua aprovação ou não. Eles terminaram porque ela não quis te chatear convidando-o para vir para cá. Você deve desculpas a ela. Talvez não seja tarde demais para consertar as coisas. Eles se amam e têm o direito a isso. E você não tem o direito de interferir.

— Não quero que ela conserte nada — respondeu a irmã, parecendo devastada.

— Depois de tudo que ela fez por nós, como você pode ser tão egoísta? — Sua vontade era de estrangular Tatianna pela atitude e pela falta de compaixão por Sasha, que obviamente sofria por Liam, o que o deixava ainda mais convencido do quanto a mãe amava seu amigo.

— Talvez eu tenha feito um favor a ela.

— Você deveria levar uma surra. Ele está certo, você é uma garotinha mimada.

— Foi isso que ele disse? — Pareceu ficar furiosa de novo. — Ele estava lá com o pau balançando, pronto para me acertar com aquela pá, depois de transar com a nossa mãe — disse, como se tivesse direito de sentir toda aquela raiva. Xavier achava que ela estava sendo uma escrota, o que falou para a irmã, deixando-a ainda mais irritada.

— Você é um nojo. Talvez ele devesse ter acertado você com aquela pá. Você merece — replicou, irado. Tatianna saiu batendo os pés depois disso, e Sasha percebeu no dia seguinte que os filhos não estavam se falando. Não fazia ideia do motivo. Não lhe ocorreu que podiam ter brigado por causa de sua relação com Liam. Xavier passou a ser ainda mais gentil com a mãe e Tatianna passou a ser mais agradável. Estava aliviada de saber que Liam não fazia mais parte da vida de Sasha e esta decidiu não trazer o assunto à tona para não chatear a filha de novo. Não havia razão para isso. Tudo estava acabado e era doloroso demais falar sobre o assunto.

Divertiram-se no barco, apesar da tristeza de Sasha, e todos ficaram com pena de desembarcar quando chegaram ao porto de Mônaco. Tiveram um último jantar embarcados. Os jovens foram para o cassino naquela noite e Sasha deitou-se cedo. Na manhã seguinte, todos foram embora. Tatianna pegou um voo para Nova York, Xavier, para Londres, prometendo visitar a mãe logo, e Sasha, para Paris, após os filhos partirem. Gostara de passar um tempo com eles, mas estava aliviada de voltar para casa e deitar na cama com Socks. A casa de Paris pareceu incrivelmente quieta e solitária quando retornou.

Não tinha nada para desejar no momento, exceto o trabalho, que a mantivera de pé quando Arthur falecera. Agora, entretanto, parecia mais difícil. Quando o marido morreu, não tinha opção a não ser aceitar e se adaptar, por mais difícil que fosse. Por outro lado, sabendo que Liam estava vivo e bem, trabalhando em seu estúdio e provavelmente saindo com mulheres mais jovens, era ainda mais difícil. Havia sempre a chance remota de telefonar para ela, ou querer reatar, exceto que Sasha não acreditava nisso. Liam era cabeça-dura demais e ela sabia o quanto se sentia traído por ter se recusado a enfrentar a filha. Abrira muitas feridas antigas de abandono e traição e sabia que ele não ia superar. Conhecia-o bem demais e estava certa.

No primeiro dia de volta ao trabalho, disse para Bernard que, se Liam ligasse, queria que ele resolvesse tudo. Não atenderia às ligações. Sabia que o artista provavelmente telefonaria para a galeria em algum momento devido à exposição e não queria conversar com ele. Era doloroso demais.

— Alguma coisa errada? — perguntou Bernard, com um olhar preocupado. Sasha não parecia bem, apesar das longas férias. Por baixo da pele bronzeada, podia ver suas olheiras, ela parecia tensa. Também achava que havia perdido peso, o que era verdade.

— Não. — Começou a inventar uma desculpa, mas de repente decidiu ser honesta. — Acabou. — Seus olhos estavam sombrios.

— Ah. — Não sabia o que dizer enquanto a fitava. Podia ver o quanto estava infeliz. Era diretamente proporcional à felicidade dos meses anteriores que passara com Liam. — Ainda vamos fazer a *vernissage* dele em Nova York?

— Claro, somos seus representantes — respondeu, como uma profissional, entrando silenciosamente em seu escritório e fechando a porta. O assunto Liam estava encerrado.

Eugénie percebeu o quanto estava quieta. Quando Sasha foi para Nova York em setembro para organizar uma exposição, Marcie ficou preocupada. A chefe se encheu de força para contar que seu relacionamento com Liam havia acabado. Já fazia dois meses agora. Sentia-se como se estivesse se arrastando em arame farpado desde julho. Parecia exausta agora que não estava mais bronzeada. Marcie achou que estava com uma aparência péssima, refletindo seu estado de espírito. Tudo fazia com que se lembrasse de Liam, tudo parecia vazio sem ele. Sua cama em Paris parecia grande demais, a de Nova York era um sofrimento. O porteiro lhe perguntou como ele estava. Por mais cuidadosos que tivessem sido ao não contar a ninguém, todos agora perguntavam por Liam. Todos o amavam. Pior ainda, ela também. Só Tatianna não. Nem chegara a admitir saber que ele não estava mais na vida de sua mãe. Por outro lado, Xavier ligava sempre e Sasha gostava de conversar com o filho.

Xavier vira Liam diversas vezes, o que não mencionou à mãe. Cada vez que o via, estava com uma mulher diferente. Parecia estar recuperando o tempo perdido, e falava muito sobre o divórcio. Nunca mencionava Sasha, o que fazia com que Xavier desconfiasse que ainda estava apaixonado por ela. Era muito estranho não mencionar seu nome.

Em outubro, Xavier passou um final de semana com a mãe em Paris. O tempo estava ótimo e os dois jantaram no La Voltaire, restaurante que ambos adoravam. Sasha já estava com uma aparência melhor. Acabara de voltar de Amsterdã e assinara contrato com mais dois artistas. Não contou para o filho, mas estava se fortalecendo para ir a Nova York organizar a *vernissage* de Liam. Faltavam seis semanas. Sabia que tinha este tempo para se fortalecer o suficiente para vê-lo sem demonstrar reação alguma, independente de como se sentisse. Decidira manter uma postura profissional. Afinal, era sua *marchand*. Xavier havia visto os últimos quadros de Liam e comentou que eram muito bons. Bernard foi a Londres para vê-los também. Ficou muito satisfeito e achou que a chefe também ficaria.

A *vernissage* seria no dia primeiro de dezembro. Sasha e os filhos marcaram de passar o Dia de Ação de Graças em Nova York, uma vez que ela teria de estar na galeria na segunda-feira seguinte. Organizaria a *vernissage* durante o final de semana. Ação de Graças em Paris não fazia sentido. Seria muito mais divertido passarem em Nova York.

Xavier visitou Liam antes de viajar para Nova York. Passou em seu estúdio, e havia uma jovem lá. Não fazia ideia se esta era namorada do amigo ou não. Parecia ter uns 25 anos, e ele rezou para Liam não a levar a Nova York. Sua mãe ficaria muito mal se o fizesse e esperava que o amigo tivesse o bom gosto de poupá-la daquilo, embora ambos tivessem o direito de viverem suas vidas agora, da melhor forma possível. Contudo, Xavier sabia como seria doloroso para a mãe ver Liam com outra mulher. Ela não estava saindo com ninguém. O filho havia feito esta pergunta durante o jantar no La Voltaire. Os olhos de Sasha haviam se enchido de lágrimas e ela apenas balançou a cabeça negativamente. Xavier não tocou mais no assunto. Ficou com a assustadora sensação de que a mãe havia desistido. Aos 49 anos, lhe parecia um enorme desperdício, mas ela parecia ter se escondido dentro de si mesma, exceto quando estava trabalhando. A galeria parecia a única coisa capaz de distraí-la, e o filho ficava feliz por isso.

— Nós nos vemos em Nova York! — disse Liam contente quando Xavier saiu. Estava animado com a *vernissage*. Mas não tocava no nome de Sasha.

Sasha e seus filhos passaram o Dia de Ação de Graças no apartamento. Ela e Xavier foram ao cinema depois e Tatianna saiu com amigos. Era o terceiro Dia de Ação de Graças que passavam sem Arthur, até agora o menos doloroso. Durante o resto do final de semana, Sasha ocupou-se em organizar a exposição de Liam.

Ao desembalar cada quadro, descobria como eram maravilhosos. Dava um passo atrás para observá-los, sentindo orgulho de Liam, que fizera um trabalho fantástico se preparando para a exposição. Todas as obras chegaram em perfeitas condições e a mulher as encostou contra as paredes da galeria, enquanto resolvia onde pendurar cada uma delas. Ainda estava lá tarde da noite no domingo, tentando decidir qual pintura, entre duas espetaculares, pendurar na entrada, para que as pessoas vissem ao entrar. Nem o escutou entrar. A porta da galeria estava destrancada, porque Xavier passara por lá mais cedo e Sasha esquecera de trancá-la depois que o filho saiu. Estava ocupada demais pendurando as obras de Liam. Observava os dois maiores quadros quando escutou uma voz familiar que fez seu coração dar um pulo. Era Liam, recém-saído do avião, usando um suéter preto e jeans, o boné de beisebol de sempre, botas de motoqueiro e uma jaqueta velha de couro. Estava mais parecido com James Dean que nunca. E não era mais seu. Repetiu isso para si mesma enquanto se virava para falar com ele usando um tom de voz falsamente calmo, olhando diretamente em seus olhos. Ele não percebeu, mas foi muito difícil para ela fazê-lo.

— Você fez um excelente trabalho — disse ela com calma. Agora, era sua *marchand*, repetiu para si silenciosamente, e mais nada. Os olhares permaneceram fixos enquanto se olhavam à distância. Liam não se aproximou para dar um beijo no rosto dela. Ficou parado ali, fitando-a, enquanto Sasha fazia o mesmo. Os tempos eram outros. Ele parecia sério, triste e cansado, mas bonito como sempre. — Você produziu um número impressionante de pinturas.

— Andei bem ocupado — respondeu tranquilamente.

— Achei que ficaria mesmo — replicou, odiando-se pelo comentário. O que Liam fazia com seu tempo livre não era mais da sua conta. Pareceu aturdida ao retomar a conversa. — Qual desses você prefere que eu coloque na entrada? Estou aqui há uma hora tentando decidir.

— Aquele — respondeu, apontando para o maior e mais vibrante dos dois, sem hesitar. — Você não acha? — Ainda valorizava a opinião de Sasha sobre seu trabalho. Os olhos dela eram infalíveis e tinha muito respeito pelo que ela fazia e pela forma como fazia.

— Acho. Você está certo. Estou aqui parada como uma boba, sem saber qual escolher. Mas você está certo. — Carregou o quadro até onde queria pendurá-lo e Liam foi ajudá-la. O objeto era grande demais para Sasha carregá-lo sozinha, mas não se importava. Era comum trabalhar até tarde da noite, carregando obras sozinha, brigando com quadros, com a escada, com a fita métrica, com o nível, com os pregos e o martelo. Ele sorriu ao vê-la martelando o prego na parede e pegando-o enquanto ele o levantava. Continuava tão teimosa e determinada quanto antes, nada havia mudado. Liam ainda estava sorrindo quando Sasha desceu para admirar o trabalho. — Uau! Está perfeito!

Ele assentiu, analisando com o olhar crítico do artista, mas também ficou satisfeito.

— Está mesmo. — Então, ele andou pela galeria, encantado com a forma como Sasha organizara a exposição. Sabia que ficaria. Enquanto ela esperava ali, olhando para ele, tinha plena consciência de que não o via há quatro meses e alguns dias. Tentou não pensar nisso enquanto passava por Liam para guardar suas ferramentas. Era difícil estar no mesmo ambiente que ele. Ainda sentia a corrente elétrica que sempre existira, mas que precisava ignorar agora, para o bem de ambos. Ele não parecia sentir mais nada por ela, algo deprimente, mas Sasha disse a si mesma que provavelmente era melhor assim. Este era o único jeito.

Ela apagou as luzes da galeria depois que ele viu todos os seus quadros e o lugar onde ficariam. Quando saíram, ficou encantada ao ver que estava nevando. Passara o dia e a noite inteiros na galeria, trabalhando na exposição.

— Onde você vai ficar? — perguntou, de forma casual, enquanto ligava o alarme e trancava a porta. Liam saiu junto com ela, percebendo como parecia cansada e como estava magra. Olhando para ele e sabendo a idade das garotas com quem provavelmente estava saindo, Sasha se sentiu com 100 anos. Liam achou que ela estava bonita, mas exausta, e esperava que não estivesse doente.

— Vou ficar com amigos em Tribeca. — Foi intencionalmente vago. Não queria que as coisas se tornassem pessoais. — Na semana que vem, vou visitar meus filhos em Vermont, depois da *vernissage.* Beth vai se casar na noite do Ano Novo. — Não sabia por que estava contando aquelas coisas, mas era bom vê-la de novo. Bom e estranho, para ambos. Era muito esquisito ter amado alguém, da forma como haviam se amado, e agora não serem nem amigos. Apenas um artista e sua *marchand.* Após a exposição, Sasha não fazia ideia de quando o veria de novo.

— Como estão seus filhos? — perguntou, enquanto esperavam táxis. A neve estava acumulando no chão, subindo cada vez mais, e não havia táxis. Finalmente, passou um.

— As crianças estão bem — respondeu, deixando-a entrar no táxi. Iam em direções opostas e não podiam pegar o mesmo. De qualquer forma, Sasha não queria dividir um com ele. Ficar tão perto seria muito doloroso. No entanto, se deu conta de que poderia levar mais de uma hora para Liam conseguir outro táxi. Haviam esperado quase vinte minutos por este.

— Você quer me deixar em casa e depois seguir? Você pode ficar esperando aqui por horas — ofereceu generosamente. A neve estava mais forte e se acumulando mais. Se não estivesse tão frio e úmido, seria agradável ficar olhando. Ele hesitou, depois assentiu. A sugestão fazia sentido e ambos entraram.

Sasha deu o endereço para o motorista e os dois ficaram em silêncio.

— Espero que não caia uma nevasca, vai ser difícil para as pessoas virem para a *vernissage* — comentou Sasha, olhando para fora.

— Eu gosto de Nova York assim — disse ele, sorrindo, enquanto olhava a neve cair ao redor. Parecia mais do que nunca uma criança, o que não era raro. — Como foi o Dia de Ação de Graças? — perguntou, educadamente.

— Foi bom. As festas não são como antes. Mas foi melhor do que no ano passado e no outro — respondeu, referindo-se a Arthur. Havia sido muito pior em outros aspectos por causa de Liam. Neste momento, chegaram ao prédio de Sasha, onde o porteiro abriu a porta do táxi, ela saiu e agradeceu a Liam pela carona. — Amanhã, nos vemos. Você será um astro depois da *vernissage* — disse, sorrindo para ele e acrescentando: — Você já é. Boa sorte amanhã.

— Obrigado, Sasha. — Era grato a ela, apesar de as coisas não terem dado certo entre os dois.

Enquanto o táxi se afastava, Sasha deu de cara com Tatianna, que tinha vindo pegar um vestido que a mãe prometera emprestar a ela para ir a uma festa na semana seguinte. Percebeu que a filha olhou para o táxi e reconheceu quem era. No elevador, não disse nada, mas assim que entraram no apartamento Tatianna pareceu irritada.

— Quem era aquele? — perguntou com um tom de voz repulsivo, que na mesma hora deixou Sasha furiosa. Conseguiu se segurar e não morder a isca que Tatianna jogava. Não conversavam sobre Liam desde julho, cinco meses antes.

— Você sabe quem era — respondeu calmamente. — A *vernissage* dele é amanhã.

— Vocês voltaram? — Tatianna encarou a mãe de forma crítica, como se fosse uma fracassada aos seus olhos por ter voltado para ele, o que deixou Sasha ainda mais furiosa. A filha já prejudicara-a demais. Não permitiria que continuasse a fazê-lo.

— Não, não voltei. — Embora gostaria de ter voltado. Era tarde demais para isso.

— Ele provavelmente está saindo com garotas da metade da sua idade — disse Tatianna, sendo cruel, mas Sasha respondeu à altura.

— Basta — replicou a mãe firmemente, com um tom de voz que assustou a filha. — O que ele faz não é da sua conta nem da minha.

— Você ainda está apaixonada por ele, não está? — Tatianna acusou-a e Sasha a enfrentou.

— Sim, ainda estou.

— Isso é patético.

— A única coisa patética aqui é que você é cruel o bastante para dizer isso, continuando essa vingança e tentando honrar o nome do seu pai. Isso não tem nada a ver com ele, ou com você, nem comigo agora. Liam é um bom homem, Tatianna. Não deu certo entre nós e eu sinto muitíssimo por causa disso. Mas se você quer jogar sal nas minhas feridas, pode ir embora agora mesmo. Minha vida já é difícil o suficiente, solitária o suficiente e infeliz o suficiente como está, sem você piorando ainda mais as coisas. — Havia lágrimas nos olhos de Sasha quando Tatianna a encarou, surpresa com a reação da mãe. Xavier lhe dissera que a mãe estava apaixonada, mas a filha não quis acreditar. Achou que era só sexo. Agora estava vendo que era muito mais que isso e não esperava que Sasha fosse apresentar uma reação tão profunda.

— Desculpe, mãe — respondeu baixinho. — Não sabia que você gostava tanto dele assim. — De repente compreendeu o que havia feito e o que isso custara para a mãe. Sentiu-se culpada pela primeira vez.

— Gosto sim, não que isso seja bom para mim a esta altura — replicou a mãe sinceramente, enxugando os olhos enquanto tirava o casaco. Pela primeira vez desde aquela fatídica noite nos Hamptons, Tatianna sentiu pena dela. Nunca se dera conta de como Sasha estava solitária. Só pensava em quanto a mãe sentia saudades do pai e não em como estava sozinha ou infeliz.

— Só queria que você encontrasse alguém mais parecido com o papai — disse a filha, baixinho, sentindo-se mal pelos seus comentários, e admitindo a verdade pela primeira vez, enquanto lágrimas jorravam de seus olhos. — Isso não é verdade. — Corrigiu-se: — Não queria que você ficasse com mais ninguém sem ser o papai.

— Eu sei — respondeu a mãe, chorando também e puxando a filha para seus braços. — Também sinto saudades dele, querida, eu achei que a dor fosse me matar depois que ele morreu. E eu não esperava me apaixonar pelo Liam. Simplesmente aconteceu. Eu não queria, mas aconteceu. — Fechou os olhos enquanto se abraçavam. — Agora não importa mais. Acabou. — Lágrimas rolavam por seu rosto enquanto o dizia.

— Talvez ele volte — disse Tatianna, com pena da mãe e sinceramente arrependida, o que levara muito, muito tempo.

— Não. É impossível — replicou Sasha, baixinho, enquanto a filha chorava em seus braços. — Você não causou isso, Tati. Se ele realmente me amasse, ainda estaria aqui. As coisas teriam acabado de qualquer forma. Era impossível desde o início. Você estava certa. — A mãe sorriu tristemente para a filha. — Sou muito velha para ele. Preciso de um homem adulto. O que quer que isso seja.

— O papai era adulto — respondeu Tatianna, olhando para Sasha, tão triste quanto ela. Sentia-se responsável pelo que havia acontecido.

— Sim, ele era. Não tem muitos como ele por aí. — Lembrou-se do discurso de Marcie no verão sobre os fracassados e cretinos que existiam por aí. Acreditava nela. Conhecera alguns nos seus dois anos de viuvez. Ao menos, Liam fora sincero e honesto, e a amara, mesmo sendo imaturo e infantil às vezes. No mínimo, era gentil e bom. Outros que conhecera não o eram. Sabia que provavelmente havia um homem legal em algum lugar, mas não tinha mais forças nem coração para encontrá-lo, ou para confiar nele. Era difícil demais. Não queria ninguém agora. Tinha dois homens por quem chorar: Arthur e Liam.

Tatianna se despediu da mãe com um beijo logo após e saiu levando o vestido que viera pegar emprestado, enquanto Sasha pensava sobre o que acontecera entre as duas naquela noite. A filha começara a criticá-la de novo por causa de Liam, mas desta vez ela o defendera. Era o que Liam queria que houvesse feito em julho e Sasha não conseguira. Foi a ideia certa na hora errada. Devia isso a ele e finalmente tinha tomado uma atitude, mas quando Liam pedira, era cedo demais. Infelizmente para os dois, agora era tarde demais. De qualquer forma, estava feliz pelo que havia feito. Tatianna precisava escutar aquilo e Sasha precisava dizê-lo. Como seu último presente para Liam e para si mesma, finalmente dera o troco. Não importava mais, estava muito atrasada, mas lhe fizera bem dizer aquelas coisas e confessar à filha o quanto o amava. Foi seu último presente para ele.

Capítulo 18

PELA MANHÃ, A NEVE parou, as ruas estavam molhadas. A noite estava gelada e clara como cristal enquanto Sasha se vestia para a *vernissage* de Liam. Como sempre, usava uma roupa escura e simples. Desta vez, um vestido preto sem babados nem enfeites. Queria que as pessoas prestassem atenção nos quadros, não nela.

Marcie pedira a Liam que chegasse às cinco e meia para conversar com o crítico de arte. Queriam tirar uma foto sua com seus quadros. Os convites distribuídos diziam que a *vernissage* seria às seis.

Sasha deixou a assistente cuidar de Liam e do crítico de arte. Quando saiu de seu escritório, pontual para a *vernissage*, o crítico e o fotógrafo haviam acabado de sair. Liam estava na galeria parecendo nervoso, usando terno preto e camisa branca, gravata vermelho-escura, sapatos pretos com cadarços bem sérios, o cabelo preso em um rabo de cavalo e meias pretas, o que fez Sasha sorrir. Estava impecavelmente arrumado e vestido, e, embora

Sasha não quisesse, seu coração deu um pulo. Não deixou transparecer nada em seu rosto, contudo. Era a fria *marchand* profissional, esperando guiá-lo pela sua primeira grande exposição.

— Você está maravilhoso, Liam — disse educadamente, enquanto os olhos do artista analisavam-na em seu vestido preto de seda simples.

— Você também. — Retribuiu o elogio. Um garçom ofereceu-lhe uma taça de champanhe, que aceitou, fitando-a envergonhado. — Não se preocupe, vou me comportar.

— Não tenho dúvidas quanto a isso. — Sorriu para ele discretamente.

— Nada de cavalgadas hoje, espero — brincou, referindo-se ao churrasco em que se embebedara e se comportara de forma ultrajante.

— Não — replicou, com um brilho no olhar. — Deixe isso para depois da *vernissage*.

Liam balançou a cabeça e suspirou ao lembrar vagamente do 4 de Julho.

— Cuidado com o cavalo.

Sasha sorriu, não disse nada e brindou a ele:

— Ao sucesso da sua primeira exposição na Suvery.

— Obrigado, Sasha. À minha *marchand*. — Brindava enquanto os primeiros convidados começavam a chegar. A seguir, foi um caos bem organizado. Centenas de pessoas andavam pela galeria para ver seu trabalho, conversando, rindo, encontrando pessoas e se cumprimentando. Apresentações, perguntas, listas de preços, críticos, curiosos e colecionadores misturados para admirar seu talento. Sasha não teve chance de falar com o artista durante a noite inteira. Deixou Marcie de prontidão para apresentá-lo às pessoas, mantê-lo feliz e garantir que se comportasse.

Não houve problemas, incidente ou surpresa. A única surpresa, embora não para Sasha, foi a venda de praticamente todos os quadros, com exceção de dois. Liam não conseguiu nem acreditar, ficou parado fitando sua *marchand* quando ela lhe contou a novidade e quase chorou.

— Impressionante, Liam. É muito difícil acontecer isso, exceto com artistas muito famosos. Eles entendem e apreciam seu trabalho. Você deveria se orgulhar. — Acrescentou a seguir: — Estou muito orgulhosa de você.

Sem dizer nada, ele a abraçou, parecendo constrangido em seguida. Estava chocado.

— Então, agora, além de você ser um artista talentoso, logo será um artista rico. Logo, logo. — Já decidira aumentar os preços dos quadros após o sucesso da exposição. — Acho que agora você deve fazer uma exposição em Paris. O mercado de lá não é tão forte, mas como você já foi um sucesso em Nova York, provavelmente vai se dar bem lá também. Falaremos sobre isso antes de você ir embora.

Liam ainda não conseguia acreditar e parecia em estado de choque quando foram para o La Goulue. Sasha ficou por mais tempo na galeria, enquanto reunia um grupo para o jantar. Convidou alguns amigos de Liam e clientes que haviam comprado quadros naquela noite, importantes para o artista conhecer. Reservara uma mesa para vinte pessoas, com o artista sentado a uma cabeceira e ela, à outra. Cercara-o de amigos. Para Sasha, era estranho estar ali com ele. Entretanto, precisava desempenhar o seu papel muito bem, independente de como se sentisse em relação a Liam. Vários dos artistas que lhe pedira para convidar eram mulheres. Ao menos eram só amigas. Não fazia ideia com quem ele estava envolvido agora e não queria saber. As únicas pessoas da sua idade à mesa eram seus clientes. O resto dos convidados eram bem mais jovens do que Liam. Algumas coisas não mudam. Não havia nenhum motivo para mudarem agora. Ele estava de volta ao seu próprio mundo. Não precisava mais se adaptar ao dela, nem mesmo se comportar. Estava sendo prudente naquela noite, no entanto, porque queria ou em consideração a ela. Era um dia importante e uma enorme vitória para ele.

Sasha tinha um anúncio para fazer durante o jantar. Um dos clientes que estava sentado perto dela acabara de decidir comprar os dois quadros que ainda estavam disponíveis. Na *vernissage*, haviam vendido todos. De pé no seu lado da mesa, compartilhando a notícia com todos, Sasha fez um brinde a Liam. Desta vez, apenas ficou sentado onde estava, fitando-a.

Ele retribuiu com um brinde confuso a ela e ao cliente, dizendo que não sabia o que falar, exceto agradecer a todos, principalmente a Sasha, Karen, Marcie e a todos os clientes que haviam comprado suas obras. Parecia realmente desconcertado e Sasha ficou comovida.

Sorriu para ele uma ou duas vezes de seu lado da mesa, mas não havia nenhum significado mais profundo em seus olhares. Estava feliz apenas pelo sucesso da exposição. Esse fora o objetivo dos dois desde o começo. O resto era apenas um bônus, não a motivação para assinar um contrato. Haviam conquistado exatamente o que ela queria para Liam: sucesso.

O jantar se estendeu até depois da meia-noite e, como sempre fazia, Sasha ficou até que o último convidado fosse embora. Pagou a conta, agradeceu ao restaurante e saiu com Liam para a noite gelada e cristalina de dezembro. Estava tão frio que, ao respirar, parecia haver alfinetes em seus pulmões.

— Nem sei como te agradecer — disse ele, parecendo em êxtase. Ela havia escolhido vinhos excelentes, mas era óbvio que ele não tinha bebido muito. Comportara-se de forma exemplar sob todos os aspectos e, de um jeito peculiar, parecia ter amadurecido.

— Você não precisa me agradecer — respondeu simplesmente. — Essa é a minha missão, apresentar artistas emergentes ao mundo. — Naquela noite, Liam certamente havia emergido. — Além disso, vou ficar com metade do dinheiro. Eu é que deveria agradecer a *você*.

— Obrigado por acreditar em mim e me dar uma chance. Espere até eu contar para os meus filhos — disse sorrindo, olhando para Sasha de novo. Calçando suas botas sem salto de inverno, ela parecia excepcionalmente baixa. — Posso levá-la para tomar um drinque em algum lugar? — Ela começou a dizer não, mas acabou por assentir. Provavelmente, esta seria sua última chance de estar com Liam. Nada iria acontecer. Tudo agora era passado.

Decidiram ir ao bar no Carlyle e conversaram no táxi sobre a *vernissage*. Liam queria saber de todos os detalhes e o que haviam dito. Sasha contou tudo que sabia, tudo que tinham falado a ela. O artista sorvia cada palavra.

Pediu um *brandy* quando chegaram ao bar, e ela pediu uma xícara de chá. Já tomara vinho suficiente para uma noite e a última coisa que queria era beber demais com ele. Não queria perder o controle. Depois seria mais fácil, mas esta era a primeira vez que o via depois do tórrido romance que tiveram. O relacionamento estritamente profissional ainda era um terreno pouco explorado.

Conversaram durante um tempo sobre coisas sem importância, e então Sasha o surpreendeu contando sobre a conversa que tivera com Tatianna na véspera. Não tivera a intenção de contar, mas de alguma forma, antes que pudesse impedir, já estava falando.

— Não sei por que eu estou te contando isso — disse, parecendo constrangida. — Talvez eu quisesse que você soubesse que eu o defendi, no fim das contas. Tarde demais para nós dois, mas não para você. O mais engraçado é que Tatianna abaixou a cabeça depois que fui dura com ela. — Sasha parecia pedir desculpas a Liam. — Eu simplesmente não estava pronta em julho. Talvez eu devesse estar. E sei que era o que você precisava que eu fizesse. Mas, pelo menos, fiz agora. — Não estava comentando para impressioná-lo, só queria que soubesse que havia finalmente defendido a honra dele e a sua própria.

— Tudo bem, Sasha — respondeu gentilmente. — Eu entendo. Você estava em um beco sem saída. Nós dois estávamos. É engraçado como essas coisas acontecem às vezes. Tudo colide na mesma hora, o passado, o presente e o futuro. Pessoas novas, pessoas velhas, fantasmas do passado. Às vezes, eu me perco entre a minha família e as outras pessoas. Simplesmente mexe em muitas feridas. Ela é só uma menina, e é sua filha. Eu deveria ter compreendido isso. Agora eu entendo, mas levou tempo, muito tempo — disse tristemente.

— Obrigada por ser tão compreensivo — replicou, com um sorriso nos lábios. — Sei que foi horrível para você. Também foi difícil para mim, mas você está certo. Ela é uma menina. E a verdade é que, sob o seu ponto de vista, ela é adulta e não agiu como uma. Talvez seja comum todo mundo se comportar como criança de vez em quando.

— Eu visto essa carapuça — disse Liam com um sorriso triste, e ambos riram. — Na verdade, faço isso com orgulho. Tenho uma carreira de imaturidade.

— O que causou isso? — perguntou, rindo. Ele era engraçado às vezes. Quando o fitou, percebeu de novo o quanto havia sentido falta dele nos últimos quatro meses e como sempre sentiria.

— A idade, acho. Vou fazer 41. — Ao escutá-lo, Sasha gemeu.

— Por favor, não me venha com essa. Vou fazer 50 em maio. Merda, como fiquei tão velha assim? — E tão burra, queria acrescentar. De repente, desejou ter confrontado Tatianna em julho, mas o momento não era apropriado e não estava escrito que fosse naquela época.

— Você não é velha, Sasha. Ainda é jovem e bonita. Não sei por que as pessoas se preocupam tanto com a idade. Eu também sou assim. Fico querendo fingir que ainda sou um garoto, e não sou. Estou amadurecendo, por mais que eu odeie admitir isso. Não sei por que achamos que a juventude é tão maravilhosa. Se eu me lembro bem da minha, foi uma merda. Assim como as minhas opiniões na época. As coisas estão muito melhores agora.

— Eu gostaria de poder dizer a mesma coisa. — Recostou-se na cadeira alta e o fitou. Aquilo era estranho. Haviam deixado de ser amantes para serem *marchand* e artista e talvez agora, no final, acabassem amigos. Era mais fácil conversar com ele do que com qualquer outra pessoa que conhecesse. Exceto talvez Xavier, que era seu filho. Havia coisas, no entanto, que podia admitir para Liam que nunca poderia dizer ao filho. — Às vezes acho que quanto mais velha fico, menos eu sei.

— Você sabe muito. Você é a pessoa mais inteligente que conheço, sobre um monte de coisas. E a melhor *marchand* do mundo.

— Formamos uma boa equipe — respondeu, e percebendo o que dissera ficou constrangida. Não queria que ele achasse que estava correndo atrás dele, pois não estava. Estava se esforçando muito para não fazê-lo, o que não era fácil. — Quero dizer, quando o assunto é arte.

— Não fomos tão mal nos outros aspectos. A maior parte do tempo. Só perdemos o rumo de vez em quando. — Era uma declaração adulterada, sob o ponto de vista de Sasha. Nos onze meses que se conheciam, haviam se separado duas vezes, num total de seis meses, significando que, na maior parte do tempo, não haviam se entendido.

— Você está sendo generoso — disse, terminando seu chá. Estavam sentados no bar do Carlyle havia duas horas. Era o momento de ir para casa, não podiam mais estender, o lugar estava fechando.

O porteiro chamou um táxi para os dois e Liam a deixou em casa. Sasha teria adorado convidá-lo para subir, mas sabia que não podia. Isso só faria com que o desejasse mais e não havia por que fazê-lo. A experiência que haviam compartilhado juntos tinha acabado para sempre desta vez e ambos sabiam disso. Não havia como se esconder mais agora. A idade não o afastara, e sim as circunstâncias, os valores e o estilo de vida, sem contar Tatianna. Destino. Não era para ser, independente da atração que sentiam um pelo outro, obviamente ainda presente.

Liam a fitou por um momento antes que saísse do táxi.

— Obrigado pela fantástica *vernissage.* — Hesitou ao pegar a mão dela. — Vou para Vermont na sexta-feira. — Não sabia por quanto tempo ela ficaria em Nova York. — Posso levá-la para jantar amanhã, Sasha? Para agradecer por esta noite, em nome dos velhos tempos? — Ela nem sabia se ele estava namorando no momento. Acreditava de todo o coração que queria tê-la como amiga.

— Não sei se é uma boa ideia. Sempre arranjamos problema quando fazemos esse tipo de coisa — respondeu honestamente, e ele riu.

— Pode confiar em mim. Vou me comportar. Prometo.

— Mas não confio em mim. — Estava sendo franca com Liam, e fora desde o início.

— Agora podemos virar notícia. "*Marchand* estupra artista emergente que a processa por assédio sexual." Confio em você e se você avançar em mim, eu grito. Por que não tentamos? — Ele tirou toda a tensão do convite e Sasha assentiu. Adorava estar e conversar com ele.

— Vou tentar me controlar — respondeu ela, com um sorriso travesso. Liam estava morrendo de vontade de dar um beijo de boa-noite nela, mas não o fez. Não queria estragar nada entre os dois agora e podia ver que Sasha estava com medo. Ele também estava.

— Passo na galeria às seis para te pegar. Quero entrar e admirar um pouco os meus quadros, até porque todos foram vendidos. — Ela riu, saiu e acenou ao entrar no prédio. Ele acenou de volta e o táxi partiu.

Sasha entrou no apartamento silencioso, pensando no tempo em que ele estivera com ela. Aquele lugar parecia cheio de fantasmas agora. Arthur. Liam. Nem seus filhos estavam mais ali. A realidade é que estava sozinha agora, provavelmente para sempre. A única coisa que não podia se permitir fazer, lembrou-se enquanto tirava o casaco, era se deixar levar por Liam de novo, não importava o quanto fosse charmoso e tentador. Já haviam provado que era impossível duas vezes. Não precisavam fazê-lo de novo.

Capítulo 19

LIAM CHEGOU PARA PEGÁ-LA pontualmente às seis horas, como prometera. Olhou para seus quadros enquanto saíam. Era uma sensação estranha saber que não os veria de novo. Era como dar os filhos para adoção. Ele dera à luz esses quadros, e agora precisava deixá-los ir. Sentiu-se nostálgico enquanto seguiam no táxi. Fizera uma reserva para eles no Da Silvano. Iam muito lá em julho. Era um restaurante italiano popular na parte baixa da cidade; a comida era boa e os garçons cantavam quando estavam a fim.

Conversaram sobre arte, como sempre, sobre pessoas que conheciam, amigos dele que ela conheceu, os filhos dela e os dele. Ele disse que Tom estava indo bem na faculdade, e que os outros também estavam bem. Acabou falando sobre Beth. Admitiu que era estranho saber que ela se casaria de novo. No Natal, já estariam divorciados. Ela ainda não o perdoara por causa de Becky, e ele sabia que nunca perdoaria.

— Achei que, pelo menos, pudéssemos ser amigos. Mas, aparentemente, não podemos. Pelo menos, parece que eu e você encontramos um jeito de prosseguir com a amizade, já é alguma coisa. — Mas ambos sabiam que sempre haveria um clima entre eles. A atração era forte demais. Sasha estava preocupada com isso esta noite, enquanto estavam sentados um em frente ao outro, comendo massa e tomando vinho tinto barato.

Conversaram, então, sobre a viagem para a Itália. Tinha sido mágica para os dois. E então, sem pensar, ele olhou para o pulso dela e viu o bracelete que dera para ela. Ainda estava ali. Mesmo depois que terminaram, ela nunca o tirou. Sasha ficou envergonhada quando viu que ele percebeu.

— Isso é bobeira minha. Eu me apego a coisas assim.

— Eu também — disse ele, e não fez mais nenhum comentário.

— Então, o que vai fazer no Natal, Liam?

— Não sei. Vou voltar para Londres depois de ver as crianças. Vou ficar só o final de semana em Vermont. Vamos ficar em um hotel já que o chalé não tem calefação para o inverno. — Ela assentiu, pensando nos filhos dele. Não os conhecia, e gostaria de ter conhecido. Talvez um dia. Talvez ele os levasse à galeria para a próxima exposição. Levaria um ano, talvez dois, para haver outra. Faria uma exposição dos quadros dele em Paris. Depois disso, Nova York de novo, no ano seguinte. Como *marchand*, tinha planos ambiciosos para ele. Como mulher, não tinha nenhum. Depois de tudo que passaram, estava escolada. — E você? Natal em Paris?

— Ainda não sei. Tatianna vai ficar com amigos este ano. Xavier está com uma namorada nova e quer ficar com ela. Vou ficar por aqui por algumas semanas, acho. Provavelmente, estarei em Paris no Natal. Estava pensando em deixar Xavier convidar a namorada. O tempo voa. — Ela sorriu, tentando ser corajosa. Mas seu coração ainda se apertava quando pensava no Natal, principalmente sem Arthur, e agora, sem ele.

Conseguiram terminar o jantar sem magoarem um ao outro trazendo lembranças dolorosas à tona. Desviavam delas com cuidado, como se fosse um campo minado, e no final, a noite foi um sucesso. Ele se ofereceu para ir no táxi com ela, mas ela disse que era besteira. Ele já estava perto de Tribeca. E estavam longe do apartamento dela.

— Eu não ligo — insistiu ele. Mas ela sabia que, se ele fosse ou não, seria ruim para ela. Se ele estivesse apenas sendo educado, ela se sentiria rejeitada. E se ele a quisesse de novo como mulher, sabia que ambos se arrependeriam depois. Era hora de ir.

Ela deu um abraço e um beijo no rosto dele, agradeceu pelo jantar e entrou no táxi sozinha. Sentindo-se ridícula, chorou até em casa. Repetiu para si mesma que independente de quão atraentes fossem algumas coisas, elas simplesmente não estavam escritas e essa era uma dessas coisas. Tinha tido sorte por tê-lo durante um tempo. Foram uma bênção na vida um do outro por um curto período de tempo. Na verdade, no total, passaram cinco meses juntos. Não era nada comparado a uma vida, e certamente não se comparava aos vinte e cinco anos que passara com Arthur. Seu romance com Liam fora breve e doce, excitante e apaixonado, cheio de trovões e relâmpagos. Para o longo prazo, ela sabia que precisava de algo mais simples, mais fácil, mais calmo, mais sólido. Não havia nada de fácil ou calmo em Liam. Ou mesmo nela.

Acendeu as luzes quando chegou em casa, vestiu sua camisola, escovou os dentes e foi para a cama. Tinha acabado de apagar a luz quando o interfone tocou. Era o porteiro. Ela não podia imaginar por que ele estava interfonando, e saiu da cama para atender. Ele disse que ela tinha uma visita.

— Não estou esperando ninguém — disse ela, parecendo confusa. — Quem é? — Ele entregou o interfone para a visita.

— Sou eu — disse ele, parecendo bobo. — Posso subir? — Era Liam.

— Não! — Ela quase gritou no interfone. — Não pode. Já estou na cama. O que você está fazendo aqui? — Era uma coisa estúpida de se fazer, e ela quase ficou furiosa com ele. Não queria sofrer a tentação, embora, na verdade, quisesse. Mas não podia permitir que ele fizesse isso com ela. Não de novo.

— Quero conversar com você — disse ele, baixinho, sabendo que o porteiro estava escutando. Esse era novo e ele não conhecia.

— Não quero falar com você. É melhor me ligar de manhã.

— Já vou subir — disse ele, sorrindo para o porteiro, e desligou o interfone. Dirigiu-se para o elevador sem hesitar, e era óbvio que conhecia o caminho. O porteiro não impediu Liam enquanto este agradecia. Dois minutos depois, tocou a campainha. Ela escutou mas não atendeu. Não tinha coragem de pedir ao porteiro para subir e expulsá-lo de lá, mas poderia ter feito isso, e disse isso através da porta.

— Vá embora!

— Eu não vou sair daqui — disse ele, com calma.

— Não vou abrir a porta.

— OK. Podemos conversar assim. Tenho certeza de que seus vizinhos vão ficar fascinados — disse ele, completamente indiferente, enquanto ela encostava na porta, cruzava os braços e fechava os olhos.

— Não faça isso, Liam. Não temos nada para dizer.

— Fale por você. Eu tenho muito o que dizer. — Ele, então, começou a cantar, e ela sabia que seus vizinhos não iam gostar nada e começariam a reclamar. Não tinha escolha a não ser abrir a porta. Abriu e lançou um olhar fatal para ele.

— Se você me tocar, vou ligar para a polícia e acusá-lo de estupro.

— Ótimo. Isso vai melhorar ainda mais a minha reputação. Se você me tocar, eu direi a eles que foi assédio sexual.

— Não se preocupe. Não farei isso. — Ele entrou, como se ainda estivesse hospedado ali, e ela foi atrás, ainda de camisola. Ele foi até a cozinha e abriu o freezer.

— Maravilha. Rocky Road. — Ele pareceu satisfeito e tirou o pote do freezer, serviu-se e deu uma enorme colherada, depois ofereceu a ela, que balançou a cabeça, parecendo estar prestes a dar um soco nele. Teria feito isso se tivesse coragem. Ele parecia totalmente indiferente enquanto se sentava, jogara o casaco na poltrona do vestíbulo e ainda estava com o grosso suéter, as calças pretas que tinha usado para o jantar, e meias. Estava frio lá fora. Até ele usava meias no inverno. Mas ainda era Liam, irrepreensível e incontrolável. O artista excêntrico preferido dela.

— Não coma isso. Deve estar congelado. Está aí desde que você foi embora.

— Não me importo — disse ele, comendo sorvete e olhando para ela.

— Então, o que você queria dizer? — Ela ainda estava determinada, e ele sorriu.

— Eu queria dizer que amo você. Acho que deveria saber.

— Eu também amo você. Isso não faz a menor diferença. Nós nos levamos à loucura. Eu magoei você. Você me fez sofrer. Foi embora. É impossível. Sabemos disso. Não precisamos provar isso de novo. Já tentamos duas vezes, já basta para mim. — Já fazia quatro meses, e ela ainda não tinha superado. Não ia tentar de novo, independente do quanto ele fosse irresistível. Iria escutar a cabeça desta vez, não o coração. Seu coração a colocara em maus lençóis com ele antes. Todas as vezes.

— A terceira vez dá um charme — disse ele, enquanto terminava o sorvete, lavava a taça e colocava no escorredor. — Olhe como já estou bem treinado. Por que perder tempo com outro?

— Você só parece treinado. É um desses cachorros de rua que abanam o rabinho, pegam coisas e jogam bola. Mas não está domesticado, e eu sei disso.

— Nem você. Nós nos merecemos — disse ele, confiante.

— Eu sou domesticada demais. Sou extremamente civilizada. Em todos os aspectos. — Ela se esticou toda para parecer intimidadora, mas não conseguiu. Liam não ficou impressionado nem intimidado. Estava apaixonado por ela, não com medo.

— É verdade, você é civilizada, admito. Mas você também é a mulher mais teimosa que eu conheço.

— Você está fazendo uma pesquisa? — perguntou ela, parecendo desconfiada. — Xavier disse que já viu você com algumas garotas bem novinhas, mais novas que Tatianna.

— Houve muitas meninas novinhas desde que eu fui burro o suficiente para deixar você. Elas me matam de tédio. Sasha, não sei o que você fez comigo quando nos conhecemos, mas não consigo viver sem você. Quero voltar. Eu amo você e prometo que vou ser bonzinho desta vez.

— Você foi bonzinho da última vez — disse ela, fitando-o, triste. — Você foi fantástico. Eu estava feliz. Eu também amo você. Mas não sei lidar com o artista excêntrico que existe aí dentro. Toda vez que espero que seja respeitável, você acha que estou tentando controlá-lo. Fica magoado se acha que recebeu qualquer tipo de crítica, e acha que estou excluindo você como seu pai fazia. Não estou, mas não posso sempre fazer tudo que você quer. E para você, toda vez que isso acontece, é como se estivesse começando a terceira guerra mundial. Sempre que se sente ofendido, você vai embora.

— Eu me senti excluído — explicou ele, como se fosse fazer diferença. Mas o resultado final ainda era que ele acabara com tudo e fora embora. E já tinham se passado quatro meses. Tarde demais para ela, ou era o que ela queria que ele acreditasse.

— Sei que você se sentiu excluído. As minhas férias foram terríveis sem você. Mas não queria perder a minha filha para sempre porque fiquei do seu lado. Era muito cedo.

— Agora eu entendo isso. Levou um tempo para eu conseguir, mas agora eu compreendo. — Ele estava sentado à mesa da cozinha como se estivesse esperando para assinar um contrato com ela.

— O que você quer de mim, Liam? — perguntou ela, parecendo assustada e frustrada. — Você me deixa louca.

— Nós somos loucos. Nós dois. Somos loucos de amor um pelo outro. Talvez isso seja uma doença. Não sei. Talvez devamos nos tratar. Só sei que toda vez que vejo você, percebo que não posso viver sem você. E não me diga que não se sente da mesma forma, porque eu sei que sente. Você só é mais educada do que eu, ou mais adulta, sei lá. Eu estava doido para entrar no táxi com você hoje, mas você não me convidou, então peguei outro e vim para cá. Você podia, pelo menos, ter me convidado para tomar um drinque aqui — disse ele, soando insultado, mas estava apenas implicando com ela, e ela sabia. — Eu me ofereci para trazê-la em casa, e era o que eu queria.

— E depois? Faríamos alguma coisa estúpida? E o que aconteceria depois? Teríamos um mês maravilhoso, dois ou três, e depois você me abandona de novo na próxima vez que eu magoar você. Liam, não farei isso.

— Bem, não vou sair daqui até que você diga que fará. Quero passar o Natal com você. Na verdade, quero passar o resto da minha vida com você. Preciso de você. Você é a única mulher no mundo que me entende, e que gosta de mim e que cuida de mim.

— Não quero ser sua mãe, Liam — disse ela, sendo severa, — não importa a minha idade.

— Todo homem precisa de uma mulher para mimá-lo. É a natureza da fera. — Alguém já dissera isso para ela, mas não se lembrava quem. Estava tentando pensar, mas não importava. O que Liam estava dizendo não fazia sentido, por mais bonito e atraente que ele fosse, ou sensual. — Gosto que seja mais velha. Você tem mais juízo que eu.

— Isso porque você não quer crescer.

— Você pode ser adulta por nós dois. Eu lhe dou a minha permissão. — Sua expressão dizia que achava que tinha resolvido o problema, mas não tinha, pelo menos para ela.

— Você também precisa ser adulto.

— Odeio essa parte — disse ele, batendo com os dedos na mesa. — Não posso bancar o artista excêntrico até os oitenta anos? Quando chegar lá, você pode dizer para as pessoas que estou caduco.

— Você pode ser um artista excêntrico agora, mas não o tempo todo. — Na verdade, não o tinha sido o tempo todo antes. Só em determinadas ocasiões, como no churrasco, em que fora ultrajante, não apenas excêntrico. Ninguém jamais esqueceria aquilo, nem ela. — Não importa qual seja o nosso acordo, Liam. Não vai dar certo. Simplesmente não vai. Não deu. É realmente impossível.

— Isso é besteira. *É* possível. Você só não quer que seja.

— Por que eu não ia querer que fosse possível? Por que eu não ia querer ficar com você se eu o amo? Nunca deixei de amá-lo. Foi você quem me abandonou. Não eu. Foi você quem tornou as coisas impossíveis. Você me convenceu. Eu já estava acreditando que era possível, até que você perdeu a cabeça por causa da Tatianna, embora eu tenha de admitir que ela não foi nada legal com você.

— Eu e ela fomos estúpidos. Não sei, Sasha. O que eu posso dizer? Além da Beth, você é a única mulher que amei na vida. Talvez eu demore para aprender as coisas, seja disléxico ou alguma coisa assim. Mas agora aprendi a lição.

— É tarde demais — disse ela com tristeza. Não queria que fosse, mas era. Para ambos. Não podiam fazer isso de novo, por mais tentador que fosse.

— Não é — insistiu ele.

— É. — Ela era tão teimosa quanto ele. Ainda mais desta vez.

— Vou tomar um porre agora mesmo se você não parar de discutir comigo. Não está me dando escolha.

Por um minuto, ela achou que ele estivesse falando sério.

— Você quer um drinque?

— Não, eu quero você. — Ele se ajoelhou na cozinha dela. Ainda não tinham saído dali, e ela riu.

— Isso é ridículo, pare com isso. Levante, pelo amor de Deus.

— Não vou levantar até que você concorde em tentar de novo. Droga, Sasha, o que nós temos a perder?

— Nossa sanidade mental. A minha, pelo menos. Eu quase fiquei louca da última vez.

— Prometo que não vou fazer isso de novo.

— Você vai fazer alguma coisa pior. Sei que vai.

— E daí? Nós brigamos um pouco, e depois eu me dou conta. É um processo de aprendizado. Aprendo devagar, mas Deus, mulher, eu amo você.

— Você é impossível.

— Talvez eu seja. Mas esse relacionamento não é. — Ele se aproximou, então, e fez o que estava com vontade de fazer a noite toda, e na noite anterior, e não tinha ousado. Beijou-a e abraçou-a. Não parou até que ambos estivessem sem ar. — Eu amo você — disse ele, com a voz rouca.

— Eu também amo você — sussurrou ela. — Por favor, Liam... não faça isso comigo. — Ela não tinha a menor força para resistir a ele, e sabia disso. Ela o desejava demais.

— Por favor, Sash, dê uma chance para nós dois... — sussurrou ele em resposta. Ela o fitou longa e duramente, e então, como se alguma outra pessoa tivesse feito isso por ela, totalmente sem controle de si mesma, assentiu e fechou os olhos.

Com um único gesto, ele a tomou nos braços, levou-a para o quarto e deitou-a na cama que dividiram no verão. Ela ficou deitada observando-o se despir, pensando na loucura do que estavam fazendo, e completamente incapaz de resistir a ele.

— Acho que estou possuída — disse ela, enquanto o observava tirando os sapatos, e depois as calças. — Preciso de um exorcista.

— E eu preciso de você — disse ele ao jogar as calças no chão e depois a camisa. Ela quase desmaiou ao vê-lo fazendo isso, e então ele apagou a luz. — Só preciso de você — disse ele, ao deitar na cama ao lado dela.

— Eu amo você, Liam... é melhor que dê certo desta vez — avisou ela enquanto começavam a fazer amor.

— Vai dar, Sash, prometo.

Fizeram amor como se fossem viciados um no outro. O que compartilhavam estava além da razão, além das palavras. Deitados juntos ali, só sabiam que ambos acreditavam de novo que era possível.

Capítulo 20

SASHA ACORDOU DE MANHÃ deitada ao lado de Liam, e a única coisa que conseguiu fazer foi rir.

— Diga que estou sonhando. Devo estar drogada... nós dois somos loucos de tentar de novo.

— Verdade — disse ele, virando-se com um enorme sorriso —, nós estamos, e eu adoro isso. Pense em como a vida seria chata se não fosse assim.

— É, talvez até fosse sensata. Só Deus sabe como seria. Eu nem me lembro mais.

— A sensatez é chata — disse ele, sorrindo.

— Ah, Deus... não me diga isso.

— O que você vai fazer hoje?

— Não sei quanto a você, Sr. Artista Excêntrico, mas eu preciso trabalhar. Tenho filhos e artistas para sustentar.

— Eu não. Vendi tudo — disse ele, com um brilho de felicidade no olhar, enquanto rolava na cama para beijá-la. Estavam felizes de novo. A vida era gostosa. — Vou voltar para cá depois que voltar de Vermont. — Ele tinha planejado pegar um voo em Boston para Londres, mas agora, num piscar de olhos, todos os seus planos tinham mudado. — Posso voltar para Paris com você se quiser. Não quero ser um intruso no seu Natal e de Xavier. Posso voltar para Londres e ficar alguns dias.

— Não — disse ela, com firmeza. — Quero que você esteja lá. Xavier vai adorar. — E Tatianna não ia para lá no Natal mesmo. Depois que o pai morreu, ela achava Natal muito deprimente só com a mãe e o irmão. Mas Xavier era sempre leal a ela e não a deixaria sozinha. — Liam — disse ela, parecendo séria, ao se sentar na cama. Parecia que tinha um anúncio para fazer. — Não vou perder você desta vez. Não me importa quanto isso vai custar. Não quero estragar as coisas de novo. Se você for embora de novo desta vez, vou atrás de você. Quero que saiba disso. Ou faremos que isso dê certo, ou vamos enlouquecer tentando. Não vou te perder de novo, ou não me chamo Sasha.

— Sim, senhora. — Ele fez uma continência e seguiu para o chuveiro. Era tão bom vê-lo ali de novo, com seu corpo lindo e alto e cabelo louro e comprido.

— Estou falando sério! — gritou ela depois que ele ligou o chuveiro. — E vou falar com Tatianna hoje mesmo. — Ela disse isso mais para si mesma do que para ele. Sabia que Tatianna ficaria bem desta vez. E, de qualquer forma, era a sua vida, não a deles.

— Eu amo você — gritou ele respondendo ao que ela dissera. Para ele, isso era suficiente.

Ela preparou bacon, ovos e bolo inglês para o café da manhã. Uma hora depois, estava lendo o jornal, no quarto, pronta para sair para o trabalho. Parecia que ele nunca tinha ido embora.

— A empregada chega ao meio-dia — lembrou ela, sorrindo para ele, com a pasta na mão.

— Eu sei. Ainda lembro. Já terei ido embora a esta hora. Você parece muito adulta hoje — comentou ele, achando graça.

— E sou.

— Não, não é. Não minta para mim, Sasha. Você não é mais adulta do que eu. Se fosse, não estaríamos fazendo isso. — Eles estavam felizes por estarem tentando de novo. Extasiados, na verdade. Ela sentia como se tivesse recuperado a vida ao estar novamente com ele. A verdade era que ela fazia com que ele fosse mais adulto, e ele fazia com que ela fosse mais jovem. Em algum lugar no meio disso, estava a possibilidade que buscavam havia um ano, e pareciam ter encontrado. O segredo era guardá-la. Sasha estava pronta para o desafio, Liam também. Ambos sabiam que não seria fácil, mas valia a pena para os dois. — Você pode almoçar comigo? — Ela assentiu. — Pego você à uma hora. Tenho algumas coisas para fazer antes. Quero comprar os presentes de Natal das crianças. O que você acha que eles querem?

— Eu nem os conheço, Liam — disse ela, rindo dele. Ele tinha acabado de voltar e já estava lá deitado na cama dela como um rei.

— Quero mudar logo essa situação. Na próxima vez que você vier a Nova York, vamos juntos a Vermont.

— Acordo fechado. — O relacionamento deles não era mais nenhum segredo. Se iam fazer isso, ela sabia que tinha de ser de verdade, sem obstáculos. Agora estava preparada para isso e Liam também. Demorou um ano para entrarem em sintonia, o que não era tão ruim quanto poderia ter sido. Perdê-lo por quatro meses mostrou o quanto significava em sua vida. E ele descobrira a mesma coisa. Ela deu um beijo nele antes de sair e Liam saiu da cama logo depois. Queria comprar o presente de Natal de Sasha também, faria isso à tarde. Não seria apenas um bracelete de ouro, mas algo melhor. Ganhara muito dinheiro naquela semana, e mal podia esperar para gastar um pouco com ela.

Ele a pegou na galeria à uma hora. Foram almoçar no Gino's, e então ele caminhou com ela até a galeria, antes de sair para acabar suas compras. Ele voltou no final da tarde, e ficou conversando com Marcie enquanto Sasha terminava uma reunião com um cliente. Quando acabou a reunião, ela o apresentou ao cliente e disse que era o jovem artista mais promissor que tinham. Deu um beijo no rosto de Liam, então, e ficou claro que ele era muito mais que isso para ela. E não era mais um segredo. Ele estava radiante quando saíram da galeria.

— Aquilo foi legal, o que você acabou de fazer lá dentro.

— O quê? Apresentar você ao meu cliente? — Ela sabia ao que ele estava se referindo, e ficou feliz por ele ter gostado. Agora sabia o quanto significava para ele ser aceito e, às vezes, até exibido. Ele precisava disso, e se esse fosse o preço para deixá-lo feliz, estava disposta a pagá-lo, mais até do que disposta. Ela queria isso, porque o amava e sabia que ele a amava.

Era incrível como as coisas rapidamente se encaixaram em seus lugares de novo, como se nunca tivessem se separado. Ele saiu da casa dos amigos em Tribeca e se mudou para o apartamento dela. Sasha contou a Tatianna, e esta ligou para Xavier em Londres. Desta vez, não fez nenhum escândalo. Ainda desconfiava de Liam, mas aceitava a decisão da mãe, e estava até disposta a dar uma chance a ele. Agora sabia o quanto sua mãe o amava.

Tudo estava de volta aos eixos, melhor do que antes. Era como se cada vez que se separassem, quando se reencontravam, a rede que os unia se estreitasse ainda mais, e ficavam ainda mais unidos. Desta vez, ela se sentia quase casada com ele, e ele também comentou isso. Ela se perguntou se isso aconteceria algum dia, mas não parecia importante. Só o que importava era que estavam juntos de novo. O relacionamento deles nunca parecera mais possível do que naquele momento, e ela estava totalmente certa de que desta vez eles venceriam e ia dar certo. Tinha dito isso naquela manhã para Marcie, que estava feliz por ela.

Por dois dias, eles almoçaram e jantaram juntos, fizeram compras, ele ficava na galeria enquanto ela estava ocupada, e voltaram ao familiar ritmo de fazer amor pela manhã e de noite, e de vez em quando, nos intervalos. Liam iria para Vermont na semana seguinte, os presentes para os filhos já estavam na mala e escondera o presente de Sasha em uma gaveta no quarto de Xavier. Comprara um bracelete fino de diamante desta vez, parecido com o de ouro, mas esse brilhava mais e era muito mais “adulto”. Agora podia comprar o que não poderia ter comprado em maio. Tudo tinha mudado depois da sua exposição. Finalmente, ganhara dinheiro de verdade, e estava ansioso para voltar a trabalhar.

O telefone celular dele tocou naquela noite depois de eles terem ido dormir, e ele não escutou logo. Estava carregando a bateria no banheiro, mas foi tão persistente que Sasha finalmente escutou e o chamou, dizendo o que estava acontecendo. Ele já estava dormindo. Foi tropeçando até o banheiro, imaginando quem podia ser. Era Beth. E em poucos segundos, ele estava totalmente acordado, fitando Sasha, parecendo em pânico.

— É grave? — perguntou ele, e ficou em silêncio por um longo tempo enquanto ela explicava. Sasha ainda não sabia quem era. Mas não parecia nada bom, ele estava pálido. Havia lágrimas em seus olhos quando finalmente desligou.

— O que houve? — Sasha parecia preocupada. Ligações àquela hora, com esse tipo de pergunta, nunca eram boas. Na mesma hora, ela percebeu que acontecera alguma coisa com um dos filhos dele.

— É Charlotte. Era Beth. Eles foram ver a casa nova que o futuro marido dela está construindo, ainda não está pronta. Charlotte pisou em uma lona que estava cobrindo um buraco e caiu em cima de uma pilha de materiais de construção.

— Meu Deus. — Sasha parecia tão horrorizada quanto ele. A mão dele tremia enquanto abaixava o telefone e pegava a mão de Sasha. Ele apertou com tanta força que doía enquanto ele lhe contava o resto.

— Ela fraturou a coluna, e eles ainda não sabem a gravidade. Ela pode voltar a andar ou pode ficar paralisada do pescoço para baixo. Eles simplesmente ainda não sabem. Ela também bateu com a cabeça, mas não foi tão sério quanto com a coluna. Ela está consciente agora e sentindo muita dor. — Ele começou a chorar enquanto Sasha o abraçava. Tinha de sair imediatamente. Não poderia esperar até de manhã. Ela ligou para alugar um carro para ele, e queria ir junto, mas achou que seria difícil para Beth e para as outras crianças se uma estranha estivesse presente. Gostaria de poder estar lá por Liam. Sabia que ele precisava dela.

Eles saíram de casa menos de dez minutos depois. Ele estava com sua mala quando pegaram um táxi para ir até a loja de aluguel de carros para a qual ela tinha telefonado. E meia hora depois, ele estava pronto para pegar a estrada para Vermont.

— Eu gostaria de poder ir com você — disse Sasha, sendo sincera, mas eles concordaram que seria estranho se ela estivesse lá. Ficariam ao lado da cama de Charlotte no hospital, e ele sabia que Beth ficaria chateada se Sasha estivesse com ele.

— Ligarei assim que souber de alguma coisa — disse ele, e a abraçou forte por um último momento. Precisava de toda a força que ela tinha para lhe dar. Era uma hora da manhã, e ele tinha uma viagem de seis horas pela frente, talvez menos se o tempo estivesse bom, ou mais, se não estivesse. Beth disse que estava nevando onde eles estavam.

— Pensarei em você o tempo todo — disse ela, e mandou um beijo para ele. Acenou, e ele foi embora. E no minuto seguinte, ela pegou um táxi para casa. Liam estava com seu celular e, muito emotivo, ligou antes de ela chegar no apartamento, e chorou enquanto conversavam.

— Eu te amo, Sasha... Obrigado por estar ao meu lado quando preciso tanto de você...

— Estarei sempre aqui, querido. Estarei aqui cada minuto, rezando por você. — Pobre Charlotte, era um milagre não ter morrido. Sasha esperava, como Liam, que os danos não fossem tão graves quanto temiam. — Vá com cuidado, querido... me ligue quando chegar lá, se puder.

Ele ligou para ela várias vezes naquela noite, com notícias que recebia de Beth sobre Charlotte. Ela estava em um estado crítico, mas aguentando firme. Iam operá-la quando ele chegasse lá de manhã. Sasha sentia-se mal só de pensar no que todos teriam de passar, era um pesadelo. Não podia pensar em nada pior do que um filho ferido. Liam chegou lá às nove da manhã, enquanto Sasha esperava que ele ligasse. Eles tinham se falado a cada meia hora durante toda a noite. E quando ele não ligava para ela, ela ligava para ele. Sasha estava feliz por terem voltado, assim, pelo menos, podia dar-lhe apoio durante essa provação.

Não teve notícias dele até a hora do almoço, enquanto Charlotte estava na cirurgia. Tinham dito que não acabaria antes de anoitecer. E Liam ficou sentado do outro lado da linha, soluçando, enquanto descrevia o estado dela. A própria Sasha estava chorando, enquanto esperava notícias na galeria. O resultado da cirurgia parecia promissor. Não tinha sido tão horrível quanto temeram, mas era muito sério. E quando tiveram uma chance de conversar, Liam disse que o futuro marido de Beth estava se sentindo culpado e sofrendo muito. Charlotte estava com ele, vendo onde seria seu quarto, e ele se virou por um minuto para mostrar alguma coisa a ela, e foi quando ela caiu. Liam disse que Beth o estava culpando, mas não mais do que ele próprio. Parecia uma cena dolorosa para todos eles. Tom, o filho mais velho de Liam, estava voltando da faculdade para ficar com a irmã. Pelo menos, a família estava unida, ou ficaria. Sasha só estava triste por não poder se juntar a eles. Pensou em pegar um avião até lá e ficar em um hotel perto do hospital, assim poderia dar apoio a Liam, mas ele disse que estavam dormindo no quarto de Charlotte em colchonetes. Ele não conseguiria vê-la de qualquer forma. Então, ficou em Nova York, com o telefone celular à mão o tempo todo.

Ela saiu da galeria às sete, e ficou perto do telefone de casa. Ele ligou várias vezes naquela noite. As notícias foram um pouco melhores de manhã, depois de mais uma noite insone para todos eles. Liam disse que Beth estava tensa, mas estava sendo paciente com ele, disse ainda que ela estava meio fora de si. Foi preciso cancelar o casamento, que seria em três semanas. Adiariam para janeiro, até saberem como Charlotte ficaria. De repente, a vida de todo mundo estava de cabeça para baixo, e a de Charlotte ainda estava instável. Ainda faltava muito para ficar fora de perigo.

Os dias se arrastavam de forma interminável, e no final da semana, já sabiam que ela não ficaria tetraplégica, mas ainda não tinham certeza sobre as pernas. Tudo dependia de como a medula espinhal se comportaria. Existia a possibilidade de ela voltar a andar, mas nada estava certo, e se ela voltasse, levaria meses ou até anos para ficar de pé de novo, e teria muitas cirurgias pela frente. Sasha odiou perguntar, mas ficou aliviada ao saber que eles tinham um bom plano de saúde, senão também seria uma catástrofe financeira para a família. Levaria anos e custaria uma fortuna fazer com que a menina ficasse boa, e ela tinha momentos difíceis pela frente, assim como Beth, que cuidaria dela. Liam parecia culpado quando conversou sobre isso no telefone. Mas alguém tinha de cuidar de Charlotte, e ele não poderia ficar lá. Morava em Londres, e ficaria em Paris com Sasha. Estava preocupado por não passar o Natal com ela, mas esse era o menor de seus problemas. Ao escutá-lo, Sasha decidiu passar o Natal em Nova York. Se houvesse a chance, ele poderia fugir um dia para passar o Natal com ela, seria muito mais fácil ir para lá do que para Paris, onde planejara passar a festa. E eles poderiam administrar bem a galeria em Paris sem ela, sempre fizeram isso, graças a Bernard.

Ela ligou para Xavier e contou a ele o que tinha acontecido, e ele ficou péssimo pelo amigo, assim como ela estava. Xavier conhecia Charlotte, a encontrara várias vezes antes de Beth ir embora. Ficou com o coração despedaçado ao pensar na menina, paralisada, e rezou para que isso não acontecesse. Pediu para a mãe mandar um abraço para Liam e disse que iria a uma igreja rezar pela filhinha dele. Sasha acendeu uma vela para ela naquela manhã e foi para a missa a fim de rezar por ela, o que não era algo que costumasse fazer.

Xavier se ofereceu para ir para Nova York passar o Natal com a mãe, mas era óbvio que ele queria ficar em Londres com a nova namorada, e ela o convidara para ir esquiar, então Sasha o liberou. Não havia dúvidas de que ele se divertiria mais lá. Ele agradeceu muito e prometeu que passaria o Natal seguinte com ela. Se Deus quisesse, até lá, Tatianna e Liam estariam com eles. Mas havia muito com que se preocupar para pensar no Natal este ano.

Os boletins médicos que Liam lhe passava pelo telefone continuaram por duas semanas, quando faltavam apenas poucos dias para as festas. O Natal deixou de existir para todos eles no hospital enquanto se preocupavam com Charlotte, e esperavam pelo prognóstico, que era melhor, mas nunca completamente tranquilizador. Era uma tensão constante para todos. Liam estava tão cansado que estava começando a ficar impaciente com Sasha, e ligava com menos frequência porque fazia plantões de oito horas ao lado de Charlotte, para dar um descanso para Beth. Depois disso, ele às vezes dormia no colchonete no quarto mesmo, antes de ter tempo para ligar. Sasha compreendia a pressão sob a qual ele estava, ou tentava. Estava cansada de só saber das coisas à distância, só conseguia imaginar como estava sendo para eles, sentados em um quarto de hospital dia e noite, apoiando a filha. Liam disse que a filha estava sentindo muita dor, o que o deixava aflito de ver. Estava sendo um pesadelo para todos. O coração de Sasha ficava apertado toda vez que falava com Liam. Ele sempre prometia ir a Nova York assim que pudesse. Ela não conseguia nem imaginar quando isso seria, e nunca perguntava. Queria diminuir o fardo dele, não aumentar.

Dois dias antes do Natal, os médicos deram a Charlotte e à sua família o melhor de todos os presentes. Disseram que levaria muito, muito tempo, mas ela voltaria a andar. Talvez com muletas, ou mancando, mas voltaria a andar. A medula espinhal dela não sofrera perda total, embora não tenha saído ilesa. Seria uma longa jornada, mas era um destino melhor para ela do que tinham temido. Ela ficaria no hospital por, pelo menos, três meses, talvez mais, mas eles acharam que até lá ela teria se recuperado bem e já estaria melhor psicologicamente. Ela teria de ser corajosa para passar por todas as cirurgias, mas eles estavam otimistas. Tiraram-na da lista de pacientes em estado crítico no mesmo dia. Quando Liam telefonou para Sasha, ela estava com lágrimas nos olhos. E chorou junto com ele. Ainda era um sofrimento enorme, mas um alívio tremendo. Poderia ter sido muito pior, e durante semanas, pareceu que seria.

— Quero ir vê-la — disse ele, parecendo exausto.

— Por que eu não vou até aí? Não quero que dirija no estado em que está.

— Estou bem — disse ele, o que, para ela, não soou como uma avaliação precisa. Ele estava em um estado de total exaustão e perto de um colapso há mais de duas semanas. Detestava pensar nele na estrada. Mas ele insistia em dizer que iria para lá no dia seguinte, passar a noite de Natal com ela, e depois ele disse que teria de voltar. Ainda estava se revezando nos plantões com Beth e Becky, o que soou esquisito para Sasha. Mas no momento de crise, não tinham outra alternativa. Sempre havia um deles com ela, e os avós estavam ajudando o quanto podiam, assim como o noivo de Beth. Charlotte tinha um exército amoroso para cuidar dela, e as orações de Sasha e de Xavier. Mencionara o acidente com Tatianna também, que ficou horrorizada e mandou dizer a Liam que sentia muito. Sasha passou o recado, e ele disse ter ficado comovido e agradeceu. Tatianna era mimada e difícil, mas tinha um bom coração.

Sasha se preocupou com Liam durante toda a viagem dele de Vermont até Nova York. Ligava para ele de hora em hora, e ele parecia bem e alerta; conseguira dormir um pouco na noite anterior. Ela mal podia esperar para vê-lo, e estava grata por ele estar vindo passar o Natal com ela, apesar de tudo que estava acontecendo.

Ela armara uma árvore enquanto ele não estava lá, e a decorara para ele. Tinha algumas coisas para ele embaixo da árvore: uma camisa engraçada, um novo boné de beisebol, um livro de arte que fora do pai dela e um relógio Cartier. Ela o estava esperando ansiosamente quando ele chegou às seis da tarde. Ele viera em um bom tempo, pelo menos desta vez as estradas estavam limpas.

No momento em que Sasha o viu, começou a chorar. Liam parecia tão exausto e aflito, e enquanto ela o abraçava, ele soluçou em seus braços. Ele sentia como se estivesse se afogando nas duas últimas semanas. Nunca passara por emoções tão terríveis em toda a sua vida. Para ela, ele não parecia mais um garoto, se tornara homem, mais velho do que a própria idade, da noite para o dia. Parecia que tinha envelhecido dez anos nas últimas semanas. Doía só de olhá-lo com a expressão tão cheia de tensão e tristeza. Ele tentou descrever para ela como era. Só de escutar, ela se sentiu mal. Era simplesmente horrível. Mas, pelo menos, Charlotte estava melhor, e havia esperança para o futuro.

— Como Beth está se segurando? — Sasha estava preocupada com ela também.

— Ela tem sido incrível. Nunca deixa o hospital. George está na casa de amigos, e Tom está se revezando com a gente nos plantões. — A família toda se unira, até Becky, de quem

Liam não falava muito. Ainda sentia-se constrangido em relação a ela, e provavelmente continuaria se sentindo assim sempre. Sasha não estava preocupada com isso, fora uma tolice de uma noite pela qual ele pagara muito caro. Sasha estava contente por ele ter conseguido ficar no hospital com Charlotte. Essa era uma das coisas que uma criança nunca se esquece, nem ele, nem mesmo Sasha.

Ela preparou uma maravilhosa ceia de Natal para ele, preparou um banho de banheira e o colocou na cama. Ele ficou deitado olhando para ela em silêncio por muito tempo e segurando a mão dela. Estava tão exausto que falou pouco. Não tirava os olhos dela, e à meia-noite, eles trocaram presentes. Ela trouxe os dele para a cama, e então ele levantou e foi ao quarto de Xavier pegar o dela. Ela ficou abismada quando viu o bracelete de diamante que ele comprara para ela, e o colocou no pulso.

— É tão lindo. Você está me mimando. — Ela o beijou, grata por estar ali com ele. E ele adorou todos os presentes que ela lhe deu, principalmente o relógio e o livro de arte que fora do pai dela.

Ele estava deitado na cama, fitando o teto, quando ela veio para junto dele. Liam não fez nenhum movimento para fazerem amor, nem ela. Depois de tudo que ele estava passando, ela achou que seria de mau gosto. Ele parecia completamente esgotado. Sexo era a última coisa que passava pela cabeça dele, e dela. Só queriam ficar juntos, deitados ali de mãos dadas.

Já era quase uma hora da manhã, quando ele se virou e a fitou. Estivera muito cansado para ir à Missa do Galo, e Sasha nem sugerira. Tinha certeza de que Deus entenderia.

— Você parece tão cansado, querido. Por que não dorme? — Ela queria niná-lo como uma criança. Ele precisava tanto disso, e tinha ainda mais coisas a caminho. Pela manhã, voltaria para a linha de frente. Esta era a única noite de trégua, e ele dirigira por quase sete horas para estar ali.

— Não quero dormir. Só quero ficar aqui com você e absorver cada minuto. — Teria de ser suficiente para ele por um longo tempo.

— Estou aqui. Você precisa dormir. Ficará cansado demais para dirigir amanhã. — Ele queria estar com as crianças no Natal, pelo menos à tarde. Sairia às sete da manhã. Tudo que tinham eram seis horas. — Quando as coisas se acalmarem um pouco, vou até lá ver você. — Ainda era muito cedo para se intrometer, mas Liam parecia não saber por quanto tempo teria de ficar lá. Sasha estava esperando pacientemente.

— Preciso conversar com você, Sasha — disse ele, apoiado em um cotovelo.

— Sobre o quê? — Por um estranho momento, ela se perguntou se ele ia lhe pedir em casamento, mas não parecia uma hora adequada. As emoções estavam à flor da pele. Ela sorriu e olhou para ele, com a cabeça deitada no travesseiro. Estava tão feliz por ele estar aqui, e ele também. Mas, mesmo longe do terror do hospital, ele parecia triste. Sentira muito medo e vira muito sofrimento para se esquecer assim tão facilmente. Levaria um bom tempo para todos eles superarem, não apenas Charlotte. A família inteira estava traumatizada com o acidente dela.

— Nem sei por onde começar — disse ele, e fechou os olhos. Quando abriu de novo, Sasha estava olhando diretamente para eles. Parecia que era algo importante, e ela estava prestando muita atenção. — Charlotte vai precisar de muitos cuidados, assistência, reabilitação, todos os tipos de terapia. Ficará meses no hospital, e depois poderemos fazer parte da reabilitação em casa já que ela ainda é jovem, ou talvez tenha de ficar em algum centro. Tem um em Burlington. — Então ela entendeu as preocupações dele. Não tinha a menor dúvida. Faria tudo que pudesse para ajudá-lo, e queria já ter falado isso, mas não quis se meter.

— A resposta é sim — disse ela simplesmente, enquanto se inclinava para beijá-lo, e Liam parecia surpreso.

— Sim para o quê? — Ela o desequilibrara. Já era difícil demais como era.

— Sim, se você precisar de um adiantamento. Um tratamento desses deve custar uma fortuna. Farei qualquer coisa para ajudar. A galeria vai fazer, e eu também. — Os olhos dele se encheram de lágrimas.

— Eu amo você. Não precisa fazer isso.

— Eu quero. — Era simples assim.

— Estamos bem. O nosso plano de saúde é ótimo. Graças a Deus Beth sempre foi paranoica com plano de saúde. Deus sabe que eu não era, sempre achei uma estupidez pagar o que pagávamos. Acho que os pais de Beth farão o resto. Eles guardaram bastante dinheiro no decorrer dos anos. E mesmo o noivo de Beth quer ajudar, embora eu ache que ele não deveria. Ele se sente responsável pelo que aconteceu, mas vamos resolver isso mais tarde. Ainda não vimos nenhuma conta. Mas obrigado pela oferta.

— OK, então qual é a pergunta? — perguntou ela, sorrindo para ele, que respirou fundo.

— Não tem pergunta nenhuma, Sasha. Quero lhe dizer uma coisa, e não pedir nada. Foi por isso que vim até aqui. Para falar com você. — Havia lágrimas nos olhos dele.

— Falar o quê?

Ele fechou os olhos por um minuto, e então abriu e soltou as palavras. Sentiu-se como um assassino ao dizê-las para Sasha. Mas não tinha escolha.

— Vou voltar para Beth. — Sasha o fitou por um longo minuto como se não tivesse entendido. — Vou voltar para Beth — repetiu ele, e ela parecia ter levado um tiro quando se sentou de repente na cama.

— Como hóspede, não é? Você vai para Vermont amanhã de manhã, certo? — Ela mal conseguia respirar, estava desesperada. Ele balançou a cabeça.

— Vou voltar para o nosso casamento. Ela não pode fazer isso sozinha. Serão meses até Charlotte ficar de pé, literalmente, e talvez ela nunca consiga. Não sabemos ainda. — Ele estava se sentando. — Nunca apoiei Beth antes. Preciso fazer isso agora. Ela me quer de volta, Deus sabe por quê. Acho que ela está louca. Fui um péssimo marido por vinte anos. Estava ocupado demais bancando o artista excêntrico e pintando, para ajudá-la de alguma forma. Mas agora eu tenho de fazer isso. Não posso deixá-la passar por isso sozinha, Sash. Simplesmente não posso. Ela terminou o noivado logo depois do acidente, disse que nunca vai conseguir perdoá-lo e me pediu para voltar. — Ele ficou sentado fitando Sasha com lágrimas escorrendo pelo seu rosto. Ele a amava. Mas também amava sua esposa. E ela precisava dele, como nunca precisara. A integridade que fazia dele quem ele era, e que fazia Sasha amá-lo, era o que estava fazendo com que a deixasse agora.

— Isso não é motivo para retomar um casamento. Fique lá por seis meses, um ano, se precisar. Mas não precisa retomar o casamento só para cuidar de um filho doente. O que vai acontecer quando ela melhorar? Você estará preso ao seu casamento e à Beth pelo resto da vida.

— Eu não a abandonei, Sasha — lembrou ele. — Ela me abandonou, e eu mereci. Eu nunca teria abandonado ela e as crianças.

— Ah, meu Deus. Não posso acreditar nisso. — Eles tinham acabado de voltar, e ele estava na cama dela, mas nem encostara nela a noite toda. Viera apenas para ficar com ela pela última vez, e dizer pessoalmente que ia abandoná-la, desta vez, para sempre. — Acho que você não está pensando direito para tomar uma decisão dessas. Nenhum de vocês. — Ela estava lutando por sua vida. Mas ao olhar para o rosto dele, soube que já tinha perdido. Não havia vitória desta vez. Estava acabado. Era realmente impossível, mas por razões completamente diferentes e ela não tinha armas para lutar por ele. Beth tinha vinte anos de casamento a favor dela, três filhos, um deles em estado crítico. Sasha não tinha nenhuma chance. — Você não pode esperar para tomar essa decisão até estar raciocinando um pouco melhor, depois de ter dormido um pouco?

— Não há o que decidir aqui, Sasha. Não posso deixar Beth sozinha para lidar com tudo isso, e não posso abandonar meus filhos. — Ele crescera e se tornara responsável, e agora não a queria mais. E ela não podia discutir, porque sabia que ele estava fazendo a coisa certa, por todos eles. Exceto para ela. Era como se ele tivesse lhe dado um soco na cara, e tinha mesmo. Liam a abraçou, e ela chorou, soluçou, e ele também. — Sinto muito, Sasha. Eu amo você. Eu queria fazer dar certo. Queria ficar com você... mas preciso voltar. Juro que eu teria me casado com você se isso não tivesse acontecido. Eu queria. Mas agora eu não posso. — Era uma tragédia para os dois. Mas ele também amava Beth, e Sasha sabia. Podia ver nos olhos dele. Era um absurdo total, mas real, ele amava as duas. Entretanto, devia mais a Beth. Sasha tinha perdido. Ela era o sacrifício que ele achava que precisava fazer pela filha.

Ficaram ali chorando, deitados, um nos braços do outro, por horas, um chorando pelo outro, e desejando que as coisas fossem diferentes. Ela queria ficar com raiva, furiosa até, queria odiá-lo, mas não conseguia. Não estava com raiva, estava sofrendo de amor. O que era tão ruim quanto, ou até pior, do que perder Arthur. Porque uma vez que Liam voltasse para Beth, estaria realmente morto para ela. Desta vez, ele nunca mais voltaria mesmo, e ambos sabiam disso.

— Vou cancelar o meu contrato com a galeria, se você quiser. Não quero tornar as coisas ainda mais difíceis do que já são.

— Você não precisa fazer isso. Não é justo com você. Pode resolver tudo com Karen e Bernard. — Sasha sabia que não poderia vê-lo, nem mesmo falar com ele depois disso. E se visse ou falasse, isso acabaria com ela. Nunca sentira uma dor como esta na vida, pelo menos desde a morte de Arthur.

Ainda estavam deitados, um nos braços do outro, às seis horas. E às seis e meia, ele levantou. Parecia que ambos tinham levado uma surra. A pior parte era que ela sabia que ele estava fazendo a coisa certa. Não havia nenhum vestígio do artista excêntrico nessa decisão. Era a decisão de um homem bom e nobre, que sabia o que devia à sua família e à sua esposa, e estava disposto a cumprir com as suas obrigações. Na saúde e na doença. Tudo isso fazia com que ela o amasse ainda mais.

— E se não der certo? — perguntou Sasha enquanto ele se vestia. — E se, quando Charlotte melhorar, vocês dois não conseguirem ficar juntos? Aí o que vai acontecer?

— Não sei — disse ele, sendo honesto, fitando-a. Ambos pareciam destruídos.

— Alguma coisa devia estar errada para você ter dormido com Becky. Homens não fazem coisas assim a não ser que estejam infelizes com suas esposas.

— Talvez não. Acho que estávamos de saco cheio um do outro. Beth estava cansada de ser pobre. Eu sentia um peso muito grande por causa das crianças, era mais responsabilidades do que eu estava preparado para suportar. Droga, eu casei com ela aos 19 anos.

— E é para isso que você vai voltar — disse Sasha, angustiada. — Pense bem antes de fazer isso. Você pode cuidar de Charlotte pelo tempo que for necessário, sem precisar voltar para Beth.

— Sasha, acabou — disse ele. Para ela, soou como uma sentença de morte. — Eu tenho de fazer isso. Beth precisa de mim. Ela me pediu. Não pode fazer isso sozinha. Ela não é tão forte. — Sasha assentiu. Não tinha mais argumentos. Tinha tentado todos e perdido. E não tinha mais energia para tentar convencê-lo do que ela sabia que era errado. Ele sabia que precisava voltar para Beth, porque queria isso, não porque ela pediu. Ele mesmo teria pensado nisso. Sasha o conhecia. Apesar do mau comportamento e tudo mais, ele era um homem decente.

Ela se ofereceu para preparar café da manhã, mas ele balançou a cabeça. Não conseguiria comer. Eles não tinham dormido. Era como se ele estivesse abrindo mão de sua vida ao deixá-la. Queria desesperadamente ter uma vida com ela, mas isso lhes foi tirado, pelas mãos do destino, e não era culpa de nenhum deles. Pelas mãos de Deus. Destino. Todos os sonhos deles tinham de ser destruídos e esquecidos. Mas agora era a vez de Beth, de Charlotte e dos meninos. Liam era deles. Fizera um juramento a Beth 22 anos atrás, e agora tinha de cumpri-lo. Em seu íntimo, ele sabia que não tinha escolha. Sasha era um sonho. E Beth era a sua vida.

Ele guardou os presentes que ela lhe deu na mala que trouxera, e ela olhou para o bracelete e depois para ele.

— Nunca vou tirá-lo. Vou amar você para sempre, Liam.

— Não — disse ele enquanto lágrimas escorriam pelo seu rosto e caíam no dela quando ele a beijou pela última vez. — Por favor, me esqueça. Esqueça o que houve entre nós. Guarde em algum cantinho escondido do seu coração, é o que eu farei. Você sempre estará aqui comigo. — Ele apontou para o coração, e Sasha assentiu.

Ela se agarrou a ele como se fosse morrer quando ele fosse embora, e ela achou que iria. Este era o adeus que não teve a chance de dizer para Arthur. Naquela noite com Liam, tinham dito tudo. Ele a estava deixando, amando-a tanto quanto amara no último ano, na verdade mais do que nunca.

Ela estava chorando quando foi até o elevador com ele, que apertou o botão. Ela estava descalça, de camisola, com cabelo solto como de uma criança. O elevador chegou, ele olhou para ela, entrou quando o olhar dela encontrou o seu e, então, a porta se fechou e ele se foi. Ao entrar em seu apartamento, ela percebeu que era manhã de Natal.

Capítulo 21

O NATAL FOI COMO UM borrão para ela, um pesadelo insuportável. Xavier e Tatianna ligaram para desejar Feliz Natal e saber como estava, e ela garantiu que estava bem, embora Xavier tenha achado a voz dela estranha. Ele ligou à noite novamente. Perguntou se Liam estava lá, e ela disse que tinha estado mas já voltara para Vermont. Estava sofrendo demais para compartilhar a sua dor com alguém. Era lancinante demais; passou o dia sentada em uma poltrona, mal se mexendo. Ficou apenas sentada ali, olhando o nada. Estava em estado de choque.

No dia seguinte ao Natal, Sasha estava na galeria às dez da manhã, como sempre, quando Marcie entrou e a viu sentada à sua mesa. O cabelo estava preso para trás, ela estava sem maquiagem, e seu rosto estava branco como vela. Estava vendo alguns papéis na sua mesa, e havia uma rigidez na forma como estava sentada. Como se ela estivesse em estado de choque. E quando Marcie olhou para ela e viu seus olhos, teve certeza de que Charlotte tinha morrido. Na verdade, Sasha é que tinha morrido.

— Ah, meu Deus, alguma aconteceu com a... — Marcie colocou a mão na boca. Podia ver que algo terrível tinha acontecido. Sasha parecia um fantasma quando balançou a cabeça e desviou o olhar. Tinha passado as últimas três horas soluçando, inconsolável. Sabia que nunca mais escutaria a voz dele de novo. Antes de ele sair, eles fizeram uma promessa de não se telefonarem. Seria uma crueldade fazer isso, para ambos. Ela nunca tinha feito nada tão difícil em sua vida em honra ao que ele fizera. Fez por amor a ele. Sempre soube que o amava, mas até aquele momento, não sabia o quanto. — Sasha, você está bem? — Olhando para ela, Marcie ficou assustada.

A voz de Sasha saiu grossa quando falou, sem olhar nos olhos de Marcie.

— Estou bem. — Entregou alguns papéis a ela que acabara de assinar. Tinha começado o resto de sua vida. À sua frente agora, se estendia uma vastidão de nada, vazio e perda. Ela sentia como se cada célula do seu corpo tivesse morrido.

Marcie saiu do escritório sem dizer mais nenhuma palavra, e então comentou com Karen, que foi ver, disfarçadamente, como Sasha estava, e voltou logo.

— Alguma coisa terrível deve ter acontecido. Você perguntou?

— Ela não quer falar.

Ambas concordaram que ela estava com a aparência pior, bem pior, do que quando Arthur morreu. Mas já tinham se passado dois anos, e era a segunda grande perda que ela aguentava, o que aumentava o impacto. Eram duas enormes perdas somadas e transformadas em uma. Trazia as recordações de tudo que ela tinha passado quando Arthur morreu, e além disso, agora tinha a perda de Liam também. Desta vez, para sempre. Não tinha volta desta vez, e ela sabia disso. Ele nunca voltaria. Pelo menos, enquanto ela vivesse.

Nenhuma de suas duas funcionários solucionou o mistério, e ela não disse nada a nenhuma delas durante todo o dia. Não comeu. Não bebeu. Não se mexeu. Ficou apenas ali mexendo nos papéis sobre a sua mesa. Pensou em se matar, mas sabia que não podia fazer isso com Xavier e Tatianna. Estava condenada a viver, o que no seu caso parecia muito pior do que ser condenada à morte. Tinha sido condenada a uma eternidade sem Liam.

Enquanto dirigia para Vermont, ele se sentia da mesma forma. Mas não ligou para ela. Sabia que nunca mais poderia ligar. Tinha de confiá-la às mãos do destino, que era exatamente onde também se colocara. De agora em diante a única coisa que podia fazer era saber que existia uma mulher que nunca mais veria e a quem amara de corpo e alma.

Naquela tarde, Sasha disse a Marcie que iria para Paris no dia seguinte, e pediu para fazer a reserva. Marcie disse que faria, e então parou para conversar com Sasha de novo.

— Tem certeza de que está bem? — Sasha assentiu, e Marcie imaginou se tinha acontecido alguma coisa com Liam. Talvez eles tivessem brigado e terminado de novo. — Onde está Liam? — foi só o que ela perguntou. Sasha disse que ele estava em Vermont e que estava bem. Sabia que levaria meses ou anos até que conseguisse contar para alguém o que tinha acontecido. O buraco que ele tinha deixado estava cheio de dor. Marcie, então, a deixou sozinha e foi fazer a reserva. Depois, fez algo que nunca tinha feito, nem quando Arthur morreu. Ligou para Xavier e disse que estava preocupada com ela. Ele disse que tinha achado a voz dela estranha no Natal.

— Ela está com uma cara péssima — admitiu Marcie, odiando deixá-lo preocupado, mas não sabia para quem mais ligar. Tatianna estava viajando, e Marcie não fazia ideia de onde ela estava, nem ele.

— Talvez eu vá para Paris este final de semana para vê-la — disse ele, pensando a respeito. Não gostou muito do plano, já que seria Ano Novo, mas estava preocupado com a mãe. Alguma coisa tinha acontecido, e o que quer que fosse, ela não estava falando a respeito, com ninguém.

Xavier ligou para o apartamento dela à noite, e ela não atendeu ao telefone. Estava deitada no escuro, pensando em Liam, imaginando o que ele estaria fazendo, como Charlotte estava e o que ele tinha dito para Beth. Nem sabia se Beth sabia dela. Da noite para o dia, se tornara a mulher esquecida. Se sentia invisível, intocável, detestável, e completamente isolada do mundo. Mal se despedira de Marcie e Karen quando saiu. Só dissera boa-noite, como sempre fazia, e saiu para a rua. Foi caminhando para casa, e já estava no meio do caminho quando percebeu que estava chovendo. Quando chegou em casa, estava encharcada. Não importava. Nada mais importava.

Pegou o voo para Paris no dia seguinte, não falou com ninguém no avião, não comeu, não assistiu a nenhum filme e, finalmente, dormiu. Era um voo relativamente curto, e quando chegou em casa, percebeu que fazia dias que não comia. Também não se importava com isso.

Quando Xavier chegou a Paris no sábado, ficou chocado quando a viu. Estava mais magra, seus olhos estavam vitrificados, e sua pele estava quase cinza. Ele conseguiu fazer com que ela comesse alguma coisa. Trouxera a atual namorada. Quando perguntou à mãe sobre Liam, ela foi agradável e vaga. Só disse que ele estava em Vermont com Beth e os filhos.

Uma semana depois, imaginando como as coisas estavam com Liam, Xavier ligou para o celular dele. Não mencionou o estado da sua mãe para não preocupá-lo. Liam já estava enfrentando coisas demais com Charlotte. Xavier perguntou de forma casual quando ele voltaria para Londres.

— Não vou voltar — respondeu Liam. O tom de sua voz era triste, o que deixou Xavier preocupado. Não era muito diferente do tom de voz que escutava sempre que ligava para Sasha.

— Como assim? — Xavier parecia confuso. — Você vai ficar preso em Vermont por muito tempo?

— Acho que para sempre — disse Liam, sendo misterioso. — Terei de ir a Londres algum dia para fechar o meu estúdio. — Ele disse que Charlotte ficaria no hospital durante meses, e possivelmente em uma clínica de reabilitação depois.

— Você está sendo muito decente em ficar aí com ela — comentou Xavier, e houve um silêncio do lado da linha de Liam. Sabia que precisava contar a ele. Não fazia ideia do que Sasha tinha dito ao filho, mas Xavier parecia não saber o que tinha acontecido, o que o deixou surpreso. Sabia o quanto mãe e filho eram íntimos, e tinha certeza de que ela contaria a ele. Não podia imaginar por que não contou. Nunca lhe ocorreu que ela ainda estava em estado de choque, e devastada demais para contar ao filho.

— Voltei para Beth — disse ele, e do lado de Xavier não se ouviu nada, só um silêncio surpreso. — Eu tive de voltar. Ela precisa de mim aqui. As crianças também. Quando for a Londres para fechar meu estúdio, ligo para você.

Xavier desejou boa sorte para ele e ficou sentado fitando o nada por um longo momento, pensando no que Liam acabara de dizer. Era como se tivesse levado um tiro de canhão. Mal podia começar a imaginar o que sua mãe devia ter sentido quando escutou as mesmas palavras. Tudo estava explicado agora.

Capítulo 22

EM JANEIRO, SASHA seguiu sua vida como se fosse um robô. Ia para a galeria, voltava para casa à noite, falava pouco com todo mundo e fazia seu trabalho. Entregara todos os arquivos de Liam para Bernard sem fazer nenhum comentário. Mas como ele não estava trabalhando no momento, enquanto cuidava de Charlotte, não havia nada que pudesse fazer por ele.

Tiveram dois pedidos de quadros de Liam, que ele disse que não poderia fazer nos seis meses seguintes. Então tudo relacionado a Liam estava em suspenso. Assim como a vida de Sasha.

Xavier voltou para vê-la assim que soube o que tinha acontecido, mas ela se recusou a falar sobre o assunto. Saíram para caminhadas com Socks. Ele tentou levá-la para jantar fora, mas ela não quis ir. Parecia que ela não estava fazendo absolutamente nada naqueles dias. Eugénie disse que recusava todos os convites, e fez a mesma coisa em Nova York em fevereiro. Acabara com tudo na sua vida, menos o trabalho.

Xavier teve uma longa conversa com Tatianna a esse respeito, e ela passou uma noite no apartamento com a mãe. Mas nada parecia tirar Sasha de sua apatia. E fevereiro se transformou em março, que se transformou em abril, quando foi para Paris e voltou para Nova York para organizar uma exposição, e Marcie ficou aliviada em ver que ela estava parecendo melhor. Estava magra e pálida, e parecia cansada, mas pelo menos o olhar vago que persistira por meses não estava mais lá. Parecia infeliz, mas pelo menos humana. Não era segredo para ninguém que a conhecia e gostava dela que passara por uma época difícil. Discretamente, um foi contando para o outro o porquê, sem discutir o assunto com ela. Obviamente não era um assunto para o qual estava aberta para uma conversa com nenhum deles. Sasha se fechara completamente para o mundo. Seu corpo estava lá, mas a alma não.

Liam foi a Londres em março, fechou o estúdio e mandou tudo para Vermont. Deixou um recado para Xavier, mas quando este respondeu, descobriu que o amigo já tinha ido embora. Ficara apenas dois dias. Xavier supôs corretamente que era provável que Liam também não quisesse vê-lo. A história toda, o acidente de Charlotte e a decisão de Liam foram traumáticas para ambos. Tentaram enterrar e se recuperar sozinhos. Xavier não comentou com a mãe que Liam tinha estado em Londres. Parecia melhor não falar mais dele, então ninguém falava.

O que Marcie viu em abril não podia ser chamado de recuperação, mas pelo menos Sasha não mais se esvaía em sua hemorragia de vida. Parecia que ela tinha chegado ao fundo do poço e continuava lá, o que era uma grande melhora se comparado com o que tinham visto antes. Fora aterrorizante assistir à queda desesperada de Sasha, mas ela insistia que estava melhor, e até foi para a casa dos Hamptons quando voltou a Nova York em maio.

Como em todos os outros lugares, estava cheia de recordações de Liam, mas sempre que pensava nele, Sasha não compartilhava com ninguém. Ninguém da galeria recebia notícias dele há meses. Só sabiam o que Sasha e alguns e-mails ocasionais dele diziam: que estava em Vermont com a família, e ele disse que Charlotte estava melhorando. Já estava no centro de reabilitação e já conseguia ficar de pé, mas ainda não conseguia andar.

Os filhos e funcionários de Sasha estavam ansiosos para ver algum sinal de vida de novo. Marcie quase se levantou e fez um brinde quando a viu sorrir em maio. Não se lembrava de vê-la sorrindo desde o início de dezembro, quando ela e Liam voltaram rapidamente, antes de ele deixá-la.

Xavier foi para Nova York para comemorar o aniversário dela de cinquenta anos. Ela só queria ter uma noite tranquila com ele e Tatianna. Eles insistiram em, pelo menos, levá-la a um restaurante, e ela escolheu o pequeno restaurante italiano no Village, que disse que era tranquilo. E apesar dos longos meses de luto por Liam, ela se divertiu com seus filhos.

— Mal posso acreditar que tenho 50 anos — disse ela, parecendo triste. — Como se fica tão velha?

— Você não é velha, mãe — disse Xavier, sendo gentil. Tinham dado a ela um broche de diamante com dois corações entrelaçados, dos dois, e ela amou. Ainda usava o bracelete de diamante que Liam lhe dera no Natal. Nunca saiu de seu pulso.

Marcie e Karen se ofereceram para organizar uma pequena festa para ela, mas Sasha recusou. As únicas festas a que ia agora eram as *vernissages* na galeria. Nos últimos cinco meses, desde que Liam foi embora, ela simplesmente desistira da vida. Era como um animalzinho cansado hibernando no alto inverno. Todos que a amavam estavam esperando por algum sinal de primavera. Custasse o que custasse, ela tinha de superar Liam. E parecia estar levando uma eternidade. Era como se as almas deles estivessem entrelaçadas, e sem a outra metade, ela tivesse se curvado e morrido. Como gêmeos siameses. Em um único ano, eles se tornaram parte um do outro. A vida dela sem ele agora era cruelmente gelada.

No feriado do Memorial Day,* ela ainda estava em Nova York e decidiu ir para os Hamptons. Tatianna estava viajando. E Xavier estava em Londres. Ela voltaria para Paris na semana seguinte. Mas queria passar seu último final de semana na praia antes de voltar. Ainda estava frio, mas a primavera estava no ar, e quando ela saiu da galeria na sexta-feira, Marcie achou que estava com a aparência melhor. Todos estavam sempre observando Sasha agora, e todos esses observadores que a amavam consultavam uns aos outros sobre como achavam que ela estava. A insistência dela em dizer que estava bem não convencia a ninguém, só a si mesma.

A viagem para Southampton naquela noite de sexta-feira pareceu durar uma eternidade por causa do engarrafamento do feriado. E enquanto ficava ali sentada, parando a toda hora, Sasha pensava em Liam. Era um luxo ao qual raramente se permitia. Sabia que não podia suportar e embora os outros não conseguissem ver, ela estava se esforçando para melhorar. Era raro parar e

*Memorial Day é um feriado em homenagem a todos os que morreram em serviço ao país. Comemorado na última segunda-feira de maio nos Estados Unidos. (*N. da T.*)

pensar nele, mas Liam ainda estava em sua mente quando entrou na casa quatro horas depois. Já eram onze horas, e quando ela foi para cama, era meia-noite. Dormiu pensando nele e, pela manhã, se sentia melhor. Era quase como se ter se permitido curtir as recordações por algumas horas tivesse aliviado um pouco a pressão.

Navegar pelas marés da tristeza se tornara comum para ela. Quando perdera Arthur, aprendera que a perda é um processo, não se esquece a pessoa de uma vez, é algo que acontece aos poucos, como se esta se afastasse milímetro a milímetro. Depois da morte de Arthur, levara um ano para se sentir humana de novo. E agora fazia cinco meses que Liam tinha ido embora. Sabia que qualquer dia desses chegaria lá, e acordaria uma manhã sem sentir como se tivesse sido atingida no peito por uma bola de boliche. Pouco a pouco, o ferimento estava diminuindo. De vez em quando, se perguntava como estava sendo para ele, e se ele já tinha se esquecido. Ele tinha outras coisas para mantê-lo ocupado, e ela ficara feliz ao saber por Marcie que ele avisara que Charlotte estava muito melhor. Não podia deixar de se perguntar também se ele estava feliz com Beth. Não havia como saber, e talvez não importasse. Agora, ele era dela, na saúde e na doença, independente do que acontecesse. Sabia que ele nunca a deixaria. Ele nunca a teria deixado da primeira vez. Ele era o tipo de homem que ficava para sempre quando se comprometia. Fora diferente com eles porque, por mais que se amassem, o compromisso nunca foi selado. Assim como ela tinha previsto desde o início, era impossível para eles, mas não pelas razões que ela esperava. Ela nunca tinha considerado a hipótese de ele voltar para Beth. Se não fosse o acidente quase fatal de Charlotte, sabia que não teria voltado. O destino tinha interferido.

No pôr do sol, enquanto caminhava na praia, ela se forçou a não pensar nele de novo. Deixou sua mente ser levada por outras coisas, como Arthur e seus filhos. Tatianna estava namorando seriamente desde fevereiro, e Sasha aprovava o rapaz. E Xavier estava falando em morar com a mulher com quem estava namorando desde o Natal, o que era uma enorme mudança para ele. Estava na hora. Ele já tinha 27 anos.

Pela primeira vez, em um longo tempo, ela se sentiu em paz e tranquila, sentada na duna assistindo ao pôr do sol. O ar ainda estava gelado, mas o sol esquentara um pouco o dia. Então, ela se deitou na areia, pensando nos seus filhos, no tempo que passaram juntos, nas coisas que tinham feito, nos momentos maravilhosos que compartilharam. Tinha alugado outro barco para aquele verão, mas era na praia que ela tinha seus momentos mais íntimos. Eram especiais para ela. Eram momentos em que pensava e agradecia pela sua vida, que estava recomeçando. Sabia que apesar das perdas que tinha sofrido, tinha muitas bênçãos, e era grata por todas elas.

Enquanto assistia ao sol se pôr rapidamente, se perguntou se veria o brilho esverdeado quando ele atingisse o horizonte. Adorava esperar por esse brilho, e deitada ali, desfrutou o momento. Não queria nada mais do que tinha direito. Não precisava de nada, não queria ninguém. Sentia como se estivesse flutuando no espaço, sem peso, sem fardos. Sentiu-se à vontade em seu corpo pela primeira vez desde dezembro. Era, finalmente, o começo da cura.

Viu o brilho verde e sorriu. Era como um presságio de que coisas boas estavam a caminho. Ainda havia pontos escuros em seus olhos de fitar o sol quando viu o que parecia uma visão. Não conseguia vê-lo claramente, mas viu sua forma e seu contorno. Sabia que estava imaginando, talvez até tendo alucinações, e então escutou a sua voz. Ele estava de pé na sua frente, de costas para o pôr do sol, quase como um filme. Ela apenas ficou deitada ali, fitando-o, sem dizer nenhuma palavra.

— Oi, Sasha. — Ela não fazia ideia do porquê ele estava ali. A última vez que tinham se visto, ambos estavam chorando. Desta vez, ela apenas olhou para ele e sorriu. Fazia cinco meses que não o via.

— Eu estava vendo o pôr do sol.

— Eu vi você da varanda.

— Como está Charlotte? — Não queria saber como estava Beth.

— Muito melhor. Ela acabou de voltar a andar.

Ela não o convidou para sentar. Apenas assentiu.

— Por que você veio aqui?

— Eu vou voltar. Só vim dizer adeus.

— Você já fez isso. — Era uma conversa estranha, incoerente, entre duas pessoas que se amaram e se perderam. Já tinham se despedido uma vez, cinco meses antes. Por que voltar a isso de novo? — Quando você vai voltar? — Era uma pergunta sem significado. Quando ele ia voltar não importava mais. Ele já tinha voltado, cinco meses antes.

— Amanhã — respondeu ele e, então, finalmente, se sentou na areia ao lado dela. Estava se sentindo esquisito em pé ali, olhando para ela deitada. Ela parecia menor do que se lembrava, mais pálida, e o cabelo estava aparentemente mais escuro em contraste com o rosto branco como marfim. Estava mais bonita do que se lembrava, e tinha pensado nela frequentemente. Ela o assombrara, como se fosse alguém que ele tivesse matado e tivesse de viver para sempre com a visão flutuante atormentadora do rosto dela na última vez em que se viram. — Só queria vê-la mais uma vez antes de eu voltar.

— Achei que não fôssemos fazer isso. — Os olhos dela encontraram os dele e se fixaram ali. Ele tinha se esquecido como o olhar dela era penetrante, ao mesmo tempo em que era gentil e intenso. Ela mantivera a sua palavra. Não ligara para ele. E diferente do que ele estava fazendo aqui, nunca apareceu em Vermont. Voltar para torturá-la uma última vez não lhe parecia justo, e estava muito triste por ele ter vindo. Teria de escalar a montanha da recuperação toda de novo. E a escalada já tinha sido difícil o suficiente.

— Eu não liguei porque tive medo de você não querer me ver.

— Você estava certo. Eu não ia querer. Uma despedida foi suficiente. — E eles tinham mais do que isso no ano em que compartilharam. — Por que você veio? — Ela sabia que tinha algum outro motivo que ele ainda não tinha dito. Ela o conhecia melhor do que ele mesmo se conhecia. Mas conseguia ver o quanto ele também tinha mudado nos últimos cinco meses. Não havia mais um garoto naquele rosto bonito, apenas o homem. Ele tivera a sua própria jornada de sofrimento depois que a deixou. Tinha a esposa e três filhos para acompanhá-lo em suas viagens diárias. Sasha não tinha ninguém, só a si mesma, e isso fez a jornada mais dura para ela.

— Você me odeia? — perguntou ele. Ela deveria. Mas estava além disso, e nunca chegara a esse ponto, de qualquer forma. Ela balançou a cabeça. Não era culpa dele.

— Não. Eu amo você. E provavelmente vou amar para sempre. — Ele abaixou o olhar para a mão dela, e viu que os dois braceletes que dera para ela ainda estavam ali.

— Eu também. — O sol já se fora, e estava esfriando. — Quer que eu vá embora agora?

Ela foi honesta com ele.

— Ainda não. — Essa poderia ser a última vez que o via. Queria saborear o momento antes que ele fosse embora.

— Preciso dirigir até Nova York ainda esta noite — disse ele, por falta de algo melhor para falar. Nenhuma das coisas que queria dizer a ela pareciam fazer sentido agora. Ela se transformara em outra pessoa. Maior, melhor, mais forte, mais intensa. De uma forma estranha, era como se tivesse sido purificada.

— Por que Nova York?

— Porque vou voltar. — Ele estava sendo misterioso, e a deixou confusa.

— Voltar para onde? Vermont?

Ele sorriu e balançou a cabeça. Ela não entendera.

— Não. Londres.

— Por que Londres?

E então ele percebeu que precisava contar para ela. Foi esse o motivo que o trouxe aqui. Mas quando a viu, se deu conta de que já a tinha feito sofrer demais. E mesmo se ela ainda o amasse, as portas estavam fechadas. Podia ver no rosto dela.

— Deixei Beth. Não deu certo. Nós dois percebemos isso em um mês, mas tentamos mesmo assim, pelas crianças. Mas as coisas não funcionam desse modo. Acabamos como bons amigos. — Ele riu. — Ela ficou feliz em se livrar de mim. — Sasha estava observando-o atentamente, tentando absorver o que ele acabara de dizer. De repente, se perguntou se tinha imaginado a presença e as palavras dele. Talvez ele nem estivesse ali. Como uma visão que invocou de um sonho. Uma alucinação que parece real.

— O que você acabou de dizer?

— Eu disse que deixei Beth e acabei com tudo. O divórcio é definitivo. Vou voltar para Londres amanhã. Queria ver você antes de ir. No mínimo, eu lhe devo desculpas. — Ele sabia que o que tinha feito com ela em dezembro era imperdoável. Mas fizera pela esposa e pelos filhos. Era uma desculpa fraca, mas na época parecera a coisa certa. Sasha também sabia disso.

— Você não me deve desculpas — disse ela, sendo gentil. — Você fez o que precisava fazer.

— E eu quase matei você.

— Ainda estou aqui. — Ela se sentou devagar. — Sou mais forte do que você acha.

— Não. Você é mais forte do que você mesma acha. Pensava em você todos os dias, constantemente. — Ele levantou o braço e ela viu o relógio.

— Eu também — confessou ela. — E agora, o que fazemos? — Os olhos deles estavam fixos nos do outro, mas eles não se tocaram. Ainda não tinham se tocado, e talvez nunca mais se tocariam.

— Impossível ou possível? Você é quem sabe — perguntou ele, baixinho, enquanto o vento os congelava, e então ele se aproximou mais dela. Estavam quase se tocando, mas ainda não. — O que você acha?

— Nunca achei que você fosse voltar, Liam — disse ela, triste. Era difícil de acreditar que ele tinha voltado, ou entender por quê. Ele a deixara com tanta frequência e ela morrera tantas vezes nas mãos dele.

— Nem eu. Achei que não pudesse.

Ele queria beijá-la, mas agora a decisão era dela. Fora dele na última vez. Agora, era dela. Respeitaria o que ela dissesse.

— Qual é? — Ele não queria pressioná-la, mas precisava saber.

— Não sei. — Ela ficou sentada olhando para o mar, e então virou-se para ele e sorriu. — Ou talvez eu saiba. Talvez não importe mais se é possível ou impossível. A vida nos dá muitas chances, e então, por alguma razão, dá mais uma. As pessoas morrem, as pessoas vão embora, as pessoas voltam. Talvez isso não importe, se amamos o outro. Eu amo você, Liam. Sempre amei. Mais do que eu mesma sabia.

— Mais do que eu sabia também. Eu achei que ia morrer quando a deixei, mas eu precisava fazer aquilo.

— Eu sei. — Ela sorriu de novo, e ele a beijou, gentil e cuidadosamente. Era como tocar uma brisa de verão. Nunca tinha se esquecido como era beijá-la e abraçá-la. No final, ele a levara consigo. Beth percebeu antes dele, e por bondade o mandou embora.

Ele a beijou de novo e a abraçou, e ela sussurrou alguma coisa encostada em seu peito. Ele sentiu mais do que escutou, e abaixou o olhar para o rosto dela.

— O que você disse?

— Possível. — Era um sussurro, mas ele escutou desta vez. — Possível — repetiu ela. Era tudo que ele queria escutar, a razão que o fizera viver todos esses meses em que ficou longe. Ele a abraçou forte, então, e ela levantou o olhar para fitar o rosto que era parte dela desde o começo, e riu. — Possível. E desta vez, com certeza.

Este livro foi composto na tipologia Agaramond,
em corpo 11,5/16, e impresso em papel off-set
90g/m² no Sistema Cameron da Divisão Gráfica
da Distribuidora Record.